BECKY ALBERTALLI & ADAM SILVERA

AUF DAS MIT UNS

ROMAN

Aus dem amerikanischen Englisch
von Christel Kröning und Hanna Christine Fliedner

ARCTIS

Die Originalausgabe erschien 2021 unter dem Titel
Here's To Us bei Balzer + Bray und Quill Tree Books,
Imprints von HarperCollins Publisher, New York

Deutsche Erstausgabe
1. Auflage 2022
© Atrium Verlag AG, Imprint Arctis, Zürich 2022
Alle Rechte vorbehalten Copyright
© 2021 by Becky Albertalli und Adam Silvera
All rights reserved including the rights of reproduction
in whole or in part in any form.
Published in agreement with the authors, c/o BAROR
INTERNATIONAL, INC., Armonk, New York, U.S.A.
Übersetzung: Hanna Christine Fliedner und Christel Kröning
Lektorat: Leona Eßer
Umschlagmotiv: Jeff Östberg
Umschlaggestaltung: Niklas Schütte
Satz: Greiner & Reichel, Köln
Druck und Bindung: CPI books GmbH, Leck
Printed in Germany 2022
ISBN 978-3-03880-061-3

www.arctis-verlag.de

 Folgt uns auf Instagram unter
@arctis_verlag

*Für David Arnold und Jasmine Warga,
die ersten Sterne in unserem
expandierenden Universum*

Teil 1
WAS WAR, DAS IST VORBEI

1. KAPITEL – BEN
SAMSTAG, 16. MAI

Was, wenn wir's riskieren?
Diese Frage geht mir durch den Kopf, sobald ich an ihn denke.
Es kommt mir vor, als wäre ich sehr lange ziellos unterwegs gewesen, wie ein Paket, dessen Adressaufkleber verloren gegangen ist. Aber ich glaube, endlich hat mich jemand gefunden.
Er hat das extrafeste Klebeband aufgeschnitten und das Paket geöffnet.
Ich bekomme Licht und Luft.
Nachrichten direkt nach dem Aufstehen und heimlichen Übernachtungsbesuch.
Und Spanisch und Küsse.
Mario Colón.
Kurz bevor ich vom U-Bahn-Eingang verschluckt wurde, hat er mir noch ein Foto von sich auf einem Zahnarztstuhl geschickt. In weißem T-Shirt und Jeans-Latzhose, deren einer Träger achtlos herunterbaumelt. Die puertoricanische Reinkarnation von Super Mario, auf die die Welt gewartet hat. Mit dunklen Locken und glatter, olivfarbener Haut. Dass er kaum Körperbehaarung hat, zieht ihn manchmal runter, weil er glaubt, dass ihm ein Bart à la Lin-Manuel Miranda hervorragend stehen würde. Das grelle Praxislicht bringt seine grünbraunen Augen so richtig zum Strahlen. Er streckt die Zunge ein Stückchen raus, und klar ist das albern, aber ich will ihn trotzdem küssen. Genau wie vor ein paar

Wochen, als wir uns wegen der Partneraufgabe für Kreatives Schreiben zum ersten Mal allein getroffen haben.

Und die etwa fünfzig anderen Male seitdem.

Etwas nervös wische ich weiter zu dem Bild, das ich ihm zurückgeschickt habe. Normalerweise mache ich mindestens ein Dutzend Selfies, bevor ich ein Mario-taugliches hinkriege. Er spielt einfach in einer ganz anderen Liga als ich. Aber diesmal musste es schnell gehen, meine Bahn kam schon. Ich habe mich von oben fotografiert, damit das T-Shirt mit draufpasst, das er für mich gemacht hat. Den Textildrucker haben seine Eltern ihm zum Schulabschluss geschenkt, weil er seine Klamotten ein bisschen aufpimpen wollte. Letzte Woche hat er mich mit diesem *Der-Zorn-der-Zauberer*-Shirt überrascht, mit genau der Schriftart, die Samantha für mein Cover auf Wattpad benutzt hat. Ein richtig cooles Geschenk. Wenn ich es trage, bin ich nicht ganz so selbstkritisch wie sonst.

Mario und ich haben uns im ersten Semester im Kreatives-Schreiben-Seminar kennengelernt. Anfangs hielt ich ihn für einen Autor von todernster Belletristik. Oder für einen begnadeten Poetry-Slammer. Falsch gedacht. Mario will Drehbuchautor werden. Schon seit seinem elften Lebensjahr schreibt er Skripts und hat in der Schule sogar öfter mal Probleme gekriegt, weil er seine Hausaufgaben in Dialogform zu Papier gebracht hat.

Nach meinem Exfreund Arthur war Mario der Erste, der mir so richtig ins Auge gefallen ist. Ich bemerkte, wenn er nicht zum Seminar kam, bewunderte, wie gut ihm Latzhosen standen, und mochte seine Rollkragenpullis im Winter. Beim Präsentieren seiner Texte strahlte er ein Selbstbewusstsein aus, das ich nie so ganz greifen konnte – er war immer stolz, aber nie auf eine selbstgefällige Art.

Zu Anfang gingen mir allerdings noch zu viele Was-wäre-wenns in Bezug auf Arthur durch den Kopf, als dass ich versucht hätte, Mario näherzukommen.

Jetzt betreffen die Was-wäre-wenns ihn. Mario Colón.

Was wäre, wenn wir offiziell ein Paar wären, statt bloß Freunde, die miteinander rumhängen und sich küssen?

Gerade bin ich unterwegs zum Central Park, wo ich mit meinem besten Freund Dylan und seiner Freundin Samantha verabredet bin. Mario stößt später auch dazu. Es ist das erste Treffen mit den beiden seit Weihnachten, weil sie in den Frühjahrsferien nicht nach Hause gekommen sind. Gestern wollten wir eigentlich zusammen in einen Escape-Room gehen, dann hat Dylan extremen Jetlag vorgeschoben. Der Zeitunterschied zwischen Chicago und New York beträgt *eine Stunde*. Aber ich habe es ihm durchgehen lassen. Ist halt typisch Dylan.

Während der Fahrt kritzele ich Ideen für ein neues Kapitel meines Fantasyromans in mein kleines Notizbuch. Den ersten Entwurf von *Der Zorn der Zauberer* habe ich zwar vor Ewigkeiten beendet, inzwischen habe ich aber gecheckt, dass das ganze Ding noch eine ziemliche Baustelle ist. Zu viele spannende Szenen habe ich mir für nächste Bände aufgehoben, die es vielleicht nie geben wird. Und all die Charaktere, die von meinen Freund*innen und Exfreunden inspiriert wurden, müssen für außenstehende Leser*innen dringend genauer ausgearbeitet werden.

Story of my life: Schreiben will gelernt sein.

Mario hat mich mal gefragt, ob ich mir vorstellen könnte, irgendetwas anderes als Schriftsteller zu sein. Aber Schreiben ist das Einzige, in dem ich gut bin. Selbst wenn sich ein neuer Traum herauskristallisieren sollte, weiß ich nicht, was daraus werden würde, ohne all die Liebe, die sowohl Fremde als auch Freund*innen den zornigen Zauberern entgegengebracht haben. Arthur hat früher über die Figuren gesprochen, als wären sie alte Bekannte. Und Dylan liebt diese Welt so sehr, dass er sich im realen Leben schon mit mir in einer Drag-Bar sieht, in der sich alle als verschiedene Fantasycharaktere stylen, Elben und Trolle und so weiter.

Danke, Dylan, ich passe.

Aufwendige Verkleidungen sind nicht mein Ding. Worte sind mein Ding.

Ich liebe es, wie sie Menschen miteinander verbinden.

Und erst recht liebe ich es, wie sie Mario und mich auch auf Spanisch verbinden.

Genau wie ich ist er ein Puerto Ricaner, der als Weißer durchgeht. Aber im Gegensatz zu meinen Eltern haben *seine* ihn bilingual erzogen. Er baut eine Menge spanischer Ausdrücke in das Drehbuch ein, an dem er schreibt, und hofft, dass ihn später niemand zwingen wird, sie für die Zuschauer*innen zu übersetzen. Die sollen sich genauso anstrengen müssen wie seine Eltern, als sie damals herkamen. Das hat mich echt dazu motiviert, mich auch endlich reinzuhängen, und ich habe praktisch »¡Sí, por favor!« geschrien, als er angeboten hat, mein persönlicher Spanischlehrer zu werden.

Ich kann's kaum abwarten, ihn zu sehen.

Obwohl unser gemeinsames Treffen mit Dylan und Samantha ein kleiner Balanceakt wird. Mario ist ja nicht mein Freund, aber definitiv mehr als *ein* Freund. Ganz schön kompliziert, diese Grauzone. Zum Beispiel wenn ich morgens beim Aufwachen direkt an ihn denke und ihm einfach so einen guten Morgen wünschen will, sich das aber manchmal nach *zu viel* anfühlt. Oder wenn ich mich frage, wie ich ihn am besten meinen Freund*innen vorstelle, auch wenn die natürlich wissen, wie unsere Beziehung aussieht. Oder wenn allein schon das Wort »Beziehung« zu groß für uns klingt, irgendwie unverdient im Vergleich zu *richtigen* Beziehungen.

Ich bin echt überfordert. Doch das ist ein Problem für mein Zukunfts-Ich. Genauer: das So-etwa-in-einer-Stunde-Ich.

Jetzt muss ich erst mal Marios wunderschönes Gesicht aus dem Kopf kriegen, sonst verpasse ich noch meine Haltestelle. Ich springe auf und schlüpfe gerade so noch aus der Bahn, ehe sich die Türen schließen. Ich darf nicht zu spät kommen. Diese ewige Unpünktlichkeit ist Geschichte. In unserem Kreatives-Schreiben-Seminar würde Mrs. García das »Figurenentwicklung« nennen.

Die Rolltreppe spuckt mich auf den Bürgersteig und ich laufe zum Westeingang des Central Parks auf der Seventy-Second Street. Es dauert nicht lang, bis ich Dylan und Samantha entdecke. Sie sitzen auf einer Bank und spielen dieses Spiel, bei dem man sich tief in die Augen schauen und dem Gegenüber auf die Hand schlagen muss, bevor der oder die andere sie wegziehen kann.

Samantha gibt Dylan einen Klaps. »Hab dich! Vier zu eins, du Loser!«

»Hey!« Ich stelle mich vor die Bank. »Geht das auch zu dritt?«

Dylan grinst. »Zu einem flotten Dreier mit dir sage ich nie Nein.«

»Von ›Dreier‹ habe ich nichts gesagt. Ich – «

»Sch«, macht Dylan, erhebt sich und zieht mich in eine feste Umarmung. Er tätschelt mir den Kopf. »Hab dich vermisst, Benny-Buddy.«

»Ich dich auch. Und gleichzeitig bist du mir schon fast wieder zu viel.«

Dylans Haare sind inzwischen so lang, dass er sich endlich diesen Männerdutt binden kann, auf den er hingearbeitet hat. Steht ihm echt gut. Wenn man Dylan fragt, ist natürlich er der Einzige, der so was tragen kann. Er steckt in einem neuen *Kool-Koffee*-Shirt und Jeans. »Hier im Park gibt es ein herzallerliebstes kleines Café. Mach dich bereit für einen Espresso-Marathon, mein Kaffeböhnchen. Kaffee-Benchen? Ben-Böhnchen?«

»Weder noch, wenn du mich fragst«, wirft Samantha ein. Ihre grünblauen Augen hauen mich heute genauso um wie damals, als ich sie zum ersten Mal hinter dem Tresen von Kool Koffee gesehen habe. Die dunklen Haare hat sie zu einer pinterest-reifen Flechtfrisur drapiert, die ich mir für ihr Alter Ego Sam O'Mal in meinem Buch merken sollte. Sie trägt ein dunkelblaues Oberteil, das sie in weiße Shorts gesteckt hat, und an ihrem Hals baumelt ein silberner Schlüssel. »Hi, Ben!« Sie schließt mich in die Arme.

Erleichtert stelle ich fest, dass Dylans penetrante Art, mir Spitznamen zu verpassen, bisher nicht auf sie abgefärbt hat.

»Willkommen zurück, ihr beiden.«

Beim Anblick meines T-Shirts macht Samantha große Augen. »Bei den griechischen Göttinnen, wie geil ist das denn?!«

Dylan grinst, als auch er es bemerkt. »Diese zornigen Zauberer werden eines Tages so krass steilgehen!«

Seit Dylan das Manuskript letzten Sommer vor dem Unistart gelesen hat, gab es echt einige Änderungen. Aber er ist immer noch glühender Fan. In regelmäßigen Abständen erkundigt er sich, was bei Duke Dill so abgeht. Außerdem ermutigt er mich, mir jetzt schon eine Literaturagentur zu suchen. Allerdings habe ich mich in den letzten Monaten zu einem Perfektionisten entwickelt.

Ich möchte niemanden enttäuschen.

Diese ganze Fan-Liebe stresst mich ein bisschen.

»Ich will auch so ein T-Shirt.« Samantha befühlt meinen Ärmel. »Hast du das selbst bedruckt?«

»Nein, das war Mario.«

»Super Mario!«, ruft Dylan. »Ich hoffe, es nervt ihn nicht, wenn Leute ihn so nennen. Du weißt, dass ich nicht anders kann.«

»Um ehrlich zu sein, findet er es mega.«

Ich persönlich wäre ja nach einer Weile hart genervt davon. Aber Mario? Niemals. Überhaupt habe ich ihn erst ein einziges Mal zumindest annähernd schlecht gelaunt erlebt, und zwar als Spikey aus unserem Kurs Marios Drehbuch ziemlich scharf kritisiert hat. Und selbst das hat Mario im Endeffekt mit einem Achselzucken abgetan. Spikey war bloß auf Krawall aus, weil Mrs. García seine Kurzgeschichte über den Bürgerkrieg als »historisch leider unmöglich« bezeichnet hatte und daraufhin alle lachen mussten.

»Und? Wann springt Super Mario aus einem Warp-Rohr?«

»Quasi jeden Moment. Er hatte noch einen Zahnarzttermin. Aber im Augenblick müsst ihr wohl erst mal mit mir vorliebnehmen.«

»Perfekt.« Samantha hakt sich bei mir unter, und zu dritt spazieren wir los durch den Central Park. »Sieht aus, als würde es gut laufen zwischen euch, oder?«

»Ich glaube schon.« Mit meiner Fast-Beziehung komme ich mir Samantha und Dylan gegenüber etwas albern vor. Bei den beiden ist alles total klar. Mario und ich dagegen wirken auf mich eher wie eine Mischung aus einem

Ausrufe- und einem Fragezeichen – Aufregung gepaart mit Unsicherheit.

»Zeit, euren Pärchennamen festzulegen«, mischt sich Dylan ein. »Ich finde ja, ›Bario‹ klingt echt nice, und ›Men‹ wäre natürlich ... muah.« Er küsst sich auf die Spitzen von Daumen und Zeigefinger. »Weil ihr ja beide Männer seid, und –«

»Samantha, wie war das Abendessen gestern?«, unterbreche ich Dylans Redeschwall.

»Lief einigermaßen glatt«, antwortet sie. »Es war sogar ganz lustig. Lieb, dass du nachfragst. Ich schätze, wir haben das Weihnachtsdebakel überwunden.«

Die O'Malleys vergöttern Dylan zwar, aber als sie in den Weihnachtsferien herausgefunden haben, dass ihre Tochter sich ihr Chicagoer Wohnheimzimmer mit ihm teilt, war die Hölle los.

»Dylan hat sich von seiner besten Seite gezeigt. Na ja, zumindest von einer besseren als sonst. Tut mir übrigens echt leid, dass wir unser Escape-Room-Date absagen mussten.«

»Mach dir keinen Kopf, der Sommer fängt ja gerade erst an.«

Dylan zieht mich an sich. »Big Ben, wir wissen doch beide, dass dieser Escape-Room Teil deines geheimen Plans ist, eine Stunde mit mir auf sehr engem Raum zu verbringen. Aber dafür brauchst du keine Ausreden, mein Großer.«

»Dee, deine Freundin läuft direkt neben uns.«

»Oh bitte, nimm ihn mir mal für eine Stunde ab«, erwidert Samantha trocken.

Dylan zwinkert mir zu. »Siehst du? Meine bessere Hälfte hat nichts dagegen.«

Ich halte vor einem Brezelstand an, weil ich nur einen

Bissen von dem Marmeladenbagel in den Magen bekommen habe, den Ma mir für den Weg geschmiert hat. Typisch Ben-Alejo-Style habe ich ihn dann beim Selfie-Knipsen auf die U-Bahn-Gleise fallen lassen, und sofort kam eine Ratte und ist damit davongeflitzt. Wenn ich mich nur ein kleines bisschen für TikTok interessieren würde und schnell genug gewesen wäre, das Ganze zu filmen, hätte ich damit hundertpro einen viralen Hit landen können.

»Wollt ihr zwei auch was?«, frage ich.

»Nein danke«, antwortet Samantha. »Ich habe mich schon mit Obst vollgestopft. Und Dylan hatte zum Frühstück Reste von der Ente gestern.«

»Pssst«, macht Dylan. »Hier gibt es doch Enten.«

»Glaubst du, sie rächen ihren Artgenossen?«

»Na sichi, mit den guten alten Säbel-Schnäbeln.«

Samantha schüttelt den Kopf. »Warum ... Warum gebe ich mich überhaupt mit dir ab?«

»Weil meine Dee-Machine so unwiderstehlich ist.«

»Oh Mann, Leute, nehmt euch ein Zimmer«, wehre ich ab.

»Damit meine ich das Gesamtpaket. Meinen Freund da unten nenne ich – «

Samantha hält ihm den Mund zu. Eine wahre Heldin.

»Dee ... ähm, Dylan, willst du einen Kaffee?«

Dylan schaut sich um. Ich deute auf den Brezelwagen.

»Netter Versuch, Ben. Du weißt genau, dass ich diese abartige Plörre nicht trinke.« An den Verkäufer gewandt fügt er hinzu: »Das geht nicht gegen Sie, werter Herr, aber sehr wohl gegen die Clowns, die Ihren edlen Wagen mit solch Spülwasser betankt haben.«

Der Verkäufer starrt Dylan an, als spräche der eine Fremdsprache.

»Okay, vielleicht besser kein Koffein mehr für dich«, stelle ich fest.

»Wir haben einen doppelten Espresso von Dream & Bean vorgetrunken.«

»Ente und Kaffee zum Frühstück. Das erklärt einiges.«

»Hör auf so zu tun, als würdest du mich erst seit einem Tag kennen.«

Wir kennen uns definitiv länger als einen Tag. Seit der Grundschule sind wir wie Pech und Schwefel. Auch wenn es an unserer Freundschaft nicht ganz spurlos vorübergezogen ist, dass Dylan jetzt in Chicago studiert.

»Mir wär's lieb, du würdest vor unserem Lunch mit Patrick keinen Koffein-Schock erleiden«, meint Samantha.

»Bah, Patrick.« Dylan spuckt auf den Boden. »Such dir bessere Freunde, Babe. Hörst du Ben etwa endlos darüber quatschen, wie er mit Delfinen geschwommen ist und kleine Äffchen umarmt hat?«

»Nein, weil ich nichts davon gemacht habe«, wende ich ein.

Samantha wirft mir einen Blick zu. »Patrick ebenso wenig. Er und sein Cousin sind nach dem Schulabschluss einfach ein Jahr lang herumgereist.«

Ein Jahr lang herumreisen klingt toll. Mehrere Jahre würden noch besser klingen.

»Komm doch mit uns essen, Ben«, sagt Dylan. »Dann siehst du mal, wie drüber der Kerl ist.«

»Hast *du* gerade jemanden ›drüber‹ genannt, Dee?«

»Daran erkennst du schon, wie über-drüber der ist.«

»Ich kann nicht. Ich muss noch arbeiten.«

»Erzähl deinem Boss, dass VIPs in der Stadt sind.

»Du weißt, dass das nicht geht.«

Mein Boss ist mein Vater. Während der Weihnachtsfeiertage wurde Pa bei Duane Reade zum Filialleiter befördert. Im April hat er mich dann eingestellt, und seitdem fülle ich Regale auf und helfe an den Kassen. Kurz vor den Klausuren einen Job anzufangen hat das Studium nicht gerade einfacher gemacht, aber von meinen Eltern war in der Hinsicht wenig Mitleid zu erwarten. Sie haben während ihrer Ausbildung sogar Vollzeit gearbeitet.

»Du lernst Patrick schon noch kennen«, sagt Samantha zu mir. »Er bleibt ganze zwei Monate hier. Vielleicht können wir ja alle zusammen in einen Escape-Room gehen?«

»Du sperrst mich nicht eine Stunde lang mit Patrick in einen Raum«, warnt Dylan.

»Das spornt dich bestimmt an, die Rätsel schneller zu lösen.« Samantha stößt mir verschwörerisch den Ellbogen in die Rippen. »Wir könnten auch Mario einladen.«

»Vielleicht.« Mein Handy vibriert. »Wenn man vom Teufel spricht. Super Mario schreibt, dass er gleich da ist. Sollen wir hier kurz stehen bleiben, damit er uns leichter findet?«

Dylan schaut sich um und zeigt auf die Terrasse von Belvedere Castle. Es wirkt immer, als hätte man es aus einem Fantasyroman hier in den Central Park verpflanzt. »Sag deinem Süßen, wir treffen uns da drüben.«

»Er ist nicht *mein* Süßer.«

»Noch nicht.«

Schon komisch. Im Belvedere Castle waren Dylan und ich das letzte Mal, kurz nachdem ich Arthur vor dem Postamt getroffen und mit ihm weder Namen noch Kontaktdaten ausgetauscht hatte, ehe wir von dem Flashmob getrennt wurden. Weil ich danach nicht aufhören konnte, an den hübschen Unbekannten zu denken, hat Samantha ihre Nancy-Drew-Spürnase und ein paar Anhaltspunkte aus unserem Gespräch genutzt, um ihn zu finden. Unter anderem hatte er erwähnt, dass er gern in Yale studieren wollte. Samantha bekam Wind von einem Kennenlerntreffen für Yale-Anwärter*innen hier im Belvedere Castle, und ich beschloss, mit Dylan mal vorbeizuschauen. Natürlich hat Dylan sich hochtrabende Decknamen für uns ausgedacht. Er war damals Digby Whitaker. Das weiß ich auch nur noch so genau, weil ich den Namen einem der Gelehrten in *DZDZ* gegeben habe.

Vor zwei Jahren kam ich her, um nach einem Jungen zu suchen. Und jetzt bin ich wieder hier und warte, dass ein anderer Junge mich findet.

Wie von selbst schließen sich Dylans Finger um Samanthas und die beiden gehen Hand in Hand die Stufen hinauf.

Händchenhalten ist keine Riesensache, schon klar, aber es tut gut, ein Paar zu sehen, das sich nach zwei Jahren immer noch so sehr mag – *liebt*. Ich selbst habe das noch nie erlebt. Die beiden geben mir Hoffnung, dass irgendwann mal jemand dasselbe für mich empfindet.

Als wir fast oben auf der Terrasse sind, halten wir abrupt inne. Normalerweise ist hier nicht besonders viel los, meist posieren nur ein paar Leute mit dem Central Park im Hintergrund. Aber heute findet hier offensichtlich eine Hochzeit statt. Im sehr kleinen Kreis, mit nur einem Dutzend ziemlich leger gekleideter Gäste und einer Band, die leise eine Instrumentalversion von Bruno Mars' *Marry You* spielt. Gerade will ich Dylan und Samantha wegziehen, damit wir die Trauung nicht crashen, da erscheint die Braut.

Ich erstarre.

Ich glaube, ich kenne sie …

Der Flashmob, der Arthur und mich im Postamt getrennt hat, war ein Heiratsantrag für die Frau hinter dem Schalter. Bei der ich das Paket mit den Sachen an meinen ersten Ex

Hudson aufgeben wollte. Zwar war mir das Porto zu teuer und sie nicht besonders nett, aber heute strahlt sie, mit ihrem großen Lippenring und einer schwarzen Seidenstola über einem schlichten weißen Kleid.

Erst Belvedere Castle, jetzt sie. Das Universum könnte mir auch gleich ein Schild mit Arthur Seuss' Namen in blinkenden, broadwayverdächtigen Neonbuchstaben vor die Nase halten.

Seit Monaten hatten wir keinen Kontakt, aber das muss ich ihm schicken.

Schnell filme ich mit dem Handy, wie die Braut auf den Bräutigam zuschreitet. Dylan und Samantha sehen zu und schmiegen sich aneinander. Ich öffne Arthurs Nachrichten – die letzte ist vom siebten April, meinem Geburtstag. Ich habe nicht geantwortet, weil ... na ja. Ich habe es einfach nicht über mich gebracht. Alles lief gerade so gut mit seinem neuen Freund und ich wollte nicht so tun, als hätte ich einen tollen Geburtstag. Ich hätte mich trotzdem melden sollen. Denn jetzt fühlt es sich irgendwie seltsam an.

Als würden wir uns kaum noch kennen.

Ich öffne Instagram. Für mein Seelenheil habe ich sein Profil stumm geschaltet. Es tat zu sehr weh, online zu gehen und Bilder vom glücklichen Arthur und vom glücklichen Mikey zu sehen, wie sie gemeinsam ein glückliches Pärchen sind. Ich musste ein bisschen Abstand nehmen. Das Leben war schon stressig genug, mit den Kursen am College, dem Gefühl, zu Hause festzusitzen, und der Einsamkeit ohne Dylan oder eine eigene neue Beziehung.

Arthurs Feed anzuschauen ist so ähnlich wie ein Pflaster abzureißen. Der Blick aus seinen blauen Augen auf dem runden Profilbild geht mir immer noch durch und durch. Ich sehe die Übersicht seiner letzten Posts: das Bild eines

Kartons in seinem Wohnheimzimmer, ein Zitat der demokratischen Politikerin Stacey Abrams »No matter where we end up, we've grown from where we began«, ein altes Foto mit seiner Mom und eins von Arthur und Mikey im Theatersaal ihrer Uni mit einem Programmheft in der Hand. Mir steigt Hitze in die Wangen. Und dann zieht sich mir das Herz zusammen. Ein Selfie von Arthur: Er hält eine Postkarte des Central Parks in die Kamera. Genau die habe ich ihm im Sommer vor zwei Jahren zum Abschied geschenkt. Auf der Rückseite steht eine sexy Szene zwischen unseren Charakteren aus *Der Zorn der Zauberer*, Ben-Jamin und König Arturo, die nur für seine Augen bestimmt ist.

Warum hat er ein Foto von sich mit dieser Postkarte gemacht?

Ich lese die Caption:

Arthur Seuss geht auf Tournee! Nächster Halt – New York City! 17. Mai

Er kommt hierher.

Morgen.

Und er hat eine Postkarte aus unserer gemeinsamen Vergangenheit verwendet, um zu verkünden, was seine Zukunft bringt.

In den Kommentaren überschlagen sich Mikey, seine beste Freundin Jessie und seine ehemalige Kollegin Namrata mit lieben Worten. Ich bin das einzige Arschloch aus New York, das kein bisschen Begeisterung gezeigt hat. Das Bild jetzt zu liken fühlt sich komisch an. Aber was, wenn das der beste erste Schritt zu mehr Kontakt ist? So, wie ich uns kenne, laufen wir uns doch eh früher oder später zufällig über den Weg. New York hat uns einander immer nähergebracht – zumindest als wir noch beide in der Stadt waren.

Ich like den Post. Und obwohl ich mich nicht bewege, schießt mein Puls in die Höhe, als würde ich einen Sprint hinlegen.

Bevor ich auch noch einen Kommentar hinterlassen kann, entreißt Dylan mir das Handy.

»Wir werden hier gerade Zeugen von Liebe in Reinform!«

»Wir können sie von hier aus ja nicht mal hören ...«

»Fühl die Liebe, Ben, *fühl* sie.«

»Ob ihr's glaubt oder nicht, ich war sogar schon bei ihrem Antrag dabei.«

»Dein Ernst?«, fragt Samantha.

»Jap. Das war am selben Tag, an dem ich Arthur getroffen habe. Ich hab euch doch von dem Flashmob erzählt? Der war für die beiden hier.«

Und in dem ganzen Tumult damals bin ich einfach verschwunden. Ich hatte mich gerade erst von Hudson getrennt, und obwohl ich das Gespräch übers Universum echt genossen habe, dachte ich in dem Moment nicht, dass das mit Arthur irgendwohin führen würde. Nicht eine Sekunde habe ich geahnt, dass ich mich so sehr in den Jungen mit der Hotdogkrawatte verlieben würde.

»Was für ein Zufall, dass du jetzt auch in ihre Trauung stolperst«, bemerkt Samantha.

Klingt eher, als hätte das Universum hier die Finger im Spiel.

»Sie sind noch so jung. Was meint ihr, knapp über zwanzig?«, frage ich.

»Sie sind seit vorletztem Sommer verlobt.« Samantha flüstert, als würde sie versuchen, die Gelübde zu hören. »Sie müssen es ernst meinen.«

»Meine Eltern haben jung geheiratet«, wirft Dylan ein. »Und das ist auch gut gegangen.«

»Deine Mutter hasst deinen Vater«, entgegnet Samantha. »Sie hasst es, dass er mit offenem Mund kaut, nie die Klorolle wechselt, bei der Steuer trickst und sie mitten in der Nacht weckt, um ihr zu erzählen, was er geträumt hat, bevor er es vergisst. Aber sie hasst nicht *ihn*.«

Ich kenne seine Eltern – ein paar Hass-Vibes spürt man schon.

Nicht zu glauben, dass ich gerade live Lippenrings Hochzeit miterlebe. Und auch wenn sie damals echt unfreundlich zu mir war: Beim ersten Kuss der frischgebackenen Eheleute jubeln wir, als wären sie alte Freunde von uns. Nie im Leben hätte ich gedacht, dass das die erste Hochzeit werden würde, bei der ich dabei bin. Vielleicht kann ich die Anekdote eines Tages in einem meiner Bücher verwenden.

Plötzlich wird es dunkel. Eine Hand bedeckt meine Augen. »Rate, wer ich bin, Ben Hugo Alejo«, sagt eine vertraute Stimme.

»Jemand, der super ist«, antworte ich.

Mario nimmt die Hand weg. »Worauf du wetten kannst.«

Ich wirbele herum und betrachte ihn. Ich bin mal wieder sprachlos darüber, wie gut er aussieht. Und das, ohne sich Mühe zu geben. Er ist nicht bloß fotogen, er ist auch im echten Leben schön. Seine grünbraunen Augen sind unglaublich, auch wenn sie mir im Gegensatz zu Arthurs blauen nicht sofort aufgefallen sind. Je besser Mario und ich uns kennenlernen, desto fesselnder finde ich sie. Manchmal dauert es eben etwas länger, bis sich Anziehung entwickelt. Aber das macht sie nicht weniger stark.

»Der Mario zu Bens Luigi«, ruft Dylan.

»Der Duke Dill zu Bens Ben-Jamin«, kontert Mario und schließt Dylan ohne zu zögern in die Arme, als würden sie sich schon ewig kennen. Mario und ich haben mal darüber gesprochen, dass unsere puerto-ricanischen Eltern uns zu einem sehr herzlichen Umgang erzogen haben, selbst Fremden gegenüber, und dass wir beide aber versuchen, anderer Leute Grenzen zu respektieren. Bei diesen beiden hier scheint es allerdings keinerlei Probleme zu geben. Mario wendet sich an Samantha: »Und die weltberühmte Cover-Designerin.«

Samantha lächelt. »Jap, so kennt man mich.«

Dylan schaut sie an. »Zum Glück wirst du nicht rot. Andererseits ... wie kannst du es wagen?! Sieh dir diesen wunderschönen Mann an! Erröte für ihn. Lass diese Schönheit nicht unerrötet.«

Mario dreht sich zu mir. »Er ist haargenau so, wie du ihn beschrieben hast.«

»Ich kann halt mit Worten umgehen.«

»Oh ja, ich weiß.«

Und er erst! Wie macht er das? *Oh ja, ich weiß.* Nur vier kleine Wörtchen, und ich steh in Flammen.

Am liebsten möchte ich ihm jetzt ganz nah sein. So nah, wie es sich in öffentlichen Parkanlagen definitiv nicht gehört. Gleichzeitig kreisen meine Gedanken darum, dass er mich zur Begrüßung nicht mal flüchtig geküsst hat. Oder umarmt. Eine kleine Erinnerung, dass wir eben *kein* Paar sind. Sonst würden diese Dinge viel automatischer ablaufen. Ich wünsche mir jemanden, der seine Lippen nicht von mir lassen kann, oder dessen Hand immer meine sucht, als wären sie dazu bestimmt, eins zu sein. Aber bei Mario fällt es mir oft schwer einzuschätzen, ob er gerade überhaupt Lust hat, mich zu küssen oder meine Hand zu halten. Manchmal zeigt er mir sogar süße Typen, die vorbeilaufen, als würde er mich auffordern, sie anzusprechen. Als würde ihm das nichts ausmachen. Ich dagegen wüsste überhaupt nicht, wohin mit mir, wenn er in meiner Gegenwart mit einem anderen flirten würde.

Ab und an scheint sich aber die Chemie zwischen uns zu verändern. Dann kann ich vergessen, dass wir nicht zusammen sind, und wir haben einfach Spaß miteinander.

»Was ist das für eine Hochzeit? Freunde von euch?«, fragt Mario.

»Eine Freundin von Ben«, antwortet Dylan.

»Echt?«

»Lange Geschichte«, sage ich bloß.

»Erzählst du sie mir später?«

»Klar.«

»Estupendo.« Mario klatscht in die Hände. »Ich habe Geschenke dabei. Aber nicht für das Brautpaar.« Er greift in seinen Rucksack und holt zwei *Der-Zorn-der-Zauberer*-T-Shirts hervor.

Samantha klappt die Kinnlade nach unten. »Du bist ja der Hammer!« Sie zieht das T-Shirt über ihr Oberteil.

»Ich musste dir ja auch eins machen, damit du mich nicht wegen der Copyright-Geschichte verklagst.« Mario wendet sich an Dylan. »Und du sollst nicht denken, ich hätte dich vergessen.« Er zwinkert ihm zu, aber irgendwie seltsam, eher, als hätte er was im Auge. Auf gewisse Art ist das noch liebenswerter als ein perfektes Zwinkern.

Auch Dylan probiert sein Geschenk an. »Oh Gott, jetzt werde *ich* rot. Guck!« Und seine Wagen färben sich tatsächlich. Er lacht. »Mario, mein Guter, eigentlich ist es doch paradox, dass jemand wie du Klamotten herstellt. Mit deinem Aussehen solltest du jeden Tag nackt herumlaufen.«

»Vorsicht, sonst werde ich gleich auch noch rot«, erwidert Mario.

»Oh Mann, Ben«, sagt Samantha zu mir, »ich glaube, wir haben sie verloren.«

»Jap, sieht so aus.«

Mario zieht sein Handy aus der Tasche. »Ich muss ein Foto von euch dreien in den T-Shirts machen.«

»Nur, wenn du auch mit draufkommst«, mahnt Dylan.

»Ja!«, ruft Samantha.

»Geht klar.«

Ich lege den Arm um Mario; Dylan und Samantha schmiegen sich an uns. Mario so zu halten fühlt sich toll an, und nachdem wir das Selfie geschossen haben, lasse ich meinen Arm noch ein bisschen länger liegen.

Gemeinsam betrachten wir das Foto. Das Sonnenlicht taucht uns alle in schmeichelhaftes Licht und ist besser als jeder Filter.

Alle vier sehen wir so glücklich aus. Ich hoffe, das ist die erste von vielen glücklichen Erinnerungen, die wir diesen Sommer festhalten können. Und je weiter ich meine Welt für Mario öffne, desto mehr möchte er vielleicht ein Teil von ihr sein und seine auch für mich öffnen.

So läuft es ja in jeder Beziehung. Am Anfang ist da nichts, doch dann ist plötzlich alles drin.

2. KAPITEL – ARTHUR
SAMSTAG, 16. MAI

Meine Klamotten liegen auf dem Boden und Mikey in meinem Bett. Na ja, *auf* meinem Bett. Er hat sich mein Kissen in den Rücken geschoben, trägt eine Flanell-Pyjamahose, seine Brille und sonst nichts außer einem Klausurenwoche-Dreitagebart. Nicht, dass ich mich beschweren würde. Der Sexy-Stoppel-Mikey ist mein Lieblingsmikey.

Seinem vorbildhaften Ordnungssinn kann jedoch keine noch so stressige Klausurenwoche etwas anhaben. So besteht kein Zweifel, welche meiner Umzugskartons er gepackt hat. Es sind die, die mit akkuraten Stapeln aus Handtüchern, Laken und so weiter gefüllt säuberlich mit Edding beschriftet in Reih und Glied am Fußende meines Bettes stehen: *Arthurs Bettwäsche, Arthurs Bücher*. Momentan ist er damit beschäftigt, die Fotos von der Wand neben sich zu knibbeln, wobei er das abgelöste Patafix zu einem hühnereigroßen Patafixklumpen zusammendrückt.

Ich lasse mich neben ihn plumpsen. »Weißt du, wie das aussieht?«, frage ich und zeige auf den Klumpen.

»Wie Patafix?«

»Warte, das Auge fehlt.« Ich drücke mit dem Finger ein Loch hinein und sehe Mikey erwartungsvoll an.

»Wie Patafix mit Augenhöhle?«

»Mikey! Das ist der Blob aus *Monsters vs. Aliens*!«

»Ah.« Er klebt ein weiteres Klümpchen Patafix drauf, wodurch der Blob ein Toupet zu tragen scheint.

»Na toll, jetzt sieht er aus wie Trump.« Schnell klopfe ich

Blob-Trump platt wie einen Pfannkuchen und werfe ihn auf den Nachttisch. »Viel besser.«

»Ein wahrer Aktivist«, sagt Mikey.

»Mh-hm.« Ich küsse ihn. »Weißt du was?«

»Was?«

»Mir ist langweilig.

»Langweile ich dich?!«, beschwert er sich.

»Das *Packen*! *Das* langweilt mich.« Ich streiche ihm den Pony aus dem Gesicht und küsse ihn noch einmal.

»Du weißt schon, dass wir nie fertig werden, wenn du immer wieder mit so was anfängst?«

Ich lächle bloß, weil Mikey eben durch und durch Mikey ist. Obwohl wir jetzt schon monatelang zusammen sind, wird er immer noch ganz verlegen, wenn ich ihn küsse. Manchmal räuspert er sich danach und sagt: *Also dann.* Oder er sieht auf die Uhr oder fragt, ob die Tür auch wirklich abgeschlossen ist, und wochenlang dachte ich, damit würde er ablenken und verhindern wollen, dass wir uns weiterküssen. Doch inzwischen weiß ich Bescheid. Mikey ist so einer, der sich etwas wünscht und dann aber Panik kriegt, sobald der Wunsch sich erfüllt.

Ich lehne meinen Kopf an seine Schulter und lasse den Blick durchs Zimmer schweifen: schiefe Bücherstapel, herumfliegender Papierkram. Hier zeigt sich mein Messietum in ganzer Pracht. Mikey hat sein Zimmer natürlich schon vor vier Stunden komplett ausgeräumt.

»Danke, dass du hier bist«, murmele ich.

Wenn er wollte, könnte er schon in Boston sein. Aber wir wissen beide, dass kein Universum existiert, in dem Mikey nicht dableibt, um mich zu retten.

Ich stehe auf, rolle ein gelb gestreiftes Poloshirt zusammen, das ich vor zwei Jahren aus Dads alter Kiste mit Highschool-Andenken geklaut habe, und stopfe es in meine New-York-Reisetasche – ein riesiges Ungetüm, das vor lauter Shirts, Jeans, Büchern und Was-weiß-ich-nicht-alles bereits aus allen Nähten platzt. Ich bin gespannt, ob und wie ich das morgen in den Zug kriege. Mittlerweile bin ich einfach nur froh, wenn ich es überhaupt nach New York schaffe. Denn vorher muss ich noch meine dreißig Tonnen Mist aus diesem Wohnheimzimmer schaffen.

Ich stupse einen der Kartons mit dem Fuß an und raufe mir die Haare. »Was muss noch in die Reisetasche? Ich habe mein Ladegerät, T-Shirts, Jeans – «

»Unterwäsche?«, fragt Mikey.

»Check.«

»Kleidung für die Arbeit? Anzug und Krawatte?«

»Anzug und Krawatte? Damit ich aussehe wie Bürojob-Bob?« Ich schüttle den Kopf. »Michael McCowan, hier geht es um queeres Off-Broadway-Theater! Die lachen mich doch von der Bühne!«

»Von der Bühne?« Mikey kneift die Augen zusammen. »Du bist der Praktikant eines Assistenten.«

»Praktikant des *Regie*assistenten! Hast du eine Ahnung, wie viele sich für diesen Job beworben haben?«

»Vierundsechzig.«

»Ganz genau, vierundsechzig«, bestätige ich nur leicht verlegen. Dann habe ich Mikey eben ein Ohr abgekaut, während ich ein, zwei oder vielleicht auch ein paar hundert Mal über mein Praktikum gesprochen habe. Aber kann man es mir übel nehmen? Es geht schließlich um mein allergrößtes Luftschloss von Traumberuf. Mein Luft-Versailles. Eigentlich kann ich immer noch nicht glauben, dass es wahr wird. Keine Woche mehr, dann arbeite ich für niemand anderen als *Jacob Demsky*! Für den Lambda-Award-prämierten Theaterautor! Den Regisseur, der zwei Mal bei den New York Innovative Theatre Awards ausgezeichnet wurde! Wie könnte ich da nicht zumindest den einen oder anderen Luftsprung machen vor Glück?

Ich hatte irgendwie gehofft, Mikey würde auch ein paar Glückssprünge machen, weil er sich für mich freut. Oder würde, na ja, zumindest versuchen, nicht jedes Mal eine I-Aah-Miene zu ziehen, wenn ich es erwähne.

Ich meine, ich versteh's ja. Natürlich verstehe ich es. Wir hatten schon alles so schön geplant für unseren Sommer zu zweit: Wir hätten ihn in Boston verbracht, hätten im Gästezimmer von Mikeys Schwester gewohnt und tagsüber bei einer Ferienbetreuung gearbeitet. Nicht gerade ein Job, der wahnsinnig den Lebenslauf aufwertet, aber darum ging's mir ja auch gar nicht. Es ging mir um Emack-&-Bolio's-Eis, um Donuts am Bostoner Union Square und um Tagesausflüge nach Salem und Cape Cod an den Wochenenden. Es ging mir um Mikey.

Aber dann hat Jacob Demsky dieses Praktikum ausgeschrieben und ich bekam es beim besten Willen nicht mehr aus dem Kopf.

Die Bezahlung, dachte ich mir, beträgt zwar weniger als die Hälfte des Ferienbetreuerlohns, aber sparsam wohnen könnte ich trotzdem, dank Onkel Miltons Apartment. Die Zeit mit Mikey zu verpassen, dachte ich weiter, wäre zwar echt doof, aber ich würde schließlich nicht auf den Mond ziehen. Und nach den Ferien wären wir ja wieder vereint. Außerdem brauchte ich mir eigentlich ohnehin keine Gedanken zu machen, denn Jacobs Wahl würde nie im Leben auf mich fallen. Mir war klar, dass sämtliche queeren Broadway-Fans des Landes um diesen Job wetteifern würden. Und die meisten hatten sicher beeindruckendere Referenzen vorzuweisen als die Rolle des Beauregard in *Beauregard und Belvedere* bei Ethan im Keller.

Trotzdem. Ich legte mein ganzes Herz in diese E-Mail und klickte auf Senden.

Dann versuchte ich hauptsächlich, nicht mehr daran zu denken. Ich konzentrierte mich auf Boston und Mikey und lernte unter Einsatz von Blut, Schweiß und Tränen, wie man Freundschaftsarmbändchen knüpft, denn, wow, Ferienbetreuerfähigkeiten wie diese wurden mir beileibe nicht in die Wiege gelegt. Doch Ferienbetreuer würde ich werden. In Boston. Denn Boston war real und New York war eine geheimer- und sinnloserweise in einen gähnenden Abgrund geworfene E-Mail.

Zumindest bis vor zwei Wochen.

Ich werde nie vergessen, wie Mikey erstarrte, als ich es ihm erzählte. Dass ich zum Zoom-Vorstellungsgespräch eingeladen war.

Ich betrachte ihn einen Augenblick. Mikey Phillip McCowan, mein armes blasses Häufchen Elend von einem Freund. Mit um die Beine geschlungenen Armen sitzt er da und vermeidet Blickkontakt.

»Mikey-Maus«, sage ich eilig. »Mach *Don't Lose Ur Head* an.«

Wenn *ein* Album Mikey ein Lächeln entlocken kann, dann ist es die Aufnahme des vom Original-Cast gesungenen Musicals *Six*.

Folgsam stöpselt er mein Handy vom Ladegerät ab, tippt mein Entsperr-Passwort ein, aber dann … macht er erst recht ein langes Gesicht. Wortlos starrt er auf mein Handydisplay.

Und lächelt definitiv nicht.

Mein Herz tritt aufs Gaspedal. »Alles in Ordnung?«

»Ja. Klar.« Mikey tippt ein paarmal aufs Display, und Anne Boleyns Stimme ertönt aus meinem Bluetooth-Lautsprecher. Sonst singt Mikey immer lautlos mit, doch diesmal bleibt sein Mund eine übellaunige schmale Linie.

Es ist, als hätte sich ein Tiefdruckgebiet im Zimmer breitgemacht.

Ich streiche über einen der Umzugskartons, die ich im Haus meiner Oma unterstellen will. Bubbe hat einen riesigen Keller, die passen da locker noch rein. »Vielleicht trag ich den schon mal runter zum Auto.«

»Was wäre, wenn du einfach ... nicht gehst?«

»Zum Auto?«

»Nach New York.«

Ich starre Mikey an, und er starrt durch die Brille mit todernstem Blick zurück.

»Mikey.« Ich schüttle den Kopf. »Ich habe einen Job, der – «

»In Boston hattest du auch einen«, unterbricht er mich sanft.

Mir dreht sich der Magen um. »Ich hätte es dir eher sagen sollen, Mikey. Es tut mir so – «

»Nein. Stopp.« Er schüttelt den Kopf und wird rot. »Du musst dich nicht schon wieder entschuldigen. Ich bin einfach ... noch nicht bereit für morgen.«

»Ich auch nicht.« Ich lasse mich wieder neben ihn aufs Bett fallen.

»Ich wünschte, du würdest mit nach Boston kommen.«

Das nächste Lied fängt an. *Heart of Stone*. Ich ergreife Mikeys Hand und verschränke meine Finger mit seinen. »Na, zum Glück sind es nur zwei Monate.«

»Zehn Wochen.«

»Okay, zehn Wochen. Aber die vergehen ruckzuck, du

wirst sehen. Wir werden nicht mal dazu kommen, uns zu vermissen.«

Mikey lächelt traurig. »Ich vermisse dich irgendwie jetzt schon.«

Ich sehe zu ihm auf und bin so bestürzt, dass ich kurz nach Luft schnappen muss. *Ich vermisse dich irgendwie jetzt schon.*

Ich meine, ich weiß ja, dass Mikey mich mag. Daran hatte ich nie einen Zweifel. Dass er es aber so direkt zeigt, ist eine echte Ausnahme, vielleicht sogar eine Premiere.

»Ich dich doch auch«, sage ich. »Aber in zwei Wochen sehen wir uns schon wieder.« Ich stupse ihn in die Seite. »Dann zeig ich dir all meine New Yorker Lieblingsorte. Central Park, Times Square, Levain Bakery – was du willst!«

Mikey runzelt die Stirn.

Ich kneife die Augen zusammen. »Was?«

»Ich habe nichts gesagt.«

»Du hast die Stirn gerunzelt.«

Mikey löst seine Hand aus meiner. »Es ist nur ...« Er reibt sich den Nacken. »Warst du da überall mit Ben?«

»Oh. Nun. Ja.« Plötzlich bin ich nervös. »Aber das ist zwei Jahre her. Und Ben und ich haben seit Ewigkeiten nicht mal mehr miteinander gesprochen. Seit Februar nicht mehr.«

Mikey zuckt die Schultern, als würde er mir nicht recht glauben.

Doch es stimmt. Monate sind vergangen, seit Ben und ich das letzte Mal geredet oder uns auch nur geschrieben haben. An seinem Geburtstag im April habe ich sogar versucht, ihn per FaceTime zu erreichen, aber er hat nicht abgenommen. Er hat nicht mal auf die Nachricht reagiert, die ich ihm später geschrieben habe.

Mikey sieht mich aus traurigen Basset-Hundeaugen an.

»Wirst du ihn treffen?«

»Ben?«

»Ihr seid dann ja schließlich in der gleichen Stadt.«

»Mikey, ernsthaft. Ich habe seit Februar kein Wort mit ihm gewechselt. Er weiß nicht mal, dass ich hinfahre.«

»Doch, ich glaube, das weiß er.«

Irgendetwas an Mikeys Tonfall ist verkehrt.

»Wovon redest du?«

Das nächste Lied fängt an. *I Don't Need Your Love.* Ich könnte schwören, dass ich höre, wie Mikeys Herzschlag sich verändert. Er lehnt sich aus dem Bett, ertastet mein Handy und reicht es mir. Als ich das Display entsperre, springt mir die Instagram-Benachrichtigung schier ins Gesicht.

`@ben-jamin` gefällt dein Bild.

Mein Herz macht einen Satz. Seit Monaten hat Ben keins meiner Bilder mehr gelikt.

Ich hatte versucht, es nicht persönlich zu nehmen. Ist schließlich normal, dass Menschen sich aus den Augen verlieren, oder? Insbesondere Exfreunde.

Ich hatte nur nicht gedacht, dass es *uns* passieren würde. Ben und mir. Uns hatte ich irgendwie für unzerstörbar gehalten.

Und zu Anfang waren wir das ja auch.

Ich werde nie jene erste Woche vergessen, nachdem ich aus New York wieder nach Hause geflogen war. Ben und ich haben jede einzelne Nacht telefoniert, bis unsere Handyakkus leer waren. Und den Rest des Abschlussjahrs schrieben wir einander mindestens jeden zweiten Tag. Ich lief so oft mit ihm facetimend durchs Haus, dass Mom und

Dad immer schon »Hi, Ben!« ins Handy riefen, ohne erst nachzugucken, ob er es überhaupt war. Manchmal klinkten sogar Bens Eltern Diego und Isabel sich ein, und die vier kaperten unser Telefonat für ein eigenes Gespräch unter sich. Ben und ich haben uns dann immer lautstark beschwert, aber insgeheim fanden wir es wohl irgendwie schön, dass unsere Eltern quasi nicht voneinander lassen konnten.

Und zumindest mir gefiel es sehr, dass das Gleiche für Ben und mich galt.

Ich dachte, im Studium würde es einfach so weitergehen. Oder sogar besser werden. Eigentlich sogar definitiv besser, weil ich nicht mehr jedes Mal, wenn ich nach einem Telefonat mit Ben aus meinem Zimmer käme, die wissenden Blicke meiner Mom würde ertragen müssen. Das macht übrigens, nur so fürs Protokoll, einen Heidenspaß: Man versucht, *nicht* in den Ex verliebt zu sein, während der sich auf FaceTime einfach herzallerliebst über Erzähltheorie aufregt, *und* wird dabei von den Eltern komplett durchschaut. All die elterliche freundbezogene Frotzelei ohne den dazugehörigen Freund.

Also Privatsphäre: gut. Die Nähe der Wesleyan zu New York: noch besser. Mit dem Zug keine drei Stunden Fahrt. Zwei, wenn ich mit dem Auto bis zu Bubbe fahren und dann in New Haven einsteigen würde. Natürlich habe ich nicht erwartet, dass Bens und meine Beziehung direkt dort anknüpfen würde, wo sie damals zu Ende gegangen war – nicht zwangsläufig jedenfalls. Andererseits schien Ben sich ehrlich zu freuen, dass ich in seine Nähe zog. Er sprach über Monate von nichts anderem mehr.

Als ich dann allerdings in Connecticut *ankam*, wurde alles sehr schnell sehr merkwürdig.

Ja, wir telefonierten immer noch ständig, und Ben sagte jedes Mal, dass ich ihm fehlte. Ja, ich fand morgens nach dem Aufwachen immer noch ausschweifende *Weißt-du-noch*-Nachrichten auf dem Handy vor. Aber immer, wenn ich ihm konkrete Zugabfahrts- und Ankunftszeiten nannte, änderte er schwindelerregend schnell das Thema.

Einmal schickte er mir einen Screenshot meines eigenen Instagram-Profilfotos, gefolgt von einem Herzaugensmiley. Daraus entspann sich eine zweistündige FaceTime-Beratschlagung mit Ethan und Jessie darüber, wie man am besten beiläufig und doch eindeutig folgende Frage stellt: *Ähm, ich glaube ja, du flirtest bloß im Scherz, aber darf ich dich nur für den Fall, dass du ernsthaft an mir interessiert bist, bitte daran erinnern, dass ich über ein Einzelzimmer im Wohnheim verfüge?*

Das alles hat mich irre gemacht und *so* wütend, und schon mutierte ich wieder zum komplett ben-ebelten Wirrkopf: Im einen Moment wollte ich unangekündigt vor Bens Haustür auftauchen, im nächsten knallhart seine Telefonnummer blockieren. Und, hey, ich war von lauter süßen Typen umgeben, die kein Blatt vor den Mund nahmen und gerne knutschen wollten, also probierte ich genau das. Doch im Endeffekt landete ich immer wieder allein in meinem Zimmer und brütete weiter über Ben Alejos Nachrichten.

Bis Mikey kam.

`@ben-jamin` gefällt dein Bild.

Ich kann den Blick nicht von der Benachrichtigung losreißen. Stünde da doch bloß, *welches* Bild er gelikt hat. Naheliegend wäre das Foto von gestern beim Packen. Aber es könnte auch mein Repost des Stacey-Abrams-Zitats von heute Nacht sein. Oder das Kinderfoto von Sonntag, als Muttertag war. Oder ... alles Mögliche im Grunde. Mir jucken die Finger, so dringend will ich die App aufrufen, aber vor Mikey geht das natürlich nicht.

Ein Gefällt-mir-Herzchen.

Wenn ich nur wüsste, was es bedeutet.

Wahrscheinlich gar nichts. Wahrscheinlich hat er beim Scrollen nur versehentlich draufgetippt. Wahrscheinlich hat er es nicht mal gemerkt. Ich frage mich, ob er seinen Like zurücknimmt, sobald er ihm auffällt. Verschwindet die Benachrichtigung dann einfach? Oder kriege ich eine neue, oder –

Erschrocken fahre ich zusammen, als mir bewusst wird, dass Mikey gerade gesprochen hat. Und ich kein Wort mitbekommen habe.

»Hm?« Ich schlucke schuldbewusst und mache die Musik aus. »Was hast du gesagt?«

Mikey sieht mich an. »Ich sagte, wenn du ihn treffen willst, dann solltest du das tun.«

»Mikey, hör mir doch zu: Ben und ich haben nicht mehr miteinander geredet seit –«

»Februar. Ich weiß.« Mikey zwinkert heftig. »Das sagtest du bereits. Mehrmals.«

Ich werde rot. »Es stimmt ja auch.«

Seit dem zwölften Februar nicht mehr, um genau zu sein.

Und ich hasse es. Ich hasse es, wie weit ich zu Bens letzten Nachrichten nach unten scrollen muss. Ich hasse es, nicht zu wissen, ob er seine neueste *DZDZ*-Überarbeitung abgeschlossen hat. Nicht zu wissen, ob seine Eltern sich durchgesetzt haben und er sich einen Job suchen musste. Ich hasse es, nicht zu wissen, was er heute Morgen zum Frühstück gegessen hat.

Und ich hasse es, dass ich selbst schuld daran bin. Durch mich wurde es zwischen Ben und mir erst recht merkwürdig. Wohl von da an, als Mikey und ich Silvester wieder zusammenkamen. Mikey kann ich keinen Vorwurf machen, denn er hat mich nicht etwa darum gebeten, die Freundschaft mit Ben zu beenden. Er wurde bloß jedes Mal, wenn ich Ben erwähnte, irgendwie gereizt und verschlossen.

Also hörte ich auf, Ben zu erwähnen.

Und wahrscheinlich hat Ben sich dadurch wie etwas gefühlt, das ich verstecke.

»Mikey, nur weil Ben einen meiner Insta-Posts likt, heißt das nicht, dass wir auf einmal wieder beste Freunde sind«, sage ich in einem Tonfall, der möglichst irgendwo zwischen gleichgültig und belustigt liegen soll. Doch selbst ich höre die defensive Schärfe heraus.

Mikeys Tick, bei dem er sich unterm Brillensteg in den Nasenrücken zwickt, flammt wieder auf. Im ersten Semester hat er das ständig gemacht. Tatsächlich fällt mir wohl erst jetzt richtig auf, dass er zwischenzeitlich damit aufgehört hatte. Er schließt einen Moment lang die Augen. »Darf ich ganz ehrlich sein?«

»Natürlich!« Ich rutsche ein Stück näher.

Doch er schweigt zunächst. Und dieses Schweigen fühlt sich uferlos und dick wie Watte an. Seine Stimme ist tonlos, als er endlich das Wort ergreift. »Ich weiß, dass du nicht mehr mit ihm geredet hast. Und selbst falls doch, vertraue ich dir, Arthur. Du würdest nie fremdgehen. Das weiß ich. Ich habe bloß Angst.«

Ich drücke mein Bein gegen seins. »Wovor?«

»Keine Ahnung. Ich schätze, ich fühle mich bedroht. Er war deine erste Liebe. Deine große Broadway-Lovestory.«

»Vor *zwei Jahren*. Und seitdem habe ich ihn nicht mehr getroffen. Das weißt du.«

Mikey nickt. »Aber was wird passieren, wenn du ihn dann eben doch wiedertriffst?«

»Warum sollte ich? Seiner Meinung nach sind wir offenbar nicht mal mehr befreundet.«

»Und *deiner* Meinung nach?«, fragt Mikey und wirft mir einen komischen Blick zu.

Mir steigt das Blut ins Gesicht. »Also, wir waren es, würde ich sagen. Keine Ahnung. Er ist mein Ex. Vor einer Million Jahren waren wir für wenige Wochen ein Paar. Aber jetzt bin ich mit dir zusammen. Und, Mikey, ich mag dich wirklich sehr gern. Ich mag das mit uns.«

Und das ist die Wahrheit. Ich mag Mikeys Gesicht, seine Stimme, sein verschlungenes Nerdhirn – manchmal ist er so niedlich, dass ich es fast nicht aushalte. Und wir sind ein echt gutes Team. Wir streiten fast nie. Also, wegen New York war er in letzter Zeit etwas launisch, aber ich weiß, dass wir das hinkriegen werden. Wir kriegen es immer hin. Weil wir reife Erwachsene in einer reifen erwachsenen Beziehung sind. In einer guten, entspannten, soliden Beziehung. Und ich bin glücklich.

»Ich mag das mit uns auch«, sagt Mikey.

Ich nehme wieder seine Hand und drücke sie.

Es ist doch so: Ben war meine große Broadway-Lovestory, klar, aber da war ich sechzehn. So fühlt sich Verliebtsein mit sechzehn nun einmal an. Nur weil es sich jetzt anders anfühlt, ist es nicht weniger echt.

Ich betrachte Mikeys Gesicht. »Okay«, sage ich dann. »Ich zeig dir jetzt was. Eigentlich wollte ich dich damit ja in New York überraschen, aber …«

Ich stehe auf, strecke mich und stecke verlegen mein

Shirt wieder in die Hose, was mir ein flüchtiges Lächeln von Mikey einbringt. Meine Umhängetasche lehnt gepackt und bereit am Bücherregal. Ich schnappe sie mir und trage sie zum Bett hinüber, wo ich den kleinen Reißverschluss an der Seite aufziehe.

Mikey sieht mir neugierig zu.

»Momentchen ...« Nach kurzem Suchen ziehe ich zwei zusammengefaltete Blätter hervor. Ich reiche sie Mikey, doch er zögert. Ich stupse ihn an. »Nimm schon.«

Er gehorcht, faltet die Blätter auf, und hinter den Brillengläsern werden seine Augen groß wie Untertassen. »Was?! Dein Ernst?!«

»Heute in zwei Wochen. Matinee-Vorstellung. Aber ich sag's dir gleich: Die Plätze sind leider furchtbar.«

Mikey starrt mich ungläubig an. »Wir gehen in *Six*?!«

»Wir gehen in *Six*!«

»Arthur, das ... ist viel zu teuer. Das hättest du nicht machen müssen.«

»Als Entschuldigung. Weil ich unsere Ferien ruiniert habe.«

»Du hast sie nicht ruiniert.«

»Mh-hm. Doch, hab ich.« Ich lehne meinen Kopf an seine Schulter. »Und deswegen sollte es etwas Besonderes sein, weißt du? Etwas Besonderes für uns.«

»Arthur.« Mikeys Stimme klingt ganz erstickt.

»Und so teuer waren die Karten auch gar nicht«, sage ich schnell und hebe den Kopf, um ihm in die Augen zu sehen. »Ich meine, teuer schon, aber ich kriege Rabatt.« Ich zwinkere ihm zu. »Praktikantenbonus.«

»Warum zahlen sie dir nicht stattdessen mehr Lohn?«

»So funktioniert das nicht.« Ich küsse ihn auf die Wange. »Sorry, du wirst in den sauren Apfel beißen und dir die beste

Show am Broadway mit mir ansehen müssen. Und weißt du was?«

Mikeys Mundwinkel wandern nach oben. »Was?«

»Du hast recht, ich muss eine Krawatte einpacken. Bürojob-Bob macht sich broadwayfein.« Ich stehe auf und blicke mich um. »Jetzt muss ich nur noch herausfinden, wo die Krawatten verstaut sind.«

»Im Paket neben deinem Schreibtisch mit der Aufschrift: *Arthurs besondere Momente*.«

Ich presse beide Hände ans Herz. »Du hast mir einen Karton für besondere Momente gepackt?«

»Mh-hm.« Schwach lächelnd betrachtet Mikey mich. Dann steht er ebenfalls auf und pflückt sein Shirt vom Boden. »Okay. Wie wär's, wenn du jetzt zu Ende packst? Währenddessen gebe ich meinen Schlüssel ab und hole uns auf dem Rückweg was zu essen.«

»Mikey-Maus, du bist mein Held!« Nachdem er gegangen ist, lächle ich noch zwei oder drei Sekunden die geschlossene Tür an.

Doch dann schnappe ich mir mein Handy.

`@ben-jamin` gefällt dein Bild.

Offenbar will mein Herz aus seinem Brustkorb ausbrechen. Wegen einer Instagram-Benachrichtigung. Lächerlicher geht's wohl nicht.

Jedenfalls tippe ich sie an, und zwei Sekunden später starre ich auf meinen New-York-Post von letzter Woche. Ein Selfie, auf dem ich die Central-Park-Postkarte hochhalte, die Ben mir vor zwei Jahren zum Abschied geschenkt hat. Auf ihrer Rückseite steht eine handgeschriebene Ben-Jamin-und-Arturo-Szene. Aber natürlich hat der einzige

Mensch, der die Karte hätte wiedererkennen können, den Post mal wieder komplett ignoriert, wie üblich.

`Gefällt` `@ben-jamin` `und` `weiteren Personen.`

Bis heute. Dem letzten Tag vor meinem Aufbruch nach New York.

3. KAPITEL – BEN
SONNTAG, 17. MAI

Einen Vorteil hat es, dass Pa jetzt mein Chef ist: Zur Abwechslung werde ich dafür bezahlt, wenn ich tue, was er sagt.

Den Großteil meines Duane-Reade-Gehalts konnte ich in meinen hoffentlich nächsten Job investieren: Mega-Bestseller-Autor von *Der Zorn der Zauberer*. Ich habe mir ein Schreibprogramm angeschafft, das mir hilft, die Fäden meines Worldbuildings zusammenzuhalten, und den Domainnamen für die Website meines Projekts gekauft. Das ist zwar sehr optimistisch, aber Mario hat mich hervorragend gehypt und meinte, meine Reihe könnte das nächste große Ding werden. Wie grandios wäre es bitte, ein komplettes Franchise zu haben, mit Filmen und Spin-off-Comics und Computerspielen, die alle in meiner Welt angesiedelt sind? Ma und Pa müssten dann natürlich nicht mehr arbeiten, auch wenn es durchaus was für sich hätte, Pa in meinem *DZDZ*-Freizeitpark herumzukommandieren.

Vorerst händigt er mir allerdings einen Korb voller Schwangerschaftstests und Kondome aus. »Hier ist noch Nachschub für den Familienplanungsgang.«

»Sollten Kondome nicht eigentlich woanders hin? Was hältst du davon, wenn wir einen *Keine*-Familie-Planungsgang einführen?«

»Klar, nur zu. Ich bin sicher, die Firma sähe nichts lieber, als dass der neunzehnjährige Sohn eines ihrer Filialleiter hier den kompletten Grundriss umwirft.«

»Warum nicht? Alle lieben Vetternwirtschaft.«

Echt nicht zu fassen, dass ich in meinem ersten richtigen Job für meinen Vater arbeite.

Eher hatte ich mir vorgestellt, neue Bücher in einem Buchladen einzusortieren. Aber als Pa mir gesteckt hat, dass Duane Reade neue Leute sucht, habe ich mich doch beworben. Ich dachte, ich müsste bloß Regale einräumen und könnte dabei Musik hören. Tja, falsch gedacht. Vielmehr muss ich mir so schnell wie möglich einprägen, wo welche Sachen im Laden sind, weil Kund*innen es hassen, wenn du die Antwort nicht in Google-Suchgeschwindigkeit parat hast. Und ich muss außerdem an der Kasse arbeiten, was mich hart stresst, wie sich herausgestellt hat. Einmal habe ich einem Kunden zu wenig Wechselgeld rausgegeben, und er wollte meinen Chef sprechen. Bedröppelt habe ich »meinen Chef« dann vor dem Kunden Pa genannt, worauf der sich vom Kunden anhören musste, er habe mir das Zählen nicht richtig beigebracht. Ich lief puterrot an und Pa biss sich auf die Zunge. Beide waren wir für den Rest der Schicht nicht besonders gut drauf.

Klar also, dass ich jede Gelegenheit nutze, hinten im Lager Kartons auszupacken. Keine Kunden plus Extrazeit, um über meine Welten nachzudenken – die echten und die ausgedachten.

Ich ziehe mein Handy aus der Tasche.

»Kein Telefon während der Arbeitszeit«, sagt Pa.

»Ich schau nur auf die Uhr. Lo siento.«

»Está bien. Triffst du dich nachher mit diesem Jungen?«

Er meint Mario. »Nur mit Dylan.«

»Ah, dann ist ›nur‹ das falsche Wort. Selbst wenn es ›nur Dylan‹ ist, Dylan ist nie ›nur‹ irgendwas.«

Für Dylan hat Pa trotzdem deutlich mehr übrig als für

Mario. Er findet, ich verdiene jemanden, der sich zu mir bekennt. Dabei hat sich zwischen Mario und mir erst vor etwa einem Monat mehr entwickelt. Über so vieles haben wir noch gar nicht geredet. Zum Beispiel über Marios Expartner oder darüber, ob er überhaupt auf der Suche nach einer festen Beziehung ist. Mir gefällt es nicht, wenn Pa ihn dafür verurteilt, dass er nicht »mein Freund« ist.

Pa klopft mir auf die Schulter. »Wenn ich dir auf Spanisch einen Penny für deine Gedanken versprechen würde, würdest du das schon verstehen?«

»No.«

»Das war immerhin die richtige Sprache.«

Ich starre weiter die Kondompackungen an.

Pa schnipst mit den Fingern. »Benito, rede mit mir.«

»Wir sind bei der Arbeit.«

»Ich bin immer noch zuerst dein Vater und nur in zweiter Instanz dein Chef. Es sei denn, du willst früher weg oder spontan freinehmen.«

Er versteht nicht, dass das Teil des Problems ist. Er ist mein Vater *und* mein Chef. Mag ja sein, dass er dieses Gespräch gerade führen will, aber ich bin ziemlich geschlaucht und brauche mal eine Verschnaufpause. Alles wäre halb so wild, wenn meine Familie mehr Geld hätte, so wie Dylans, und ich woanders aufs College hätte gehen können. Aber ich werde einen Teufel tun, irgendwas davon hier mit Pa zu besprechen, während wir unsere Duane-Reade-Kluft tragen. Wobei, zu Hause eigentlich auch nicht. Ich möchte einfach ein bisschen Privatsphäre.

»Es ist alles okay«, murmele ich.

Pa seufzt. »Wenn du das sagst. Also dann, gib Gummi mit den Gummis, dann kannst du früher Feierabend machen.«

»Danke.«

Pa räuspert sich übertrieben, wie immer, wenn er will, dass ich Spanisch spreche. Seit Mario zu meiner persönlichen Duolingo-App geworden ist, pusht Pa mich, es regelmäßig zu üben. Noch ein Grund, aus dem er vermutlich nicht ganz warm mit Mario wird, obwohl er das nie zugeben würde: Pa hatte seine Chance, mir Spanisch beizubringen, und sie nie genutzt. Jetzt habe ich mir dafür jemand anderen geholt.

»Niemand braucht Spanischunterricht, um gracias sagen zu können.«

»Jedes bisschen zählt.«

»Gracias, Pa.«

Er drückt meinen Arm. »Ese es mi hijo.« Sein Walkie-Talkie knistert, dann bittet Alfredos Stimme um Verstärkung an den Kassen. »Vergiss nicht, tschüss zu sagen, bevor du gehst«, mahnt Pa.

»Meinst du adiós?«

Pa schenkt mir eine angedeutete Verbeugung und eilt nach vorne in den Laden.

Wenn Pa so nett ist, habe ich immer ein schlechtes Gewissen, weil ich mich so abschotte. Aber warum eigentlich? Steht mir nicht ein bisschen Zeit zu, um in Ruhe meine Gefühle zu sortieren?

Beim Einräumen der Kondompackungen kommt mir ein weiterer Nachteil des Zusammenlebens mit meinen Eltern in den Sinn. Letzten Monat hat Pa beim Wäschemachen eine Kondomverpackung in meiner Hosentasche gefunden. Das führte dann zu diesem ernsten Gespräch, bei dem er mich fragte, ob ich »sexuell aktiv« bin. Als ich ihm gestand, dass ich sowohl mit Hudson und Arthur als auch mit Mario geschlafen habe, war er ziemlich schockiert. Und wurde nervös. Vermutlich kann man noch so viele Artikel darüber lesen, wie man mit seinen Kindern über Sex reden soll, man ist trotzdem überrumpelt, wenn der neunzehnjährige Sohn schon mehr Sexualpartner hatte als man selbst. Letzten Endes erklärte Pa mir schlicht, es würde ihn sehr erleichtern, dass immer Kondome im Spiel seien, und bot mir an, auch Ma reinen Wein einzuschenken, um mir das zu ersparen. Im Grunde macht es mir nichts aus, dass sie Bescheid wissen, aber den ganzen restlichen Abend konnte ich keinem von beiden in die Augen schauen.

So langsam sollte ich meine Gedanken mal von den Schwangerschaftstests und Kondomen wegsteuern, doch mein bester Freund lässt das nicht zu.

»Aha!«, tönt Dylan. »Ich hätte wissen müssen, dass ich dich hier finde.«

»Warum?«

»Na, wahrscheinlich bereitest du dich auf einen Sexmarathon mit deinem hotten Freund vor.«

»Er ist nicht mein Freund.« Und als Dylan schon den Mund öffnet, füge ich hinzu: »Und nein, wir veranstalten keine Sexmarathons.«

»Wie kann es sein, dass du nicht bei jeder sich bietenden Gelegenheit deinen Hintern an dem dieser perfekten Kreatur reibst?«, will Dylan wissen und fügt hinzu: »Meine Theorie ist ja, dass Mario von irgendeinem notgeilen Dr. Frankenstein im Labor gezüchtet wurde. Und Samantha glaubt das auch. Zumindest hatte sie keine Gegenargumente. Ich meine ...« Dylan pfeift leise durch die Zähne.

»Stimmt, er ist wirklich schön.«

»Du meinst: heiß!«

Ich fülle noch mehr Schwangerschaftstests nach, obwohl es hier im Gegensatz zu den Kondomen eigentlich keinen Nachschub braucht. Die Zahlen sprechen für sich.

»Zwischen uns geht's aber nicht nur um Sex.« Ich stehe auf, um die überschüssige Ware zurück ins Lager zu bringen.
»Ich weiß, Big Ben. Ich habe euch zusammen gesehen. Du wirst hundertpro sein Luigi, und ihr werdet trotzdem eure Rohre entlangrutschen und ...« Dylan hält kurz inne, während ein kleines Kind an uns vorbeiläuft.»... dann – «
»Du brauchst diesen Satz wirklich nicht zu beenden«, unterbreche ich ihn hastig.

Ich verschwinde nach hinten, stempele aus und tausche die khakifarbene Hose und das Poloshirt gegen Jeans und ein blaues T-Shirt mit V-Ausschnitt. Die Farbe erinnert mich an den Nagellack, den Mario manchmal trägt. Als ich zurückkomme, studiert Dylan gerade den Klappentext eines Liebesromans aus unserem Sortiment. Ich stelle mich dicht vor ihn, um seine Aufmerksamkeit zu erregen, aber er liest weiter halblaut vor, wie eine Elitesoldatin und ein Grundschullehrer sich rettungslos ineinander verlieben.

»Wär's schwul, das zu kaufen?«, fragt er mich.
»Was glaubst du denn?«
Dylan denkt kurz nach. »Nein?«
»Korrekt.«
»Mega. Wie viel Mitarbeiterrabatt kriegst du? Fünfzig Prozent?«
»Nein.«
»Siebzig?«
Als ob es nicht schon schlimm genug wäre, dass wir mit diesem Schmachtfetzen vor den Kassen anstehen, winkt Pa uns jetzt auch noch ausgerechnet zu seiner hinüber.
»Dylan, willkommen zurück!«
»Es ist mir eine Ehre, Diego.« Dylan salutiert.
Pas höfliches Lächeln erinnert an die Male, wenn er von Kunden genervt ist, aber trotzdem nett zu ihnen sein muss.

Er wendet sich an mich. »Du hättest dich doch nicht anstellen müssen, um tschüss zu sagen.«

»Habe ich auch nicht.«

Dylan tritt vor und hält ihm das Corpus Delicti unter die Nase.

»Für Samantha?«, fragt Pa.

Dylan schüttelt den Kopf. »Diego, Diego. Ich hätte Sie etwas moderner eingeschätzt.«

»Sagt der Typ, der mich gerade noch gefragt hat, ob es schwul wäre, das Buch zu kaufen«, werfe ich ein.

»Sagt der Typ, der gern Liebesromane liest.« Dylan zwinkert Pa zu. »Das zahlt sich aus bei den Frauen – und bei Ihrem Sohn.« Er legt mir den Arm um die Schulter.

»Die Uni hat dich also auch nicht erwachsen werden lassen«, stellt Pa fest.

»Oh, glauben Sie mir, Diego, ich habe an der Uni viele *sehr* erwachsene Sachen gemacht.«

Der Kassierer nebenan, Donny, scannt aus Versehen eine Shampooflasche mehrmals, während er Dylans Wahnsinn belauscht.

Pa steckt Dylans Buch in eine Tüte. »Und jetzt macht bitte, dass ihr wegkommt.«

»Kein Problem, wir sehen uns ohnehin bald wieder.« Dylan wirft sich die Tüte über die Schulter und schreitet schon mal voran zum nächstgelegenen Ausgang.

»Kommt es mir nur so vor, oder hat sich das angehört wie eine Drohung?«, fragt Pa mich.

Ich zucke die Achseln. »Bis nachher, Pa.«

»Te quiero, mijo.«

»Ich dich auch, Pa.«

Er räuspert sich.

Ich seufze. »Te quiero, Pa.«

In meiner Familie sagen wir uns gegenseitig, dass wir uns lieb haben, ehe wir aus dem Haus oder ins Bett gehen oder ein Telefonat beenden und so weiter. Meine Eltern haben immer sehr deutlich gemacht, dass wir zwar von Zeit zu Zeit finanzielle Engpässe durchmachen, aber niemals ein Mangel an Liebe herrschen wird. Und das versteh ich durchaus. Wenn Liebe allerdings Geld wäre, würde ich es doch auch nicht ausschließlich an ein und demselben Ort ausgeben wollen. Möglicherweise möchte ich ja etwas davon in einen süßen Typen investieren, der den Namen eines Nintendo-Klempners trägt.

Ich verlasse den Duane Reade, Dylan wartet draußen auf mich. Die Gegend hier ist ständig voller Leute, wegen der vielen U-Bahn-Eingänge und wegen des Union Squares gegenüber, wo Menschen Schach spielen, ihre Hunde ausführen, lesen und Skateboard fahren. Das ist eine meiner Lieblingsecken in der Stadt. Oder war. Selbst der Union Square verliert seinen Glanz, weil ich ihn dank meines Jobs jetzt so oft sehe. Vor ein paar Wochen wollte ich mich hier mal mit Mario treffen und bin aus Versehen direkt zur Arbeit gegangen. Ich war schon mitten im Pausenraum, bevor mir aufgefallen ist, was ich da eigentlich mache. Voll auf Autopilot, da das im Moment halt mein Leben ist.

»Was sollen wir unternehmen?«, frage ich.

»Du meinst, so ganz ohne meine Freundin und deinen Freund?«

»Er ist nicht mein Freund.«

»Tja, mit der Einstellung wird er es auch nie.«

Meine Gefühle für Mario werden mit jedem Tag stärker. Aber ich versuche, sie herunterzuspielen. Immerhin wurde ich von den Jungs, in die ich verliebt war, bisher ganz schön verletzt. Erst Hudson, der nach unserem Riesenstreit einfach loszieht und wen anders küsst, bevor wir uns vertragen können. Und dann Arthur. Seine Liebe zu mir scheint akut Schiffbruch erlitten zu haben, als er Mikey getroffen hat. Mikey, der anscheinend so viel besser zu ihm passt. Jetzt bin ich dran, mir jemanden zu suchen, der besser *zu mir* passt.

»Lasset uns nun gen Uptown streben«, verlangt Dylan salbungsvoll. »Ich muss die Cookies für den vierundzwanzigsten Hochzeitstag von Samanthas Eltern abholen.«

»Den vierundzwanzigsten? Das ist ja nicht mal ein runder. Warum feiern sie den?«

»Würdest du das bitte sofort Samantha schreiben? Genau das habe ich auch gesagt! Es ist weder der zwanzigste noch der fünfundzwanzigste. Was bezwecken sie damit, Ben? Alles nur für die Cookies?«

Ich ignoriere die Frage. »Wo steckt denn Samantha?«

»Sie ...« Dylan gerät vor einem Ticketautomaten ins Straucheln. »Sie skypt mit Patrick.« Er spuckt auf den Boden.

»Du könntest Patrick auch hassen, ohne jedes Mal gleich auszuspucken.« Wir schlängeln uns zum Gleis durch.

»Er hinterlässt einen schalen Geschmack im Mund.«

»Ich verstehe nicht, warum du so auf Kriegsfuß mit ihm stehst.«

»Er redet über Samantha, als würde er sie schon ewig kennen.«

»Dee, sie sind zusammen aufgewachsen. Sie *kennen* sich schon ewig.«

»Ewig umfasst deutlich mehr als neunzehn Jahre, Benzo. Musst du vielleicht noch mal zurück in die Sommerschule?«

»Und möchtest du deine Cookies vielleicht allein abholen?«

»Uuuh, die Wildkatze fährt ihre Krallen aus. Dylan mag das.«

Die Bahn kommt, und im Rauschen des Luftzugs geht Dylans nächste erotische Anspielung unter. Wir steigen ein, quetschen uns zwischen die anderen Fahrgäste und lassen uns »gen Uptown« tragen. Unterwegs bringt Dylan mich auf den neuesten Stand. Er erzählt, wie toll alles mit Samantha läuft, obwohl sie offenbar ein paar Startschwierigkeiten hatten. Denn egal, wie verliebt sie auch sind, sie mussten sich erst mal ans Zusammenleben gewöhnen. Samantha musste damit klarkommen, dass Dylan achtundneunzig Prozent der Zeit im Dylanmodus war, und herausfinden, wie sie die restlichen zwei Prozent für ihn da sein konnte. Dylan wiederum musste sich daran gewöhnen stillzusitzen, während Samantha lernte, und einsehen, dass sie manchmal Raum für sich brauchte, einfach so.

Als wir aussteigen, bin ich dran. Ich beschwere mich, wie sehr ich all meine Kurse bis auf Kreatives Schreiben hasse und wie teuer das Studium ist. Dass wir gerade durch die Upper West Side spazieren, macht die Sache nicht besser. Vor einem Café stehen ein paar Leute mit Einkaufstüten. Wetten, dass mindestens einer von denen da eben mehr Geld in ein neues Hemd investiert hat, als ich in zwei Wochen verdiene? In den Läden hier käme ich mir überall wie ein totaler Versager vor. Aber wer braucht schon solche Schickimicki-Boutiquen? Lieber würde ich Mario dafür bezahlen, dass er mir regelmäßig T-Shirts druckt.

»Meine Kehle ist ganz trocken, edler Bentleman«, sagt Dylan geziert. »Hoffen wir, dass Levain einen anständigen Eistee serviert. Oder vielleicht ein frisches Wässerchen.«

Es vergehen ein paar Sekunden, ehe es klick macht. Zuerst glaube ich, dass »Levain« irgendeine Figur aus einem

Fantasyroman sein muss oder so. Aber beim nächsten Gully wird mir schlagartig klar, wovon Dylan redet. Und ich fühle mich, als würde ich gleich direkt in die Kanalisation unter mir fließen. »Levain Bakery?«

»Guck an, du hast ja doch was im Kopf. Ich nehme das mit der Sommerschule zurück.«

»Da war ...« Ich werde gerade zwei Jahre zurückgeworfen.

»Das ist ein Arthur-Ort.«

»Und?«

»Und er geht da bestimmt mit seinem Freund hin, kauft Cookies, und ...«

»Und du hast mich dabei.«

»Aber du bist nicht mein Freund. Nicht so.«

»Und wessen Schuld ist das, Monsieur Ich-lass-dich-zappeln?«

Wir nähern uns der Bäckerei, und ich atme tief durch. Es gibt Millionen Menschen in New York und Abermillionen Dinge zu tun. Und ich mache mir trotzdem Sorgen, dass ich Arthur über den Weg laufen könnte. Er glaubt schon immer felsenfest daran, dass das Universum Menschen zusammenbringt, während ich eher so meine Zweifel am Schicksal und solchen Dingen habe. Wenn wir jetzt in den Laden kommen und Arthur da drin ist, ändere ich meine Meinung, so viel ist sicher. Dann werde ich zum Obergläubigen. Obwohl ich natürlich nicht von Haus zu Haus ziehen werde, um die frohe Botschaft zu verkünden. Das wäre zu viel des Guten.

Die Schlange reicht bis auf die Straße, und wir reihen uns ein. Ich stelle mich auf die Zehenspitzen und gucke, ob ich Arthur entdecke. Das ist nicht der Fall, allerdings könnte er trotzdem hier sein. Vielleicht sehe ich ihn nur nicht, weil er so klein ist.

Dylan wirft mir einen Seitenblick zu. »Ist doch kein Weltuntergang, wenn du ihn triffst. Du liebst den Kerl!«

Meine Brust zieht sich zusammen. »Was? Nein!«

»Whoa, Mister, du gehst aber ganz schön auf Verteidigungskurs. Ich sage ja nicht, dass du in ihn verliebt bist. Nur, dass du dieses kleine Energiebündel sehr gernhast. Auf eine Art, die deinem Freund keinen Anlass zur Eifersucht geben muss.«

»Mario ist *nicht* mein Freund.« Wobei es die Sache mit Arthur wesentlich einfacher machen würde, wenn er es wäre. »Mein Problem ist ja auch eher, dass man mit seinem Ex immer in irgendeiner Art Wettstreit liegt. Das ist dir doch klar, oder?

»Jap. Harriett hat mir mal buchstäblich gesagt, sie sei wichtiger als ich, weil sie zigtausend Insta-Follower mehr hat. Ist es zu spät, ihr zu schreiben, dass eine Samantha so viel wert ist wie eine Million Harrietts?«

Ich hebe die Augenbrauen.

»Okay, definitiv zu spät. Gut, zurück zu dir. Warum ist Arthur auf einmal Staatsfeind Nummer eins?«

»Ist er nicht. Er scheint nur in sämtlichen Disziplinen vorne zu liegen. Wahnsinnscollege, glückliche Beziehung, cooler Nebenjob in New York. Und das fühlt sich scheiße an. Was hab ich denn vorzuweisen?«

»Deinen sexy besten Freund.«

»Der ist aber nicht neu.«

»Mein Männerdutt schon. Und ich hab das Gefühl, du zollst ihm nicht den gebührenden Respekt.«

»Ach, keine Ahnung, Dee. Manchmal kommt es mir so vor, als würde sich mein Leben keinen Zentimeter vorwärts bewegen.«

»Genau wie diese Schlange hier.« Dylan späht an seinem

Vordermann vorbei. »Na los, Leute, wie lange kann es dauern, einen verdammten Keks auszusuchen?«

»Vielen Dank auch für deine ungeteilte Aufmerksamkeit.«

»Wie bitte?« Dylan blinzelt. »Kriege zwischen Expartnern sind kompliziert, aber denk immer dran, dass Arthur beim Anblick deines hotten neuen Freunds sofort in Flammen aufgehen würde, wie ein Vampir in der Sonne.«

»Er ist. Nicht. Mein. Freund.«

Diese Konkurrenzgeschichte ist eigentlich bescheuert. Ich mag Arthur und Mario aus verschiedenen Gründen. Davon sind keine besser oder schlechter. Nur anders. Mit keinem von beiden war es Liebe auf den ersten Blick. Nach Arthurs und meinem Kennenlernen auf dem Postamt habe ich ein paar Mal an Arthur gedacht, klar, aber *ich* habe sein Gesicht nicht ans Schwarze Brett eines Coffeeshops gehängt. Und was Mario angeht: Ja, ich habe ziemlich schnell festgestellt, wie süß er ist. Trotzdem hat es Monate und eine gemeinsame Seminaraufgabe gebraucht, bis wir uns nähergekommen sind.

Ich hoffe, dass ich irgendwann mal nicht mehr so hart dafür arbeiten muss, dass etwas sich leicht anfühlt.

Bei Arthur und Mikey ist bestimmt alles leicht. Manchmal stelle ich mir vor, wie sie zusammen Musicalsongs schmettern. Jemandem wie Mikey musste Arthur nicht erst beibringen, was *Hamilton* ist, also konnten sie sich direkt über die ganzen alternativeren Off-Broadway-Shows unterhalten. Wie richtige Fans. Nicht wie ich, der sich einen kompletten Soundtrack nur angehört hat, weil mich ein süßer Junge, der währenddessen in mein *DZDZ*-Manuskript vertieft war, darum gebeten hat. Eine besondere, sehr intime Erfahrung. Es stört mich aber, dass es bloß ein Augenblick war. *Ich war nur*

ein Augenblick für ihn. Jetzt habe ich sogar seinen Insta-Post gelikt, und er hat sich immer noch nicht gemeldet, um mir zu sagen, dass er hier ist. Musste ich echt so rausfinden, dass er nach New York kommt? *Über Instagram?*
Egal.
Ich werde mich nicht länger zwanghaft mit der Vergangenheit beschäftigen.
Ich konzentriere mich auf das, was vor mir liegt.
Auf mein eigenes Leben.
Zum Beispiel darauf, dass ich mich morgen mit Mario treffe. Ich helfe ihm bei ein paar Besorgungen, und dann gehen wir zu mir. Gucken einen Film, lernen ein bisschen Spanisch, vielleicht ergibt sich sogar noch mehr. Ich verstehe total, warum das für Außenstehende nach einem Date aussieht. Aber bei Mario ist das was anderes. Alles ist anders mit Mario.
Manchmal habe ich das Gefühl, wir sind eine Uhr, deren einer Zeiger auf der Elf stehen geblieben ist und nie die Zwölf erreicht.
Ich hoffe, unsere Zeit kommt noch.
Endlich schaffen Dylan und ich es zumindest in den Laden hinein. Der Geruch nach frisch gebackenen Cookies ist überwältigend. Dylan sagt Bescheid, dass er eine Bestellung abholen will, aber wir können natürlich nicht wieder gehen, ohne uns selbst auch etwas zu gönnen. Ich nehme Hafer-Rosine und Dylan Dunkle Schokolade mit Erdnussbutter. Er reckt seinen Cookie wie eine geballte Faust in die Luft.
»Alter, damit könnte man jemanden erschlagen.«
»Nope, das funktioniert nicht«, entgegnet die Kassiererin.
Dylan wirft ihr einen misstrauischen Blick zu, tritt einen Schritt zurück und flötet: »Ich wünsche Ihnen noch einen wunderschönen und vergnüglichen Tag.« Er nimmt seine

Schachtel und strebt zum Ausgang. »Sie hat definitiv schon mal versucht, jemanden damit zu erschlagen«, flüstert er.
»Sollten wir das melden?«
»Was glaubst du denn?«
»Hm ... Nein?«
Ich halte ihm die Tür auf, und da holt das Universum aus. Es schlägt nicht so hart zu, wie ich befürchtet hatte, aber das könnte jeden Augenblick noch passieren.
Draußen steht nämlich Jessie, Arthurs beste Freundin. Sie wirkt genauso überrascht wie ich.
»Ben! Oh mein Gott, hi!« Sie drückt mich, und ich werde schon wieder in die Vergangenheit gesogen. Dann umarmt sie Dylan.
»Ihr beide! Das ist ja wie ... die Wiedervereinigung des *Friends*-Casts.«
»Kann es dabei einen Catfight geben?« Dylan reibt sich die Hände. »Wo ist Arthur? Raus mit ihm! Lassen wir den Kampf der Exfreunde beginnen! Ben, ich liebe dich, aber ich setze auf Arthur. Der hat es bestimmt faustdick hinter den Ohren.«
Jessie lacht und verdreht die Augen. »Arthur packt noch aus. Ich habe Cookie-Dienst. Erinnert ihr euch an diesen Abend, an dem wir alle zusammen in Onkel Miltons Wohnung gefeiert haben? Fühlt sich an, als wär's eine Ewigkeit her.«
Tut es. Und auch wieder nicht.
Sie meint Arthurs Geburtstag vor zwei Jahren. Da hatten wir auch einen Levain-Cookie zum Teilen. Ich habe Jessie und Ethan, Arthurs anderen besten Freund aus der Heimat, kennengelernt, Dylan und Samantha haben einen Kuchen mit *Hamilton*-Zitat besorgt, und Arthurs Kolleginnen Juliet und Namrata kamen überraschend auch noch vorbei. Nach

dem ganzen Trubel haben Arthur und ich uns ins Bett gekuschelt, und er hat die Kapitel gelesen, in denen zum ersten Mal König Arturo auftaucht.

Ich erinnere mich so lebhaft, als wäre es erst gestern gewesen. »Wir hatten echt Spaß«, ist alles, was ich herausbringe.

»Ich frage mich immer noch, wie wir's geschafft haben, keinen Ärger zu kriegen«, fährt Jessie fort. »Diesmal sind Arthurs Eltern nicht mit hier. Das heißt, wir können öfter feiern.«

»Bin dabei!«, ruft Dylan.

Jessie grinst. »Arthur wird gleich so neidisch sein, wenn ich ihm erzähle, dass ich euch getroffen habe.«

»Wünsch ihm viel Glück für seinen New-York-Neustart von mir«, sage ich.

»Und richte ihm aus, dass ich seine urwüchsige sexuelle Anziehungskraft vermisse«, fügt Dylan hinzu.

Jessie lacht erneut. »Okay, jetzt sollte ich mich wohl besser beeilen, um den Laden nicht aufzuhalten.«

»Bleib nicht zu lang drin. Ich habe Grund zu der Annahme, dass die Kassiererin eine Mörderin ist«, warnt Dylan.

Diesmal wirkt Jessies Lachen ein bisschen gequält. »Ich bewundere Samantha wirklich dafür, dass sie es mit dir aufnimmt. Die Frau hat echt Ausdauer ...«

»Oh ja, die hat sie. Ich könnte dir Geschichten erzählen ...«

Ich zerre Dylan weg. »Ciao, Jessie, hab einen coolen Sommer.«

Dylan lässt fast die Keksschachtel fallen. »Warum die Eile?«

»Weil das superseltsam für mich war, Dee«, sage ich, als Jessie außer Hörweite ist. »Das müsste dir doch klar sein.«

»Es war ja nicht Arthur.«

»Nein, aber der kriegt es gleich brühwarm erzählt. Was meinst du, wie das aussieht? Gestern like ich seinen Post auf Insta, heute lungere ich bei seinem Lieblings-Cookie-Laden herum. Nur ein paar Minuten von seiner Wohnung entfernt ... Er denkt jetzt bestimmt, dass ich ihn stalke oder so. Ich will auf keinen Fall, dass es irgendwie komisch zwischen uns ist, jetzt, da er einen Freund hat.« Ich hebe einen Finger. »Und wenn du mir jetzt sagst, ich hätte auch einen Freund, dann erschlage ich *dich* mit einem Keks.«

»Das wird nicht funktionieren«, trällert Dylan.

Ich marschiere zurück zur U-Bahn und wünsche, die Begegnung gerade hätte mich nicht so aufgewühlt. Ich möchte mich ja für Arthur freuen. Das ist nur ziemlich schwer, wenn ich gleichzeitig den Eindruck habe, dass er mit mir eigentlich gar nicht glücklich war. Ich war nur der Typ, der ihn so lange unterhalten hat, bis jemand Passenderer um die Ecke kam. Aber das ist okay.

Ich habe auch jemand Passenderen gefunden.

Statt mir Sorgen um die Vergangenheit zu machen, werde ich lieber weiter an meiner Zukunft arbeiten.

4. KAPITEL – ARTHUR
SONNTAG, 17. MAI

Arthur Seuss: gefallener Held, besiegter Krieger. Hat sein letztes bisschen Würde an ein vermaledeites Spannbettuch verloren.

Ich lasse mich auf Onkel Miltons nackte Matratze fallen und schnappe nach Luft, als wäre ich gerade einen Marathon gelaufen. Ich fühle mich wie letztes Jahr, als ich mich in meinen Bar-Mitzwa-Blazer gequetscht hatte, weil Ben mir die Nadelstreifen nicht glauben wollte. Ist daraus ein süßes Selfie geworden? Na logo! Leider musste ich mich danach mehr oder weniger wieder aus dem Teil hinaus gebären. Zumindest aber konnte ich damals die eine Seite anziehen, ohne dass die andere wieder abgeflogen wäre. Was ich von diesem Debakel namens Spannbettuch nicht behaupten kann.

Ich brauche Jessie. Natürlich ist sie seit einer geschlagenen Stunde »eben schnell was zu essen holen« – mehr als genug Zeit für mich also, um einzusehen, was ich schon immer geahnt habe. Ich bin *lächerlich* unfähig, allein zu wohnen. Zum Glück wusste offenbar das Universum längst darüber Bescheid, denn am gleichen Tag, an dem ich Jacobs Jobangebot annahm, hat Jessie erfahren, dass ihre angepeilte Unterkunft nun doch nicht zur Verfügung stand. Man spule eine Woche vor, und hier sind wir nun: Manhattan-Mitbewohner. Mondäne und ganz legal Erwachsene, die in der Stadt, die niemals schläft, Mondänes und ganz legal Erwachsenes treiben.

Okay, bisher beschränkt es sich auf Socken einräumen, Steckdosen suchen und aus gänzlich unsexuellen Gründen auf der Matratze schnaufen. Trotzdem ist es schon fast mondän. Es *wird* mondän sein. Ich muss nur eben noch ein schnelles Panik-Selfie für Jessie schießen, auf dem ich in mein Laken eingewickelt bin wie in eine Ganzkörperduschhaube. Tod durch Laken 😱 SOS

Sie schreibt augenblicklich zurück. 😄 Wahrscheinlich ist's einfach falsch rum. Guck mal nach, ob irgendwo markiert ist, welche Seite oben und welche unten liegen will.

Mein Laken hat sein eigenes Grindr-Profil??

Aber siehe da: Kaum fahre ich am Saum entlang, kommen gleich vier Satinschildchen zum Vorschein: *Oben, Unten, Längsseite, Querseite.* Dreimal dürfen wir raten, welcher Idiot es also tatsächlich eine halbe Stunde lang falsch rum versucht hat.

Zehn Minuten später sieht mein Zimmer dann aber endlich aus, als entspränge es einem von Moms Einrichtungsmagazinen – und ist somit eines triumphalen Mission-Accomplished-Fotos für Jessie mehr als würdig. Doch als ich zum Handy greife, vibriert es: ein FaceTime-Anruf.

Mikey. Ich nehme an und lächle in sein unnötig nah vor die Kamera gehaltenes Gesicht. Man sollte meinen, wer im Alter von acht Jahren das alte Smartphone seines großen Bruders bekommen hat, sollte inzwischen mit diesen Geräten umgehen können. Selbst Bubbe videochattet besser als Mikey. Verdammt niedlich irgendwie.

»Check das aus: Eins-a-Bett, oder?« Ich filme es, damit er mein Handwerk bewundern kann. »Fehlen nur noch wir beide. In Reiterstellung und – «

Mikey räuspert sich lautstark und hält das Handy mit feuerroten Wangen ein Stück von sich weg. Im nächsten Augenblick streckt seine Nichte Mia den Kopf ins Sichtfeld.

»– und hier ist unser Pferd!« Ich schwenke zu dem riesigen Pferdegemälde über Onkel Miltons Bettende, halte dann auf mich und grinse verkrampft in die Kamera. »Hiiiiii, Mia!«, wiehere ich.

Mikey guckt amüsiert. Aber auch leicht beunruhigt.

»Hi, Asa«, sagt Mia, horcht auf etwas, das Mikey ihr ins Ohr flüstert, und sieht dann wieder mich an. »Arrrrrrrthurrrrrr«, korrigiert sie sich, zieht das R in die Länge wie ein Pirat und erntet einen Faustcheck von Onkel Mikey dafür.

Er kann so gut mit ihr umgehen. Als ich Mia an Silvester zum ersten Mal getroffen habe, war sie zu schüchtern, um ein Wort herauszubringen. Aber Mikey hat sie kein bisschen unter Druck gesetzt. Er hat sie einfach im Arm gehalten und sie ihr Gesicht an sein Shirt pressen lassen, während er und ich uns unterhielten. Ich bin schier dahingeschmolzen vor Entzücken. Den ganzen Abend über konnte ich den Blick nicht von ihm abwenden, hätte ihn am liebsten pausenlos abknutschen wollen – versammelte Verwandtschaft hin oder her.

Der Gedanke ist seltsam, dass ich genau jetzt bei ihnen in Boston sein und mit meinem zum Sterben niedlichen Freund einen Familienglückssommer verbringen könnte. Wenn ich zu sehr darüber nachdenke, schmerzt es ein bisschen. Vielleicht auch ein bisschen mehr.

Ich schlucke das runter. »Mia! Wie alt bist du jetzt?«

Schüchtern nuschelt sie etwas, das ich nicht verstehe.

»Sechzehn?«, frage ich.

Sie kichert. »Nein!«

»*Sieb*zehn?«

»Neiiin!!« Mia guckt perplex zu Mikey, dann wendet sie sich wieder mir zu. Mikey hält hinter ihrem Rücken vier Finger hoch.

»Okay, okay«, mache ich. »Hmm. Bist du ... vier?«

»Viereinhalb!«

Mikey macht ein Hoppla-Gesicht und zuckt die Schultern.

»Aber natürlich!« Ich schlage mir gegen die Stirn. »Wow. Ich vermisse euch. Wie läuft's denn so?«

Mikey zögert. »Ganz ... gut.«

»Nur gut?«

»Mimi, willst du mal zu Daddy?«

»Nein«, entscheidet Mia. Kein Herumgeeier – ein kategorisches *Nein*. Denn Mia McCowan-Chen weiß genau, was sie will.

»Na los, geh mal zu Daddy«, sagt Mikey. Mia guckt finster in die Kamera und verschwindet aus dem Sichtfeld.

»Was ist los? Gab's Knatsch bei euch?« Ich versuche mich zu erinnern, ob irgendetwas an Mikeys Nachrichten gestern Abend nach Ärger klang. Bei ihm ist das immer schwer zu sagen. Egal, wie gut ich darin werde, seine Miene zu lesen, seine Nachrichten bleiben mir ein Rätsel. Eigentlich wollte ich bei Bubbe noch mit ihm facetimen, aber sie macht immer so ein Gewese ums Abendessen, und dann kam Jessie aus Providence an, und wir haben uns die halbe Nacht im alten Kinderzimmer meiner Mom verquatscht.

»Also, gestern war noch alles gut.« Mikey reibt sich den Nasenrücken. »Aber heute Morgen haben wir erfahren, dass mein Bruder ... heimlich geheiratet hat.«

»Robert hat *was*?!« Mir fällt die Kinnlade runter.

»Und er hat es meinen Eltern per Textnachricht mitgeteilt.«

»Das hat er *nicht* getan.«
»Doch!«
»Nope. Das ist zu heftig. Selbst für Robbie.«
Mikey lächelt unmerklich. Er freut sich jedes Mal wie Bolle über mein Gedächtnis für Details. Also, für Details aus den Leben anderer Leute. Ich kann Ethans fünf meistverhasste Insekten nennen, oder das Sternzeichen von Bens Exfreund, oder, oder, oder. Mag sein, dass ich keine einzige Buchseite schaffe, ohne jeden dritten Absatz ein zweites Mal lesen zu müssen, aber hey, ich weiß noch den Namen des Ehemannes meiner Lehrerin in der Zweiten. Das ist, auch wenn es irgendwie *Stalker!* ruft, meine Superkraft. Mittlerweile glaube ich jedoch, dass sie tatsächlich ganz nützlich ist. Vor allem, weil das große laute Familienknäuel meines Freundes eine ganz eigene Welt ist und ich quasi über jeden darin ein Buch schreiben könnte.

»Meine Eltern flippen total aus«, sagt Mikey. »Laura ist schon seit zehn Uhr bei ihnen. Offenbar hat Mom immer noch nicht aufgehört zu weinen. Das reinste Desaster.«

»Aber ich dachte, deine Eltern mögen Amanda!«

»Stimmt ja auch, aber – «

»Er hat doch nicht etwa eine andere Frau geheiratet? Oder einen Mann?« Ich schnappe nach Luft. »Hat Robert einen Mann geheiratet? Das ist ... Oh mein Gott, das legendärste Coming-out ever! Warum ist mir das noch nicht eingefallen?!«

»Robbie ist hetero«, sagt Mikey. »Zumindest soweit ich weiß. Und alle lieben Amanda. Es bricht ihnen bloß das Herz, dass sie es so klammheimlich gemacht haben.«

»Ist Amanda schwanger?«

Mikey schüttelt den Kopf. »Nein. Aber diese ganze Hochzeitssache ist meinen Eltern superwichtig, weißt du?

Sie haben sich schier auf den Kopf gestellt für Laura und Josh – haben quasi jeden eingeladen, mit dem sie mal Blickkontakt hatten.« Er hält inne. »Genau das wollten Robbie und Amanda wahrscheinlich vermeiden.«

»Wahrscheinlich. Wow.« Ich zucke die Schultern. »Immerhin ist es irgendwie romantisch. Eine heimliche Hochzeit!«

»Tja. Laura denkt, sie haben es wegen der Krankenversicherung gemacht. Amanda ist ja vor Kurzem sechsundzwanzig geworden.«

»Stimmt. Und sie arbeitet jetzt auch freiberuflich. Das ergibt Sinn.«

»Ehrlich mal, merkst du dir *alles*?« Jetzt lächelt Mikey richtig. »Dir ist klar, dass du über die berufliche Laufbahn der Freundin meines Bruders nicht Buch führen musst?«

»Der *Frau* deines Bruders. Sie ist jetzt deine Schwägerin.«

Mikey ist einen Augenblick lang sprachlos. »Ja«, sagt er dann.

»Also nicht mal eine winzige Feier, hm?« Ich lege mich aufs Bett und halte das Handy über mich. »Kein: *Sie dürfen die Braut jetzt küssen?* Keine Torte? Gar nichts?«

»Sich küssen und Torte essen können sie trotzdem.«

»Stimmt. Aber ... keine Ahnung, bist du nicht auch ein bisschen traurig, dass du Robbies Gesicht nicht siehst, wenn Amanda zum Altar schreitet? Ich wäre traurig, denn – «

»Ich weiß«, sagt Mikey. »Du hast mir diese BuzzFeed-Liste vier Mal geschickt.«

»Und ich werde dir *weiter* von ihrer Braut hingerissene Bräutigame schicken. Bis du sie endlich zu würdigen weißt.«

»Ist das eine Drohung?« Mikey zieht die Nase kraus und lächelt – einer meiner Dauerfavoriten unter den Mikey-Gesichtern. Doch kaum ist das Lächeln aufgetaucht, verschwindet es auch schon wieder. »Nicht zu fassen«, sagt er, »dass schon jetzt das erste Familiendrama über uns hereinbricht. Ich bin keine vierundzwanzig Stunden hier.«

»Also, falls du dem Drama entfliehen möchtest: Ich bin hier.«

Mikey sieht mich abwartend an.

»Okay, schon verstanden. Aber falls du ein *anderes* Drama haben möchtest ...«

Die Wohnungstür fällt ins Schloss.

Ich sehe auf. »Jessie ist zurück!«

Eine Sekunde später steht sie mit einem gigantischen Double-Chocolatechip-Cookie in der einen und einer weißen Papiertüte in der anderen Hand in meinem Zimmer.

»Arthur, du wirst nicht *glauben,* wen ich gerade vor der Levain Bakery getroffen habe!« Sie lässt sich neben mich fallen und guckt auf mein Handy. »Oh! Äh. Hi, Mikey!«

»Wie geht's?« Er schenkt ihr ein unentspanntes Halbwinken.

»Gut, gut.«

Ich lächle zwischen ihm und ihr hin und her. Himmel, ich liebe unbeholfene Menschen. Offenbar sammle ich sie.

Jessie reicht mir die Tüte und ich inhaliere glücklich. »Das riecht. So gut.«

Sie klopft mir auf die Schulter. »Gern geschehen.«

»Also, wen hast du getroffen?«

»Richtig.« Jessie nickt hastig. »Namrata.«

»Vor der Levain? Auf keinen Fall! Sie wohnt doch mittlerweile in Downtown.«

»Wer ist Namrata?«, fragt Mikey.

»Eine der Sommeraushilfen der Kanzlei, in der ich hier gearbeitet habe. Aber mittlerweile ist sie fest angestellt. Wow, Jess, was für ein Zufall, dass du ihr ausgerechnet einen

Tag vor deinem Praktikumsbeginn über den Weg läufst!«

Ich schüttle lächelnd den Kopf. »Hut ab, Universum!«

»Kann sein. Ich werde jetzt jedenfalls den hier verspeisen.« Jessie springt auf. »Cookies zum Mittag?«

»Cookies zum Mittag!« Ich wende mich an Mikey. »Ähm ...«

»Solange der Cookie noch warm ist. Logisch«, sagt er.

Ich lächle. »Hältst du mich über deine Eltern und Robert auf dem Laufenden?«

»Logo.« Mikey zögert, dann sagt er: »Du fehlst mir.«

»Du fehlst mir auch, Mikey-Maus.«

Ich lege auf und gehe ins Wohnzimmer, wo sich Jessie mit zwei Gläsern Milch und ihrem Cookie an den Esstisch gesetzt hat.

»Verdammt, ich liebe dich, Jessie Franklin«, sage ich.

Sie sieht lächelnd zu mir auf. »Du hast mich nicht vorgewarnt, dass ich für diesen Cookie einen Löffel brauche.«

»Einen Löffel? Sei keine Memme.« Ich plumpse auf den Stuhl neben ihr und beiße in meinen Cookie wie in einen Hamburger. Er ist so warm, so klebrig, so drüber. So New York. Und ich musste mich ein Jahr lang von Uni-Cafeteria-Keksen ernähren. »Boah«, schmatze ich. »Du hast keinen Schimmer, wie dringend ich das brauchte.«

»Ich hatte so eine Ahnung.«

»Nicht zu fassen, dass du Namrata getroffen hast. Wie geht es ihr?«

»Weiß ich nicht.« Jessie zuckt die Schultern. »Sie habe ich gar nicht getroffen.«

»Aber –«

»Ich habe Ben getroffen«, erklärt sie schlicht.

Die ganze Welt kommt quietschend zum Stillstand.

»Ben, ... also *Ben*?! Alejo?!«

Jessie beißt in ihren Cookie und nickt.
»Aber du sagtest ...«
»Mh-hm.«
»Aber warum hast du ...?«
Jessie guckt demonstrativ auf mein Handy und ich werde augenblicklich knallrot. »Oh.«
Jessie zögert. »Also, wie geht's Mikey?«
»Super! Ich meine, gut.« Mein Kopf fühlt sich neblig an.
»Was hat Ben wohl bei der Levain gewollt?«
»Cookies?«, schlägt Jessie vor. »Aber irgendwie seltsam, hm? Dylan war bei ihm. Ehrlich gesagt habe ich die beiden gar nicht sofort wiedererkannt. Wusstest du, dass Dylan jetzt einen Männerdutt trägt?«
»Hat Ben sich auch verändert?« Ich kneife die Augen zusammen und versuche, mich an das letzte Selfie von ihm zu erinnern. Meist postet er nur Fotos von Gebäuden, Graffiti und so langweiligen Sachen wie, keine Ahnung, Straßentauben. Offenbar hat er immer noch nicht gemerkt, dass sein Gesicht das Schönste ist, was es in New York zu sehen gibt.
Nein, nein, nein. Diesen Gedanken sofort löschen.
»Er sah aus wie immer«, antwortet Jessie. »Ich hatte nur einfach nicht damit gerechnet, die beiden zu treffen. Dylan lässt ausrichten, er vermisst deine urwüchsige sexuelle Anziehungskraft.«
»Ich vermisse ihn auch!«
Ich habe bestimmt ein Jahr nicht mit Dylan gesprochen, vielleicht sogar noch länger. Aber von dem Männerdutt wusste ich, weil ich ihm online folge. Er und Samantha sind mein absolutes Lieblings-Insta-Pärchen. Letzte Woche hat Dylan eine Kissenburg gepostet, die die beiden im Wohnheimzimmer errichtet hatten. Im Grunde war es nicht mehr

als ein über zwei Kartontürme gespanntes Laken, aber eben übers Bett hinweg, sodass sie die letzte Nacht vor den Ferien quasi in einem Himmelbett schlafen konnten. Wenn das keine Spitzenromantik ist, dann weiß ich auch nicht. Natürlich habe ich danach mit dem Gedanken gespielt, das Gleiche mit Mikey in *unserer* letzten Nacht vor den Ferien zu machen. Ich habe sogar Klebeleuchtsterne in dem Spielzeugladen auf der Main Street gekauft, damit wir so tun könnten, als würden wir unter freiem Himmel schlafen.

Aber obwohl ich sicher bin, dass Mikey mir zuliebe mitgemacht hätte, habe ich es letzten Endes nicht einmal angesprochen. Mir stand wohl schon zu bildlich sein »Warum genau machen wir das?«-Gesicht vor Augen. Oder ich hörte schon zu deutlich, wie er fragen würde, ob es die Extra-Aufräumarbeit am nächsten Morgen wirklich wert sei. Was sich ja irgendwie von selbst beantwortet. Wenn dein Freund dich fragt, ob deine romantische Geste es wert ist, dann ist sie es definitiv nicht wert.

Keine Ahnung, vielleicht wäre Mikey auch Feuer und Flamme gewesen. Einerseits ist er nicht der Typ für spontane romantische Eingebungen, andererseits aber auch ziemlich leicht für sie zu begeistern, vor allem dann, wenn diese Romantik außerhalb der Öffentlichkeit stattfinden soll. Und es gefällt ihm, mich glücklich zu machen. Er *macht* mich ja auch glücklich. Und was soll's, dass die Beziehung mit Mikey keine immerwährende Überraschungsparty ist. So muss Liebe nicht sein. Sie muss nicht protzig sein, nicht rührselig, nicht überlebensgroß. Liebe kann ein Stapel gefaltete Wäsche sein oder ein voller Tank. Sie kann ein zuverlässiger süßer Freund sein, der eine zusätzliche Nacht im Wohnheim bleibt, um beim Packen zu helfen. Jedenfalls ist nicht jede Beziehung –

»Ben Alejo also«, greift Jessie den Faden auf, und ich kippe fast meine Milch um. »Am ersten Tag. Was für ein *Zufall*, hm?«

»Total.« Ich nicke eifrig. »Total der Zufall.« Okay, wow. Jetzt dreht sich mir der Kopf. Windmühlenhirn, Dreidelhirn, *Riesenfuckingtornadohirn*. Denn gestern hat Ben meinen Post über die Reise nach New York gelikt. Und plötzlich hängt er vor der Levain herum. In Onkel Miltons Viertel! Am Tag meiner Ankunft!! Das Universum winkt mit dem Neonschild. Es sei denn ...

»Hat Ben was gesagt?«

Jessie legt den Kopf schief. »Was soll er gesagt haben?«

»Was über mich.« Ich werde rot. »Keine Ahnung. Ich habe mich nur gefragt ... Ich weiß nicht mal, ob er weiß, dass ich hier bin.«

»Oh, definitiv weiß er das. Er nannte es deinen New-York-Neustart.«

Meine Lunge versagt den Dienst. Ich öffne den Mund und mache ihn wieder zu.

Jessie zieht die Brauen hoch. »Alles okay?«

»Was? Ja, klar. Ich bin nur ...« Was bin ich? »Meinst du, ich sollte ihm schreiben?«

»Definitiv nicht.«

»Wegen Mikey?«

»Ja! Art, komm schon!«

»Oh mein Gott.« Ich lache. »Ich rede nicht von Flirten. Ich rede von einem netten platonischen: *Hi, wie geht's dir? Wir haben seit* – «

»Keine gute Idee.«

»Warum?«

»Arthur, gerade mussten wir noch *lügen*, weil Mikey nicht wissen durfte, dass ich Ben getroffen habe.«

»Wir?« Ich runzle die Stirn. »*Du* hast gelogen!«

»Ja, denn wie oft hast du mir erzählt, dass Mikey seltsam wird, wenn du von deinem ersten Sommer in New York mit Ben und so redest?«

»Du glaubst, ich rede nicht mit ihm darüber?«

»Immerhin musstest du ihm gerade erklären, wer Namrata ist.«

»Warum muss mein Freund jede meiner Exkolleginnen von vor zwei Jahren kennen?«

»Ich sage nur, dass Mikey offensichtlich jetzt schon dünnhäutig ist, was Ben angeht. Warum solltest du das noch zusätzlich provozieren?«

Ich schüttle den Kopf. »Du überinterpretierst da was. Ich will Ben ja nicht abschleppen! Ich will nur Hallo sagen, okay? Ich bin in seiner Stadt! Er war mal einer meiner besten Freunde und – «

»Er ist dein Ex.«

»*Und* mein Freund! Das eine schließt das andere nicht aus.« Ich schiebe mir eine neue Ladung Cookie in den Mund und kaue aggressiv. »Du sagt das nur, weil«, ich schlucke, »du nicht mehr mit Ethan sprichst.«

»Das hat nichts mit Ethan und mir zu tun.« Jessie steht abrupt auf, bleibt dann aber an Ort und Stelle stehen und hält sich den Bauch. »Wow, dieser Cookie. Keine leichte Kost.«

Ich nicke abwesend, denn meine Gedanken sind bereits kilometerweit weg. Dass Jessie Ben getroffen hat, muss ein Zeichen des Universums sein, richtig? So etwas passiert in New York nicht. Nicht ohne universale Einmischung. Soll ich das etwa einfach ignorieren?

Mikey wird es verstehen. Klar, er wird nicht begeistert sein, aber er vertraut mir. Und das kann er auch. Denn

Fremdgehen liegt – aber hallo! – ganz weit jenseits der Grenzen, die ich für mich im Leben gezogen habe. Es liegt irgendwo da in der Ecke, gleich neben Republikaner-Wählen und Morden. Außerdem hat Mikey selbst gesagt, dass ich Ben treffen soll, wenn ich das will. Also können wir zusammen sein. Jetzt nicht *zusammen sein*. Einfach ... uns treffen. Keine große Sache. Tatsächlich wäre es sogar seltsamer, Ben *nicht* zu schreiben, weil ich ihn dann absichtlich meiden und also *zugeben* würde, dass ich noch Gefühle für ihn habe. Also, wenn ich welche hätte. Aber habe ich ja nicht.

Was also hält mich davon ab, ihm zu schreiben?

Was wäre, wenn ... ich es einfach tue?

5. KAPITEL – BEN
MONTAG, 18. MAI

Ich war eigentlich immer die amtierende Nummer eins in der Disziplin »Zuspätkommen« – bis Mario in mein Leben trat.

Ein kurzer Blick aufs Handy sagt mir, dass er inzwischen zwanzig Minuten zu spät ist. Aber ich werde deswegen nicht rumzicken. Hudson war damals während unserer Beziehung definitiv auch kein Fan chronischer Unpünktlichkeit, und Arthur hat es sogar noch persönlicher genommen. Mario und ich sind ja ohnehin gar kein Paar, vermutlich sollte ich ihn daher gar nicht in einem Atemzug mit den beiden nennen. Mario ist ein Freund. Ein Freund, den ich mag – *sehr* mag. Deshalb sollte ich mich aber noch längst nicht so verhalten, als wären wir zusammen. Zumindest nicht, bis es offiziell so weit ist.

Falls er überhaupt mit mir zusammen sein *will*.

Die Sache ist nur, wir müssen heute lauter Dinge für ihn erledigen, und unter der Verspätung jetzt leidet womöglich unsere Abendplanung. Ich habe ihn ein paarmal angerufen, aber er geht nicht ran. Es springt nicht mal direkt die Mailbox an, was darauf hindeuten würde, dass er wenigstens schon in der U-Bahn ist.

Ich versuche es ein weiteres Mal. Durch die Warterei komme ich mir langsam ganz schön dämlich vor.

Endlich geht er ran. »Lo sé, lo sé, lo siento.« Er klingt außer Atem. »Ich schwöre, ich brauche nur noch fünfzehn Minuten. Allerhöchstens zwanzig.«

»Noch zwanzig Minuten? Was ist denn passiert?«

»Ich musste meine Brüder davon abhalten, sich im Kampf um die Playstation gegenseitig zu ermorden, aber jetzt nimmt mich eine Lyft-Fahrerin mit, heißt: Ich kann Zeit wettmachen. Das Zeug für meinen Onkel ist verpackt, und ich verschicke es gleich in der Post auf der Lexington. Von da aus komme ich hoffentlich gerade noch rechtzeitig zum Friseur, sonst cancelt Francisco den Termin.«

»Das wäre ja dramatisch. Du kannst natürlich auf keinen Fall mit ungeschnittenen Haaren durch die Gegend laufen.«

»Männerdutt steht mir einfach nicht so wie Dylan.«

Ich bin mir ziemlich sicher, dass Mario alles stehen würde. »Aber je länger das dauert, desto später kommen wir zu unserem Film.«

»Der ist auf Netflix.«

»Schon klar, allerdings sind meine Eltern gegen acht wieder zurück. Hieße dann nur Netflix, kein Chill.«

»Oder vielleicht kein Netflix. Und nur Chill.« Mario flüstert, wahrscheinlich, damit ihn die Fahrerin nicht hört.

Ich muss dieses Gespräch beenden, sonst kann ich gleich nicht mehr in der Öffentlichkeit rumlaufen. »Ándale, Colón.«

»Lo tienes, Alejo. Wir treffen uns beim Postamt.«

Ich öffne Maps auf meinem Handy und marschiere los. Mein ganzes Leben habe ich in New York verbracht, und trotzdem kenne ich die Stadt nicht so gut wie die anderen Alteingesessenen. Da ich aber so schnell nirgendwohin gehe, habe ich alle Zeit der Welt, mich weiter mit dem Pflaster vertraut zu machen. Und mit Mario an meiner Seite hätte ich in der Hinsicht sowieso eine Sorge weniger: Er ist so was wie mein persönliches GPS. Wir reißen ständig Witze darüber, dass ich in keinem Apokalypse-Szenario dieser Welt auch nur den Hauch einer Chance hätte. Wird sich zeigen, wie gut ich ohne ihn zurechtkomme, wenn er am Wochenende zu seinem Trip nach Los Angeles aufbricht.

Marios Onkel ist vor ein paar Jahren dorthin gezogen, um eine Produktionsfirma für Film und Fernsehen zu gründen. Die Spezialität von *Panic Productions* sind Jump-Scare-Horrorfilme, gruselige Science-Fiction-Serien und Weltuntergangsthriller. Mario steht total auf Nervenkitzel – vielleicht sollte mir das zu denken geben –, und ich weiß, dass er sich darauf freut, ein bisschen Zeit mit seinem Onkel zu verbringen. Der war immer wie ein zweiter Vater für ihn und kann es kaum erwarten, Mario hinter die Kulissen zu führen.

Ich biege um die Ecke. Mein Blick fällt auf das Gebäude vor mir, und die Welt dreht sich auf einmal in Zeitlupe.

Das ist *das* Postamt. Hier habe ich Arthur kennengelernt.

Gerade jetzt, da ich endlich bereit bin, neue Wege zu gehen, werde ich mit Karacho zurück in die Vergangenheit katapultiert.

Und dabei ist das Ganze auf Marios Mist gewachsen. Von all den Postfilialen in diesem Stadtteil musste seine Wahl ausgerechnet auf die hier fallen? Nicht zu fassen. Das Universum scheint entschlossen zu sein, mir New York noch madiger zu machen.

Mein Herz hämmert so stark, als wäre das Postamt ein Spukhaus, und ich bleibe vor dem Eingang stehen. Nach ungefähr einer Minute zwingt mich allerdings die Hitze in die Knie.

Der Ben, der durch die Tür tritt, fühlt sich nicht mal an wie ich. Ich sehe ihn förmlich vor mir, diesen anderen Ben, von außen, wie ein allwissender Erzähler: Vor zwei Jahren spaziert er hier herein und hat gerade seine nächste große

Liebe getroffen. Vergangenheits-Ben läuft durchs Postamt und dicht hinter ihm Vergangenheits-Arthur, nach einem Gespräch über Zwirbelbart-Zwillinge in Jumpsuits, die sie vor dem Eingang bestaunt haben. Dann nennt Vergangenheits-Arthur die Trennungskiste von Vergangenheits-Ben ein »dickes Ding« und Vergangenheits-Ben bemerkt Vergangenheits-Arthurs Hotdogkrawatte. Und sie reden übers Universum, bis ein Flashmob sie auseinanderreißt.
 Zeitsprung. Fast zwei Jahre später. Jetzt bin ich wieder der Ich-Erzähler, stehe allein im gleichen Postamt und warte auf einen anderen Jungen. Für Arthur muss es so viel einfacher gewesen sein, über mich hinwegzukommen, als umgekehrt. Er konnte erst nach Georgia zurückkehren und dann nach Connecticut ziehen, zwei Orte, an denen ich noch nie war. Während ich so tun musste, als würde ich nicht an jedem Ort der Stadt, an dem wir zusammen waren, Arthurs Fußspuren sehen. Ich kann gar nicht sagen, wie oft ich in den letzten Monaten aktiv diesen einen bestimmten Dave & Buster's am Times Square gemieden habe. Auf die Touristen bei Madame Tussauds und McDonald's habe ich zwar eh keinen Bock, aber in dieser Videospielhalle hatten Arthur und ich das erste von unseren vielen ersten Dates.
 Ich bereue keines davon. Doch ich denke nicht immer gern daran zurück.
 Irgendwie nachvollziehbar, warum ich mich nicht so gut auf Leute einlassen kann, oder? Und wie es aussieht, ist Mario ebenso vorsichtig. Aber selbst wenn er alle Karten auf den Tisch legen würde, wüsste ich vielleicht noch nicht sicher, was ich eigentlich fühle. Schließlich war Arthur ein warmherziges offenes Buch, und die Geschichte ging trotzdem nicht gut aus. Nur, weil eine Person dir sagt,

dass sie dich liebt, heißt das nicht, dass sie es nicht auch zu jemand anderem sagen könnte. Als der Beziehungserfahrenere von uns beiden hätte ich das bei Arthur besser wissen müssen.

Tja, nicht zu ändern.

Jetzt arbeite ich an meiner eigenen Figurenentwicklung. Immerhin habe ich mich nicht direkt in die nächste Beziehung gestürzt. Und obwohl ich einsam war und er vertraut gewesen wäre, habe ich gar nicht erst versucht, wieder was mit Hudson anzufangen. Ich habe mich in meiner Einsamkeit eingerichtet, doch dann wurde sie mir zu ungemütlich. Und jetzt muss ich aufpassen, dass meine ganze Entwicklung nicht für die Tonne war, weil ich es mit Mario überstürze.

Keine schlaflosen Nächte mehr wegen eines gebrochenen Herzens. Nie wieder.

Ich warte an der Theke mit den Blanko-Paketmarken, direkt unter dem Lüftungsschacht der Klimaanlage. Mit dem Kugelschreiber, der mit einem elastischen Band gefesselt ist, als hätte er ein Verbrechen begangen, kritzele ich auf der Rückseite eines zurückgelassenen Kassenbons herum. In letzter Zeit habe ich mir oft ausgemalt, wie das Cover von *Der Zorn der Zauberer* aussehen soll. Das finale. Samanthas Zeichnung von vor zwei Jahren war mega für Wattpad, aber inzwischen passt es nicht mehr so richtig zum Buch, glaube ich. Vergangenen Montag war ich mit Mario im Strand Bookstore, und wir haben Cover begutachtet. Dabei hat sich herausgestellt, dass wir einen völlig unterschiedlichen Geschmack haben. Wir haben ein Spiel gespielt, zufällig zehn Bücher ausgesucht und ihr Cover jeweils in einer Handynotiz bewertet. Bei keinem einzigen waren wir derselben Meinung. Irgendwann habe ich mir fast gewünscht, dass wir weiter uneinig sind, weil es einfach mit jedem Titel lustiger wurde.

Das mag ich irgendwie an uns – auch wenn wir komplett anderer Meinung sind, finden wir uns gegenseitig spannend. Vielleicht *gerade* deshalb.

Mein Handy vibriert. Das ist bestimmt Mario mit einem Update, oder Dylan mit irgend so einem neuen Video von TikTok, in dem Leute ihre Pickel ausdrücken.

Weder noch.

Es ist Arthur.

Ich wirbele herum, als müsste er direkt hinter mir stehen.

Das ist seine erste Nachricht seit April, als er mir zum Geburtstag gratuliert hat. Die erste, seit er in New York ist.

Hey, hab gehört, du bist Jessie über den Weg gelaufen. 😄

Nur die paar Worte. Und das stört mich. Ich wünsche mir mehr. Hat er ernsthaft einen ganzen Tag gebraucht, um das zu schreiben? Mussten er und Mikey einen gigantischen Cookie-Kater auskurieren?

Vielleicht haben sie auch einfach gechillt. Oder nennen wir die Sache doch beim Namen: Vielleicht hatten sie Sex. Sich den Ex mit einem anderen vorzustellen ist echt übel. Eins der Dinge, über die du wirklich nicht nachdenken *willst*. Aber Gedanken scheren sich natürlich einen Dreck darum, was du willst. Besonders schwer ist es, wenn du zufällig an einem Buch arbeitest, in dem eine der Hauptfiguren von deinem Ex inspiriert wurde.

Das ist jetzt jedenfalls die Chance, wiedergutzumachen, dass ich Arthur nie auf seine Geburtstagsnachricht geantwortet habe. Ich wünschte, er hätte mir selbst erzählt, dass er nach New York kommt. Vielleicht hat er aber auch verstanden, warum ich mich nie zurückgemeldet habe, und mich deshalb in Ruhe gelassen – bis jetzt. Und damit bin ich wohl dran.

Ich mache ein Bild vom Postamt und schicke es Arthur zusammen mit einer Nachricht.

Zufrieden, Universum?

6. KAPITEL – ARTHUR
MONTAG, 18. MAI

Jessie kommt aus der Umkleide in einem Fischgrät-Anzug, der ihr gut fünfzehn Zentimeter zu lang ist. »Cool«, sagt sie. »Ich sehe aus wie drei Kinder in einem Trenchcoat.«
Ich lache. »Ach, Quatsch.«
Sie wirft mir einen skeptischen Blick zu.
»Zunächst mal ist das kein Trenchcoat, sondern ein Blazer.«
Jessie bläst die Backen auf, atmet geräuschvoll aus, und mit einem Mal kann ich das geballte Leid all der geplagten Einkaufsbegleitungen dieser Welt nachempfinden.
»Was soll ich denn machen?«, fragt sie. »So kann ich doch nicht in der Kanzlei aufkreuzen.«
»Du weißt schon, dass es nicht unbedingt ein Hosenanzug sein muss, oder? Setz einfach auf casual Chic.«
Jessie guckt verzweifelt in den Spiegel. »Ich hab keine Ahnung, was das überhaupt sein soll.«
»Casual Chic? Na, zum Beispiel eine Bluse oder ein Hemd. So was in der Richtung. Zieh dich einfach an wie Meghan Markle in *Suits*.«
»Suit *heißt* doch Anzug! Du verwirrst mich!«
»Ja, nein, also. So heißt nur die Serie. Meghan hat da keinen an. Sie trägt, na, halt casual Chic. Weißt du was? Ich zeig dir einfach meine Meghan-Pinnwand auf Pinterest und dann –«
»*Warum* hast du eine Meghan-Markle-Pinterestpinnwand?«

»Weil sie mein Geburtstagszwilling ist. Das weißt du doch.« Ich ziehe mein Handy aus der Hosentasche, erstarre jedoch beim Blick aufs Display.

Zwei Benachrichtigungen. Zwei Nachrichten. Nachrichten von –

»Jessie«, japse ich. »Ben hat zurückgeschrieben.«

Sie entreißt mir das Handy. »Du hast ihm geschrieben? Wann?«

»Während du in der Umkleide warst. Keine große Sache.«

»Wirst du es Mikey sagen?«

»Hab ich schon.«

»Du hast Mikey gesagt, dass du Ben geschrieben hast?«

»Ja doch! Sieh nach, wenn du mir nicht glaubst.«

Jessie kneift die Augen zusammen, als suche sie den Haken an der Sache.

»Alles in Ordnung, Jess! Warum hast du absolut null Vertrauen in meine Beziehung?«

»Was?« Sie sieht mich verdutzt an. »So ist das doch gar nicht. Ich finde nur, du solltest vorsichtig sein. Ich will nicht, dass du etwas tust, das du nachher bereust.«

»Jessie, ich werde nicht fremdgehen. Das kommt für mich –«

»Ich weiß, Arthur! Nur denk dran: Fremdgehen ist nicht das Einzige, was eine Beziehung belasten kann.« Sie gibt mir mein Handy zurück. »Hier. Aber geh verantwortungsvoll damit um, okay?«

»Soll ich die nuklearen Abschusscodes aus meiner Notizen-App löschen?«

»Versau dir einfach nicht deine Beziehung mit Mikey. Irgendwie mag ich ihn.«

Ich lächle. »Ich auch.«

Jetzt muss ich daran denken, wie Mikey mich heute Morgen mit einem Video überrascht hat, in dem er und Mia *New York State of Mind* singen – ohne jeden Zweifel das Süßeste, was in den letzten fünfhundert Jahren Musikgeschichte passiert ist. Beim Frühstück habe ich es Jessie gezeigt, und ihr ist das halbe Croissant aus dem Mund gefallen, als Mikey im zweiten Vers auf Anhieb ein glasklares A trifft. Es war das erste Mal, dass sie ihn außerhalb eines Chors hat singen hören. Mikey ist extrem zurückhaltend, was Solos angeht. Aber verdammt! Man höre und staune! So stolz war ich auf niemanden mehr, seit – na ja, seit BenInBlack das letzte Kapitel seines Romans auf Wattpad hochgeladen hat.

Ben.

Sobald Jessie zurück in der Umkleide ist, lese ich seine Nachrichten.

Die erste: `Definitiv ein Zeichen des Universums! Und apropos 🪐, rate mal, wo ich gerade bin.`

Bens zweite Nachricht ist ein Foto. Und mein Hirn entgleist.

»Heilige Scheiße!«

»Oh, oh. Was ist?« Jessie steckt den Kopf durch den Umkleidenvorhang.

»Ben ist beim Postamt.«

»Okay.«

»Jessie, bei *dem* Postamt. Er ist – «

»Da, wo ihr euch kennengelernt habt. Der Wortlaut der Legende ist mir bekannt.«

»Ja, also, ich meine. Er ist nur zwei Blocks entfernt. Ben Alejo ist *nur zwei Blocks entfernt*!«

Jessie reißt die Augen auf. »Ah.«

Ohne es richtig zu merken, presse ich mein Handy ans Herz, das so wild gegen das Display schlägt, bestimmt zerbricht es gleich. »Sollen wir hingehen und Hallo sagen?«

»Du fragst, ob wir deinen Ex überfallen sollen?«

»Das ist doch kein *Überfall*!« Ich will lachen, doch es kommt eher ein Japsen dabei heraus. »Es wäre einfach cool, ihn wiederzusehen. Es ist zwei Jahre her, seit – «

»Dann verabrede dich mit ihm. Wie ein normaler Mensch.« Doch ich schüttle schon den Kopf, bevor sie auch nur ausgeredet hat. »Du verstehst nicht, wie das bei Ben und mir läuft, Jess. Hier ist das Universum am Werk. Ben hat es selbst geschrieben!«

»Okay, aber – «

»Und das ist *kein* Überfall. Das ist eine Überraschung!« Ich meine, als Dylan ins Krankenhaus musste, bin ich durch halb Manhattan gerast, um bei Ben zu sein. Und mit *dem* Überfall kam er verdammt noch mal ziemlich gut klar. Seinen Blick, als er mich im Wartezimmer sitzen sah, werde ich wohl nie vergessen.

Jessie schürzt die Lippen. »Arthur, ich – «

»Jessie, weißt du, wie du klingst?«

»Wie?«

»Wie vor Silvester. *Arthur, du tust ... was?! Du fliegst ... wohin?! Kannst du nicht einfach nach den Feiertagen mit ihm reden, wenn ihr wieder an der Uni seid?*«

»Okay, schön. Es freut mich ja auch für dich, dass die Aktion funktioniert hat!«, sagt Jessie abwehrend. »Aber du kannst nicht leugnen, dass sie riskant war. Einfach so bei Mikeys Elternhaus aufkreuzen? Was, wenn sie gar nicht da, sondern auf einem Wochenendtrip gewesen wären?«

»Es war ein Dienstag, also ...«

»Darum geht es nicht. Nur, weil du letztes Mal Glück hattest, muss – «

»Glück? Pff. Spiel meine Leistung nicht runter. Das war eine Eins-a-romantische-Geste!«
»Verkneif dir die romantische Geste bei deinem Ex.«
»Jessie!« Ich schlage mir gegen die Stirn. »Meinst du, ich brauche einen Anstandswauwau? Dann komm doch mit!«
»Ich habe nichts in der Richtung gesagt.« Jessie schließt die Faust um den Umkleidenvorhang und starrt mich eine gefühlte Stunde lang in Grund und Boden. Dann seufzt sie. »Na gut, hör zu. Geh halt in Gottes Namen zum Postamt. Ich probiere hier noch ein paar Sachen an und dann gucke ich, was die Läden die Straße runter so hergeben. Schreib mir einfach, wenn du wieder in meine Richtung kommst, okay?«
»Du musst nicht allein ... Ich kann auf dich warten.«
»Arthur, jetzt hau schon ab!«
»Aber –«
»Na los. Sonst verpasst du ihn noch.«
»Alles klar. Okay.« Ich nicke hastig und atme aus.
Und dann renne ich los. Den Weg kenne ich auswendig.

Alles ist genau so, wie ich es in Erinnerung habe: steinerne weiße Fassade, messinggrüne Simse und in erhabenen Lettern die Worte: UNITED STATES POST OFFICE. Zögernd bleibe ich vor der doppelflügeligen Glastür stehen und bin halb davon überzeugt, dass sie zu durchschreiten mich schnurstracks zurück in jenen Sommer befördern wird. Gleich bin ich wieder sechzehn, trage eine alberne Krawatte und bin völlig hin und weg von diesem Jungen mit dem großen Paket und dem hinreißenden Gesicht.

Bens Gegenwart verwandelte die aneinandergereihten Postfächer hinter dieser Tür in Goldbarren. Verwandelte das Neonlicht in Sonnenschein. Ben hat einfach etwas an sich, das alles überlebensgroß erscheinen lässt. Doch nach jener Begegnung kannte ich nicht einmal seinen Namen, geschweige denn seine Telefonnummer. Ich hatte keinen blassen Schimmer, wie ich ihn wiederfinden sollte. Und doch fühlte es sich so an, als hätte New York sich mir endlich offenbart.

Irgendwie komisch, wieder hier zu sein und zu wissen, was danach geschah. Ich komme mir vor wie ein Zeitreisender, der aus der Zukunft hereinschneit.

Natürlich ist mein Herz jedoch hundertprozentig der Meinung, dass ich ganz in echt, hier und jetzt wieder sechzehn bin. Es schlägt so schnell, dass ich es hören kann. Nun, da ich buchstäblich kurz davor stehe, kann ich es kaum begreifen. *Ben*. Mit weichen Knien taumele ich zur Tür. Eine Hand, die wohl meine ist, macht mir auf, und im nächsten Augenblick schwebe ich die Rampe hinunter auf die Halle zu.

Auf Ben zu. Zum ersten Mal seit fast zwei Jahren.

Alles derart verwirrend, alles derart wundersam. Ich wusste nicht, dass ich mich überhaupt noch so fühlen kann.

Und da ist er. Er lehnt an einer der Packtheken – untätig, mit leeren Händen. Kein Karton, kein Lieferschein, nicht mal ein schnödes Briefmarkenheftchen. Und doch sieht er aus, als wäre er hier völlig zu Hause. Wie irgendwie überall, schätze ich. Seine Frisur ist etwas rausgewachsen und diese knallblaue Hose gewagter als alles, worin ich ihn je gesehen habe. Vor allem aber bin ich wie gebannt von seinem Profil. Und davon, wie sich die Härchen um seine Ohren kringeln. Beides habe ich gekannt, aber vergessen. Schon komisch, wie die Zeit solche Details verwischt.

Er dreht sich zu mir um und erschrickt sichtlich. »Arthur!«

Mir springt das Herz aus dem Leib. »Hi! Ähm. Tut mir leid, ich ... Ich war bloß ... Als du mir geschrieben hast, war ich zufällig quasi genau hier. Also, zwei Blocks von hier. Tut mir leid.« Sinnloserweise winke ich mit beiden Händen.

»Wie geht's?«

Ben lacht. »Gut. Heilige Scheiße. Arthur.«

Und im nächsten Moment umarmt er mich, und ich umarme ihn zurück, und es ist so vertraut, so natürlich wie atmen. Dass er riecht, wie er riecht, dass die Spitzen unserer Sneaker sich berühren, dass ich genau unter sein Kinn passe. Vielleicht waren die letzten zwei Jahre bloß ein Traum. Vielleicht war ich eigentlich die ganze Zeit hier in Bens Armen. Vielleicht bin ich in Wahrheit niemals weggegangen.

Ich könnte in Tränen ausbrechen. Ich –

Mikey. Ich habe einen Mikey. Also kann ich ... Ich kann das nicht fühlen. Und fühle es auch nicht. Weil da kein *es* ist, das ich fühlen könnte. Und mein Hirn weiß das auch schon. Jetzt muss es nur noch meine Lunge informieren.

Ben löst sich von mir, betrachtet mein Gesicht, und ich starre zurück. Ich kann nicht anders. »Du hast mir *so gefehlt*«, platzt es aus mir heraus.

Ben umarmt mich noch einmal. »Du mir auch. Es tut mir leid, dass ich nicht – «

»Nein, es ist meine Schuld«, unterbreche ich ihn. »Ich war halt ziemlich beschäftigt, weißt du? Uni und so.«

»Und Mikey natürlich! Wie läuft es mit ihm?«

Wow, okay. Gleich mittenrein in die Beziehungskiste. Aber das ist natürlich super! Bloß zwei gute Freunde, die sich über ihr Liebesleben unterhalten. Vielleicht können wir diesmal sogar den Teil überspringen, in dem wir uns drei Monate lang ghosten.

Ben guckt mich erwartungsvoll an, und meine Wangen werden warm. »Ah, ja! Mikey! Ihm geht's gut.«

Ich kann nicht genau sagen, ob Ben mehr Sommersprossen hat als früher. Vielleicht habe ich mich bloß daran gewöhnt, nur die zu sehen, die man auf einem Foto erkennen kann.

»Das freut mich zu hören.«

»Wie geht es denn dir? Wie läuft das College?«

»Super. Ich meine, ich schreibe viel. Also, nicht fürs College. Bloß Zaubererkram.« Er macht eine wegwerfende Geste.

»Bloß Zaubererkram?! Hier steht jemand vor dir, der *Der Zorn der Zauberer* nicht weniger als drei Mal völlig verschlungen hat, das weißt du schon, oder?«

»Wow. Im Ernst?«

»Ben, ich habe sogar ... anderer Leute *DZDZ*-Fan-Fiction gelesen.«

»Es gibt ... *DZDZ*-Fan-Fiction?«

»Allerdings!« Ich werde rot, als mir eine Geschichte einfällt, die ich letzten Herbst entdeckt habe und in der Ben-Jamin und König Arturo in einem Kerker landen. Nur sie beide. Die Handlung war überschaubar, wurde aber *sehr anschaulich* beschrieben.

Räuspernd versuche ich, meine heißen Wangen zu ignorieren. »Also ... Warum hast du *Der Zorn der Zauberer* von Wattpad gelöscht?«

»Ach, na ja, ich überarbeite. Füge das eine oder andere hinzu«, erklärt Ben vage.

»Gib Bescheid, wenn du jemanden zum Probelesen brauchst!«

Wow, ganz toll, wie lässig ich das abziehe. Ganz toll, wie ich mich so überhaupt gar nicht oberoffensichtlich als Super-Fanboy meines Ex oute. Hey, vielleicht werde ich der erste Mensch sein, der mit einem echten ehemaligen Sexualpartner eine parasoziale Beziehung eingeht.

»Danke, mach ich«, sagt Ben. »Das bedeutet mir viel, glaub mir.« Lächelnd betrachtet er mich erneut. »Oh, warte!«, sagt er dann. »Du wirst nicht glauben, wer mir neulich im Central Park über den Weg gelaufen ist.«

»Bitte sag mir, dass es die Zwillinge waren.«

»Nein!« Er lacht. »Aber, wow, nur knapp daneben. Ich war also mit ... Freunden ... unterwegs und dann sehen wir diese Hochzeitsgesellschaft. Und als wir näher kommen, erkenne ich, dass es, kein Witz, das Paar vom Flashmob-Antrag ist.«

»Nicht. Dein. Ernst!«

»Ich schwöre es.« Grinsend reibt Ben sich den Nacken.

»Ich so: Woher kenne ich die, woher kenne ich die? Und dann: oh *Scheiße*!«

»Das Universum! Wann war das?«

»Samstag erst! Ich habe sogar einen Videobeweis. Den wollte ich dir erst schicken.«

Ben tritt zurück an die Packtheke, um eine Schwarze Frau mit einer Babytrage vorm Bauch durchzulassen, und ich tue es ihm nach, während in meinem Kopf ein Licht angeht. *Samstag*. Samstag hat Ben mein Foto gelikt.

Aus Nostalgie, schätze ich?

Vielleicht hat ihn das Universum bloß daran erinnert, dass ich existiere.

Ich betrachte sein Gesicht. Jetzt erzählt er, dass die Brautjungfern Hosen anhatten, und wie Dylan sich über den Kaffee vom Straßenverkäufer echauffiert hat, und ich nicke brav, bin mit den Gedanken aber ganz woanders.

Denn wie kann es Ben erlaubt sein, mit diesem Gesicht einfach so durch die Gegend zu laufen? Um ehrlich zu sein, ist das ziemlich unhöflich. Okay, Ben, du bist hinreißend, wissen wir. Du musst es uns nicht täglich aufs Brot schmieren. Vielleicht sehe aber auch nur ich das so. Keine Ahnung, ob er auf andere den gleichen Eindruck macht. Jedenfalls hat Ben Alejos Gesicht etwas an sich, das meine Gedanken zum Leuchten bringt. Das ist einfach so, ich weiß selbst nicht, warum. Und, na ja, am Anfang hat das die Sache mit Mikey nicht gerade leichter gemacht, weil das mit ihm eben nie so richtig von jetzt auf gleich war. Ich meine, Mikey ist mir definitiv *aufgefallen*. Mit seinem lieben Gesicht, der Opa-Brille und den Elsa-blonden Haaren ist er mir auf dem Campus immer wieder ins Auge gesprungen. Jedoch war es kein Fall von Angewurzelt-stehen-bleiben-alle-Organe-an-Deck-Faszination. Deswegen musste ich wohl irgendwie erst überlegen, ob ich mich so richtig zu Mikey hingezogen fühle.

Ich fing an, Beweise dafür zu sammeln. Betrachtete das ganze Semester lang Mikeys schönen Mund, seine Kieferpartie, seine dunkelblonden Augenbrauen und Wimpern. Sah zu, wie er all seine Kurstexte immer extra ausdruckte, um dann nahezu jede Zeile mit Textmarker anzustreichen. Und, ja, manchmal fand ich ihn absolut unwiderstehlich. Manchmal hätte ich aber auch schwören können, dass ich mir das nur einredete. Wenn wir uns küssten, flogen immer die Funken, ja. Aber dass ich darüber im Nachhinein immer seltsam erleichtert war, zeigte nur, dass ich nie hundertprozentig wusste, ob sie wirklich fliegen würden. Vielleicht fügt sich ja alles, dachte ich, sobald ich Mikey frage, ob er mein Freund sein will. Wagte ich diesen letzten Sprung, würde ich mir sicher sein. Aber ich *war* mir nicht sicher, deswegen *konnte* ich ihn das nicht fragen. Ich schob es eine Woche vor

mir her, dann noch eine, und noch eine, bis Dezember. Und ich fühlte: Ich war mir immer noch nicht sicher.
Und dieses Gefühl war dann ja eigentlich auch eine Antwort. Auf seine eigene Art.
Also habe ich mit Mikey Schluss gemacht, wobei der Ausdruck »Schluss machen« sich im Grunde übertrieben anfühlte. Kann man mit jemandem Schluss machen, mit dem man nie offiziell zusammen war? Ich habe danach die ganze Nacht geweint, obwohl Mikey es völlig gefasst aufnahm. Ich kam mir wie ein Monster vor.
Als ich andererseits am nächsten Morgen allein in meinem Bett aufwachte, fühlte es sich ... richtig an. Und der folgende Tag fühlte sich sogar noch richtiger an. Die ganze Woche ging ich mit einem Gefühl auf dem Campus umher, als wäre ich von einem zu schnellen Laufband abgestiegen. Ich war benommen und aus dem Gleichgewicht, aber eben auch auf glückselige Art befreit.
Und dann kamen die Weihnachtsferien.
Mom und Dad waren die Ersten, die es seltsam machten. Besonders Mom. Sie behandelte mich so überfürsorglich, dass es schon fast aggressiv war. Im Grunde stand ich eine geschlagene Woche lang unter Dauerbeobachtung. Wir waren bei der Entzündung der Menora im Avalon-Viertel, haben uns die Lichtinstallationen in den Callaway Gardens angeguckt, und die ganze Zeit über beäugten sie und Dad mich, als könnte mir jeden Moment einfallen, dass ich eigentlich ein jaulendes, rotzverschmiertes Nervenbündel sein müsste.
Doch das Aus mit Mikey ähnelte dem Aus mit Ben nicht im Geringsten. Zum einen war ich schließlich anderthalb Jahre älter und weiser und »außerdem«, erklärte ich Mom, als sie ins Parkhaus der North Point Mall einbog, »wurde ja bei diesem Mal nicht ich abgeschossen.«

Mom stellte das Auto ab und sah mich merkwürdig an. »Beim letzten Mal doch auch nicht.«

Natürlich hatte sie recht. Ben und ich haben in gegenseitigem Einverständnis Schluss gemacht. Technisch gesehen, wörtlich, schriftlich, und auf jede andere Art gesehen, die einem einfallen kann.

Keine Ahnung, warum es sich trotzdem immer so anfühlt, als ob Ben mich abgeschossen hätte.

Jedenfalls: Das Aus mit Mikey war anders. Größtenteils ging es mir gut. Vielleicht machte mein Herz stets einen kleinen Satz, wenn ich in meinen Nachrichten auf seinen Namen stieß, aber ich blies weder Trübsal noch verzehrte ich mich nach ihm. Manchmal vergingen ganze Stunden, ohne dass ich überhaupt an ihn dachte.

Bis Weihnachten.

Ich schwöre, es traf mich aus dem *Nichts*. Mom und Dad guckten sich zum zwanzigbillionsten Mal *Kevin – Allein zu Haus* an, während ich durch TikTok scrollte und mir mit Ethan Memes hin- und herschickte. Doch dann ging Macaulay Culkin in eine Kirche.

Ich glaube, mein Atem setzte aus. Es war wie im Cartoon, wenn irgendwem ein Amboss auf den Kopf fällt.

Der Kirchenchor sang: »*O Holy Night! The stars are brightly shining.*«

Und plötzlich musste ich an die eine Nacht im Oktober denken, als mein Kumpel Musa uns überredet hatte, lange vor Sonnenaufgang aufzustehen, um irgendeinen Meteorschauer anzugucken. Ich sag's, wie es ist: Anfangs war ich extrem schlecht gelaunt bei der Sache. Ich schlief noch halb, fror mir den Arsch ab und verstand ohnehin nicht ganz, was an einem Meteorschauer eigentlich so toll sein sollte.

Doch dann erreichten wir Foss Hill, und in meinem Kopf machte etwas klick. Eine Menge Leute saßen und lagen da auf ihren Decken, mit weiteren Decken über sich oder um die Schultern, und es sah aus wie die größte Pyjamaparty der Welt. Und es war so schön, sich neben Mikey zu kuscheln, in die Sterne zu sehen und unter der Decke Händchen zu halten. Er erzählte mir von seiner Nichte, davon, wie es war, viel ältere Geschwister zu haben, und davon, wie einsam er sich gefühlt hatte, als sie alle studieren gingen. Ich kannte ihn da vielleicht einen Monat und noch nie hatte ich ihn so viel auf einmal erzählen hören. Zum ersten Mal fiel mir sein ganz leichter Akzent auf – das fast unmerklich lang gezogene O. Von da an wollte ich ihn jedes Mal küssen, wenn er »Boston« sagte.

Er erzählte mir, wie sehr er Weihnachten liebt und dass er früher immer im Kirchenchor gesungen hatte. *Joy to the World* fand er immer doof, weil es so einfach war, aber *O Holy Night* war sein Lieblingslied. Da erzählte ich ihm, dass ich dieses Lied auch von früher aus dem Schulchor kannte, dass ich die hohen Noten toll fand, aber das Wort »Christ« immer nur mit den Lippen geformt statt gesungen habe, damit Gott mich nicht für einen schlechten Juden hält.

An dieser Stelle hat Mikey mich überrascht angesehen.
»Für einen schlechten Juden?«
»Weil ich ihn mit Jesus betrüge.«
Es hätte mir gefallen, wenn Mikey darüber gelacht hätte, doch das tat er nicht. Er sah mich bloß verhalten lächelnd an. Vielleicht dämmerte ihm in dem Moment zweierlei: Ja, das Hirn dieses Jungen hier vor ihm ist eine einzige riesige Überraschungstüte voller Rätsel und Absonderlichkeiten. Und, nein, das ist nichts Schlechtes.

Während er mich so ansah, verinnerlichte ich für meinen Teil seine Gesichtszüge im Schein der Sterne. Wir hatten uns schon ein paarmal geküsst, aber etwas an diesem Augenblick schien tiefer zu gehen als ein Kuss.

Zwei Monate später also saß ich auf der Couch zwischen Mom und Dad und dachte: *O heilige Scheiße.*

Er *fehlte* mir.

Eine Woche darauf stand ich in Boston vor Mikeys Tür und bettelte ihn um einen Neustart an. Ich bettelte ihn um die Chance an, es diesmal richtig zu machen. Um die Chance für uns, richtige, hochoffizielle feste Freunde zu sein.

Mikey McCowan, mein richtiger, hochoffizieller fester Freund.

Ben Alejo kann daher seine Augen, seine Sommersprossen und diese verflucht süße knallblaue Hose postwendend wieder ans Universum schicken. Paket unzustellbar, zurück an Absender.

»Und das Verrückteste ist«, höre ich Ben sagen, »dass ich von deiner Reise nach New York bis dahin überhaupt nichts wusste. Keine Ahnung, wie das an mir vorbeigehen konnte.«

»Ja, tja. Kam ziemlich kurzfristig. Ein Überraschungsjobangebot.«

»Jedenfalls bin ich froh, dass du wieder hier bist«, sagt er und lächelt mich so liebevoll an, dass ich rot werde.

»Bin ich auch.«

Ben setzt zum Reden an, doch sein Blick wandert an mir vorbei, sein Mund klappt zu, und ein dunkelhaariger Typ erscheint aus dem Nichts. Er lässt zwei Kartons neben Ben auf den Boden fallen. »Tut mir leid, tut mir leid! Nicht sauer sein, jetzt bin ich ja hier!«

Überschwänglich umfasst er Bens Gesicht mit beiden Händen und drückt ihm einen Kuss auf den Mund.

Jedes einzelne Luftmolekül verlässt meine Lunge.
»Hey!«, sagt der Typ und streckt die Hand aus. »Mario.«
Mario. Mir dreht sich der Kopf. Mario? Ich habe Ben nie von einem Mario sprechen hören, nicht mal beiläufig, außer halt vielleicht von dem Nintendo-Mario. Und gesehen habe ich diesen Menschen auch noch nie. Er ist auf keinem von Bens Instagram-Fotos. Ganz sicher nicht, denn an einen Typen wie ihn würde ich mich verdammt noch mal erinnern.

Der Typ ist ein ganz neues Level von »süß«. Wobei »heiß« es wahrscheinlich besser trifft. Große, grünbraune Augen, ein breites, offenes Lächeln, ein Filmstargesicht. Über seinem Tanktop trägt er eine Latzhose – ein Träger zu, einer offen –, als käme er gerade von einem dieser vor ein paar Jahren so angesagten Hinterhof-Hühnerställe in Brooklyn. Seine Arme sind nicht auf die übertriebene Muskelprotzweise ein Hingucker, haben aber definitiv schon mal ein Fitnessstudio von innen gesehen. Er ist mindestens fünfzehn Zentimeter größer als ich und ...

Erst jetzt fällt mir auf, dass ich langsam mal die hingestreckte Hand schütteln sollte. »Hi! Arthur. Ich meine, *ich* bin Arthur.« Ich blinzle.

»Arthur? *Der* Arthur?!«

Ich bin Bens neuem Freund also ein Begriff. Ha! Das ist ... echt lustig. Das ist regelrecht zum Schreien. Mario kann mich sofort zuordnen, während ich nicht einmal wusste, dass er existiert.

Ben lächelt unbehaglich und zuckt statt einer Antwort die Schultern.

Marios Gesicht leuchtet auf. »Der Hammer!« Er umarmt mich überschwänglich und drückt mir ein Küsschen auf die Wange. »Voll schön, dich kennenzulernen. Abgefahren! Ist das eine Stippvisite oder bleibst du über die Semesterferien? Wie ist der Plan?«

»Ich bleibe über die Semesterferien«, beantworte ich die Frage. Die Frage von Mario. Bens Freund. Denn Ben hat einen Freund. »Ich mache ein Praktikum bei einem Regisseur für queeres Theater. Bei Jacob –«

»Demsky?!«

»Du kennst Jacob Demsky?«

»Alter! JD ist eine Legende! Und für den arbeitest du? Ganz im Ernst?!« Mario schlägt die Hände zusammen. »Herzlichen Glückwunsch, Arthur! Das ist der Wahnsinn!«

»Danke! Ich ... Ja. Ich bin auch echt aufgeregt.« Aus dem Augenwinkel sehe ich, wie Ben nervös zwischen Mario und mir hin- und herguckt, als wären wir das Crossover-Element zweier Serien, um das er nie gebeten hat. »Sorry«, sage ich und deute auf die Kartons zu Bens Füßen. »Die verschicken sich ja nicht von selbst. Lasst euch nicht aufhalten. Ich sollte eh los. Meine Freundin Jessie wartet schon auf mich.«

»Kein Stress, alles gut!«, sagt Mario. »Ich find's echt schön, dich endlich mal kennengelernt zu haben.« Er umarmt mich noch einmal. »Im Ernst jetzt, meld dich die Tage. Wir sollten ein Treffen ausmachen.«

Er lächelt mich an, und zwar derart aufrichtig, dass ich mir fast überrumpelt vorkomme.

»Okay.« Ich gucke wieder zu Ben, der so benommen aussieht, wie ich mich fühle. »Okay, ja. Das klingt super.«

Das klingt super. Ein Treffen. Nur Ben und ich und Bens Freund. Denn Ben hat einen Freund. Was *absolut* verdammt in Ordnung ist, denn ich habe ja auch einen.

Ich habe einen Freund. Ich habe einen Mikey. Und noch bevor ich das Postamt verlassen habe, wählt mein Handy wie von selbst seine Nummer.

7. KAPITEL – BEN
MONTAG, 18. MAI

Genau wie bei Arthurs Rückkehr nach Georgia vor zwei Jahren sehe ich ihm hinterher, als er geht. Und in meiner Brust breitet sich dieselbe Unsicherheit aus. Damals wusste ich nicht, was nach der Trennung aus uns werden würde, und diesmal bin ich nicht sicher, was das mit uns wird, jetzt da er wieder in New York ist – mit seinem neuen Freund.

Mein Postamt-Foto war nicht als Einladung gedacht, mich hier zu überraschen, aber ich kann es ihm schlecht vorwerfen. Ich habe einem Universumsgläubigen ein Bild von unserem Kennenlernort geschickt. Damit habe ich ihn quasi herbeigezaubert, wie mit der Heraufbeschwörungsformel aus meinem Buch.

»Dein Ex ist also zurück. Er ist echt süß.« Mario lächelt. »¿Cómo estás?«

»Was meinst du? Gut geht's mir.«

Möglicherweise klinge ich ein bisschen zu abwehrend. Aber ich will nicht, dass Mario ausflippt, bloß weil *ich* innerlich ausflippe. Hoffentlich merkt er das nicht.

»Glaube ich dir ja, Alejo. Ich weiß nur, wie komisch es sein kann, den Ex zum ersten Mal nach der Trennung zu treffen.«

Komisch ist die Untertreibung des Jahrhunderts. »Ist dir das denn schon passiert?«, frage ich.

Bisher hat Mario nie über seine Dating-Vergangenheit gesprochen. Und obwohl ich echt neugierig bin, habe ich das immer respektiert.

»Ja, klar.« Die Schlange bewegt sich ein Stück vorwärts. »Ich bin vor einem Kino mal fast mit Louie zusammengestoßen, und –«

»Louie?«

»Mein erster Freund.«

Erster heißt, es muss mindestens noch einen zweiten gegeben haben. Aber das ist nicht das, was mich gerade am meisten beschäftigt.

»Bitte sag mir, dass das eine Abkürzung von Luigi ist!« Dylan würde diesen Zufall mindestens so sehr lieben wie Samantha.

Mario lacht und schüttelt den Kopf. »Lo siento, Alejo.«

Und das würde Dylan mehr hassen als entkoffeinierten Kaffee. Vielleicht sogar mehr als Patrick.

»Wie war das, als du Nicht-Luigi über den Weg gelaufen bist?«

Mario grinst, als würde er kurz in diesen Moment zurückkehren. »Ich habe mich echt gefreut, ihn zu sehen. So rein freundschaftlich. Es hat natürlich geholfen, dass das mit uns nichts Ernstes war. Wir waren damals erst siebzehn und nur zwei Monate zusammen.«

Nichts Ernstes? Arthur und ich waren auch siebzehn. Und nicht mal zwei Monate zusammen. Aber ich würde definitiv sagen, dass es ernst war. Nicht nur, um zu rechtfertigen, dass dieser Sommer mir alles bedeutet hat. Dass ich mir danach so oft gewünscht habe, ich könnte beim Facetimen mit Arthur durch mein Handydisplay springen und mich neben ihn ins Bett legen; so oft gehofft habe, seine Familie würde einfach nach New York ziehen.

Ich bin mir ziemlich sicher, dass wir noch ein Paar wären, wenn die Entfernung nicht gewesen wäre. Aus den Augen, aus dem Sinn.

Aber das ist Geschichte.
Sieh nach vorn, Alejo.
»Arthur scheint echt cool zu sein«, meint Mario.
Stimmt, Arthur wirkte recht cool, aber der Arthur, den ich kannte, war das genaue Gegenteil. Vielleicht ist er ein bisschen bodenständiger geworden. Allerdings – würde er dann sofort hier reinschneien, um seinen Ex zu überraschen? Ich weiß nicht. Momentan habe ich keine Ahnung, wer Arthur Seuss ist.
Ich habe ja versucht, den Kontakt zu halten. Wirklich. Aber mit ihm über Mikey zu sprechen fiel mir einfach zu schwer. Ich war in dieser blöden Zwickmühle: Einerseits musste ich Arthur als guter Freund unterstützen, andererseits war ich noch vollends damit beschäftigt, meine eigenen Gefühle für ihn zu verarbeiten. Nach ihrer Trennung habe ich mir Hoffnungen gemacht, dass es für uns noch eine klitzekleine Chance geben könnte.
Aber spätestens seit die beiden wieder zusammengekommen sind, ist klar, dass das mit uns doch nicht die große Liebesgeschichte ist, für die ich sie gehalten habe.
Ein neuer Schalter öffnet, und ich helfe Mario mit den Paketen, ehe ich beiseitetrete und ihn den Rest allein erledigen lasse. Ich schaue mich im Postamt um und frage mich, welche hollywoodreife Filmszene sich hier wohl als Nächstes abspielt. Vielleicht ein weiterer Flashmob-Heiratsantrag? Und dann fällt es mir wie Schuppen von den Augen: Die hollywoodreife Filmszene hat sich bereits abgespielt. Denn mein potenzieller neuer Freund und ich haben gerade meinen Exfreund getroffen.
Charmant plaudernd bezahlt Mario, und wir gehen nach draußen. Vor der Tür tätschelt er einen herumstehenden leeren Einkaufswagen. »Ihr Gefährt steht bereit, Señor Alejo.«

»Ach Quatsch, wenn, dann schiebe ich *dich*.«
»No, no, no. Ich mache das.«
»Ich das so ein seltsames Macho-Ding?«
Mario kommt um den Wagen herum und legt mir die Hand auf die Schulter. »Moment mal, Benjamin Hugo Alejo. Wer hat dir das Wort *macho* beigebracht? Hast du etwa noch einen anderen Spanischlehrer?«
»Ähm, das Wort ›Macho‹ gibt's in vielen Sprachen.«
»Klar, aber du hast es in deinem Spanisch-Tonfall gesagt. Glaub ja nicht, ich würde den Unterschied nicht bemerken.«

Keine Ahnung, ob das stimmt. Aber ich für meinen Teil erkenne, wann *sein* Tonfall von freundschaftlich zu flirty wechselt. Mir schießt die Röte ins Gesicht und ich bekomme eine leichte Gänsehaut. In diesen Momenten muss ich mich immer erst mal kurz sammeln, bevor ich antworten kann.

»Tengo una pregunta«, sagt er.

Ich starre ihm in die grünbraunen Augen. Mein Herz hämmert wie wild. Welche Frage er wohl stellen wird? Womöglich, ob ich fest mit ihm zusammen sein will?

»¿Sí?«

»Glaubst du, es würde die Sache weniger komisch machen, wenn du mal ganz normal was mit Arthur unternehmen würdest? Vielleicht sogar seinen Freund kennenlernst? Ich bin sofort still, wenn das gerade zu viel für dich ist.«

Also wollte er mich nicht fragen, ob ich sein fester Freund sein will. Er hat einfach nur festgestellt, dass meine Stimmung gekippt ist, seit ich meinem Ex in die Arme gelaufen bin.

Mario nimmt die Hand von meiner Schulter und senkt den Blick. »Vergiss es. Bin schon still.«

»Bitte nicht«, bringe ich raus. »Vielleicht würde es mir wirklich guttun, was mit Arthur und Mikey zu unternehmen.«
»Wenn du Unterstützung brauchst, kann ich gern mitkommen. Was hältst du von nächstem Freitagabend, bevor ich nach L. A. fliege?«
»Ja, das wär cool.«
Übersetzung: ein Doppeldate.
»Hast du zufällig auch Erfahrung damit, den neuen Freund eines Exfreunds zu treffen?«
Mario schmunzelt und umarmt mich. »Ich fürchte, da muss ich passen.«
Ich lege mein Kinn auf seine Schulter, atme den Duft seines Shampoos ein und möchte mich nie wieder wegbewegen. Schließlich reiße ich mich aber doch los. Lächelnd schauen wir uns einen Moment tief in die Augen. Normalerweise bin ich nicht besonders gut darin, romantische Gesten zwischen uns anzustoßen, dafür habe ich zu viel Angst vor Zurückweisung. Gerade bin ich allerdings so dankbar, weil er so empathisch ist, dass ich mich wie magnetisch von ihm angezogen fühle. Ich gebe ihm einen Kuss und lasse meine Lippen lange genug auf seinen liegen, um ihm klarzumachen, dass ich nicht bloß als Freund betrachtet werden möchte. Hinterher bin ich nervös und wünschte, zwischen uns wäre längst alles klar.
»Otra vez«, sagt Mario.
Ich krame in meinem Hirn nach der Übersetzung. »Ich hab nada verstanden.«
»Noch mal«, hilft er mir aus.
Und ich küsse ihn – otra vez.
»Wie gesagt, dein Wagen wartet«, bemerkt er dann.
Ich klettere rein, meine Knie drücken gegen das Metall.

Es ist superunbequem, vor allem, als Mario lossprintet. Wir müssen lachen und ich gehe fest davon aus, dass der Einkaufswagen jeden Moment vornüberkippt und wir beide mit dem Gesicht voran auf dem Bürgersteig aufschlagen, aber Mario passt gut auf mich auf.

Als er anhalten muss, um zu Atem zu kommen, schreibe ich Arthur.

Hey! Schön, dass wir uns kurz gesehen haben. Habt ihr vielleicht Lust, Freitagabend was mit Mario und mir zu unternehmen?

Ich drücke direkt auf Senden, weil ich mir nicht ewig über eine Nachricht an Arthur den Kopf zerbrechen will. Lieber genieße ich jede Minute, die ich zusammen mit Mario verbringen kann.

8. KAPITEL – ARTHUR
DIENSTAG, 19. MAI

»Mikey-Maus, warum bin ich wach?« Es ist nicht mal sechs Uhr am Morgen, aber natürlich ist mein Frühaufsteherfreund ein frisch geduschter Sonnenstrahl. Er sitzt auf dem Fußende seines Bettes und lächelt mich an. »Hast du überhaupt geschlafen?«
»Meine Selfiekamera sagt Nein«, antworte ich und kneife die Augen zusammen. »Aber die Falten vom Kissen auf meinem Gesicht singen ein anderes Lied. Ach, ich –« Jäh halte ich inne. »Wow, okay, du bist gerade mordanschlagsartig beängstigend aus dem Bild gekippt. Bist du –«
»Tot?« So schnell, wie Mikey verschwunden ist, taucht er jetzt wieder auf. »Nein, ich hab mir nur Socken angezogen.«
Er kann einfach so süß sein, dass ich es schier nicht aushalte. Manchmal trifft mich das völlig unvorbereitet. Mein Mikey, der mal einen fünfzehnseitigen Aufsatz über US-Opern zur Zeit des Kalten Krieges geschrieben hat, aber nicht gleichzeitig sein Handy halten und Socken anziehen kann.
»Also, ich brauche deinen Rat für mein Erster-Tag-Outfit. Ich tendiere ja zu Anzug und Krawatte ...«
Mikey zieht die Augenbrauen hoch. »Bürojob-Bob, bist du das?«
»Klappe. Ich rede hier vom ersten Tag. Vom ersten Eindruck. Lass mich nachdenken. Ich will aussehen wie ...«
»Jeremy Jordan in *Supergirl*«, beenden Mikey und ich den Satz gemeinsam und müssen lachen.

»Ganz genau.« Ich zögere. »Aber sehe ich dann – ?«

»Nein, du siehst dann nicht aus wie ein minderjähriger Steuerberater.«

Ich verkneife mir ein Grinsen. »Jetzt kannst du also meine Gedanken lesen, mh?«

»Etwa nicht?«

Von Mikeys betont ernster Miene wird mir ganz karamellig ums Herz. Vielleicht, weil er mich bisher noch nie aufgezogen hat. Jetzt kehrt er hier auf einmal den weltliebsten Triezer raus. Gerne mehr davon! »Und was steht bei dir heute auf dem Programm?«, frage ich. »Tiefseetauchen? Bogenschießen?«

»Du weißt schon, dass die Kinder alle in der Vorschule sind?«

»Ich hatte in der Vorschule Tauchen!«

»Arthur, du fürchtest dich vor Fischen.«

»Weil ich vom Tauchen ein lebenslanges Trauma davongetragen habe.« Ich halte inne. »Warte, es kann auch Schnorcheln gewesen sein. Jedenfalls muss ich mich jetzt fertig machen!«

»Rufst du mich an, wenn du zurück bist? Ich muss unbedingt wissen, wie es lief.«

»Ich werde minutiös berichten. Du, Mikey-Maus, wirst bald mehr über Jacob Demsky wissen als sein eigener Ehemann.«

»Das ist definitiv jetzt schon der Fall.«

Ich lache. »Du fehlst mir.«

»Du mir auch«, erwidert Mikey sanft.

Es entsteht eine von diesen Pausen, die in letzter Zeit immer öfter entstehen, und ich weiß nie so recht, was ich von ihnen halten soll. Ich schätze, sie markieren die Stelle im Gespräch, wo man »Ich liebe dich« sagen würde, aber so weit sind Mikey und ich noch nicht. Also, nicht, dass ich explizit dagegen wäre, es zu sagen. Mir kommt das nur einfach verfrüht vor. Wobei eine Pause wie diese es so erscheinen lässt, als wären die drei Worte ohnehin schon irgendwo da draußen. Sie ist wie ein Platzhalter für ein »Ich liebe dich«, das früher oder später nun einmal dort hingehört.

Nachdem Mikey und ich aufgelegt haben, durchlaufe ich meine Morgenroutine – Dusche, Zähne, Hemdknöpfe. Und Krawatte. Denn letzten Endes bin ich lieber Bürojob-Bob als ein »schnittig-legerer« Bar-Mitzwa-Boy. Zumindest gibt mir das die Gelegenheit, mit meinem halben Windsorknoten zu glänzen – einer Fähigkeit, die durch stundenlanges YouTube-Studium erlangt wurde, in makellosen Abschlussball-Looks für mich, Ben *und* Dylan gipfelte und mit Abstand das Größte ist, was ich je an der Highschool geleistet habe. Na toll, schwups habe ich wieder Abschlussjahr-Ben vor Augen. Sehe vor mir, wie sein Gesicht damals mein Handydisplay zum Leuchten brachte, als er den letzten Handgriff an seinem Knoten vollführte und das Ergebnis bewunderte.

Ein Leuchten, das ich so in etwa auch gestern an ihm gesehen habe, als er mich im Postamt entdeckt hat.

Ich kneife die Augen zu und versuche, das Bild aus meinem Kopf zu verjagen. Es ist zermürbend, wie oft Ben dieser Tage in meinen Gedanken rumspukt. Ich sitze so rum, kümmere mich um meinen eigenen Kram, vermisse meinen hochoffiziellen festen Freund, und mir nichts, dir nichts schneit Ben herein, völlig aus heiterem Himmel und immer in anderer Gestalt. Ben auf dem Hundertdollarschein, Ben auf einer Postkarte von London. Sogar der Bürgermeister meiner Unistadt heißt – wer hätte es geahnt – Ben. Ben ist einfach ständig *da*, und ich habe keine Ahnung, wie er das anstellt. Lauernd wie ein Vulkan – immer nur ein Erdbeben vom nächsten Ausbruch entfernt. Manchmal wünsche ich mir zwanzig Exfreunde, um zu wissen, ob das normal ist.

Schon komisch, wie sehr sich der erste Arbeitstag nach einem ersten Date anfühlt. Ich bin voller Tatendrang und nervös und will um jeden Preis einen guten ersten Eindruck hinterlassen. Jacobs Assistent Taj hat mir vor zwei Tagen die Wegbeschreibung geschickt, und mittlerweile ist sie mehr oder weniger in mein Hirn tätowiert. In der U-Bahn erwische ich einen Sitzplatz, was super ist, weil ich so auf der Fahrt einen letzten Blick in meine Textfassung des Stücks werfen kann, die mittlerweile eine Fransenborte aus Klebemarkierungen trägt und auf jeder Seite üppig kommentiert ist, obwohl Jacob jetzt *nicht direkt* um Anmerkungen gebeten hat. Aber für den Traumjob muss man nun mal alles geben. Ich blättere die Titelseite auf, und wie immer lassen die in nüchternem Courier getippten Großbuchstaben mein Herz schneller schlagen.

SPIEL'S NOCH EINMAL
Von Jacob Demsky

Das Theaterstück ist ganz anders, als ich es erwartet hatte. Ich hatte mit, keine Ahnung, vielleicht einer experimentellen multisensorischen Performance gerechnet, so in der Richtung wie dieses Tanzstück, zu dem Mikey und Musa mich an der Wesleyan mal hingeschleift haben. Alle Tänzer sind dabei einer riesigen Elastangebärmutter entstiegen, und man musste sich in entscheidenden Momenten zuvor ausgeteilte Tütchen voll Dreck unter die Nase halten. Doch

Jacobs Stück ist kein bisschen so. Es ist einfach eine Geschichte – eine konventionell erzählte, geradlinige, geradezu entwaffnend süße Geschichte.

Sie handelt von queeren besten Freunden in New York und von dem Baby, das sie in einer platonischen Beziehung gemeinsam aufziehen. Mittlerweile habe ich die Fassung bestimmt über zehn Mal gelesen, versinke jetzt aber wie jedes Mal unweigerlich aufs Neue darin. Leider schaffe ich es kaum bis zur zweiten Szene vom ersten Akt, da erreicht die Bahn schon Columbus Circle, wo ich umsteigen muss. Von hier sind es nur noch eine Handvoll Haltestellen bis zur Probebühne.

Ganz genau: Mein Arbeitsplatz ist eine Probebühne – eine waschechte Off-Broadway-Probebühne. Nein, nicht in dem legendären zehnstöckigen Gebäude am Times Square, wo man bei jeder Aufzugfahrt über *Hamilton*-Darsteller stolpert. Aber ziemlich sicher ist unsere aus etwa fünf Millionen Gründen ohnehin besser, und zwar allein schon deshalb, weil sie im East Village und damit sozusagen in der Hipsterwelthauptstadt liegt. Ich glaube nicht, dass je ein einzelner Häuserblock eine solche Coolnessdichte erreicht hat wie dieser hier. Zwei Ganzkörpertätowierte unterhalten sich auf Spanisch, während eine Frau mit gehäkelten Mandalas über ihren Rollstuhlspeichen an einem elegant gekleideten Schwarzen Herrn mit grauen Locs und Mehrwegkaffeebecher in den Händen vorbeifährt. Eigentlich ein Wunder, dass mir vom bloßen Atmen in dieser Atmosphäre nicht schon Vollbart und Undercut-Tolle wachsen.

Vor dem Probebühneneingang laufe ich eine Weile lang auf und ab und versuche, meine Nerven zu beruhigen. Ich bin immer noch fünfzehn Minuten zu früh und hätte also Zeit genug, bei einer Runde um den Block ein bisschen die

Gegend zu erkunden. Tatsächlich müsste Bens Viertel hier in der Nähe sein. Nicht, dass Ben mich auf der Matte stehen haben will, während er einen bestimmt sehr erotischen Dienstagmorgen mit Mario verbringt.

Aber irgendwie witzig, finde ich, wo er doch ständig davon redete, einfach Single sein zu wollen. Er brauche »Ben-Zeit«, hieß es immer, und dass er niemanden daten wolle, solange es nichts Ernstes sei. Bens großes Credo: Lieber Single sein als halbherzig in einer Beziehung. Somit muss das mit Mario ... ganzherzig sein. Ergibt sich wohl automatisch, wenn man jemanden mit so einem Aussehen kennenlernt.

Aber, hey! Ich habe meinen eigenen ganzherzig hinreißenden Freund. Mikey McCowan, aus Boston, Massachusetts, für den ich eindeutig ein Selfie vor dem Probebühneneingang machen muss. Diskret natürlich, damit ich nicht an Tag eins meines East-Village-Avantgarde-Lebens hier stehe und Gerade-frisch-aus-Georgia-eingeflogen-Vibes verbreite. Ganz unauffällig ziele ich also in Brusthöhe auf mein Gesicht und –

»Soll ich ein Foto von dir machen?«

Erschrocken sehe ich auf. Vor mir steht ein Typ mit perfekt symmetrischen Gesichtszügen und ebenmäßiger brauner Haut. Die schwarzen Haare fallen ihm als lockerer Pony in die Stirn. Er wird Anfang, Mitte zwanzig sein und vielleicht südostasiatische Wurzeln haben. Er kommt mir seltsam bekannt vor, sodass er also vermutlich ein Schauspieler ist, vielleicht sogar ein halb-berühmter. Vor allem aber sein Outfit macht mich sprachlos. Insbesondere die Krawatte und die Hosenträger. Die *geblümte* Krawatte und die *geblümten* Hosenträger. Absolut megagenial. Eine verdammte Erleuchtung.

»Ich mach das gerne«, sagt er, und während ich ihn noch angaffe, zückt er sein Handy. »Lächeln!«

Ich grinse wie ein Volldepp, denn offenbar ist East-Village-Avantgarde-Arthur extrem empfänglich für Befehle süßer Typen in geblümten Hosenträgern.

»Ich schick es dir«, sagt er und tippt auf seinem Display herum. Ich nicke stumm und warte darauf, dass er mich nach meiner Nummer fragt. Stattdessen aber guckt er bloß wieder hoch, lächelt, und mein Handy vibriert. Eine neue Nachricht mit Foto. Gesendet von –

»Oooh! Du bist *Taj*!« Ich schüttle den Kopf und spüre, wie mir das Blut in die Wangen schießt. »Himmel, bitte entschuldige! Ich ... Natürlich bist du's. Es ist nur. Beim Facetimen letztens. Deine Frisur war – «

»Ein fehlgeschlagenes Experiment. Wobei mein Schatz fand, ich sähe damit aus wie Johnny Bravo.« Taj lacht verlegen.

»Also, ich bin Arthur«, sage ich und werde vermutlich schon wieder rot. »Wie du offensichtlich weißt. Logisch.« Ich hebe mein Handy in der hoffentlich universellen Geste für: *Du hast mir ja gerade geschrieben und jetzt stehe ich hier wie ein Clown.* »Tut mir leid, ich bin nur ... Ähm.«

»Ich freue mich sehr darüber, dich endlich persönlich kennenzulernen«, sagt Taj und weist zum Eingang. »Gehen wir rein?«

»Ja! Super! Ich freue mich auch über dich! Nein, ich meine ... Ich freue mich ebenfalls, dich kennenzulernen. Das meine ich.«

Ich freue mich auch über dich. Wie tackere ich mir noch gleich das Maul zu?

Taj hält mir die Tür auf, und mit dem Kopf voran stolpere ich ins Foyer der Lafayette-Probebühne, die genauso aussieht wie auf dem virtuellen Rundgang, den ich mir bestimmt zwölf Mal angesehen habe. Das Gebäude ist schon etwas älter – moosgrüner Teppich, verschnörkelte Goldrahmen –, aber es hat große Fenster und in der Luft hängt ein zitroniger Frisch-geputzt-Duft. Taj steuert die Fahrstühle am anderen Ende des Foyers an, drückt den Knopf und lächelt auf mich hinunter. »Wie fühlst du dich?«

Ich hole tief Luft. »Gut. Nicht zu glauben, dass ich wirklich hier bin. Jacob ist mein absoluter Lieblingsregisseur. Es kommt mir vor, als würde ich träumen.«

»Jacob ist der Wahnsinn«, stimmt Taj mir zu. Die Fahrstuhltüren gleiten auf, und er lässt mir den Vortritt. »Die Show auch. Ich bin komplett Feuer und Flamme.«

»Oh Gott, total! Voll schade, dass ich die Leseprobe verpasst habe. Ich musste Freitag noch eine Klausur schreiben. Also, eine Uniklausur, ist ja klar. Na ja. Oder?« Ich kratze mich an der Stirn. »Keine Ahnung, wie viel Jacob dir über mich erzählt hat.«

»Du hast gerade dein zweites Semester an der Wesleyan beendet, richtig? Ich habe vor zwei Jahren meinen Abschluss in Yale gemacht.«

»Ach, echt?«, staune ich. »So klein ist die Welt. Meine Bubbe wohnt in New Haven!«

Einfach fantastisch, Arthur. Mal eben *die Oma* ins Gespräch einweben, noch bevor man aus dem Fahrstuhl steigt. Sehr geschickter Karriere-Schachzug.

»Cool, New Haven ist super«, sagt Taj, als wir den dritten Stock erreichen. »Okay. Bist du bereit?«

Ich nicke und schenke ihm ein extrem entspanntes Lächeln.

»Ernsthaft, mach dir keinen Stress. Alle sind total nett. Komm, ich stelle dich vor.«

Es ist geräumiger hier, als ich erwartet hatte, und die hohen Decken und großen Spiegel lassen den Raum zusätzlich noch größer erscheinen. Nur ein paar Leute sind schon vor Ort, wuseln mit Klemmbrettern herum und schieben Stühle zurecht. Mein Blick fällt auf ein Grüppchen ins Gespräch Vertiefter: Ein Schwarzer Typ mit Septum-Piercing, der ein *Trans-Rights-Are-Human-Rights*-Shirt trägt, und ihm gegenüber eine zierliche kleine weiße Frau im Retro-Femme-Stil und ein Junge mit brauner Haut und riesiger Achtziger-Jahre-Brille, der kaum älter als ich sein kann. Ich dagegen bin original angezogen wie unser Verkehrsminister Pete Buttigieg. Ich wittere Aufholbedarf und muss mir glatt Mühe geben, vor dieser geballten Hipsterenergie nicht hintenüberzukippen.

»Deine Pronomen sind er/ihm, oder?«, fragt Taj und ich nicke. »Alles klar. Die Schauspieler*innen kommen erst um elf, aber ich kann dich schon mal ein paar der anderen Assistent*innen vorstellen. Und Jacob, natürlich.« Er zeigt auf eine Gruppe Leute, die sich neben einer Ansammlung von Notenständern unterhalten und von denen einer mir jetzt unvermittelt den Kopf zuwendet. Auch ohne das Zoom-Bewerbungsgespräch würde ich ihn sofort wiedererkennen: rundes, jungenhaftes Gesicht, blonde Haare und große blaue Augen – genau wie auf den Fotos. Sein Gesicht leuchtet auf, als er mich sieht, und er kommt herübergejoggt. »Arthur, hi! Wie ich sehe, hast du Taj schon kennengelernt. Wunderbar. Er wird sich gut um dich kümmern.« Jacob wendet sich an Taj. »Apropos: Stacy kann Unterstützung bei der Requisiteninventur brauchen. Vielleicht fängt Arthur damit an?«

»Alles klar!«

»Oh! Und falls du Justin erwischst, frag sien doch mal, ob wir für Amelia nicht mehr ins Grüne gehen könnten. Aber den Zinnober für Em bitte genau so lassen. Das ist schon super so.«

Während Taj nickt, nicke ich mit, obwohl ich absolut keine Ahnung habe, wer Justin, Amelia und Em sind. Oder was Zinnober bedeutet.

»Es gibt übrigens gute Neuigkeiten«, wendet Jacob sich wieder mir zu. »Wir haben eine offizielle Zusage vom Shumaker Blackbox Theater. Fünfzig Plätze. Eine wunderbare, barrierefreie Location. Du wirst es dort lieben. Früher oder später führ ich dich natürlich auch noch rum und zeige dir alles. Wenn du aber jetzt schon Fragen an mich hast: Nur zu! Wir freuen uns sehr, dich im Team zu haben!«

Mein Herz klopft wie wild. »Danke! Vielen Dank!« Ich hole tief Luft. »Ich flippe gerade ein bisschen aus. Es ist *so* eine Ehre, Sie kennenzulernen.«

»Süß von dir. Und duz mich ruhig.« Er tätschelt meinen Arm. »Okay, also, gewöhn dich doch heute erst mal ein bisschen ein. Taj erklärt dir deine erste Aufgabe, und später stellen wir dir Stacy vor. Und, oh! Hast du schon einen Ausdruck der Textfassung?«

»Jap!« Ich halte mein Exemplar hoch.

»Wunderbar! Dann – « Er unterbricht sich und guckt an mir vorbei. »Oh *großer Gott*!«

Ich wirbele herum und sehe, wie der Nasenpiercingtyp etwas hält, das wie eine glatzköpfige Chucky-Puppe aussieht.

»Uff«, macht Taj.

»Wenn ich jemals wieder ein Stück schreibe, in dem ein Baby vorkommt«, sagt Jacob, »dann tötet mich bitte.«

»Ist das das Bühnenbaby?«, frage ich.

»Ja, nein. Ganz sicher nicht.« Jacob stößt ein müdes Lachen aus und fährt sich durch die Haare. »Okay, ich kümmere mich mal besser darum.«

»Und wir richten dein Zugangskonto ein«, sagt Taj zu mir. »Wobei, was hältst du davon, wenn wir erst noch Kaffee holen, bevor die Schauspieler*innen ankommen?«

»Ach, nein danke. Für mich nicht. Ich habe Erster-Tag-Nervenflattern. Wenn ich da jetzt noch Kaffee draufkippe, verwandle ich mich in Sonic the Hedgehog. Oder in einen Vibrator.«

Hallo? Ja, hi! An wen muss ich mich bitte wenden, wenn ich gern hier und jetzt in Flammen aufgehen möchte? Es ist nämlich so: Aus irgendeinem verdammt unerfindlichen Grund habe ich mich an meinem ersten Arbeitstag nicht nur als Computerspiel-Igel, sondern gleich auch noch als Sexspielzeug bezeichnet. Außerdem kann ich einfach nicht aufhören, diese Hosenträger anzustarren. Und diese *Krawatte*!

»Alles klar«, sagt Taj nach etwa zehn Stunden qualvollen Schweigens.

Sobald er mir das mit dem Requisiteninventar erklärt und mich vor dem Bildschirm allein gelassen hat, texte ich Jessie. Würde mir eine geblümte Krawatte stehen? – Total, oder?!

Keine Reaktion. Ich schätze, sie ertrinkt gerade in Fallakten, kämpft mit dem Kopierer oder nimmt Starbucks-Bestellungen auf und, oh Gott, was bin ich froh, kein Kanzleipraktikant mehr zu sein. Ich behaupte nicht, dass Requisiten in eine Tabelle zu tippen den Gipfel der Kreativität darstellt – Praktikantendasein ist nun mal Praktikantendasein. Aber wenn ich schon für jemanden Iced Coffee kaufen muss, dann doch bitte für Jacob Demsky.

Und dann trifft es mich mit der Wucht einer Abrissbirne: Taj wollte überhaupt nicht wissen, ob *ich* Kaffee möchte!

Er wollte, dass wir Kaffee für *Jacob* und die *Crew* und vielleicht sogar die *Schauspieler*innen* holen! Was bedeutet, dass ich offiziell der unnützeste Assistentenpraktikant der Welt bin. Soll man sich etwa bis in alle Ewigkeit so an mich erinnern? Arthur Seuss: Vorreiter auf dem Gebiet des Verpeilens einfachster Aufgaben! Hat es als erster Praktikant auf Erden nicht geschafft, seinem Chef einen Kaffee zu besorgen!

Oh Mann, ruhig Blut. Ich werde es einfach wiedergutmachen, indem ich Taj und Jacob mit der besten Requisitentabelle in der Geschichte des Theaters beeindrucke. Diese Tabellenvorlage hier ist zwar echt lahm, aber ich kann sie bestimmt mit der Design-App aufpimpen, die Samatha immer auf Instagram feiert. Vielleicht füge ich außerdem jedem Requisit eine Abbildung hinzu, so für den Wow-Faktor. Jacob soll merken, wie wichtig mir die Sache ist. Meine Tage des geringstmöglichen Aufwands sind vorüber. Fortan schicke ich überoberarschkriecherische Strebererenergie ins Universum.

Ich bin so im Flow, dass ich Tajs Schritte erst wahrnehme, als mir auch der Geruch seines Kaffees in die Nase steigt.

»Oh, wow«, sagt er. Ich gucke hoch und sehe, wie er mit gerunzelter Stirn meinen Monitor beäugt. »Ist das ...?«

»Wie findest du's? Ich wollte der Sache ein bisschen Wumms verleihen.«

»Ähm, ja. Okay. Der Wumms ist nicht zu übersehen.«

Ich verkneife mir ein stolzes Grinsen.

Taj reibt sich den Nasenrücken. »Also. Ähm. Normalerweise bleibt das Requisitenteam lieber bei seiner Standardvorlage. Du weißt schon, um die Abläufe schlank zu halten.«

Mir rutscht das Herz in die Hose. »Oh. Ach so ...«

Deine Tabelle ist wirklich sehr beeindruckend«, fügt er schnell hinzu. »Ich ... na ja, frage mich nur, ob du vielleicht die andere Version ...?«

»Absolut! Ich meine, noch nicht, aber dann fange ich einfach von vorne an. Gott. Es tut mir so leid! Ich wusste nicht ...« Ich starre auf meine Hände.

»Oh! Nein. Mir tut es leid. Ich hätte mich klarer ausdrücken müssen. Du hast bloß ... Das ist eine *fantastische* Tabelle. Sie ist nur ...«

»Dauert keine zehn Minuten. Ich setze mich sofort dran.«

Ich blinzle heftig. Nein, das geht nicht. Ich kann nicht an meinem ersten Arbeitstag in Tränen ausbrechen. Aber. Ich bin kaum eine Stunde hier und habe schon total verkackt. Ich brauche jetzt schon einen Neustart.

Das Ganze ist tatsächlich genau wie ein Date.

9. KAPITEL – BEN
FREITAG, 22. MAI

»Klopf, klopf«, sagt Dylan vor meiner Zimmertür, ohne wirklich anzuklopfen.

»Moment.«

Ich stehe oben ohne vor einer Klamottenschublade. Eigentlich wollte ich eins von den T-Shirts anziehen, die Mario für mich bedruckt hat, aber für ein Treffen mit meinem Ex und dessen neuem Freund scheint das irgendwie eine krasse Entscheidung zu sein. Es könnte doch so rüberkommen, als wollte ich allen unter die Nase reiben, wie sehr Mario mich mag, obwohl wir nicht offiziell zusammen sind, oder? Ist es nicht vielleicht schon mehr als genug, dass Mario bereit ist, den letzten Abend vor seiner Abreise nach L. A. mit mir und den beiden zu verbringen?

Bescheuert, so viel darüber nachzugrübeln.

Schließlich ist das hier kein Wettbewerb zwischen Arthur und mir.

Ich werde erhobenen Hauptes zu diesem Treffen marschieren und stolz Marios T-Shirt tragen.

Apropos stolz: Ich habe mein Lieblings-Marioshirt rausgesucht, dass er kurz nach dem Beginn unserer Spanischstunden für mich gemacht hat. Ein schlichtes weißes mit einer puerto-ricanischen Flagge auf der Brusttasche. Ich hatte mal halb im Scherz zu ihm gesagt, dass die Leute mich erst dann als Puerto Ricaner erkennen, wenn ich mir die Flagge als Cape umhänge. Daraufhin hat er mir dieses T-Shirt bedruckt, mit der Bemerkung, das sei vielleicht etwas subtiler. Immer wenn ich es trage, fühle ich mich gesehen.

»Klopf, klopf«, wiederholt Dylan. »Du hast fünf Sekunden, um deine Hose hochzuziehen.«

»Komm rein«, fordere ich ihn auf.

Dylan bleibt, wo er ist. »Echt? Du hast noch ungefähr drei Sekunden übrig.«

»Na los, beweg dich«, höre ich Samanthas Stimme. »Hi, Ben.«

Samantha spielt mit dem kleinen Schlüssel an ihrer Kette. Sie ist ganz in Schwarz-Weiß gekleidet – schwarzes T-Shirt, weißes kurzes Top darüber, schwarze Jeans und schwarz-weiße Sneaker. Sie könnte als Praktikantin von Cruella de Vil durchgehen, aber der Look steht ihr total. Dylan folgt ihr ins Zimmer wie ein treuer Dalmatinerwelpe.

»Kein Einzeldate, kein Doppeldate, nein, ein Dreierdate!«, ruft Dylan. »Das muss eine Weltpremiere sein!«

»Wir hatten doch ein Dreier-Bowlingdate mit meinen Unileuten«, sagt Samantha.

»Das zählt nicht. Kein Funkengesprühe. Das war allerhöchstens ein Doppeldate.« Dylan wendet sich an mich. »Ashleigh hing die ganze Zeit an ihrem Handy und Jonah war echt das Letzte, Big Ben. Typ Angeber mit 'ner Bowlingkugel.«

»Heißt, er konnte damit besser umgehen als du?«, frage ich.

»Jap«, antwortet Samantha. »Und Ashleigh hatte einen familiären Notfall. Aber Dylan hat schon recht, Jonah kann unerträglich sein.«

Dylan strahlt. »Hast du das gehört? Sie hat zugegeben, dass ich recht habe.«

»*Das* ist die wahre Weltpremiere«, meint Samantha.

Dylan springt auf mein Bett, hüpft auf und ab und singt: »Ich haaabe re-hecht!«

»Runter da«, kommandiere ich.

Dylan tut wie geheißen und wirft mir einen misstrauischen Blick zu. »Warum? Versteckst du Arthur dadrunter?« Er schaut nach.

Ich spüre, dass ich rot werde. »Warum sollte ich Arthur hier irgendwo verstecken?«

»Weil es ziemlich dreist wäre, wenn du ganz öffentlich was mit ihm hättest?«

»Ich habe *gar* nichts mit ihm.«

Seit wir uns am Montag kurz gesehen haben, haben wir bloß ein paar Nachrichten hin- und hergeschickt. In der ersten habe ich das Treffen vorgeschlagen und heute Morgen habe ich gefragt, ob es in Ordnung ist, wenn Dylan und Samantha mitkommen.

»Dee, bitte benimm dich nachher anständig, okay? Ich möchte nicht, dass sich irgendwer unwohl fühlt.«

»Ich? Wann hätte ich mich jemals unanständig benommen? Darf ich beleidigt sein, Mr. Spaßbremse?«

»Klar.«

Ich stecke mein Portemonnaie ein und bugsiere die beiden aus meinem Zimmer.

Meine Eltern sitzen aneinandergekuschelt auf dem Sofa und gucken die zweite Staffel der Netflixserie *One Day at a Time*. Ma hat jede Folge wahrscheinlich schon mindestens viermal gesehen, aber sie hat Pa erst jetzt überredet, die Serie mit ihr zusammen anzuschauen. Mich hat sie auch gefragt, allerdings bleibe ich meist lieber in meinem Zimmer und schreibe oder skype mit Mario. Familienserien bringen mich nur dazu, mir zu wünschen, mein Leben wäre einfacher. Innerhalb von dreißig Minuten mal eben die Höhen und Tiefen des Zusammenlebens mit meinen Eltern abhandeln? Als ob.

»Was habt ihr Schönes vor, Benito?«, fragt Ma und wickelt sich in eine Decke.

»Wir gehen nur 'ne Runde zum Times Square.«

»Times Square?«

»War Arthur da nicht schon?«

»Ja, aber er liebt es da. Und Mikey wahrscheinlich auch.« Würde mich nicht überraschen, wenn sie bisher jeden ihrer New Yorker Abende damit verbracht hätten, sich ein anderes Musical anzugucken. Währenddessen versuche ich, mein eigenes Geld zu verdienen, um meinen Eltern einen Zuschuss für Miete und Essen zahlen zu können.

»Tja dann, viel Spaß«, wünscht Ma. »Dylan, Samantha, euch natürlich auch.«

»Molto gracias«, antwortet Dylan wie ein wahrer Gringo.

Wir ziehen los in Richtung U-Bahn und steigen genau in dem Augenblick ein, in dem zwei Jungs mit dunkelbrauner Haut rufen: »Showtime!« Gleich darauf wummert ein Beat los. Dylan klatscht mit, ist dabei allerdings so neben dem Takt, dass ich kurz davor bin, seine Hände festzuhalten. Um ehrlich zu sein, beachte ich solche U-Bahn-Vorführungen meist nicht sonderlich, aber diese Jungs hier sind auf einem ganz anderen Level. Fasziniert starre ich sie an, während sie Flickflacks durch den Mittelgang machen und sich mit Superheldenkraft um die Haltestangen schwingen. Wir geben ihnen ein paar Dollar, ehe wir umsteigen.

Am Times Square angekommen, fällt mir mal wieder auf, dass dieser Ort hier so gar keinen Zauber auf mich ausübt. Die blinkenden Leuchtreklamen verschwimmen mit den Lichtern der Ampeln, und die Broadwayposter könnten genauso gut Plakate an Bushaltestellen sein. So geht es mir zurzeit überall in New York. Mit jedem Tag verliert die Stadt ein bisschen mehr von ihrem Glanz. Aber der ist ja eh nicht für Einheimische wie mich gedacht. Sondern für Leute wie Arthur und Mikey, die wahrscheinlich jeden Moment um die Ecke getänzelt kommen und dabei irgendeinen Musicalsong trällern, den ich nicht kenne.

Ein kurzer Blick aufs Handy verrät mir, dass Mario ein paar Minuten zu spät ist, weil das Packen länger gedauert hat. Ich habe mit dem Gedanken gespielt, heute bei ihm zu übernachten, aber sein Flug geht verdammt früh, und ich weiß, wie wichtig ihm sein Schlaf ist. Zum Glück haben wir es gestern ausgenutzt, dass meine Eltern bei der Arbeit waren, und hatten ziemlich guten Sex.

»Ich bin am Verhungern«, stöhnt Samantha.

»Hotdog?« Dylan zeigt auf den Wagen an der Ecke.

»Vielleicht lieber 'ne Brezel.«

Dylan tritt auf den Verkäufer zu. »Werter Herr, für wie viel kann man eine Ihrer Brezeln erwerben?«

»Warum sprechen Sie so komisch?«, fragt der Verkäufer.

»Damit Sie mich nicht für einen Touristen halten.«

»Sie klingen aber wie einer.«

»Woher komme ich denn Ihrer Meinung nach?«

»Aus dem vorletzten Jahrhundert.«

Dylan funkelt ihn an. »Wie viel nun für die Brezel? Meine Frau steht kurz vor dem Hungertod. Ich muss Essen auf den Tisch bringen.«

»Fünf Dollar.«

»Verstehe. Und nachdem ich Ihnen meinen guten Freund Abraham Lincoln überreicht habe, wird man Sie dann wegen Verbrechens gegen die Menschlichkeit in Haft nehmen?«

Die beiden verfallen in einen Starrwettbewerb. Samantha und ich verdrehen die Augen.

»Vier Dollar«, feilscht Dylan.
»Fünf.«
»Vier Dollar plus einen für einen Softdrink.«
»Sieben.«
Dylan beugt sich vor. »Sie beschämen mich hier vor meiner Freundin. Kommen Sie, helfen Sie mir, so von Familienvater zu Familienvater.«
»Sie sind doch selbst noch ein halbes Kind.«
»Wie können Sie es wagen?! Ich trage einen Bart!«
Samantha geht mit einem Fünf-Dollar-Schein dazwischen. »Eine Brezel, bitte.«
Der Verkäufer nimmt das Geld entgegen und händigt ihr dafür eine Brezel aus. »Einen schönen Abend noch.«
Samantha beißt ein großes Stück ab, murmelt ein Dankeschön und schlendert davon.
Dylan funkelt den Verkäufer an. »Genießen Sie das Zuchthaus, Sie Halsabschneider.«
Wir holen Samantha ein, die ihre Brezel verschlingt und kauend davon schwärmt, wie viel leckerer die Brezel im Gegensatz zu denen an ihrer Uni ist. Dylan steigt ein, lobt seine Lieblingsgerichte in den Himmel (panierte Hähnchenstreifen, Salamipizza) und verflucht die Schrecken der Mensa (Hotdogs, Pommes, Tacos). Ich kann zu dem Gespräch nichts beitragen, aber das passt mir ziemlich gut, denn so kann ich mich mental auf den Abend vorbereiten.
Ich warte immer noch auf Arthur und Mario.
Halt, ich korrigiere, auf Mario und Arthur. Mario steht inzwischen an erster Stelle. Ich denke bereits beim Aufwachen an ihn. Bei jedem Ton meines Handys hoffe ich, dass er mir geschrieben hat. Klar, ich sollte ein bisschen was mit Arthur unternehmen, wenn er schon mal hier ist, aber Sinn und Zweck seines Aufenthalts ist es ja nicht, Zeit mit

mir zu verbringen. Das war damals nicht so, und das wird es diesmal genauso wenig sein.

Und dann entdecke ich doch zuerst Arthur, der sich durch die Menge schlängelt. Es überrascht mich, dass er und Mikey nicht Händchen halten, vielleicht wurden sie aber auch nur im Gedränge getrennt. Dass sie nicht direkt aneinanderkleben, ist ein guter Auftakt für dieses Treffen. Als Arthur sich zu jemandem umdreht, ist das allerdings erst mal nicht Mikey, sondern Jessie. Mir war nicht klar, dass er sie ebenfalls mitbringen würde, aber natürlich habe ich kein Problem damit.

Fast genau hier haben wir uns zu unserem ersten ersten Date getroffen.

»Hi!« Arthur strahlt. »Wow, Dylan, Samantha!« Er umarmt beide. »Wie schön, euch zu sehen.«

»Noch schöner, dich zu sehen«, antwortet Dylan.

Ich sage Jessie Hallo und Samantha gibt ihr zwei Küsschen. »Hey, hey. Ich habe mir den Podcast angehört, den du mir geschickt hast. Megalustig.«

Total cool irgendwie, dass Samantha und Jessie die ganze Zeit in Kontakt geblieben sind, trotz Arthurs und meiner Trennung. Zwischen ihnen muss es ja nicht genauso kompliziert sein.

»Hi, Arthur.«

»Hi, Ben.«

Wir umarmen uns, aber nur ganz kurz. Das ist okay, sogar recht lässig. Die Wow-wie-schön-dich-nach-so-langer-Zeit-wiederzusehen-Umarmung haben wir ja schon hinter uns.

»Wo ist Mario?«, fragt er.

»Sollte gleich kommen. Er war noch mit Packen für seine Reise nach L. A. beschäftigt.«

»Wie lang wird er denn weg sein?«

»Eine Woche.«

Da stehe ich also und spreche mit meinem Ex über Marios Pläne. Aber ich muss aufhören, an Arthur immer nur als Exfreund zu denken. Er ist mehr als das. Wir sind Freunde. Es sollte keine Rolle spielen, dass er die letzte Person ist, in die ich richtig verliebt war. Das ist schließlich Geschichte.

»Hola, hola, hola, hola«, höre ich Marios Stimme hinter mir. Er knufft mich in die Seite und umarmt alle, die er kennt, dann stellt er sich Jessie vor. »Tut mir leid, dass ich zu spät bin. Ich habe noch gepackt, und ... na ja, jetzt bin ich da.« Er schenkt mir ein Lächeln und schnippt gegen die puerto-ricanische Flagge auf meiner Brusttasche. »Schickes Shirt, Alejo.«

»Gracias.«

Mario zeigt auf Arthur. »Wo ist Mikey?«

Arthur wirkt verwirrt. »In Boston.«

Ich frage mich, ob zwischen den beiden alles okay ist. »Oh, wann ist er denn abgereist?«

»Er war gar nicht hier ...«

»Ich dachte, er wäre mit dir hier?«

»Nope, nur wir beide«, mischt sich Jessie ein. Dann schlägt sie sich die Hand vor den Mund. »Warte mal, oh Gott, wie peinlich, die Einladung galt für Mikey, nicht für mich, oder?«

»Nein – ich meine, ja, aber wir freuen uns natürlich, dass du dabei bist!«

Na, das ist ja super gelaufen. Wie konnte denn dieses Riesenmissverständnis entstehen? Wahrscheinlich hätte ich für den Anfang Arthurs Insta-Posts genauer lesen sollen. Diese ganzen Szenen mit Arthur und Mikey in New York –

Musicals anschauen, singend und händchenhaltend durch die Stadt tänzeln, in einem Bett schlafen – waren alle nur in meinem Kopf.

Ich fühle mich ein bisschen leichter. Als wäre ich nicht die einzige Person auf der Welt, deren Leben nicht perfekt ist.

Allerdings *sollte* es mich nicht erleichtern, dass Arthurs Freund nicht in der Stadt ist.

»Schade, dass ich Mikey gar nicht kennenlerne.«

»Er kommt nächstes Wochenende zu Besuch. Dann können wir das nachholen.«

»Wir müssen ihm ein Gruppenbild schicken«, schlägt Mario vor. »Aber zuerst sollten wir etwas Aufregenderes tun, als an einer Ecke vom Times Square rumzugammeln.«

Jessie deutet auf das Regal Cinema die Straße runter. »Kino?«

»Oh Gott, ja, für einen Slushie würde ich töten«, erklärt Samantha.

Mario schüttelt den Kopf. »Ihr habt euch doch alle ewig nicht gesehen. Wie wollt ihr euch denn bei einem Film auf den neuesten Stand bringen?«

»Du warst wohl noch nie mit diesem Plappermäulchen im Kino.« Dylan deutet auf Samantha. Sie gibt ihm einen Klaps auf den Arm und er tut, als litte er Höllenqualen.

Mario schaut sich um. »Was ist mit Madame Tussauds? Selfies mit den hottesten Wachs-Stars? Oder wartet, Dave & Buster's!«

Arthur wirft mir einen Blick zu und sieht dann wie vom Blitz getroffen weg.

Bei Dave & Buster's hatten wir unser erstes erstes Date. Das sollte keine große Sache sein, auch wenn ich seitdem nicht mehr dort war. Aber Mario scheint Lust darauf zu haben, also werde ich nur wegen meiner gemeinsamen Vergangenheit mit Arthur kein Spielverderber sein.

»Bitte sag mir, dass sie immer noch *Mario Kart* haben!«, ruft Dylan. »Wir brauchen unbedingt ein Foto davon, wie Mario *Mario Kart* spielt. Episch!«

»*Pac-Man*?«, fragt Jessie an Samantha gewandt.

»*Pac-Man*«, antwortet Samantha.

Arthur wirkt wie versteinert.

»Ist das okay für dich?«, frage ich ihn.

Er nickt ein Wackeldackel-Nicken. »Absolut. Auf zum Greifauto–«

»Ich fordere dich zu einem Duell bei *Guitar Hero*.« Mario schnappt sich meine Hand und drückt mir einen Schmatzer auf die Wange.

Und dann zieht er mich auch schon die Straße runter, noch ehe ich Arthurs Reaktion mitbekomme. Ich wette, dass ein anderer Junge mich küsst, ist total komisch für ihn.

Auf dem Weg entschuldigt sich Mario noch mal fürs Zuspätkommen und erzählt, wie sehr er sich auf seine Reise freut. Ich dagegen erzähle ihm nicht, wie sehr *ich* mich jetzt schon auf seine Rückkehr freue, um nicht zu klammerig zu wirken. Aber das macht es nicht weniger wahr: Ich mag Mario, und ich mag seine Gegenwart. Seine Ausstrahlung ist wie pures Sonnenlicht.

Wir betreten das Gebäude und fahren mit dem Fahrstuhl hoch zu Dave & Buster's. Beim Reingehen kriegen wir gerade noch das Ende eines Songs von P!nk mit, bevor sie von Rihanna abgelöst wird. Überall leuchten und blinken Air-Hockey-Tische, Pinball-Automaten und Mini-Bühnen zum Tanzen. Die Bar ist überfüllt, heißt, mehr Geräte für diejenigen von uns, die wirklich zum Spielen hier sind. Mario und ich teilen uns eine Guthabenkarte und laden sie mit je fünfzehn Dollar auf. Wir dürfen uns also nicht verlieren. Oder müssen uns zwischendurch immer wiederfinden. Darauf freue ich mich schon.

Dylan legt direkt mit *Speed of Light* los. Ziel des Spiels ist, so viele blinkende Lichter wie möglich zu treffen. Es hat was von *Whac-A-Mole*. Aber Dylan schafft es spektakulärerweise, kein einziges Licht zu erwischen. Ganz im Gegensatz zu Mario, der sich als absoluter Profi entpuppt. Es wirkt, als hätte er eine Art sechsten Sinn dafür, wann das nächste Licht auftaucht.

»Phänomenal.« Arthur taucht neben mir auf. »Spielt er das oft?«

»Scheint so, aber ich weiß es nicht genau. Seit ich dich damals hergebracht habe, bin ich nicht mehr hier gewesen.«

»Warum nicht? Hat das mit mir zu tun? Ist es komisch, dass ich das frage? Ich will es eigentlich nicht komischer machen, als es eh schon ist, weil ich Jessie mitgebracht habe. Du hast bloß ›ihr‹ geschrieben, und wir sind beide davon ausgegangen, du meinst sie und mich. Ich wusste nicht, dass du dachtest, Mikey wäre auch mit in New York.«

»Oh, du kannst also keine Gedanken lesen?«

»Leider bin ich nicht Ben-Jamin, nachdem er seinen Telepathietrank runtergestürzt hat.« Arthur grinst, als wäre er immer noch stolz drauf, einer meiner größten Fans zu sein. Vielleicht sogar der größte.

»Das war nicht gerade Ben-Jamins Sternstunde. Wahrscheinlich ist es echt besser, dass wir die Gedanken anderer Leute *nicht* lesen können.«

»Wahrscheinlich.«

Mir wird schnell klar, dass ich keine Ahnung habe, was in Arthurs Leben momentan so los ist. Ziemlich sicher würden mir telepathische Fähigkeiten nur enthüllen, dass er nicht besonders viel an mich denkt.

»Na ja, auf jeden Fall hätte ich mich wegen Mikey wohl deutlicher ausdrücken sollen«, sage ich. »Ich habe einfach angenommen, dass ihr die Semesterferien zusammen verbringt.«

»Das wollten wir eigentlich auch, in Boston, aber dann habe ich diesen Glückstreffer gelandet, und: Hello, New York! Arthur Seuss arbeitet jetzt ganz offiziell am Broadway. Also, Off-Broadway, aber das ›Off‹ kann ich wegnuscheln.«

»Du brauchst dein Licht nicht unter den Scheffel zu stellen, Arthur. Ich bin stolz auf dich.«

»Danke, Ben.«

Seine Augen sind genauso blau, wie ich sie in Erinnerung habe. Gerade laufe ich Gefahr, mich in ihnen zu verlieren, da holt mich Marios Jubelgeschrei zurück ins Hier und Jetzt.

Dylan verneigt sich vor ihm. »Du bist wirklich Super Mario!«

Mario reckt das Kinn und wirft sich in Siegerpose, ehe er sich zu mir umdreht. »Hast du das gesehen?«, fragt er.

Ich checke die Anzeigetafel. »Du hast Dylans Rekord geknackt.«

»Das ist auch nicht besonders schwer«, stichelt Samantha.

»Na, dann zeig's uns doch!«, schießt Dylan zurück.

Samantha nimmt die Herausforderung an. Sie bewegt sich so gekonnt durch das Spiel, als würde sie noch bei Kool Koffee arbeiten und zwischen Milchschaum, Sirupflaschen und Kunden hin und her jonglieren. Mario filmt sie, während sie das Ding beim allerersten Versuch rockt. Ein absolutes Naturtalent.

»Von wegen Super Mario! Super Samantha!«, jubelt Mario, als sie seinen Highscore knackt. »Arthur, willst du als Nächstes?«

Arthur schüttelt den Kopf.

»Na komm, du schaffst das.«

»Ich werde das mit einhundertprozentiger Sicherheit nicht schaffen.«

Ich merke, dass Mario gerade in den Hyper-Motivationscoach-Modus wechseln will, aber ich lege ihm die Hand auf die Schulter.

»Lass gut sein.«

»Okay, bin schon still.«

Jessie und Samantha ziehen lachend zur Bowlingbahn weiter.

Mein Blick fällt auf den Fotoautomaten, in dem Arthur und ich bei unserem Date Bilder gemacht haben. An dem Tag habe ich mich längst nicht so wohlgefühlt, wie ich es gern gewollt hätte, und Arthur hat es gemerkt. Hudson und ich hatten nämlich Fotos aus genau demselben Automaten, und ich war zu dem Zeitpunkt noch mit meinen Gefühlen für ihn beschäftigt. Dave & Buster's kommt mir vor wie so eine Art Beziehungszeitmaschine, die mich immer dann wieder zurückzubeamen versucht, wenn mein Herz gerade eigentlich für jemand Neuen schlägt.

Ich entdecke vier leere *Mario-Kart*-Sitze und rufe den anderen zu, sie sollen sie sich schnappen. Dylan und Mario sprinten los. Ich liebe es, dass sie so viel Spaß zusammen haben. Man hofft ja immer, dass sich die Freund*innen mit dem Partner verstehen. Bei Dylan habe ich mir da auch nie Sorgen gemacht, aber ich bin mir grade nicht sicher, was Arthur angeht. Ich nehme den *Mario-Kart*-Platz neben dem echten Mario, Arthur den letzten freien neben mir. So sitze ich da: Mario links, Arthur rechts. Man muss wirklich kein Hellseher sein, um zu wissen, dass Dylan sich gerade sehr zusammennimmt, um keinen Spruch über Dreier und Sandwiches oder so was zu reißen.

Bevor das Rennen losgeht, suchen wir unsere Figuren aus. Marios Wahl ist klar. Dylan nimmt Bowser und verspricht, ordentlich Chaos zu stiften. Arthur wählt Toad, der im Übrigen, anders als sein Name vermuten ließe, überhaupt nicht wie eine Kröte aussieht, sondern eher wie ein Daumen mit Fliegenpilzhut.

Der Timer unserer Spielzeit läuft runter, ich sollte mich schnell entscheiden.

»Nimm Prinzessin Peach, damit Mario dich retten kann«, raunt Dylan.

»Du bist im falschen Spiel. Hier gibt's keine Teams.«

»Aber wenn du möchtest, lasse ich dich gewinnen«, sagt Mario.

»Nope. Fangen wir lieber an«. Ich wähle Yoshi. Für den kleinen grünen Dinosaurier hatte ich schon immer eine Schwäche.

Dylan beugt sich vor und zwinkert mir verschwörerisch zu. »Du weißt, dass es Level gibt, in denen Mario auf Yoshi reitet, oder?«

»Klappe, Dee.«

Ich will ganz bestimmt nicht über Sex reden, während ich zwischen Mario und Arthur sitze.

Ich tue mein Bestes, um mich aufs Spiel zu konzentrieren. Dylan hält sein Chaos-Versprechen und schießt mich mit einem roten Schildkrötenpanzer von der Strecke. Mario hat schon jetzt einen ziemlichen Vorsprung. Worin ist er eigentlich nicht gut? Als Yoshi sich endlich aufgerappelt hat, bin ich sicher, dass ich hinten liege. Aber dann sehe ich

Toad, der jede Wand mitnimmt, und muss lachen. Wow, ist Arthur schlecht in dem Spiel.

»Dein erstes Mal *Mario Kart*?«, frage ich, die Augen weiter auf die Straße gerichtet.

»Keine Ahnung, wie du darauf kommst«, antwortet Arthur, während er in die völlig falsche Richtung düst.

Wir sind noch nicht mal am Ende unserer ersten von drei Runden, als Mario uns auf der Hälfte seiner zweiten überholt. Er ist so konzentriert, als würde ihm am Ende ein *echter* Goldpokal winken. Oder als müsste er etwas beweisen. So niedlich es auch ist, Arthur dabei zuzusehen, wie er für seinen Teil beweist, dass man ihm lieber den Führerschein entziehen sollte, ich spiele hier, um zu gewinnen, und bete um ein Wunder, das Marios Vorsprung zunichtemacht: seinen Namensvetter in einen Abgrund purzeln lässt, einen Blitz auf ihn herabschickt oder eine Flut blauer Schildkrötenpanzer. Aber die Marios haben Rückenwind.

»Herzlichen Glückwunsch«, sage ich, bin aber zerknirscht, dass ich hinter einem Computer auf dem dritten Platz gelandet bin. Tja, immer noch besser, als Sechster zu werden, so wie Dylan. Oder Zwölfter, wie Arthur. Allerdings ist das irgendwie schon fast wieder liebenswert.

»Gruppenselfie mit der Männer-Gang!« Mario streckt den Arm aus und beugt sich zu mir rüber.

Dylan öffnet den Mund zu stummem Triumphgebrüll, Mario strahlt wie der Liebling aller Zahnärzte, Arthur rutscht näher an mich ran, um mit draufzupassen, und legt den Arm um mich.

Ich lächle, und bei seiner Berührung werden meine Wangen ganz warm.

10. KAPITEL – ARTHUR
FREITAG, 22. MAI

Das ist mir zu viel. Mehr als zu viel, alles daran: das Geklingel und Gepiepse, die Synthie-Musik, die Blinkelichter und: der Umstand, dass sich dieser ganze Abend wie ein riesiger Insider anfühlt, in den ich nicht eingeweiht bin.
Keine Ahnung, warum ich dachte, dass das schon gut geht. Ich hatte mich sogar irgendwie darauf gefreut. Bloß ein paar lässig lockere Freunde, die einen lässig lockeren Abend genießen. Ich wäre dann einer von diesen erwachsenen Mit-dem-Ex-befreundet-Typen. Plus: Falls das Ganze doch den Bach runtergehen sollte, könnte ich immer noch mit Jessie die Biege machen. Eigentlich idiotensicher, richtig?
Falsch. Jessie ist schon vor einer Stunde mit Samantha verschwunden, Ben und Dylan stecken zehn Level tief in einer Alieninvasion, und der neue Freund meines Exfreunds hat womöglich vor, mir allein durch die Kraft seines Charmes den Garaus zu machen.
»Ich war in der Woche nach Weihnachten da. Fast zwanzig Grad und die ganze Zeit Sonne. Einfach unglaublich. Ben hat nicht mal – «
»FUCK!« Dylan haut auf die Konsole.
»Nimm das!«, kommt von Ben. »Nimm. *Das!*«
» – bis ich ihm die Fotos gezeigt habe.«
Ich nicke, ohne weiter zuzuhören, weil ich über Marios sexy Kalifornienfotos wirklich nichts wissen will. Und kann er bitte seinen Bizeps mal wieder einpacken? Wir haben's

kapiert, Mario, du gehst trainieren. Echt blöd eigentlich – mein Gesicht kam mir heute ausnahmsweise mal ziemlich ansehnlich vor. Sogar mein Outfit fühlte sich richtig an: hochgekrempelte Hemdsärmel, leichter Sweatpullunder und meine brandneue blau geblümte Krawatte. Taj sagte heute Morgen, ich sähe aus wie das Kind von Joseph Gordon-Levitt and Zooey Deschanel in der noch zu drehenden Fortsetzung von *(500) Days of Summer*. Diese Vorstellung hat mein Hirn sich offenbar einverleibt und weitergesponnen. Den ganzen Tag lang habe ich mich wie im Film gefühlt. Als wäre ich sepiagefiltert. Dramatisch. Wenn ich mich am Kopf kratzte, schien es ein genau durchchoreografiertes Kratzen zu sein. Und wenn ich genau hinhörte, erklangen The Smiths aus dem Off.

Bis Mario anmarschiert ist und die Plattennadel auf der LP meiner Illusionen kratzend zum Stillstand gebracht hat.

Ich, ein Indie-Film-Traumboy? Pustekuchen! Bloß ein achtzehnjähriger Depp aus Georgia mit Bauernbräune und einem unübersehbaren frischen Pickel am Kinn. Und diese zwei Dutzend flackernden LED-Bildschirme bieten nicht gerade das schmeichelnde Schummerlicht, das ich mir erhofft hatte. Wobei sie auf Marios Höhe mit Sicherheit wie der honigweiche Sonnenschein zur Goldenen Stunde wirken.

Kann man mich bitte nach Boston teleportieren? Das ist alles, was ich will. Einen ganz normalen Abend auf dem Sofa mit Mikey. Er kann animierte Haie bei *Animal Crossing* angeln, während ich mir witzige Broadway-Fehlbesetzungen auf YouTube angucke. Dann putzen wir uns die Zähne, machen das Licht aus und haben definitiv keinen Sex, denn Mikey masturbiert nicht einmal, wenn seine Schwester zu Hause ist.

Doch wen kümmert's? Ich will einfach nur neben ihm aufwachen.

Ich könnte ihn anrufen. Ich könnte mich in irgendeinem Rennautosimulator verstecken oder mich in die Eingangshalle verdrücken, und vielleicht finde ich so meine innere Mitte wieder: durch das liebe verlässliche Gesicht meines Freundes.

Aber was soll ich ihm sagen? Mit welchen Worten kann ich ihm erklären, wie sich der heutige Abend für mich anfühlt? Und damit meine ich nicht Dave & Buster's an sich, und nicht mal die Tatsache, dass ich mit Ben hier bin. Das weiß Mikey schon alles und es ist voll in Ordnung für ihn. Ich nehme an, seit Mario im Spiel ist, hat Ben stark an Bedrohlichkeit eingebüßt.

Mario redet sich gerade in eine Anekdote über Bens und seinen Stilistikkurs hinein. Über Bens Text und über etwas, das Ben bei der Besprechung der anderen Texte sagte, und ungelogen jedes zweite Wort aus Marios Mund lautet »Ben«. Und immer wieder berührt er Ben am Arm. Was in Ordnung ist, schätze ich, obwohl mir nicht einleuchtet, warum er es für ratsam hält, Ben mitten im Spiel derart abzulenken. Denn der, so besagt die Legende, hat sogar schon mal einen *Blowjob* abgelehnt, weil er es vorzog, Dylans Highscore bei *Candy Crush* zu überbieten.

Einen Blowjob von Hudson, wohlgemerkt. Einen Blowjob von mir hat Ben noch nie abgelehnt. Wobei er auch nicht allzu oft die Möglichkeit dazu hatte.

Doch nichts davon ist jetzt relevant. Blowjobs erst recht nicht. Blowjobs haben schon rein konzeptuell nichts mehr mit Ben und mir zu tun, denn Ben hat einen Freund und ich habe einen Freund und alle sind in festen Händen. Und glücklich. Ich bin glücklich, Ausrufezeichen. Zwar heute nicht in Bestform, aber was soll's? Ist ja nicht so, dass Mario lange genug mit dem Reden aufhören würde, um das zu bemerken.

»Weißt du was?«, sagt er gerade. »Wenn ich hiernach zu Hause bin, hau ich einfach den Rest raus. Egal, wie lange es dauert. Ich schlaf dann halt morgen im Flieger.«

Ich lächle vage. Als wüsste ich zumindest ungefähr, was in aller Welt er da rauszuhauen gedenkt. »Tolle Idee.«

»Ich habe ein gutes Gefühl, weißt du? Ich meine, ich weiß ja, wo ich hinwill, deswegen muss ich es jetzt eigentlich nur noch in Worte fassen.« Er gähnt und streckt sich. »Oh Mann, tut mir leid. Ich war gestern so lange wach und – «

Hatte Sex mit Ben, denke ich.

» – habe auf den Höhepunkt hingearbeitet.«

Erst eine geschlagene Minute später wird mir klar, dass Mario über ein Drehbuch spricht. Stört sein Anblick meine Hirnwellenfrequenz? Ist das einfach so, wenn man den neuen Freund des Exfreundes trifft?

Ich spähe zu Ben und Dylan hinüber, die beide dermaßen an der Konsole kleben, dass man sich fragen könnte, ob die Aliens in dem Spiel getötet oder abgeknutscht werden müssen. So oder so wird diese Mission nicht in naher Zukunft beendet sein.

Ich sollte hier wirklich zwischendurch mal raus. Mein Hirn gehört auf Werkseinstellungen zurückgesetzt. »Ich muss mal!«, unterbreche ich Marios anhaltenden Redefluss. Beschämtes Kopfschütteln, dann: »Ich muss mal *telefonieren*. Nur kurz, dann komm ich wieder.«

»Ah. Beim Freund melden, was?«, fragt Mario wissend.

Ich nicke etwas zu eifrig. Das stimmt. Ich werde mich bei meinem sehr einfühlsamen Freund melden, der vielleicht, na, zehn Sekunden durchhält, bis er wissen will, ob bei mir

alles okay ist. Und dann werde ich mich überschlagen vor Beteuerungen, dass bei mir alles *total* okay ist und ich nicht im Entferntesten traurig bin, denn warum sollte ich denn traurig sein, und falls ich mürrisch wirke, dann nur, weil ich müde bin. SIEH HER, ICH GÄHNE! EIN GANZ NORMALES GÄHNEN!
Jap, das wird ihn beruhigen.

Fünf Minuten und eine Sehr! Lässige! Nachricht an Mikey später sitze ich in einem Rennautosimulator und schreibe verzweifelt an Ethan. Rate mal, wer mit Bens neuem Freund abhängt 😬
Zwei Sekunden später kommt ein Anruf rein. Ethan lässt mich nicht einmal Hallo sagen. »Du triffst dich mit Ben?!«
»Ich treffe mich nicht mit *Ben*! Ich treffe mich mit einer *Gruppe* von Leuten. Wir sind bei Dave & Buster's und –«
»Mit einer Gruppe, in der Ben ist.«
»Und Bens Freund«, erinnere ich Ethan. Bens Freund Bens Freund Bens Freund. Blinzelnd und benommen starre ich auf das Lenkrad hinunter und fühle mich sehr neben der Spur. Als säße ich außerhalb meines eigenen Körpers.
»Ich wusste gar nicht, dass Ben jetzt einen Freund hat«, sagt Ethan.
»Nicht bloß einen Freund. Einen extrem heißen Freund. Definitiv heißer als ich.«
»Wow. Gut für Ben.«
Fast lasse ich das Handy fallen. Gut für Ben?! Erinnert sich Ethan auch nur ansatzweise noch an die Zeit, nachdem Ben und ich an meinem letzten Tag in New York von Daten auf Beste-Freunde-Sein umgeschaltet haben? Ich musste den ganzen Heimflug über Rotz und Wasser heulen. Ich konnte tagelang nicht schlafen. Ich bin *wochenlang* wie ein

Zombie herumgelaufen. Ich habe mir so viel Eis einverleibt, dass Dad schon anfing, mich Art & Jerry's zu nennen. Mir wird bis heute immer etwas übel, wenn ich an diese Zeit zurückdenke.

»Gut für Ben?!«, beschwere ich mich.

Ethan lacht. »Was ist los? Du hast doch auch einen Freund. Warum sollte er keinen haben?«

Ich stoße so lautstark empört die Luft aus, dass ein Teenager mit Möchtegernschnurrbart sich hinunterbückt und mich durchs Autofenster anstarrt. Ich scheuche ihn weg und wende mich wieder an Ethan. »Hast du den Teil verpasst, wo ich sagte, dass er heißer ist als ich?«

»Nein?«

»Du musst doch sagen, dass *ich* heißer bin!«

»Aber ich habe Bens Freund noch nie gesehen«, wendet Ethan ein. »Woher soll ich das also wissen?«

Ich schlage mir gegen die Stirn. »Weil du nicht mit Mario befreundet bist, sondern mit mir!«

»Er heißt Mario? Eieiei, das klingt heiß.«

»Glaub mir, ich weiß das nur zu verdammt gut. Es ist schon das zweite Mal, dass ich sein Heißsein live erleben darf«, schildere ich und werde augenblicklich paranoid, dass Mario dieses Gespräch irgendwie mithören könnte. Oder Ben. Gott, keine Ahnung, was schlimmer wäre. Doch als ich prüfend aus dem Fenster gucke, habe ich nur die Visage des zurückgekehrten Möchtegernschnurrbarts vorm Gesicht, der jetzt aus unerfindlichem Grund seine Zunge zwischen zwei Fingern kreisen lässt. Nicht gerade die Geste, mit der ich mein Sexleben beschreiben würde, aber okay.

Ich revanchiere mich bei Möchtegernschnurrbart mit einem etwas anderen Klassiker der zwischenmenschlichen Gesten und ignoriere ihn dann.

»Ich komme immer noch nicht drauf klar, dass du mit Bens Freund abhängst«, sagt Ethan.

»Nicht absichtlich! Das Universum ist schuld.«

Als ich wieder aufsehe, hat Möchtegernschnurrbart offenbar entschieden, seine Talente andernorts zum Einsatz zu bringen, denn der Ausblick ist frei. Und plötzlich sehe ich nichts anderes mehr als ein Zwei-Fahrer-Motorradspiel. Ebenjenes, das Ben und ich bei unserem ersten Date gespielt haben.

Ich kneife die Augen zu. »Nicht zu fassen, dass Ben einen Neustart unseres ersten Dates durchzieht. Genau jetzt. Mit seinem superheißen Freund, der – «

»Nicht heißer ist als du! Du bist der Heißere!« Ethan holt Luft. »Wie war das?«

»Sehr überzeugend.« Ich umklammere das Lenkrad. »Es ist nicht seltsam, sich deswegen seltsam zu fühlen, richtig? Ich meine, Ben war seltsam wegen meinem Freund. Von daher kann ich auch seltsam wegen seinem sein.«

»Seltsam ist, dass du jetzt viermal seltsam gesagt hast.«

»Es *ist* ja auch seltsam!«

Ethan lacht. »Ist es nicht! Du bist bloß eifersüchtig, weil dein Ex einen Neuen hat. Das ist das Normalste der Welt.«

Mir wird eng in der Brust. »Du glaubst, ich bin eifersüchtig auf Ben?«

»Also ...«

»Seussical!« Dylans Kopf taucht neben mir auf und ich falle fast vom Sitz.

»Muss auflegen. Ich schreib dir später«, rufe ich Ethan zu und drücke so fest aufs Display, dass ich mir fast den Finger breche. Währenddessen quetscht sich Dylan bereits neben mich auf den Fahrersitz.

»Seussical, hör mich an. Ich brauche dich. Ich liebe dich. Ich will den Rest meines Leben mit ...«, er zerrt mich aus dem Simulator, »dem Plüschtiger verbringen, den du für mich am Greifautomaten gewinnen wirst.«

Also zockele ich hinter ihm her, als wäre er eine Art überkoffeinierter Rattenfänger von Hameln. Er dirigiert mich an einer Reihe Münzschieber vorbei, biegt bei *Pac-Man* scharf rechts ab, und da sind sie. Ben und Mario: nebeneinander und auch irgendwie einander gegenüber. Mario redet, Ben lacht, und wie sie da so vor diesem Haufen an zu gewinnenden Plüschtieren stehen, haben sie irgendetwas an sich. Es ist, als posierten sie für ein drollig-romantisches Fotoshooting. Ich muss unwillkürlich nach Luft schnappen.

Die beiden sehen sehr, sehr gut zusammen aus.

»Macht Platz, ihr Mannen! Hier kommt König Artus von Greifelot!« Dylan verbeugt sich, und ich kann beim besten Willen nicht auseinanderhalten, ob hier Alkohol oder einfach die dauerbeschickerte Persönlichkeit aus ihm spricht. »Hör zu, Seussasaurus, du sollst dieses Kätzchen nicht etwa für mich gewinnen, um mir deine Liebe zu beweisen. Aber. Du musst es tun, denn sonst bleibt mir nur noch anzunehmen, dass alles eine Lüge war und – «

»Warum muss noch mal Arthur das machen und nicht Samantha?«, unterbricht Mario ihn.

»Weil Samantha eine Flasche am Greifautomaten ist, und das Ganze soll ja nicht in Tränen enden.«

»Deine Tränen oder ihre?«, will Ben wissen.

»Einerlei.«

Ben lächelt mir zu, und mein Hirn ist zu langsam, um meine Mundwinkel am Zurücklächeln zu hindern.

»Arthur! Konzentrier dich!« Dylan tippt gegen die Scheibe vom Greifautomaten und zeigt auf etwas, das aussieht wie ein neonoranger Kunstfellball, dem zwei schneeweiße Penisse aus dem, ich sag mal, Gesicht ragen.

Ich beuge mich vor. »Das soll ein Tiger sein?«

»Seussical, sperr die blauen Augen auf! Das ist nicht bloß *irgendein* Tiger!« Dylan schüttelt ungläubig den Kopf. »Wow. Ist etwa ein T-Rex für dich bloß eine Echse? Und Mufasa bloß ein Löwe?!«

»Also ... Mufasa *ist* ein Löwe.«

»Er ist der gottverdammte *König* der Löwen. Und dieser Motherfucker hier ist ein Säbelzahntiger. Und damit ebenso majestätisch. Ebenso legendär. Ich taufe ihn Zäbel mit einem Zett.« Dylan haucht einen Kuss auf seine Fingerspitzen. »Für den Extraschuss Klasse. *Tzz-äbel.*«

Ich spähe einen Moment lang durch die Scheibe und wende mich dann wieder an Dylan. »Er ist – «

»Zart, aber wild«, sagt Dylan. »Und er trägt das Gesicht eines Engels.«

»Nein, sein Gesicht ist das Schlimmste, Aussterben inklusive, was der Spezies Säbelzahntiger passieren konnte. Aber eigentlich wollte ich sagen: Er ist zu tief unter den anderen. Er ist ungreifbar.«

»Ach, du. Bist immer so bescheiden.«

»Nein, ich bin mir einfach nur sicher, dass es ganz und gar unmöglich ist, diesen Tiger aus dem Kasten zu holen.«

»Danke schön!« Mario guckt triumphierend. »Das habe ich auch gesagt! Das ganze Spiel ist gezinkt. Du kannst gar nicht gewinnen.«

»*Du* vielleicht nicht«, kontere ich, aber was sich in meinem Kopf gerade noch frech und verspielt angehört hat, klingt mit einem Mal schneidend wie eine Kriegserklärung. Bens Augen weiten sich unmerklich, und Dylan verkneift sich merklich ein Prusten.

Mario lächelt bloß. »Wie du meinst. Beweis mir, dass ich falschliege.«

Er, Ben und Dylan rücken schaulustig näher und verdoppeln damit meinen Puls. Ich war noch nie gut darin, ein Publikum zu ignorieren.

»Also dann.« Ich spähe erneut durch die Scheibe und wäge meine Möglichkeiten ab. Dann sehe ich wieder zu Dylan. »Ich gewinne den Bären da für dich.«

Dylan guckt mich an, als hätte ich ihm eine Ohrfeige angeboten. »Ich wünsche mir von dir einen Säbelzahntiger, ein urgeschichtliches Raubtier voller Macht und Würde, und du willst mir ein Valentinstagsbärchen andrehen?«

»Okay, erstens versprüht dieser Bär ja wohl *tonnenweise* Macht und Würde. Sieh dir sein Gesicht an. Und zweitens, also, wenn du ihn nicht willst ...«

»Whoa. Ich habe nicht gesagt, dass ich ihn nicht will«, sagt Dylan schnell.

Ben lehnt sich zu Mario hinüber. »Ist das nicht der spannendste Standoff, den du je gesehen hast?«

»Die Einsätze«, murmelt Mario zurück. »Das Risiko.«

Cool, wie schön, dass ich Ben und seinem neuen Freund so mitreißende Unterhaltung biete. Genau deswegen bin ich hier. Um ihnen Material für Anekdoten zu liefern, die sie bei künftigen Dinnerpartys mit anderen Pärchen zücken können. *Babe, weißt du noch? Da war doch dieser Kleine, den du mal gedatet hast und der dachte, er könnte am Greifautomaten gewinnen.*

Zum x-ten Mal starre ich durch diese Scheibe und nehme mein Ziel ins Visier. Dann werfe ich eine Münze ein. Die fünfzehn Sekunden starten. Der Bär liegt nur ein kleines Stück hinter der Gewinnklappe. Sehr gut. Weniger Strecke bedeutet geringere Wahrscheinlichkeit für vorzeitiges Fallenlassen. *Zwölf Sekunden.* Eines seiner Hinterbeine klemmt irgendwo drunter, aber seine anderen Gliedmaßen und das Satinherz zwischen seinen Tatzen liegen frei. *Perfekt. Neun Sekunden. Acht. Sieben.* Kralle ist auf Position. *Vier Sekunden.* Wenn ich diesen Zehn-Cent-Valentinsbär gewinnen muss, um Mario sein selbstgefälliges Grinsen aus dem Gesicht zu wischen, dann betrachte man diesen Bären als gewonnen. *Drei Sekunden. Zwei Sekunden. Eine Sekunde.*

»Du bist zu weit hinten«, sagt Mario, doch er irrt sich. Die Kralle senkt sich an genau der richtigen Stelle, schwebt schnurgerade auf ihr Ziel zu.

Ich blinzle nicht. Atme nicht einmal.

Die Kralle schließt sich, streift Gesicht und Bauch des Bären. Dann hält sie für einen Sekundenbruchteil inne, nur um dann genauso schnurgerade wieder in die Höhe zu schweben.

»Oh. Mein. Gott.« Dylan presste beide Hände an die Scheibe.

Das gibt's doch nicht. Die Kralle hat sich tatsächlich um das Satinherz geschlossen und trägt daran den Bären sicher zur Gewinnklappe, wo sie ihn loslässt. Einen Moment lang bin ich erstarrt wie ein Tänzer, der nach der großen Broadway-Nummer seine Jazzhands-Pose hält.

»Abgefahren!«, ruft Mario. »Du hast es verdammt noch mal geschafft! Leute! Seht ihr das?!« Er pfeffert seine Handfläche so fest gegen meine, dass mir fast die Finger wegfliegen, und dann, bevor ich noch weiß, wie mir geschieht, umarmt er mich. »Unglaublich. Nicht zu fassen, dass ich an dir gezweifelt habe.«

»So habe ich mir das vorgestellt.« Dylan hockt sich vor die Gewinnklappe. »Beim ersten Versuch ein *Volltreffer.* So ist's recht, komm zu Papa.«

Ben wirft mir ein klitzekleines Lächeln zu, und mein Magen überschlägt sich wie ein Pfannkuchen bei einer Luftwendung.

»Seht euch den Kleinen an! So was von süß«, sagt Mario, und ich wirble errötend herum. *Den Kleinen?* Okay, er guckt Dylan an. Nicht einmal Dylan. Den Bären. Mario redet von dem Bären.

»Wisst ihr, was ich echt toll fände?«, fragt Dylan. »*Ein* gottverdammtes Mal will ich ein Valentinsgeschenk sehen, das zumindest ein bisschen kreativ ist. Diesen Spruch hier kaufe ich ihm nämlich nicht ab. Wir sind doch wohl mittlerweile hinaus über: *Du hast mein Herz erobärt.*« Er schnippt gegen den Satin. »Wo bleibt das: *Du bist süß, abär ich mag dich nicht.*«

»Das wäre kein Valentins-, sondern ein Schlussmachgeschenk«, wendet Ben ein.

Mario stupst ihn mit dem Ellbogen an und lacht. »So machst du also Schluss, Alejo? Du gewinnst dem Typen einen Arschlochbären, und damit hat sich's?«

Nope. Nichts da. Niemand, wirklich niemand hat Mario um provokante Kommentare über Bens Schlussmachtaktiken gebeten. Ein Seitenblick verrät mir, dass auch Ben sich unwohl fühlt. Wie viel man in ein, zwei Jahren Facetimen doch lernt. Ich kann Ben jetzt sogar besser lesen als zu der Zeit, in der wir zusammen waren.

Dylan springt in die Bresche. »Hast du meinen Bären gerade als Arschloch bezeichnet, Super Mario?«

»Deinen hypothetischen Arschlochbären? Definitiv«, antwortet Mario. »*Der* Bär da hingegen. Der ist ein verdammt süßes Schätzchen, Dylan. Du Glücklicher.«

In dem Moment ergreift offenbar ein aufmerksamkeitssüchtiger Dämon von mir Besitz, denn plötzlich schnappe ich Dylan den Bären weg und drücke ihn Mario in die Hand.

Dylan fällt der Kiefer runter. »WAS?«

Erst da begreife ich mit wachsendem Grauen, dass ich gerade dem neuen Freund meines Exfreundes einen Teddy geschenkt habe. Der ein Herz hält. Auf dem steht: *Du hast mein Herz erobärt.*

Habe ich achtzehn Jahre lang einzig und allein auf diesen mount-everesken Gipfel der Peinlichkeit hingelebt?

»Ich ... Himmel ... Es tut mir *so* leid. Du musst nicht ...« Ich greife nach dem Bären, doch Mario zieht ihn weg. »Hey! Geschenkt ist geschenkt!«

Dylan guckt fassungslos aus der Wäsche. »Noch nie in meinem Leben wurde mir Vergleichbares angetan. Du hast gerade *mein Kind* entführt!«

»Du hast eben noch gesagt, dass du ihm seinen Spruch sowieso nicht abkaufst«, wendet Ben ein.

»Bennifer, warum bringst du hier jetzt Logik ins Spiel?«

Mario drückt den Bären an seine Brust, Herz an Herz. »Arthur, du hast mich zum glücklichsten Mann der Welt gemacht.«

»Ich ... wünsche euch beiden alles Gute«, sage ich zu Mario und seinem Bären.

Doch mein Blick wandert zu Ben.

11. KAPITEL – BEN
SAMSTAG, 23. MAI

Es schüttet und stürmt schon den ganzen Tag. Ich hätte schwören können, dass Marios Flug gecancelt wird, aber die Maschine hat es gerade noch aus New York rausgeschafft, ehe es so richtig eklig wurde. Trotzdem habe ich sie während der Arbeit heute Morgen regelmäßig online verfolgt, um sicherzugehen, dass alles in Ordnung ist. Bevor ich zum sechsten Mal nachschauen konnte, hatte Mario mir bereits geschrieben, er sei gut gelandet und auf dem Weg zu seinem Onkel Carlos. Obwohl er mir nicht hätte schreiben müssen, hat er es direkt gemacht, und das hat mir den Rest meiner Schicht ganz erheblich versüßt.

Jedenfalls bis Dylan mir getextet und unsere Pläne für später abgesagt hat. Wir wollten eigentlich zu Taco Bell und mal alles bequatschen, was bei Dave & Buster's so los war, denn vor Arthur und Mario konnten wir das ja schlecht. Keine Ahnung, warum Dylan jetzt so tut, als würde der Regen ihm beim ersten Schritt vor die Tür die Haut vom Leib ätzen, aber selbstverständlich gönne ich ihm einen gemütlichen Abend mit Samantha. Ich versteh schon, logisch, sie sehen sich ja auch einfach zu selten. Bloß in ihrem gemeinsamen Wohnheimzimmer an der Uni, oder wenn sie zusammen zwischen ihren Familien hin- und herpendeln, oder wenn sie bei jeder Unternehmung in der Stadt immer noch unzertrennlich sind, oder ...

Klar, versteh ich total.

Also sitze ich jetzt allein in meinem Zimmer an der Überarbeitung von *Der Zorn der Zauberer*. Die ganze Zeit geht mir das Feedback von meiner Dozentin Mrs. García durch den Kopf. Sie meint, die Geschichte würde davon profitieren, wenn ich mehr Hintergrundinfos zu Ben-Jamins Vergangenheit einbauen würde. Allerdings finden einige der anderen Probeleser*innen, dass ich *zu viel* Hintergrundinfos liefere. Deshalb hänge ich jetzt zwischen den Stühlen und weiß nicht, welchen meiner Kritiker*innen ich mehr Aufmerksamkeit schenken soll. Klar, Mrs. García ist meine Dozentin, und sie hat mir schon viele wertvolle Tipps gegeben – die Schwächen im Mittelteil hätte ich ohne sie nie ausgebügelt –, aber Mario und ein paar andere meinen, dass Verweise auf Ben-Jamins Herkunft Tempo rausnehmen und die Haupthandlung nicht voranbringen.

In solchen Momenten würde ich am liebsten alles hinschmeißen und mich überhaupt nicht mehr mit dem Buch beschäftigen. Wie soll es jemals zu dem werden, was sich alle davon versprechen? Wird es je gut genug für die Öffentlichkeit sein?

Nach der ganzen Zeit allerdings, die ich schon investiert habe, will ich es jetzt auch über die Ziellinie schaffen. Ich erinnere mich noch gut an dieses unglaubliche Gefühl, als ich die erste Fassung fertig und das letzte Kapitel auf Wattpad hochgeladen hatte. Inzwischen hat sich das Buch sehr verändert – so wie auch mein Leben. Früher war Hudsonien einer der wichtigsten Gefährten für Ben-Jamin, aber während ich die Figuren altern ließ, geriet Hudsonien mehr und mehr in den Hintergrund. Genauso König Arturo, der nun nicht länger mit Ben-Jamin zu epischen Abenteuern aufbricht. König Arturo ist immer noch eine Schlüsselfigur – schließlich braucht er einen Begleiter für seine Mission, ein Zepter mit Juwelen so blau wie seine Augen aufzuspüren, und Ben-Jamin ist der richtige Zauberer für den Job. Aber die ganzen Kussszenen zwischen den beiden habe ich gestrichen. Es fühlt sich zu komisch an, darüber zu schreiben, jetzt, da ihre realen Vorbilder sich nicht mehr küssen. Und noch viel komischer wäre es, Mario das lesen zu lassen.

Ich kann ihm übrigens gar nicht dankbar genug sein, dass er bei unserem Treffen gestern so lässig war. Auf keinen Fall hätte Hudson den Abend ohne Ausraster überstanden, und Arthur hätte sich in Marios Lage den ganzen Abend unwohl gefühlt. Ich mache ihnen deshalb keinen Vorwurf. Trotzdem finde ich es schön, dass meine Freundschaft zu meinem Ex kein Hindernis für meine Beziehung darstellt. Ich möchte Marios Stimme hören. Ihn sehen. Aber das ist leider nicht drin.

Beim Schreiben nutze ich die Forest App, um festzuhalten, wie lange ich aktiv und konzentriert arbeite. Je mehr Zeit ich in der App verbringe, desto mehr Bäume wachsen in meinem Wald. Wenn ich zwischendurch Instagram checke oder mit einem süßen Typen videochatte, stirbt ein Baum. Ich gebe mir wirklich Mühe, zum Klang plätschernder Wellen meine Fantasie übersprudeln zu lassen, aber gerade würde ich am liebsten höchstpersönlich mit einer Axt in meinen App-Wald spazieren und einen Baum abhacken, nur um Mario anrufen zu können. Ich stecke am Anfang eines Kapitels und spiele mit dem Gedanken, Mario als neues Love Interest einzuführen. Mars E. Octavio, einen Schwertkämpfer mit charmantem Lächeln und der Fähigkeit, jede erdenkliche Sprache zu verstehen, egal ob von Mensch oder Tier.

Ich verlasse die App – lo siento, toter Baum – und versuche, Mario über FaceTime zu erreichen. Ich muss lächeln, als er sofort annimmt.

»Sieh mal einer an, perfektes Timing.«
»Echt?«
Mario lächelt jetzt ebenfalls. Er trägt die blaue Latzhose, auf die er den Saturn mit regenbogenbunten Ringen gedruckt hat. In der Hand hält er eine Papiertüte mit Lebensmitteln. »Carlos hat mich einkaufen geschickt. Es gab eine Planänderung. Anscheinend will er mich heute Abend jemandem vorstellen.«
Mir rutscht sofort das Herz in die Hose. Will sein Onkel ihn etwa verkuppeln?
»Oh, cool. Wem?«
»*Panic Productions* arbeitet gerade an so einer Androiden-Thriller-Serie, und der Drehbuchautor kommt vorbei. Ich könnte mir von ihm ein bisschen Input geben lassen.«
Ich bin richtig erleichtert, dass es nur um die Arbeit geht.
»Carlos wollte es mir nicht früher erzählen, damit ich mich nicht völlig verrückt mache.«
»Das ist ja mega!« Ich schäme mich, dass ich sofort befürchtet habe, Mario könnte einen anderen Typen kennenlernen. »Und Carlos kocht für euch?«
»Nein, *ich* koche, Alejo.« Mario bleibt an einer Kreuzung stehen und späht in beide Richtungen, bevor er über die Straße geht. »Ich mache meine Kürbissuppe, während Carlos den Garten aufhübscht. Alles wird total gemütlich und ich werde nicht ausflippen, nur weil ein cooler Autor vorbeikommt. Übrigens liebe ich diese Stadt, guck mal.« Er dreht sein Handy und filmt den blauen Himmel für mich, dann das Sonnenlicht, das von einem glänzenden schwarzen Gebäude reflektiert wird.
»Das Wetter hier ist auch sehr spannend.« Ich richte meine Kamera aufs Fenster und zeige ihm den Regen.

147

»Immer noch?!«
»Jap.«
Wir wenden unsere Handys weg vom Himmel und wieder hin zu uns.
»Kleiner Test, Alejo. Was heißt ›Regen‹ auf Spanisch?« Es ist eins dieser Wörter mit dem Doppel-L, das weiß ich, aber ich erinnere mich nicht so schnell, wie ich es gern hätte. Dann fällt mir ein, wie ich mal gedacht habe, dass es einen coolen Zauberspruch in *DZDZ* abgeben würde, oder sogar einen Figurennamen. »Lluvia?«
»Bien hecho.«
Bisschen seltsam, für so grundlegende Vokabeln gelobt zu werden. Ich bin neunzehn und lerne gerade erst, was »Regen« heißt. Obwohl meine Eltern schon ihr Leben lang Spanisch sprechen, haben sie es mir nicht beigebracht. Nicht, dass ich es nicht gewollt hätte, aber neben all ihren Jobs hatten sie einfach keine Zeit. Auch wenn ich weiß, dass die Sprache mich nicht mehr oder weniger puerto-ricanisch macht, nimmt doch mit jedem gelernten Wort das Gefühl ab, ein Hochstapler zu sein.

Und wie heißt es so schön? Besser spät als nie. Wenn ich jetzt mit den Basics anfange, spreche ich in ein paar Jahren bestimmt fließend Spanisch.

»Alejo, mein Onkel ruft mich an, wahrscheinlich schickt er mich zurück in den Laden, weil er auf dem Einkaufszettel was vergessen hat. Kann ich dich einfach nach dem Essen zurückrufen? Spät?«

»Ich ...«

»Ah, stimmt ja, dann schläfst du bestimmt schon. Drei Stunden Zeitunterschied. Ich bin in der Vergangenheit und du in der Zukunft.«

»Ich bin in *deiner* Zukunft.« Verdammt. Mir wird zu spät

klar, wie das klingt. Meine Wangen werden so heiß, dass ich einen Platz-Lluvia bräuchte, um mich abzukühlen.

»Ja, das bist du.« Mario zwinkert sein unperfektes Zwinkern. »Te veo luego, Alejo.«

»Bis später, Colón.«

Wir legen auf, und ich starre aus dem Fenster. Dunkler, wolkenverhangener Himmel. Dieselbe Aussicht auf mein Viertel, die sich mir schon mein ganzes Leben lang bietet. Derselbe Schuhmacher, derselbe Eingang zum Park die Straße runter. Dasselbe Hochhaus gegenüber, eindeutig schicker als unseres.

Wann immer diese Welt mich langweilt, setze ich mich daran, meine eigene zu erfinden.

Ich schreibe, wie Ben-Jamin Mars an einem Lagerfeuer trifft, das wie aus dem Nichts mitten im Wald auftaucht. Die Anziehung ist gleich zu spüren, auch wenn es ein bisschen dauert, bis es richtig funkt. Ich baue ein paar Zauberkräuter ein, die man erst nach einem ganzen Mondzyklus ernten darf, meine Metapher für zart sprießende Liebe. Ben-Jamin kann Mars' Fähigkeiten gut gebrauchen, um sich unter Wasser mit einer Wellenschlange zu unterhalten. Als ich zulasse, dass die beiden sich auf einer Wiese voll gläserner Blumen küssen, merke ich, dass ich die ganze sich allmählich aufbauende Spannung zunichtemache. Ich muss es langsamer angehen lassen. Man darf den Leser*innen nicht sofort alles geben.

Ich hoffe, ich missinterpretiere Marios Vibes nicht.

Vielleicht sollte Mario mich statt in Spanisch lieber in Marioisch unterrichten, damit ich auch seine Sprache bald fließend spreche und ihn besser verstehe.

Ich scrolle durch unseren WhatsApp-Chat. Er hat mir einen Haufen Fotos von gestern Abend bei Dave & Buster's geschickt. Ich wünschte, ich hätte mich getraut, ihn zu fragen, ob er mit mir in den Fotoautomaten geht.

Da ist das Gruppenselfie nach dem *Mario-Kart*-Rennen. Ich erinnere mich an den warmen Schauer, als Arthur sich an mich gelehnt hat. Zum Glück überdecken die Lichter der Spielhalle meine roten Wangen. Arthurs gezwungen wirkendes Lächeln stellen sie dagegen heraus. Könnte sein, dass ich zu viel hineininterpretiere, aber ich weiß, wie ein glücklicher Arthur aussieht: neben mir, auf einem Bordstein am Times Square, während wir Musik hören; oder als wir uns zum ersten Mal geküsst haben; an dem Abend, an dem wir entschieden haben, dass wir kein Neustart-Date mehr brauchen.

Mir wird klar, dass Freundschaft keine Einbahnstraße ist und Arthur nicht als Einziger nur auf mich zukommen müssen sollte.

Wenn Arthur es schafft, mit Mario abzuhängen, schaffe ich es ja wohl auch, mit ihm über Mikey zu reden.

Falls nicht, werde ich ihn wieder verlieren.

Und ich will Arthur in meinem Leben haben.

Ich weiß, ich sollte weiterarbeiten, aber ich muss mich einfach bei ihm melden.

Also schreibe ich ihm eine kurze Nachricht: `Ich habe irgendwie das Gefühl, dass wir vor lauter Mario und` *Mario Kart* `und Dylan und seiner Dylanhaftigkeit kaum miteinander geredet haben. Neustart-Treffen?`

Na bitte. Ich habe es da raus ins Universum geschickt, und jetzt warte ich bloß ab, und ...

Arthur hat schon geantwortet: `Ja! Neustart-Treffen!`

12. KAPITEL – ARTHUR
MONTAG, 25. MAI

Die Schlange vorm Diner reicht schon halb um den Block, doch es fühlt sich fast gar nicht nach Warten an. Das Wetter ist mild und sonnig, ich habe den ganzen Tag frei und befinde mich buchstäblich auf dem Broadway – auf der Straße *und* in dem Viertel. Plus: Das Winter Garden Theatre liegt quasi in Spuckweite, und ich versuche gar nicht erst, den Coolen zu spielen. Wenn ich mich mit dem Handy hinhocken muss, um das legendäre Vordach aus der perfekten Froschperspektive einzufangen, dann ist das eben so.

Natürlich taucht genau jetzt Ben neben mir auf. Während ich wie zum Kacken auf dem Bürgersteig hocke. Mit halb amüsierter, halb beunruhigter Miene guckt er auf mich hinunter, und ich springe so eilig auf, dass mein Schädel ihm fast einen Kinnhaken verpasst.»Sorry! Hi!«

»Hey! Oh, verdammt, bin ich so viel zu spät?« Bekümmert lässt er den Blick über die Warteschlange schweifen.

»Überhaupt nicht. Sie haben noch gar nicht aufgemacht.«

»Aber was wollen dann die ganzen Leute hier?«

»Für Eileen's Galaxy Diner anstehen. Das ist ein Wahrzeichen, Ben! Warst du noch nie drin?«

Ben lässt die Mundwinkel hängen.»Du denn?«

»Nein«, antworte ich schnell.»Wobei, einmal vielleicht. Aber vor etlichen Jahren. Ich erinnere mich kaum noch.«

Ben guckt mich an, als hätte er noch nie jemanden dermaßen schlecht lügen sehen.

»Okay. Es war vor zwei Jahren und ich erinnere mich haargenau, aber was soll's? Es war der Hammer! Die Kellner*innen *singen*. Es ist, als würde einem beim Essen ein ganzes Broadwaystück vorgeführt.«

»Mh-hm, deswegen habe ich es vorgeschlagen. Es sendet starke Arthur-Vibes aus.«

»Und New-York-Vibes.« Glücklich blicke ich umher auf die Souvenirläden, die gelben Taxis, die Brezelstände, die übergroßen Reklametafeln. »Gott, ich liebe New Yorker. Ihr genießt einfach jeden Moment. Schau dir all die Leute an.« Ich zeige auf die Schlange. »Niemand ärgert sich, warten zu müssen, niemand kurvt ewig in Alpharetta oder weiß ich wo herum, um einen Parkplatz zu finden, denn Gott bewahre –«

»Alpharetta in Georgia?« Eine ältere weiße Frau vor uns dreht sich um und schlägt die Hände zusammen. »Ich will nicht unterbrechen, aber kommen Sie von dort?«

»Ja! Also, ich komme aus Milton, was ja quasi –«

»Oh, ja, das kenne ich gut. Wir kommen aus Woodstock.« Sie zeigt auf sich und einen ebenfalls weißen Mann, der ein T-Shirt mit dem Emblem der New Yorker Feuerwehr trägt. »Bill, du wirst nicht glauben, wo diese Gentlemen herkommen. Aus Milton, Georgia!«

»Holla!«, sagt Bill. »Und wissen Sie was? Die Dame mit den Puffärmeln da vorne kommt sogar aus Australien!«

»New-York-Vibes vom Feinsten«, flüstert Ben.

»Psst!« Ich stoße ihn mit dem Ellbogen an, er mich ebenso, und ich kann kaum glauben, wie sehr sich das hier von der Begegnung im Postamt letztens oder dem Treffen bei Dave & Buster's unterscheidet. Die ganze Woche über habe ich mich überzeugen wollen, dass die Verlegenheit zwischen uns normal sei. Nach fast zwei Jahren zum ersten Mal den Exfreund wiederzusehen ist nun mal keine besonders entspannte Angelegenheit. Und dann auch noch den neuen Freund des Exfreunds kennenlernen? Ein ganz neues Level von Seltsam. Aber jetzt und hier fällt es mir fast schwer zu glauben, dass diese Verlegenheit jemals da war. Ich fühle mich bei Ben wieder genauso zu Hause wie früher.

Sobald die Türen des Diners sich öffnen, bewegt die Schlange sich zügig vorwärts, und schwuppdiwupp sitzen Ben und ich an einem rechteckigen Tisch inmitten von identischen rechteckigen Tischen, die kaum eine Unterarmlänge auseinanderstehen. »Gemütlich«, sagt Ben mit einem Seitenblick.

»Redest du davon, dass ich nur den Arm ausstrecken müsste, um der Dame dort am Pferdeschwanz zu ziehen?«

»Fremder Leute Haare anfassen«, sagt Ben. »Jap, genau das habe ich gemeint.«

Wir lächeln uns an.

»Also«, sage ich.

»Also.« Er stützt das Kinn in die Hand. »Heute keine Jessie, hm?«

Ich ziehe eine Grimasse. »Sie arbeitet.«

»Am Memorial Day?«

»Nicht zu fassen, oder? Sie muss Papierkram nachholen. Sie tut mir echt leid.«

»Das fänd ich zum Kotzen.«

»Oh, ich auch, aber so was von. Ich liebe meinen Job und alles, aber –« Jäh halte ich inne und sehe Ben an. »Warte, wie kann es sein, dass ich überhaupt nicht weiß, was *du* diesen Sommer machst? Hast du auch einen Job?«

»Einen kleinen. Hauptsächlich schreibe ich aber.« Er lehnt sich vor. »Erzähl mir von deinem fancy Theaterpraktikum. Dein Chef ist quasi 'ne große Nummer, oder?«

153

Ich setze mich aufrechter hin. »Quasi, ja. Ich meine, keine Ahnung, wie viele Leute außerhalb der queeren Kunstszene schon mal von ihm gehört haben, aber er hat einen Haufen Preise gewonnen.«

»Wow. Ist er denn am Boden geblieben? Ich meine, redet er mit dir und so?«

»Oh, definitiv. Also, vor allem arbeite ich mit Taj, seinem Assistenten, aber Jacob ist auch echt entspannt. Ich frage ihm den ganzen Tag Löcher in den Bauch.«

»Das ist so verdammt cool«, sagt Ben. »Du musst dich wohl jeden Morgen erst mal kneifen, hm? Dein Traumjob.«

»Total!« Ich beiße mir auf die Lippe. »Leider bin ich irgendwie schlecht darin. Ständig baue ich Mist.«

Ben lächelt ein bisschen. »Das bezweifle ich.«

»Doch! Weil da so viel zu organisieren ist – Tabellen ausfüllen, Termine im Auge behalten, und darin bin ich scheiße. Ich meine, du solltest mal Taj sehen. Er hat seine Mails in Ordnern sortiert. Er führt ein Bullet Journal.«

»Keine Ahnung, was das sein soll.«

»Ein ... fancy Terminplanertagebuch. So was. Jedenfalls hat er irgendwie ein System dafür. Er ist einfach so dermaßen organisiert. Wenn man ihn zum Beispiel fragt, wann dieses oder jenes Paket ankommt, dann fragt er zurück: ›Möchtest du die Sendungsnummer?‹«

»Ich hasse Sendungsnummern«, sagt Ben.

»Ich auch!«

»Okay, und was treibst du da nun genau? Bloß Tabellen ausfüllen, oder darfst du auch Regisseursachen machen?«

»Regisseursachen?«

»In ein Megafon rufen oder so? Ich hab keine Ahnung.« Er bemerkt meinen Gesichtsausdruck und muss lachen. »Machen Regisseure das etwa gar nicht?«

»Oh doch, im Grunde ist genau das mein Job. Ich tue nichts anderes, als ins Megafon zu rufen.«

Ben zieht die Nase kraus.

»Ja, also, nein. Eher Tabellen ausfüllen ... Eigentlich mache ich schlicht und einfach das, was Taj mir aufträgt. Freitag sollte ich zum Beispiel die Kosmetikprodukte durchsehen und aussortieren, was abgelaufen war. So was halt.«

»Klingt doch gar nicht so schlecht«, sagt Ben.

»Nur leider habe ich dann Jacob vollgespritzt.«

»Ähm. Was?«

»Na ja, Jacob kam vorbei, weil er was wissen wollte, und ich hatte eben diese Flasche Foundation für superweiße Menschen in der Hand. Und irgendwie muss ich wohl hibbelig gewesen sein, denn ohne es zu merken, habe ich auf dem Pumpspender herumgedrückt, und dann ist ihm die volle Ladung genau in den Schritt – «

»Hiiii! Wilkommen in Eileen's Galaxy Diner. Ich bin Kat. Wissen Sie schon, was Sie trinken möchten?« Eine Kellnerin mit Pferdeschwanz platziert zuckersüß lächelnd je eine Speisekarte vor Ben und mir. »Oder soll ich später wiederkommen, wenn Sie Ihr Gespräch über – «

»Make-up!«, sage ich schnell. »Nicht – Sie wissen schon. Die volle Ladung war Make-up. Was man sich ins Gesicht schmiert. Haha! Bestimmt ist Ihnen so was noch nie untergekommen. Also, vor heute.«

»Vorhäute? Ins Gesicht?«

Ben muss dermaßen lachen, dass er kaum seine Kaffeebestellung herauskriegt, und nachdem Kat verschwunden ist, erklärt er sie zu seiner absoluten Lieblingskellnerin. Ich schnappe mir meine Speisekarte, hauptsächlich, um mich dahinter zu verstecken. Allein vom Lesen kriege ich schon Appetit: Omelett, Grillkäse, Milchshakes.

Doch dann gucke ich auf die Preise. »Ähm. Ben?«
Seine Augen lugen total niedlich hinter der Speisekarte hervor.
»Ich hatte ganz vergessen, wie teuer der Laden ist.«
»Tja, so läuft das nun mal in Touristenfallen.«
»Wir müssen nicht hier essen. Holen wir uns doch einfach nachher Bagels oder so.«
»Alles gut, guck! Hier gibt es auch Bagels!« Ben zeigt es mir auf seiner Speisekarte.
»Ich sprach von Bagels, die nichts Zweistelliges kosten.«
»Arthur, es ist in Ordnung. Ich wusste, worauf ich mich einlasse.«
Ich betrachte sein Gesicht und versuche, seine Miene zu deuten. Er wirkt aufrichtig, allerdings weiß ich beim Thema Geld nie so genau, woran ich bei ihm bin. Am einfachsten wäre, ich lade ihn ein, aber das würde wohl zu pärchenmäßig wirken. Als wollte ich mich in Marios Revier breitmachen. Nicht, dass Mario sich besonders platzhirschmäßig verhalten hätte. Wahrscheinlich wäre das jetzt eher Bens Part, wo ich ja Mario quasi per Greifautomat-Teddybär meine Liebe gestanden habe, weil ich nun mal – das lässt sich nicht oft genug betonen – eine gottverdammte wandelnde Katastrophe bin. »Und, was ist nun mit Mario?«, frage ich.

Ben reißt die Augen auf. »Wie meinst du das?«
»Äh. Sorry.« Ich werde rot. »Ich wollte nur wissen: Was macht er heute? Warum isst er keine fancy Bagels mit uns?«
»Ah!«, macht Ben. »Er ist in L. A. Besucht seinen Onkel.«
»Ach, richtig! Das hatte er erwähnt.«
Kat erscheint mit Bens Kaffee. »Sind Sie so weit, oder brauchen Sie noch Zeit, um ...?« Sie macht vage Gesten.

»Wir sind so weit!« Ich schenke ihr ein breites Diesmal-reden-wir-kein-bisschen-über-Ladungen-und-Vorhäute-Lächeln. Dann bestelle ich French Toast aus Brioche, was super klingt, bevor Ben etwas fünf Dollar Billigeres von der Vorspeisenkarte bestellt. Kurz zerbreche ich mir den Kopf, ob Ben sich weniger unbehaglich oder nur umso unbehaglicher fühlen würde, wenn ich meine Bestellung noch mal ändern würde.

»Warum machst du das Panikgesicht?«, fragt Ben, sobald Kat weg ist.

»Was? Mache ich gar nicht!« Schnell stütze ich die Ellbogen auf und lege meine gefalteten Hände unters Kinn.

»Egal! Wie schmeckt der Kaffee?«

Ben betrachtet mich einen Augenblick, bevor er antwortet. »Annehmbar. Hatte schon besseren.«

»Kaffee-Snob. Du verbringst eindeutig zu viel Zeit mit Dylan.«

Ben lacht, doch es schwingt eine Bitterkeit darin.

»Warte. Ist alles okay?«

»Ja, klar, absolut«, beeilt Ben sich zu antworten. »Er ist bloß ... Keine Ahnung. Er ist in letzter Zeit nur irgendwie ... nicht ganz da.«

Ich lege den Kopf schief und denke an Dylans Greifautomatenausflipper. »Geistig ... nicht ganz da?«

Ben lacht. »Hm, nein. Es ist schwer zu erklären.«

»Na, versuch's doch mal.«

»Es ist nur ...« Er zögert. »Ich meine, ich interpretiere da sicher viel zu viel hinein. Bestimmt ist er einfach beschäftigt. Und das ist gut, denn das bin ich ja auch.«

»Du hast ja jetzt Mario«, sage ich nickend, doch beim Anblick von Bens Gesichtsausdruck rudere ich schnell zurück. »Okay, das kam jetzt irgendwie schräg rüber.«

»Nein ...«

»Ich will nur sagen, dass ich mich für dich freue. Mario scheint toll zu sein, und ich bin froh, dass du einen Freund hast, der dich glücklich macht.«

»Oh, also. Er ist nicht mein Freund.«

»Ist er ... nicht?«

»Nicht offiziell«, fügt Ben hinzu und ziemlich sicher spricht er meine Sprache, dennoch erschließen sich mir seine Worte nur mit Verzögerung. Als müsste ich erst die Untertitel lesen.

Hat Ben gerade gesagt, dass Mario nicht sein Freund ist? Das ergibt keinen Sinn. Ich will mich ja nicht dumm stellen, aber ich habe doch gesehen, wie sie sich küssen – am helllichten Tage. Was man doch mit seinem Freund macht, nicht mit irgendeiner dahergelaufenen Affäre. Okay, vielleicht gab es ein bisschen Geküsse am helllichten Tage mit Mikey, bevor es zwischen uns offiziell war, jedoch nicht in einem gottverdammten Postamt. Tut mir leid, aber es gibt zwei und nur zwei Gründe, sich in einem Postamt zu küssen. Entweder hat man gerade einen Flashmob-Heiratsantrag bekommen oder man verabschiedet sich von seiner ersten großen Liebe, bevor man nach Georgia zurückmuss. Alles andere ist übertrieben öffentliches Rumgeknutsche.

»Arthur?«

Erschrocken sehe ich auf. »Hm?«

»Warum machst du große Augen?«

»Meine Augen sind einfach so.«

Ben zieht die Brauen hoch. »Glaubst du, ich weiß nicht, wie deine Augen aussehen?«

Mein Herz macht einen Satz, wofür es überhaupt keinen Anlass gibt. *Augen*, Arthur. Das ist kein intimes Geständnis.

Er redet hier nicht von deinem Schwanz oder so. Fremde in der U-Bahn wissen, wie deine Augen aussehen.

»Ich meine nur«, sagt Ben, »du musst nicht schockiert sein. Genau so wollen Mario und ich es gerade haben. Es läuft gut, wir haben Spaß zusammen und machen einander glücklich. Wir haben bloß noch nicht dieses Nein-*ich*-liebe-*dich*-viel-mehr-Stadium erreicht wie du und Mikey.«

»Warte, was?«

»Hallo, New York!«, erklingt eine verstärkte Stimme. Ich fahre herum und verrenke mir fast den Hals. Direkt hinter oder eher über mir, auf der Plattform zwischen den Banklehnen, hält sich einer der Kellner ein Mikrofon an den Mund. »Sieht ganz so aus, als hätten Sie den Weg in Eileen's Galaxy Diner gefunden!« Applaus aus allen Richtungen. »Ich bin Blair, reiche aber gleich weiter an meine Freundinnen Kat und Dana, ...«

Ich gucke zu Ben. »Unsere Kat?«

»... die uns jetzt ... Okay, Dana serviert erst noch diese Getränke, aber *dann* werden sie uns aus den Socken hauen! Bereit, Kat? Du jetzt auch, Dana? Okay! Jetzt kommt ... *Dance with You* von The Proooom!« Blair hüpft zurück auf den Boden, und die ersten Akkorde des Liedes erklingen durch die Lautsprecher. Als ich mich wieder nach vorn drehe, steht Kat keine zwei Meter hinter Ben und umschließt ein Mikro mit beiden Händen. Ben dreht seinen Stuhl etwas, wodurch ich den perfekten Blick auf sein Profil habe, als ihm bei Kats ersten Gesangszeilen der Mund aufklappt.

»Krass.« Er guckt zu mir. »Sind die alle so gut?«

»Ziemlich.«

»Okay, wow, ich *bin* beeindruckt.«

Ich muss lachen. »Ich auch! Ich sagte doch, dass die hier der Hammer sind. Wart's ab!«

Doch in Wahrheit bekomme ich es nicht einmal mit, als Kat von Dana abgelöst wird. Ich kann mich nicht auf die Musik konzentrieren. Stattdessen muss ich daran denken, was Ben über Mikey und mich gesagt hat. Das Nein-*ich*-liebe-*dich*-viel-mehr Stadium? Glaubt er wirklich, dass es zwischen Mikey und mir so ernst ist? Natürlich ist es ernst in dem Sinne, dass wir uns als feste Freunde bezeichnen und gelegentlich miteinander schlafen. Aber *Liebe*? Und Ben nimmt das einfach so an?

Als das Lied zu Ende ist, bricht das Restaurant in Jubel aus. Keine Minute später bekommen wir von Kat unser Essen und ich gleich noch eine weitere faszinierende Performance geboten: Ben Alejo als Pantomime-Darsteller in »Megafanboy weiß nicht wohin mit seiner Bewunderung«.

»Dann hat dich also«, sage ich zu Ben, als Kat gegangen ist »hier und jetzt die Broadway-Offenbarung ereilt, ja?«

Ben schiebt sich einen Mozzarella-Stick in den Mund.

»Wenn du meinst.«

»Ich bin mir ziemlich sicher, ich erkenne das Hip-hooray und Ballyhoo.«

Ben guckt mich verständnislos an.

»*Lullaby of Broadway*? Aus *42nd Street*?«

»Ah, kriegt man zu der Offenbarung noch ein Nachschlagewerk für abwegige Broadway-Anspielungen?«

»Hast du gerade *42nd Street* als abwegig bezeichnet?«

Ben streckt die Handflächen gen Decke.

»Ben, *42nd Street* hat einen Tony gewonnen. Das Original *und* das Remake!«

»Ähm, tut mir leid?«

»Inakzeptabel. Ich erstelle dir eine Playlist. Nein, weißt du was? Ich erstelle dir eine *Playlisten*-Playlist. Eine mit Balladen, eine mit Liebesliedern – « Ich spüre, wie mir das Blut in die Wangen steigt. »Oh, und nur dass du's weißt: Mikey und ich haben noch nicht darüber gesprochen.«

Bens nächster Mozzarella-Stick bleibt auf dem Weg zu seinem Mund in der Luft hängen. »Über die Playlisten?«

»Über die Ich-liebe-dich-Sache. Das haben wir einander noch nicht gesagt.«

»Oh!« Ben blinzelt. »Tut mir leid, ich hatte einfach angenommen ...«

»Nein, schon gut. Und ja, wir haben eben ...« Gott, ich habe nicht den blassesten Schimmer, wie ich diesen Satz beenden soll. Doch Ben sieht mich an und wartet auf den Rest von meinem Quatsch. »Ich meine, ich habe daran gedacht. Und natürlich liebe ich ihn. Aber ich bin nicht sicher, ob – ?« Jäh halte ich inne.

»Du ihn auch *liebst*?«

Ich schiebe mir ein riesiges Stück French Toast in den Mund, kaue und blicke wild um mich. Will nicht vielleicht die nächste Kellnerin zu singen anfangen? Oder gleich mehrere? Eine schön laute Nummer des gesamten Ensembles? Nein? Niemand?

»Du musst nicht antworten«, sagt Ben.

Ich schlucke runter. »Weiß ich.«

Ein Flattern in meiner Brust, als unsere Blicke sich treffen.

Schnell gucke ich weg. »Es ist bloß manchmal schwer festzumachen. Ich dachte immer, dass Liebe ein eindeutiges Gefühl wäre, das entweder da ist oder eben nicht. Aber mit Mikey ...« Ich hebe hilflos die Hände und gucke wieder zu Ben.

Er sagt nichts dazu. Runzelt nur die Stirn und sieht mich weiter an.

»Aber eigentlich soll es ja auch gar nicht sein wie am Broadway, stimmt's? Wir stecken schließlich nicht in einer romantischen Komödie. Sondern, keine Ahnung, in der Realität halt. Mikey macht mich glücklich. Ich liebe seine Persönlichkeit.«

»Er scheint ein toller Mensch zu sein.«

»Das ist er.« Ich lächle. »Er ist nämlich echt witzig, aber so still, dass es fast keiner weiß. Deswegen fühlt man sich, als würde man ein Geheimnis mit ihm teilen. Und er ist *so* klug. Und er kann singen wie – Tut mir leid, ich klinge wie eine Checkliste, merke ich selber.«

»Schon gut, ich verstehe dich.«

»Es ist nur ... Ich denke tatsächlich oft daran. Immer wieder zähle ich alles im Kopf zusammen und frage mich, ab wann bedeutet das, dass ich ihn *liebe*?«

Ben zieht die Nase kraus. »Wieso willst du aus Liebe eine Rechenaufgabe machen?«

»Will ich gar nicht, ich schwöre!«, versichere ich lachend. »Ich will einfach sicher sein. Ich warte auf den Moment, an dem es klick macht oder so, und vielleicht wird das – keine Ahnung. Wahrscheinlich gehe ich es einfach falsch an. Wahrscheinlich blicke ich in einem Jahr zurück und denke: Wow, natürlich liebe ich ihn. Ich habe ihn die ganze Zeit schon geliebt. Stimmt's?«

Mir ist seltsam zumute und ich rutsche nervös auf dem Stuhl herum. Noch nie habe ich etwas davon laut ausgesprochen, und jetzt wünschte ich, ich könnte die Worte wieder zurücknehmen. All dieses Gegrübel über Mikey – diese winzige, ständig brennende Kochplatte in meinem Hinterkopf – scheint mir plötzlich in Leuchtschrift und Großbuchstaben quer übers Gesicht geschrieben: ARTHUR WEISS NICHT, WAS ER FÜHLT.

Und das, wo ich doch vor zwei Jahren mit Ben nicht den leisesten Zweifel hatte.

Ich schüttle den Gedanken ab und wechsle lächelnd das Thema. »Du solltest Mikey nächstes Wochenende mal kennenlernen. Du und Mario natürlich.«

»Mh-hm«, antwortet Ben. »Mario ist dann allerdings noch in L. A.«

»Aber du bist hier, oder?«

»Schon, aber ... wäre das nicht komisch?«

»Was? Ach, Quatsch! Mikey würde sich total freuen, dich kennenzulernen! Er hat schon so viel von dir gehört. Also, nicht, dass ich ihn vollgelabert hätte ...«

»Natürlich nicht. Das sähe dir auch nicht ähnlich.«

»Halt die Klappe. Ich sag's ja bloß.« Ich grinse. »Das wird Spaß machen! Universen treffen aufeinander! Ich werdet euch super verstehen. Ihr habt viel gemeinsam.«

»Was denn?«

»Na, mich«, kläre ich ihn auf. »Und ich bin viel.«

Wie sich herausstellt, ist Bens überraschtes Lachen immer noch einer der schönsten Klänge auf Erden.

13. KAPITEL – BEN
DONNERSTAG, 28. MAI

Kool Kaffee hat sich in den letzten zwei Jahren kaum verändert. Samantha, Dylan und ich sitzen an dem Tisch neben der Tür. Es ist fast, als wäre Samantha eine Berühmtheit, die ihrem Heimatdorf einen Besuch abstattet. Viele ihrer früheren Stammkunden erkennen sie noch. Und sie weiß noch zu jedem etwas zu sagen: »Na, hältst du es durch mit dem Entkoffeinierten, Brian?«

»Du hattest so recht, Greg, fürs College die Stadt zu wechseln war die richtige Entscheidung.«

»Glückwunsch noch mal zur Hochzeit, Stephanie!«

»Sollen wir dir vielleicht eine Verkleidung besorgen?«, frage ich Samantha. »Oder wenigstens eine Sonnenbrille?«

»Ben, bitten wir dich etwa, deine Sommersprossen mit Concealer abzudecken?«, mischt sich Dylan ein. »Nein, denn in diesem unserem Haus verstecken wir Schönheit nicht.«

»Wir sind in einem Coffeeshop.«

»Das sagt man eben so.«

»Wenn man in dem Haus, in dem man sich befindet, auch lebt, ja.«

Über seinen Double-Shot-Mokka-Latte mit zwei Spritzern Karamell hinweg wirft Dylan mir einen bösen Blick zu.

»Hi, ich bin auch noch da.« Samantha winkt. »Sorry, Ben, dass wir ständig unterbrochen werden.«

»Von deinen Fans.«

»Meinen mich bewundernden *Freund*innen*, ja. Also. Warum hast du solchen Schiss davor, Mikey zu treffen?«

Seit ich mit Arthur in dem Diner war, sind zwar inzwischen ein paar Tage vergangen, trotzdem habe ich mich noch nicht an die Vorstellung gewöhnt, Zeit mit Mikey verbringen zu müssen. Mir graut regelrecht davor. Ich hatte sogar schon Träume, in denen ich offensichtlich das fünfte Rad am Wagen war, während sie vor meinen Augen rumknutschten. Es ging so weit, dass ich mitten in der Nacht aufgestanden bin, um zu arbeiten. Nur ist die fiktive Welt, in die ich mich vor der Realität flüchte, leider voller Szenen mit König Arturo.

»Ich weiß einfach nicht, wie es mir nach einem solchen Treffen geht.«

»Dann solltest du ihn vielleicht lieber nicht treffen.«

»Aber Arthur hat Mario auch kennengelernt.«

»Weil du gedacht hast, dass er Mikey mitbringen würde. Und außerdem waren wir dabei.«

Ich spiele mit den übrig gebliebenen Eiswürfeln in meinem Limoglas. »Ich möchte ein guter Freund sein. Und Arthur ist ja auch ohne Mikey bei unserem Treffen aufgetaucht. Ich glaube, jetzt einen Rückzieher zu machen kommt merkwürdig rüber.«

»Behaupte doch einfach, du wärst schwer mit deinem Buch beschäftigt«, mischt sich Dylan ein.

»Ich meine, ... das bin ich ja auch.«

»Ah ja? Abgesehen von den netten kleinen Limo-Päuschen, was?«

Ich rutsche auf meinem Stuhl herum und sehe Samantha an. »Es kommt mir einfach irgendwie ungerecht vor, wenn ich es nicht über mich bringe, Mikey kennenzulernen, während Arthur einen ganzen Abend mit Mario und meinen Leuten verbringt.«

Samantha nickt. »Vielleicht läuft es ja ganz anders, als du denkst, und du fühlst dich Mikey gar nicht unterlegen. Was im Übrigen auch totaler Quatsch wäre.«

»Definitiv«, bekräftigt Dylan. »Über dich habe ich Gedichte geschrieben. Meinst du etwa, ich würde Gedichte über einen Mikey schreiben?«

»Hast du vor, auch eins über mich zu schreiben?«, neckt Samantha.

»Hast du vor, einen armen Künstler unter Druck zu setzen? Alles zu seiner Zeit.« Dylan hält sich die Hand vors Gesicht und flüstert in meine Richtung: »Hilf mir!«

»Beim Schreiben? Das musst du schon selbst machen«, gebe ich zurück. »Mal unter uns: Arthur hat erzählt, dass er und Mikey noch nicht ›Ich liebe dich‹ zueinander sagen.«

Dylan reißt die Augen auf. »Aber sie sind doch schon ewig zusammen, zumindest in Schwulenjahren.«

»Bitte zeig mir nur einen einzigen Kalender mit ›Schwulenjahren‹.«

»Das würde dir gefallen, was?« Dylan zwinkert mir zu.

Samantha seufzt und sieht ihn streng an. »Ich ziehe jetzt für zwei Minuten deinen Stecker.« Sie zückt ihr Handy und stellt einen Timer. »Irgendwelche letzten Worte?«

»Das wird dir noch leidtun.«

»Tut es jedes Mal.« Sie gibt ihm einen Kuss auf die Wange und startet den Timer. »Ben, die Uhr tickt. Also: Ich an deiner Stelle würde nicht so viel Zeit damit verschwenden, mir Gedanken über Mikeys und Arthurs Beziehung zu machen. Das ist ganz allein ihre Sache. Und nichts, worüber du dir den Kopf zerbrechen solltest.«

Recht hat sie. Genau in diesem Moment könnte Arthur »Ich liebe dich« zu Mikey sagen.

»Ich schätze, ich würde mir nicht so viele Gedanken darüber machen, wenn die Sache zwischen mir und Mario fester wäre. Es fühlt sich an, als hätten er und ich die unausgesprochene Regel, etwas Gutes nicht dadurch kaputt zu machen, dass wir es definieren. Aber, wow, das ist echt so was von hart.«

Zwischen aufeinandergepressten Lippen stößt Dylan hervor: »Sätze aus der Hochzeitsnacht.«

Samantha verlängert den Timer um dreißig Sekunden. »Ben, du musst das mit Mario klären. Du verdienst es, zu wissen, wie jemand zu dir steht. Dylan zum Beispiel hat seine Gefühle von Anfang an sehr deutlich gemacht.«

»Indem er dich direkt als seine Zukünftige bezeichnet hat, ich erinnere mich. Genau hier in diesem Laden.«

Samantha lacht. »Okay, vielleicht sagt er manchmal zu viel, aber so weiß ich wenigstens immer, was er denkt.« Sie wendet sich ihm zu, spielt mit ihrer Kette und erklärt: »Ich liebe dich.«

»Ich dich auch«, antwortet Dylan und fügt dann selbst noch mal dreißig Sekunden zum Timer hinzu.

Das will ich in einer Beziehung.

Jetzt muss ich nur noch rausfinden, was ich von einer Freundschaft mit Arthur will.

Was ich nämlich nicht laut ausspreche, ist, wie sehr ich ihn vermisse. Es ist zwar eine Weile her, dass ich deswegen schlaflose Nächte hatte, aber ihn nicht in meinem Leben zu haben, hat mich die ganze Zeit belastet. Früher konnten wir mal über alles Mögliche reden, darüber, was er im College so treibt und so. Irgendwann habe ich angefangen, Dinge für mich zu behalten, um seine Gefühle nicht zu verletzen. Zum Beispiel, als mir direkt zu Semesterbeginn auffiel, wie süß Mario ist. Vielleicht hätte ich mich nicht zurückhalten sollen – Arthur hat das jedenfalls nie getan. Und selbst nachdem ich sein Instagram-Profil stumm geschaltet hatte, musste ich immer noch die »Wie geht's Arthur«-Fragen meiner Eltern aushalten. Deswegen habe ich unsere Liebesgeschichte auch aus meinem Roman gelöscht. Es war einfach zu viel.

Aber ich will mich nicht länger vor Arthur und seinem Leben verstecken. Und ich will ihn nicht länger auf Abstand halten, als wäre für ihn kein Platz in meinem.

14. KAPITEL – ARTHUR
FREITAG, 29. MAI

Die Rolltreppe rollt immer weiter Leute heran, die nicht Mikey sind. Dagegen müsste es eine Regel geben – in irgendwelchen Statuten müsste festgehalten sein, dass auf zwölf Fremde im Anzug ein reisemüder Freund zu kommen hat.

Mir bleibt nichts anderes übrig, als weiter unter der Abfahrten-Ankünfte-Tafel auszuharren und meine Impulskauf-Kioskblumen an mich zu drücken. Ich hätte ihm etwas Nützliches kaufen sollen, wie Sonnencreme oder ein Wochenendticket für die U-Bahn, aber wie sollte ich zwei Dutzend roter Rosen für zwölf Dollar widerstehen?

Mein Handy verkündet vibrierend eine Nachricht und ich beeile mich, nachzusehen.

Klingt gut, bis später!

Eine ganz normale Nachricht von meinem Freund, der gleich hier sein muss.

Allerdings ist sie nicht von meinem Freund.

Mit einem leisen Flattern im Bauch starre ich auf die Worte, als –

»Hallo, Entschuldigung, sind Sie Bürojob-Bob?«

Mikeys Gesicht, aber nicht bloß auf meinem Handydisplay. Ich werfe so überschwänglich die Arme um ihn, dass ich ihm mit den Rosen fast eine verpasse. »Du bist hier!«

»Ich weiß!«

»Nicht zu fassen. Du bist wirklich den langen Weg aus Boston hierhergekommen.« Ich umarme ihn noch fester. »Mikey!«

Er lacht kurz und atemlos. »Waren zwei lange Wochen.«

»Wem sagst du das?!« Ich lasse ihn los, um ihn anzusehen, und er wird augenblicklich rot. Ich kann ihn nicht küssen. Mikey stirbt tausend Tode, wenn ich das in der Öffentlichkeit tue, und öffentlicher als in der Haupthalle der Penn Station geht es wohl kaum. Doch auch allein schon seine Nähe fühlt sich so an wie die ersten paar Schritte nach einer Achterbahnfahrt, wenn der feste Boden unter den Füßen noch brandneu wirkt.

Gut. Das ist gut. Die Rechnung geht auf. Zwei Wochen ohne Mikey ergibt: *Ich bin so gottverdammt froh, dass er hier ist.* Ich fühle alles, was ich fühlen sollte. Hier ist nichts, was nicht hierhergehört. Keine seltsamen Gedanken, keine unausgesprochenen Fragen. Nichts, außer –

Ist es okay, wenn wir uns heute Abend mit Ben treffen?

Hey, pass auf, heute Abend gehen wir mit Ben Eis essen.

Das wird schon. Null Grund zur Sorge. Ich sage es Mikey in der U-Bahn, dann ist es geklärt, noch bevor wir Columbus Circle erreichen.

Columbus Circle allerdings kommt und geht, und dann Lincoln Center, und dann sind wir auf der Seventy-Second Street, biegen beim Citarella Gourmet Market ab, und ich habe es ihm immer noch nicht gesagt.

Nicht, dass ich das Thema meiden würde. Aber in der U-Bahn war es so eng und heiß, und Mikey sah so überfordert aus. Und jetzt steckt er gerade inmitten einer Schilderung von seiner Chorfahrt in der Achten, dem einzigen anderen Mal, das er in New York war. Der fröhlich plappernde Mikey – seine seltenste und faszinierendste Erscheinungsform. Unter keinen Umständen werde ich ihm ins Wort fallen. Ich unterbreche ihn nicht einmal, als wir vor meinem Haus ankommen, sondern schließe uns einfach auf, während er weiterspricht.

Doch sobald wir in die Lobby treten und ich durch einen schnellen Blick sichergestellt habe, dass wir allein sind, küsse ich ihn so heftig, dass er die Rosen fallen lässt. Kaum zu fassen, dass er wirklich hier ist. Der ganze, echte, dreidimensionale Mikey. In New York. In diesem Gebäude. Es ist, wie wenn man im Supermarkt seiner Mathelehrerin über den Weg läuft, oder einem ein Vogel ins Zimmer fliegt. Irgendwie scheint es wissenschaftlich eigentlich gar nicht möglich, dass ich Mikey an dem Ort küsse, an dem ich auch Großonkel Miltons Post abhole.

Als wir schließlich Luft holen, ist Mikey herzallerliebst benommen.

»Okay!«, verkünde ich leicht außer Atem. »Das ist die Lobby.«

Mikey hebt seine Rosen auf. »So weit, so gut.«

Im Fahrstuhl sind wir seltsam verlegen. Mikey erschreckt sich vor seinem eigenen Spiegelbild an den Wänden, während ich auf mein Handy hinunterlächle und daran denke, dass Jessie wohl frühestens in einer Stunde oder so zurück ist. Und Ben treffen wir erst um neun. Was ich Mikey gleich sagen werde. Und diesmal wirklich. Ich werde es ihm sagen, sobald wir in Ruhe angekommen sind. Dann werde ich es ihm sagen.

Mit einem *Ping* erreicht der Fahrstuhl mein Stockwerk, und ich schnappe mir Mikeys Koffer. Doch gerade als ich den Knauf von Apartment 3A ergreife, wird die Tür von innen aufgerissen.

»Hi! Sorry!« Jessie lässt uns an sich vorbei und lächelt fröhlich. »Ich will euch nicht im Weg sein. Habe nur schnell meinen Laptop abgestellt. Ich treffe mich mit Namrata und

Juliet auf einen Aperitif. Jedenfalls, Mikey! Hi! Freut mich, dass du hier bist.«

»Freut mich ebenfalls.« Er lächelt schüchtern.

Dann wendet sie sich an mich: »Wann trefft ihr euch gleich noch mal mit Ben?«

Mir rutscht das Herz in die Hose. »Ähm. Das wollte ich Mikey erst noch ...«

Jessies Brauen schießen auf so eindeutige Art in die Höhe, dass sie »Was zur *Hölle*, Arthur!« überhaupt nicht mehr aussprechen muss.

Selbst nachdem sie gegangen ist, sagt Mikey kein Wort. Schweigend folgt er mir ins Apartment, wo ich die Tür zu laut schließe und dann an den Lichtschaltern herumfummle. Mein Herz schlägt mir derart bis zum Hals, dass ich es praktisch schmecken kann. »Also. Genau. Das wollte ich dir gerade sagen.«

Mikey starrt mit unergründlicher Miene auf den Boden. Als er schließlich das Wort ergreift, ist seine Stimme so leise wie die eines Gespensts. »Du triffst dich also heute Abend mit Ben?«

»Wir!«, korrigiere ich eilig. »Oh mein Gott, doch nicht ... Nicht ohne dich! Hier, tut mir leid, du musst doch nicht im Flur stehen bleiben.« Ich lache schwach und breite die Arme aus. »Willkommen in Onkel Miltons Apartment.«

Mikey nickt steif.

»Hast du Durst? Ich kann dir Wasser anbieten oder, äh, vielleicht haben wir auch Cola da.«

»Ich brauche nichts.« Mikey guckt demonstrativ von mir weg.

»Okay.« Ich durchquere das Zimmer, setze mich auf die Chaiselongue und rutsche für ihn zur Seite. »Können wir darüber reden?«

Er antwortet nicht, legt aber seine Blumen auf den Tisch und setzt sich mit stocksteifem Rücken neben mich. Als ich seine Hand nehme, entzieht er sie mir nicht, schmiegt sich jedoch auch nicht an mich. Keine Spur mehr von der zärtlichen Benommenheit in der Lobby. Ich betrachte sein Profil. »Mikey.«

Er starrt auf seine Knie. »Also treffen wir uns mit Ben. Heute Abend.«

»Ich weiß, das ist nicht ideal. Aber morgen Nachmittag gehen wir ja ins Musical, und morgen Abend ist Ben mit Dylan zum Essen verabredet, und danach kommt Mario von seiner Reise zurück, und du brichst Sonntag ja so früh morgens wieder auf, deswegen ...«

»... muss es heute Abend sein«, beendet Mikey meinen Satz. »Schon verstanden.«

»Aber erst später. Und auch nur zum Nachtisch, und ich *glaube*, dass dir die Location gefallen wird.« Ich drücke seine Hand, doch er sieht nicht auf. Zögernd spreche ich weiter. »Ich wünsche mir nur so sehr, dass ihr zwei euch kennenlernt, weißt du? Das ist mir wichtig.«

Da endlich guckt Mikey mir in die Augen. »Warum?«

»Weil *du* mir wichtig bist? Keine Ahnung. Ben und ich sind Freunde, und er soll einfach den Menschen kennenlernen, der mich sehr, sehr glücklich macht. Okay?«

Mikeys Züge entspannen sich etwas. »Okay.«

»Mikey-Maus, es tut mir so leid. Ich hätte nicht zulassen dürfen, dass dich das beim ersten Schritt in die Wohnung so überfällt.«

»Aaach, ich stand ja noch im Flur.« Er lächelt verhalten.

»Na, jetzt bist du jedenfalls hier.« Ich küsse ihn auf die Wange und lehne dann meinen Kopf an seine Schulter. »Ist dir überhaupt klar, wie sehr ich dich vermisst habe?«

»Ich habe dich auch vermisst.«

Und die nächsten Stunden verbringen wir mehr oder weniger genau so, nebeneinander auf der Chaiselongue. Ich meine, wir machen schon auch ein bisschen rum, aber streng nach Disney-Channel-Regeln. Die Möglichkeit, miteinander zu schlafen, steht nicht mal im Raum. Vielleicht ist das Vergeudung kostbarer Zweisamkeit, aber es ist schön. Wir bestellen Pizza, und ich wechsle von Kontaktlinsen zu Brille. Nachdem wir gegessen haben, bleibt uns immer noch eine gute Stunde bis zum Treffen mit Ben, aber ich überrede Mikey, trotzdem schon aufzubrechen, damit ich ihm auf dem Weg den Central Park zeigen kann.

Natürlich redet Mikey über die gesamte Seventy-Fifth Street hinweg kaum ein Sterbenswörtchen, deswegen entscheidet mein Hirn, die Stille mit anhaltendem Worterbrechen zu füllen. »Auf der Seventy-Seventh ist glaube ich ein Eingang, falls du da entlangmöchtest, aber wir können auch erst noch am Naturkundemuseum vorbei. Da vorne.« Ich zeige geradeaus und werfe einen Seitenblick auf Mikey, der vage lächelt und nickt. Ich hole Luft und plappere weiter. »Kennst du *Nachts im Museum*? Mit Ben Stiller?«

»Ich ... glaube ja. Weiß nicht genau. Da war ich noch so klein.«

»Ich habe mich erst in der Zehnten getraut, ihn zu gucken, weil ich wusste, dass dieser Wal drin vorkommt. Und, heilige Scheiße, ich hatte *solche* Angst vor diesem Wal.«

»Vor welchem Wal?«

»Ähm, hallo? Vor dem gottverdammt riesigen Blauwal, der genau in dem Museum da von der Decke hängt?« Ich werfe Mikey einen ungläubigen Blick zu, während wir vom Bürgersteig auf den Fußgängerüberweg treten. »Wie kannst du nichts von dem Blauwal wissen? Er ist mein Erzfeind. Ich werde – okay, weißt du was? Ich glaube, das Museum öffnet morgen um zehn. Und unser Musical fängt ja erst um zwei an, von daher ...«

Mikey zieht die Brauen hoch. »Ich verlange doch gar nicht, dass du dir den gruseligen Wal anguckst.«

»Ich würde es tun, Mikey-Maus. Für dich würde ich es wagen.«

Er lacht und atmet dann aus. Seine Schultern heben und senken sich. Im nächsten Moment nimmt er meine Hand. Überrascht sehe ich ihn an. Wir haben gerade die Columbus Avenue überquert, es ist noch hell und überall um uns sind Leute. Was mich alles nicht stört, aber ... Mikey?

Er drückt meine Fingerspitzen. »Ist das okay?«

»Ja! Himmel! So was von!« Ich betrachte ihn von der Seite. »Ich will nur nicht ... Du sollst dich nicht mir zuliebe unbehaglich fühlen.«

»Tue ich nicht.« Er holt bebend Luft.

»Das klang nicht besonders behaglich.«

Mikey lacht. »Doch, alles gut. Sorry. Ja.«

Schweigend, mit verschränkten Fingern, gehen wir weiter. Auf der Amsterdam Avenue stupse ich ihn an. »Da gibt es diese köstlichen Cookies, die sie noch warm verkaufen«, sage ich und zeige auf die Levain Bakery.

»Treffen wir uns da mit Ben?«

»Nope. Aber wir sind fast da. Wir sind früh dran.«

Mikey nickt langsam und presst die Lippen aufeinander.

»Sei doch nicht nervös!« Ich lache ein bisschen und ziehe ihn näher an mich. »Ich verspreche dir, er ist kein bisschen furchteinflößend. Du wirst ihn mögen.«

»Weiß ich«, sagt Mikey. »Ich bin nicht ... Ich fühle mich gut.«

»Bist du bereit, dich besser als gut zu fühlen?« Ich weise mit dem Kinn zu unserem Ziel. »Am Ende des Blocks auf der rechten Seite.«

Mikey starrt die Straße hinunter, kneift die Augen zusammen und als er es sieht, strahlt er. »Nicht dein *Ernst*.« EMACK & BOLIO'S in weißen Großbuchstaben auf einer schlichten grünen Markise. Ich glaube, es wäre mir im Leben nicht aufgefallen, wenn Mikey mir den Namen nicht ins Hirn gehämmert hätte. Emack & Bolio's ist seine Lieblingseisdiele in Boston. Seine Schwester und sein Schwager haben sich dort verlobt, und Mikey hat sich dort seinem Bruder gegenüber geoutet. Als wir anfingen, über die Ferien in Boston zu reden, sprach Mikey als Allererstes von Emack & Bolio's.

»Ich hatte keine Ahnung, dass sie hier eine Filiale haben.« Er wirkt überwältigt.

Weil wir fast eine halbe Stunde zu früh sind, setzen wir uns auf eine Bank in der Nähe. Mikey schweigt wieder, und ich begreife seine Stimmung heute irgendwie nicht. Ich glaube eigentlich nicht, dass er immer noch wegen Ben angefressen ist. Schließlich war er vor einer Minute nahezu aufgedreht wegen Emack & Bolio's, ganz zu schweigen von dem noch nie dagewesenen Händchenhalten auf dem Weg hierher. Aber irgendwie sind unsere Hände zwischen Bürgersteig und Bank auseinandergeraten, und Mikey hat peinlich genau darauf geachtet, dass wir ein Stück auseinander sitzen.

Jetzt wirft er mir verstohlene Blicke zu, fast als wären wir zwei Fremde, die einander auf einer Wohnheimparty auschecken. Doch jedes Mal, wenn ich seinen Blick festhalten will, guckt er unvermittelt weg.

»Mikey-Maus«, sage ich schließlich. »Ich kann beim besten Willen nicht erkennen, ob es dir wirklich gut geht.«

»Ich liebe dich«, stößt er hervor.

Ich erstarre und reiße die Augen auf.

»Gott, tut mir leid, ich ...« Er atmet aus. »Ich nehme den ganzen Weg hierher schon all meinen Mut zusammen. Es tut mir so – «

»Oh mein Gott, Mikey! Das ... Das muss dir nicht leidtun, okay?« Ich presse eine Hand gegen die Brust, als würde ich dadurch wieder zu Atem kommen. Ich kann kaum mehr meinen Herzschlag von meinen Gedanken unterscheiden. *Er liebt mich. Liebt mich. Liebt. Mich. Mikey, der jedes Mal rot wird, wenn ich ihn küsse. Mikey, dessen Valentinstagsgeschenk eine Tankfüllung für mein Auto war. Mikey, der mit dem Zug aus Boston für mich angereist ist. Mikey liebt mich.*

Mein Hirn kriegt den Gedanken nicht zu fassen.

Mikey schließt die Augen, öffnet sie wieder – und plötzlich friert sein Gesicht quasi ein. »Ich glaube, Ben ist hier«, sagt er leise.

Ich schüttle den Kopf. »Auf keinen Fall. Ben ist niemals früh dran. Noch nie – « Doch der Rest des Satzes stirbt auf meiner Zunge.

Denn ein Junge in Jeans und engem schwarzem T-Shirt kommt die Amsterdam Avenue herunter, und es ist ohne Zweifel Ben Alejo. Er sieht von seinem Handy auf und lächelt breit, als er uns entdeckt.

Ben ist zwanzig Minuten zu früh dran. »Mikey – «

»Schon okay. Ehrlich.« Er will aufstehen, doch ich ergreife zuerst noch seine Hand und drücke sie.

»Wir reden später«, sage ich und es kommt leicht erstickt heraus. »Fortsetzung folgt, okay?«

Er nickt wortlos und rückt seine Brille zurecht, was eine so vertraute Mikey-Geste ist, dass es mich in der Kehle schmerzt. Als ich schließlich ebenfalls aufstehe, sind meine Beine wie aus Gummi. Oder Knete.

Aber andere Menschen tun das doch auch, oder? Sich mit dem festen Freund und dem guten Freund treffen. Gleichzeitig. Ist das Normalste von der Welt. Warum also fühlt es sich so an, als wollte ich zwei Universen in ein Sonnensystem quetschen? Wie lautet mein Text in dieser Szene? Wie stelle ich die beiden einander vor? Lieber Junge, der mich entjungfert hat, das hier ist der Junge, der mir vor buchstäblich zwei Sekunden zum ersten Mal »Ich liebe dich« gesagt hat.

»Willst du mir nicht gratulieren, dass ich so pünktlich bin?«, fragt Ben in dem gespielt stolzen Tonfall, den er manchmal hat, wenn er *tatsächlich* stolz auf sich ist, es aber seltsam fände, das auszusprechen. Als er sich an Mikey wendet, wird sein breites Lächeln etwas schüchterner. »Ich freue mich, dich endlich kennenzulernen.«

»Mir geht's genauso. Ich habe ... viel über dich gehört.«

Ben hebt neugierig den Kopf. »Ach ja?«

»Also!« Ich wringe so fest meine Hände, dass die Knöchel weiß hervortreten. »Wer hat Lust auf Eis?«

15. KAPITEL – BEN
FREITAG, 29. MAI

Zeit, das fünfte Rad am Wagen zu spielen. Ich studiere die Eiskarte an der Wand, als wäre das hier nur ein ganz normaler Abend mit Freunden, und nicht das erste Treffen mit dem neuen Freund meines Exfreunds. *Dem neuen Freund, der anscheinend schon viel von mir gehört hat.* Eine Riesenüberraschung ist das nicht, immerhin reden wir hier von Arthur. Arthur, der jede Stille füllt.

»Die Auswahl ist ja riesig«, stöhne ich.

»Keine Bange, Mikey ist ein Profi.« Arthur hält Mikeys Hand, als wäre er ein Ballon, der niemals wegfliegen soll.

»Kann der Profi was empfehlen?«

»Was magst du denn, Ben?«, fragt Mikey.

Beim Klang meines Namens aus seinem Mund schnürt sich mir die Kehle zu. Mit jeder Sekunde, die vergeht, wird er realer, und ich wünschte wirklich, Dylan oder Samantha wären bei mir.

»Ich mach's nicht zu kompliziert. Ich glaube, ich nehme einfach Erdbeer.«

»Du hast auf jeden Fall einen guten Geschmack«, lobt Arthur. »Bei Eis«, fügt er hastig hinzu. »Und bei Menschen natürlich auch. Also. Damit meine ich nicht mich. Ich meine Mario.«

Mikey und ich starren Arthur an. Normalerweise fände ich das witzig, aber jetzt ist es einfach unangenehm.

Arthur zeigt hinter die Theke. »Meint ihr, die lassen mich in ihre Gefriertruhe, um mich abzukühlen?«

»Das kommt mir nicht sehr hygienisch vor«, entgegnet Mikey.

Arthur nickt. »Klar.«

Ob dieses Treffen hier womöglich besser laufen würde, wenn wir einfach ganz direkt über den Elefanten im Raum reden würden? Ja, Arthur und ich waren mal sehr verliebt. Ja, Arthur und ich haben uns getrennt, weil wir nicht geglaubt haben, dass eine Fernbeziehung funktionieren würde. Ja, Arthur kam mit Mikey zusammen, und zwischen den beiden stellt Entfernung kein Problem dar. Aber *falls* wir das ansprechen, sollte vielleicht nicht ich derjenige sein, der damit anfängt. Sie sind das Paar im Hochzeitsauto. Ich bin heute bloß das Ersatzrad.

Aber ich kann ablenken. »Hast du denn irgendwelche Tipps, Mikey?«

»Tja, *Grasshopper Pie* wäre auf jeden Fall eine interessante Wahl. Aber man kann ja nie ganz sicher sein, ob sich nicht doch ein paar Grashüpfer hineinverirren.«

»Okay, damit wird das jetzt definitiv nicht meine Wahl.« Ich lache.

Arthur stimmt mit ein, ein bisschen zu laut.

»Ich mag eigentlich alles, was fruchtig ist«, sage ich.

»Dann ist Goa-Mango das Allerbeste.« Mikeys Augen strahlen. »Das geht auf mich.«

Plötzlich fühle ich mich unwohl. Hat Arthur womöglich erwähnt, wie wenig Geld ich habe? »Nein, bitte, das ist doch nicht nötig. Und wenn wir schon dabei sind ... lass mich dir was ausgeben, um dich in New York willkommen zu heißen.«

»Quatsch, ich übernehme das«, widerspricht Arthur. »Ihr könnt einen Tisch suchen. Mikey-Maus, das Übliche?«

»Jap«, antwortet Mikey.

Mikey-Maus? Oh Gott, wie cheesy. (Ups – das war keine Absicht.) Aber vielleicht sollte ich mir lieber kein Urteil erlauben, wenn man bedenkt, dass Ben-Jamin ein ziemlich lächerlicher Name für einen Protagonisten ist. Der auch nur durchgeht, weil es ein Fantasyroman ist.
Und hey, ist doch super, dass Arthur seine Mikey-Maus hat. Ich habe meinen Super Mario.
Mikey und ich setzen uns an einen Fenstertisch. Draußen vor der Scheibe lacht eine Gruppe von Leuten. Sie umarmen und verabschieden sich, ehe sie in unterschiedliche Richtungen davongehen.
»Du hast ein ›Übliches‹?«, frage ich ihn.
»Ja. *Mud Pie*. Ich weiß, Matschkuchen klingt jetzt erst mal nicht sooo lecker, aber es ist Kaffee-Eis mit Schokostückchen und Oreo-Krümeln. Du kannst gleich gern von mir probieren, wenn du magst.«
»Danke, aber ich lasse es dich ganz genießen. Bist du oft in New York?«
»Nein, ehrlich gesagt war ich seit Jahren nicht hier.«
»Na, dann willkommen zurück. Geht ihr zusammen ins Musical?«
Mikey nickt. »Und gucken uns ein paar Sehenswürdigkeiten an.«
Es folgt eine peinliche Stille. Dass mich das Treffen mit Mikey nervös gemacht hat, ist ja kein Geheimnis. Wie es ihm wohl damit geht? Er und Arthur haben auf jeden Fall eine Verbindung. Ich würde allerdings nicht sagen, dass die Chemie zwischen den beiden hundertpro stimmt – wobei man da möglicherweise nicht auf das Urteil von jemandem vertrauen sollte, der wegen Chemie zur Sommerschule musste. Sie wirken vertraut, kümmern sich umeinander ... Aber sprühen da auch Funken? Ich schätze, ich hab mir immer

vorgestellt, sie würden zusammen so hell strahlen wie die Lichter des Broadways. Vielleicht habe ich sie aber auch einfach auf dem falschen Fuß erwischt, weil ich so früh dran war. Ich wollte auf keinen Fall zu spät kommen und es so aussehen lassen, als wäre mir die Verabredung nicht wichtig. Sie bedeutet Arthur viel, also bedeutet sie auch mir viel. Aber für Mikey ist es der erste Abend in New York seit Jahren, und er verbringt ihn Eis essend mit dem Exfreund seines Freundes. Muss sich anfühlen, wie einen Geist aus Arthurs Vergangenheit zu treffen. Mit mir hatte Arthur seinen ersten Kuss, ich war sein erster fester Freund, mit mir hat er sein erstes Mal erlebt, die erste Trennung. Womöglich stört das alles Mikey auch gar nicht, weil er sich sicher ist, dass er ein Teil von Arthurs Zukunft ist.

Ich war vielleicht der Erste, aber er ist sein Für-Immer.

»Voilà, die Herren.« Arthur kommt mit dem Eis zurück. Nur seins ist in einer Waffel. »Na, was habe ich verpasst?«

Mikey und ich fangen gleichzeitig an zu reden und hören auch gleichzeitig wieder auf. Dann besteht Mikey darauf, dass ich zuerst spreche, und ich bestehe darauf, dass er zuerst spricht. Fast, als würden wir beide versuchen, uns möglichst nicht ins Rampenlicht zu drängen. Sondern stattdessen mit den Schatten am Rand zu verschmelzen.

»Ich habe Ben gerade erzählt, wie aufregend es ist, wieder hier zu sein«, erbarmt sich Mikey.

»Wir werden so viel Spaß haben«, sagt Arthur und rückt seine Brille zurecht. Dabei muss ich daran denken, dass manche Leute keinen Unterschied zwischen Superman und Clark Kent sehen. Superman und Arthur sind beide schon ohne Brille attraktiv, aber wenn sie sie aufsetzen, lässt diese Verwandlung Herzen höherschlagen. Nicht, dass ich auf Superman stehen würde. Der ist schließlich eine Comicfigur.

Und natürlich ebenso wenig auf Arthur. Der ist schließlich mein Ex. Aber man kann ja wohl auch Menschen attraktiv finden, mit denen man nicht zusammen sein will, oder? Wie wenn Dylan mir hotte Jungs zeigt, und zwar nicht, weil er selbst sie daten will. Wobei hier vielleicht das letzte Wort noch nicht gesprochen ist.

In puncto meiner Gefühle allerdings schon, und die Arthur gegenüber sind rein platonisch. Versteht sich.

»Welche Musicals wollt ihr euch anschauen?«, frage ich.

Sie erzählen mir haarklein von ihren Plänen, aber ich kann irgendwann nicht mehr folgen, denn die beiden tauschen wortlos Becher und Waffel, als hätten sie das schon tausendmal gemacht. Und als Mikeys Handy vibriert, stellt Arthur es für ihn auf lautlos. Das finde ich fast passiv-aggressiv, aber Mikey dankt Arthur schlicht. Vermutlich mag Mikey es, ganz im Hier und Jetzt zu sein, und Arthur kennt seinen Freund einfach so gut.

Von den paar Malen, die ich mir Mikeys Feed auf Instagram angesehen habe, weiß ich, dass er nicht ständig was postet, wie so viele andere. Er spielt sich nicht als Influencer auf, indem er so tut, als wäre sein Leben wahnsinnig außergewöhnlich, oder indem er sein Essen zur Schau stellt. Er ist echt.

Mann, Mikey ist echt.

Und er sitzt mir direkt gegenüber.

Eine Zeit lang wollte ich, dass Mikey richtig kacke ist, damit ich mich im Vergleich nicht so schlecht fühlen muss. Aber leider ist Mikey nicht kacke.

Ich möchte mich ja für die beiden freuen. Besonders für Arthur. Möchte, dass sie glücklich sind.

Aber das mit dem Freuen ist so eine Sache, wenn es um die Person geht, die einst dich glücklich gemacht hat.

»Ich wünsche euch auf jeden Fall viel Spaß. Kommt bloß nicht zu spät«, sage ich und lache.
Arthur lächelt gequält und schüttelt den Kopf. »Das war nicht lustig.«
»Was?«, fragt Mikey.
»Arthur hat dir doch bestimmt erzählt, wie ich unsere Chance auf *Hamilton* verbockt habe?«
»Nein, hat er nicht.«
Plötzlich wünschte ich, ich könnte die Zeit zurückdrehen. Ich wollte mit meinem Kommentar nicht in unsere Beziehungsgeschichte abtauchen. Es ist nur gar nicht so leicht, es nicht zu tun, weil das streng genommen alles ist, was Arthur und ich haben.
»Ich kam zu spät und deshalb haben wir die Tickets verloren, die ich vorher gewonnen hatte«, erkläre ich. Dass Arthur und ich danach auf dem Bürgersteig saßen und Musical-Songs gehört haben, verschweige ich.
Mikey schüttelt den Kopf. »Oh Gott, das ist ja voll traurig.«
»Einer der Gründe, warum ich so hart daran arbeite, nicht mehr zu spät zu kommen.«
Alles, was ich sage, kommt irgendwie falsch rüber. Als wollte ich Arthur zu verstehen geben, dass ich jetzt ein besserer Mensch bin. Aber es geht hier ja nicht darum, dass ich ihn zurückgewinnen möchte. Ich weiß anscheinend nur nicht, wie ich mich als normaler Freund verhalten soll, weil wir von Anfang an mehr als Freunde waren.
Ganz zu schweigen davon, dass ich ihn monatelang auf Instagram geghostet habe und daher überhaupt nicht auf die Realität vorbereitet bin, in der er eine ernsthafte Beziehung hat. Ein leichtes Aufwärmtraining mit Bildern wäre vielleicht gut gewesen.

Wobei – wie ernst kann diese Beziehung sein, wenn sie bisher nicht »Ich liebe dich« gesagt haben?

»Also, du ... bist Schriftsteller, oder?«

»Ich habe noch nichts veröffentlicht.«

»Trotzdem bist du aber doch einer, oder?«

»Kann sein. Ich schreibe über so Zaubererzeug.«

»Er hat Hunderte, wenn nicht gar Tausende von Fans, die mehr von ihm lesen wollen«, mischt sich Arthur ein. »Zu Recht. Ich *liebe* diese Geschichte.«

Uuund es wird wieder unangenehm. Ich hoffe wirklich, dass Arthur so klug war, Mikey nicht von den ganzen romantischen Szenen zwischen Ben-Jamin und König Arturo zu erzählen. Oder allein schon, dass ich eine Figur nach ihm benannt habe. Auch wenn König Arturo inzwischen nicht mehr das Objekt der Begierde ist. Darauf, Arthur das zu verklickern, freue ich mich übrigens nicht gerade. Meine Sorge, damit sein Herz zu brechen, verpufft aber, sobald ich wieder sehe, wie Mikey seine Hand hält.

»Ich habe die Geschichte von Wattpad runtergenommen, um sie am College komplett zu überarbeiten. Ich hätte sie echt gern bald veröffentlichungsreif.«

»Auf welches College gehst du?«, fragt Mikey.

»Hostos.« Ich werde wieder unsicher, wünschte, ich hätte die Noten und die finanziellen Mittel, um mich für Kreatives Schreiben an der New School einzuschreiben. Oder für irgendwas an der NYU. Aber das ist nun mal nicht drin. Meine Familie und ich haben unser Bestes gegeben. Und ich bemühe mich, damit meinen Frieden zu machen. »Es gefällt mir echt gut. Tolle Dozent*innen, tolle Kommiliton*innen. Es gibt da sogar diesen Jungen in meinem Semester, Mario, mit dem sich etwas entwickelt hat, nachdem wir zusammen an einem Projekt gearbeitet haben.«

»Das war der, der mit euch bei Dave & Buster's war, oder?«
»Er hat uns in fast jedem Spiel geschlagen«, ergänzt Arthur.
»Weshalb ist er heute nicht dabei?«
»Er ist bei seinem Onkel in Los Angeles. Und anscheinend ist es megaschön da.«
»Wolltest du nicht mitfliegen?«
Ich schüttle den Kopf. »Das wäre ein ziemlich großer Schritt, schließlich sind wir ja nicht fest zusammen. Außerdem muss ich an meinem Roman arbeiten.«
»Klar, aber du könntest doch überall arbeiten«, setzt Mikey nach.
Warum lässt er es nicht gut sein? Scheint fast, als sähe er mich ungern in der gleichen Stadt wie Arthur.
»Na ja, ich habe auch nicht unbedingt das Geld, um von einem Tag auf den anderen einen Flug zu buchen.«
Das Geld-Thema ist mir unangenehm. Es erinnert mich daran, dass nie genug übrig bleibt, um zu sparen, egal, wie sehr ich es auch versuche. Und es gibt mir das Gefühl, machtlos zu sein. Ein Autorenvertrag käme mir nicht nur deswegen natürlich echt gelegen. Am College war mal eine Lektorin zu Gast, um uns etwas über das Verlagswesen zu erzählen, und sie hat uns ein paar Hausnummern für ein Erstlingswerk genannt. Selbst die im unteren Bereich kamen mir lebensverändernd vor – zumindest für jemanden wie mich. Vielleicht könnte ich als publizierter Autor endlich reisen, wann und wohin auch immer ich will.
Mrs. García hat uns mal gefragt, was – abgesehen von einer Vorliebe für Geschichten – uns zum Schreiben bringt. Nach dem wahren Grund, aus dem wir uns von Überarbeitung zu Überarbeitung immer wieder aufraffen. Obwohl ich ultranervös war, habe ich die Hand gehoben und gesagt,

dass ich mir finanzielle Absicherung wünsche. Ich möchte mir nicht mehr so viele Sorgen ums Geld machen müssen. Mir mal spontan online etwas bestellen können, nicht, weil ich es dringend brauche, sondern vielleicht einfach, weil ich es cool finde. Ich möchte meine Eltern unterstützen können, so wie sie mich unterstützt haben. Möchte mich bei Dylan für all die Male revanchieren, die er mir Geld geliehen hat, ohne je auch nur einen Dollar zurückzufordern. Nicht mal, wenn er mitkriegt, dass meine Abuelita mir zu irgendeinem Anlass zwanzig Dollar schickt.

Nachdem wir alle unser Eis aufgegessen haben und das Gespräch sich nicht mehr um Geld dreht, beschließe ich, den beiden etwas Zweisamkeit zu gönnen.

Ich stehe auf und räume mein Zeug ab.

»Ich geh euch dann mal nicht weiter auf die Nerven.«

»Du gehst uns doch nicht auf die Nerven!«, zwitschert Arthur ein bisschen zu fröhlich. »Hast du nicht Lust, uns auf dem Heimweg zu begleiten?«

»Ich ...«

»Immerhin hast du noch gar nicht erzählt, was Ben-Jamin in der Überarbeitung so treibt!«

Ich habe den leisen Verdacht, dass Mikey auch gut ohne dieses Update leben kann, aber Arthur blickt mich so flehentlich an, dass ich nur mit den Schultern zucke. »Ähm, okay.«

Doch als wir draußen sind, nimmt Mikey Arthurs Hand, und weil ich darauf immer noch nicht so gut klarkomme, verliere ich ständig mitten im Satz den Faden.

Zwar war ich beim Erreichen von Arthurs Haustür schon mal glücklicher, aber noch nie so erleichtert.

Ich wende mich an Mikey. »Es war toll, dich kennenzulernen. Genieß deine Zeit in New York.«

»Danke, Ben.« Mikey streckt mir die Hand hin. Ich hätte ihn jetzt umarmt, gegen ein Händeschütteln spricht aber natürlich auch nichts. »Viel Glück mit deinem Roman. Der wird bestimmt große Klasse.« Ich überkreuze zwei Finger. »Hoffentlich.«
»Komm gut nach Hause«, sagt Arthur. »Lass dich auf keinen Streit in der U-Bahn ein.« Vorletztes Jahr wurden wir von diesem homophoben Typen in der Bahn angeblafft, weil Arthur und ich uns aneinandergekuschelt hatten. Das hat Arthur ziemlich mitgenommen, und mal ehrlich, ich selbst bin an dieser Station auch immer noch ganz angespannt, weil ich befürchte, dass ich ihm erneut über den Weg laufen könnte. Noch so eine Sache, die mich in dieser Stadt verfolgt.

»Ich geb mein Bestes.«

Arthur und ich vollführen die weltkürzeste Umarmung, als könnte man alles über ein paar Millisekunden als zu intim verstehen, und dann verschwindet er in der Lobby. Mit Mikey. Ich sehe ihnen eine Weile nach, bevor mich der Neid übermannt und ich mich abrupt umdrehe. Ich will unbedingt auch eine so feste Beziehung wie die beiden.

Und ich will sie mit Mario.

Am Tag darauf treffe ich mich mit Dylan zu einem frühen Abendessen und er schleift mich, wie neulich schon, in die Upper West Side.

Im Earth Café herrscht eine sehr entspannte Atmosphäre, nur Dylan scheint schwer damit beschäftigt, während des Essens alles so genau zu mustern, als würde er überlegen, Geld in den Laden zu stecken. Ich kapiere nicht, was das soll, nehme aber einfach hin, dass er jedes noch so kleine Detail kritisch prüft: Besteck, Teller, die Temperatur des Essens ... Allerdings schiebe ich dem Ganzen einen Riegel vor, als er drei verschiedene Kaffeesorten bestellen will. Quasi als Akt der Rebellion ordert er stattdessen zum Nachtisch jedes einzelne Gebäckstück auf der Karte.

Er schneidet ein Schokocroissant in zwei Hälften. »Sag mir, wie du es findest, auf einer Skala von eins bis hundert.«

»Das ist eine sehr große Skala.«

Er nimmt einen Bissen. »Hm, eine solide Siebenundachtzig.« Er nimmt noch einen. »Nein, Achtundachtzig.«

Ich bin gerade zu satt von meiner Riesenportion Geflügelsalat, also überlasse ich ihm das Gebäck-Feld.

Da Jessie und Samantha heute zu zweit was unternehmen, haben wir unseren ersten richtigen Jungsabend. Und obwohl Dylan gerade vorgibt, sich voll und ganz seinem Nachtisch zu widmen, scheint er schon die ganze Zeit mit den Gedanken woanders zu sein. Keine Ahnung, was mit ihm los ist. Er behauptet zumindest, es sei alles in Ordnung.

»Also ...«, setze ich an. »Mikey war nett.«

»Übersetzung: arschlangweilig.«

»Nein, Mikey ist echt ein netter Kerl. Vielleicht ein bisschen arg privilegiert, aber nicht auf die nervige Art. Ich kann nichts Schlechtes über ihn sagen. Heißt wohl, dass er gut für Arthur ist, oder?«

Dylan verschlingt die zweite Hälfte des Croissants, während er anscheinend über die Frage nachdenkt. »Ich persönlich glaube, Arthur braucht mehr als bloß jemanden, der ›nett‹ ist. Aber ich habe den Knaben ja noch nicht getroffen.«

»Sie müssen einfach wirklich gut zusammenpassen. Ich

meine, Arthur ist nicht der Typ dafür, krampfhaft an einer Beziehung festzuhalten, die nicht funktioniert. Übrigens hast du circa eine Million Krümel auf deinem Shirt.«

Dylan schaut an sich hinab. »Über deinen Ex kannst du sagen, was du willst, aber meine Krümel gehen dich nichts an.«

»Ist notiert. Ich frag mich einfach, ob es für Arthur im Endeffekt gut war, dass wir uns getrennt haben.«

»Mich interessiert eher, ob es für dich gut war.«

Während Dylan sich als Nächstes über einen Blaubeermuffin hermacht, vibriert mein Handy.

»Das ist Mario.« Ich lächle und nehme den Anruf an. »Hey!«

»Hi, Super Mario«, nuschelt Dylan mit vollem Mund. Er angelt nach seinem Handy. Wahrscheinlich will er die Punktzahl der Muffins aufschreiben.

»Ah, du bist unterwegs«, sagt Mario. »Dann will ich dich gar nicht weiter stören ...«

»Nein, alles gut, Dylan spielt bloß den Restauranttester, weil ... weil er Dylan ist, schätze ich. Bist du in einem Stück wieder angekommen?«

»Eben gelandet und jetzt auf dem Weg nach Hause. Irgendwie stecke ich zeitlich noch in L. A. und hab ein paar Extrastunden übrig. Ich dachte, wir könnten ein bisschen abhängen und du könntest mich zurück in der Zukunft willkommen heißen?«

»Klar, voll gern!« Ich versuche gar nicht erst, cool zu tun. »Ich bin ja gerade mit Dee unterwegs – geht ein Treffen zu dritt für dich klar?«

»Je mehr, desto besser, solange du dabei bist, Alejo. Überlegt euch schon mal was, ich spring noch kurz unter die Dusche und stoße dann zu euch.«

Fast kann ich bereits sein Meeresbrise-Duschgel riechen. Es weckt in mir den Wunsch nach einem gemütlichen Abend, aber meine Eltern sind zu Hause, und bei ihm ist samstags immer was los.

»Te veo pronto«, sage ich und lege auf.

»Was hat es mit der Geheimsprache auf sich?«, will Dylan wissen.

»Das heißt so was wie ›Wir sehen uns gleich‹. Er ist nämlich zurück, und ich dachte, wir unternehmen zu dritt was. Hm, was meinst du, wo sollen wir hin?«

Dylan reißt die Augen auf. »Du weißt, wer ganz in der Nähe wohnt, oder?«

Ja, weiß ich, schüttle aber den Kopf. »Nein, Dylan.«

»Doch, Ben. Wir sind so was von auf Arthur-Territorium. Bereit für so 'ne Party wie beim letzten Mal?«

»Auf gar keinen Fall.«

Dylan hält sein Handy hoch. »Aber sie erwarten uns.«

»Was?« Ich schnappe mir sein Handy. Er hat doch tatsächlich Arthur geschrieben, wir seien in der Gegend. »Was wird das, eine Doppeltes-Lottchen-Nummer? Versuchst du, uns wieder zusammenzubringen? Er hat seinen Freund bei sich. Wir sollten sie in Ruhe lassen.«

»Wenn das mit ihnen was Ernstes ist, dann haben sie noch mehr als genug Zweisamkeit.«

»Warum tust du so, als wärst du ein Beziehungsguru? Du bist erst seit zwei Jahren mit Samantha zusammen.«

»Was mich im Vergleich mit dir und Arthur ja wohl zu einem ziemlichen Experten macht.« Der Punkt geht an ihn.

»Ich finde«, fährt er fort, »das wäre eine Eins-a-Gelegenheit, mit deinem neuen Freund anzugeben – ja, nicht dein Freund, schon klar – und mehr Zeit mit Arthur und seinem Neuen zu verbringen.«

Mit Mario an meiner Seite wäre es tatsächlich was anderes. Das könnte vielleicht sogar ein paar von meinen Minderwertigkeitskomplexen beseitigen. Und ein für alle Mal beweisen, dass Arthurs und meine Trennung uns dazu verholfen hat, neue Partner zu finden, die besser zu uns passen.

»Ein Neustart-Doppeldate«, sage ich.

»Plus eins, natürlich.« Dylan grinst übers ganze Gesicht. »Das lasse ich mir auf keinen Fall entgehen.«

16. KAPITEL – ARTHUR
SAMSTAG, 30. MAI

»Sie kommen ... wann hierher?« Mikey wirkt etwas verunsichert.

»Keine Ahnung. Dylan hat bloß geschrieben, sie wären auf der Upper West Side, und offenbar ist Mario zurück?« Ich reiche Mikey einen schlecht vorgespülten Teller, auf dem noch Krümel kleben. »Er hat gefragt, ob wir zu Hause sind, und kaum hatte ich Ja gesagt, hieß es schon, sie wären auf dem Weg. Noch kann ich ihm schreiben, dass es nicht passt, wenn du möchtest.«

»Schon gut«, sagt Mikey, ohne mich anzusehen. Während ich zugucke, wie er das Geschirr in der Spülmaschine umsortiert, versuche ich, meinen Herzschlag auf Normaltempo herunterzuregeln.

»Hey.« Ich lehne mich an die Küchenzeile und klammere mich rücklings an der Kante fest. »Ich habe nicht vergessen, worüber wir noch reden wollten.«

Mikey dreht einen Teller um, damit er ordentlich hinter die anderen passt. »Okay.«

»Möchtest du jetzt darüber reden? Ich wollte noch warten, bis Jessie aufgebrochen ist, aber –«

»Später geht auch.«

»Später«, echoe ich und ignoriere das schuldbewusste Stechen in meiner Brust. Es ist nichts verkehrt daran, später zu reden. Nur stapeln sich diese Spaters mittlerweile. Ein erstes Später, weil Ben uns ja gestern Abend von der Eisdiele nach Hause begleitet hat. Ein zweites Später, weil Jessie da war, und dann noch mal wegen Jessie, und dann haben wir geschlafen und heute war das Museum, und dann *Six*, und dann natürlich *Reden* über *Six*, und dann Abendessen. Also, ja, war viel los. Und jetzt das noch, wo Jessie sich doch gerade auf den Weg zu Samantha macht.

Wie aufs Stichwort erscheint Jessie mit einer Tasche über der Schulter in der Tür. »Namrata meint, ich soll Kondome und Alk einpacken.«

»Da weiß jemand, was sich für eine Orgie gehört.« Ich reibe mir die Hände.

Mikey reißt die Augen auf, und Jessie muss lachen. »Es wird zu absolut einhundert Prozent keine Orgie«, versichert sie ihm. »Samanthas Freund Patrick ist in der Stadt. Wir essen Cupcakes und sehen uns Filme an.«

Ich schüttle den Kopf. »Ich kann immer noch nicht fassen, dass du und Namrata euch schreibt. Mich haben sie und Juliet immer wie ein Kind behandelt.«

»Na ja, irgendwie warst du ja auch noch eins. Das ist schließlich zwei Jahre her.«

Zwei Jahre her. So wie Jessie das sagt, bleibt mir der Atem im Hals stecken. Bei ihr klingt es, als wäre das quasi in der Steinzeit gewesen. Aber vielleicht muss man's tatsächlich als eine völlig andere Ära betrachten. Ich mit sechzehn, mit all meinen brodelnden Gefühlen. Wie ein menschlicher Vulkan. Ich erinnere mich noch genau an jeden Herzschlag dieses Sommers, an alles, was ich gefühlt, alles, was ich gedacht habe. Es ist alles da, nur kann ich mich offenbar nicht mehr komplett hineinversetzen. Fast, als hätte ich es lediglich in einem Buch gelesen.

Zehn Minuten später öffne ich die Tür, und Dylan fällt mir um den Hals, als wäre er aus dem Krieg heimgekehrt. »Sieh dich an. Keinen Tag gealtert. Wie lange ist das her?«

Ich zähle im Kopf zurück bis Dave & Buster's. »Acht Tage?«

»Den Abend, an dem du meinen Sohn an Super Mario verschachert hast, wollen wir mal schön vergessen.« Er kommt herein, und Ben folgt ihm.

»Mario sitzt schon in der U-Bahn«, sagt Ben. Dann wendet er sich Mikey zu und umarmt ihn. »Hey, Mann, schön dich wiederzusehen.«

»Der berühmte Mikey!«, ruft Dylan. »Mein Erdferkelchen hier hat mir schon so viel von dir erzählt!«

Mikey steht da, als wäre er wieder dreizehn und irgendeine entfernte Großtante hätte ihm gerade einen Schmatzer auf die Wange gedrückt. Höfliche Panik in Reinform. Ich kenne den Gesichtsausdruck von meinen Bar-Mitzwa-Fotos.

»Ich hoffe, es ist okay, dass wir hier sind?«, fragt mich Ben. »Samantha hat Dylan heute Abend rausgeworfen.«

»Hat sie *nicht*. Ich bin heldenhaft entkommen. Mit dieser Meute lege ich mich nicht an.«

»Mit Jessie?«

Ben verdreht die Augen. »Er redet von Patrick.«

»Ich will diesen Namen nicht hören. Ich will diese Visage nicht sehen.« Dylan rauscht durchs Wohnzimmer und lässt sich auf die Chaiselongue fallen. »Dieses Subjekt ist das gottverdammte Überbein am Fuß meines Lebens. Wusstet ihr, dass er und Samantha sich früher ein Bett geteilt haben?«

»Ja, auf Familienreisen«, sagt Ben. »Als sie sechs waren.«

»Ein Bett ist ein Bett!«

»Du und ich haben uns auch schon ein Bett geteilt. Oft sogar.«

»Ha!«, macht Dylan. »Soll mich das etwa beruhigen, Benzo? Sobald du und ich uns näher als drei Meter sind, lässt sich die sexuelle Spannung doch mit dem Messer schneiden.«

Ben wirft Mikey ein schnelles Lächeln zu. »Kannst du glauben, dass er nüchtern ist?«

»Was ein *Verbrechen* darstellt.«

»Von wegen. Tatsächlich wäre sogar das Gegenteil das Verbrechen«, wendet Ben ein.

Dylan ignoriert ihn. »Seussical, wie sieht die Drink-Situation aus?«

»Oh, na klar. Also, Wasser natürlich. Cola, Milch, O-Saft und ... hm. Nach anderen Sachen müsste ich erst suchen.« Ich stehe auf.

Ben ebenfalls. »Kann ich helfen?«

»Oh!« Ich werfe Mikey einen Blick zu. »Ähm.«

»Eins a. Ihr zwei mixt mir Seuss-Juice. Ist ja längst überfällig, dass der Mikster und ich mal etwas Bro-Time haben.« Dylan rutscht näher zu Mikey, der ziemlich verängstigt dreinblickt.

Eine Minute später stehe ich mit Ben in der winzigen, hell erleuchteten Küche meines Großonkels und versuche mich zu erinnern, wie Gespräche funktionieren. »Also, ähm. Ich glaube, das Alkoholische steht – «

»Ist das Schokoladenlikör?« Ben hält eine Flasche hoch, die Jessie auf der Anrichte vergessen haben muss. »Steht der zur freien Verfügung, oder ...?«

»Ja, doch, definitiv«, sage ich und nicke etwas zu enthusiastisch. Keine Ahnung, wie ich dieses Gefühl vergessen konnte: dass mein Herzschlag beim Alleinsein mit Ben immer ein paar Pausen macht. Mein Blick fliegt zu Mikeys Kioskrosen, die jetzt in einem aus Onkel Miltons Judaika-Vitrine geliehenen Metallkrug stehen.

»Schon mal probiert, das Zeug?«, fragt Ben und zeigt auf die Likörflasche.

Ich schüttle den Kopf.

»Solltest du. Schmeckt wie ein Levain-Cookie in flüssig.« Ben nimmt sich einen Löffel. »Sogar von Godiva, das gute Zeug. Meine Mom hat den mal im Geschenkkorb gehabt.«

»Und ihn dir gegeben?«

»Sie hat es für Schokoladensoße gehalten und auf mein Eis gekippt. Okay, probier mal.« Er bewegt einen Löffel voll Likör auf meinen Mund zu, als wäre es Hustensaft, erstarrt dann jedoch mitten in der Bewegung. Verlegen drehe ich den Kopf weg.

»Hier.« Er gibt mir den Löffel in die Hand, und ich probiere. Technisch gesehen ist es nicht das erste Mal, dass ich Alkohol trinke, aber ziemlich sicher trinke ich ihn zum ersten Mal, ohne dass alte Leute vorher »Borei Pri HaGafen« sagen. Ich bewege ihn auf meiner Zunge hin und her, und erst finde ich, dass er halt wie Schokolade schmeckt, nur schlechter. Aber je länger ich den Geschmack auf mich wirken lasse, desto besser gefällt er mir, und als ich schließlich runterschlucke, hat er mich überzeugt.

Ben sieht mich erwartungsvoll an. »Was denkst du?«

»Sehr gehaltvoll.«

»Ja, hm, ich glaube, normalerweise mixt man ihn mit irgendwas. Ist Baileys da?«

»Wer?«

»Baileys Irish Cream. Ist son Sahnezeug. Oder Bourbon ginge auch. Oder, lass mal überlegen, was könnte noch gut zu Schokolade passen?«

»Woher kennst du das alles? Ist Mario Barkeeper oder so?«

»Mario trinkt nicht.«

»Oh.«

»Und er ist erst zwanzig. Also dürfte er noch gar nicht als – oh, du hast Wodka da! Das sollte gehen.« Ben sieht mich an. »Bist du sicher, dass es deinen Onkel nicht stört?«

»Total. Ist voll in Ordnung.«

»Okay, cool.« Er sucht auf seinem Handy ein Rezept heraus. »Dann brauchen wir also nur genug für vier, richtig?«

»Drei. Mikey trinkt auch nicht.« Und ich im Grunde ebenfalls nicht. Wobei ich jetzt nicht *nicht trinke*. Ich habe es nur einfach bisher unterlassen. Dafür habe ich einmal mit Musa von einem Haschbrownie abgebissen. Ja okay, kann schon sein, dass wir von dem Gras im Brownie gar nichts wussten, und schon möglich, dass wir den Bissen sofort ausgespuckt und den Rest des Abends Panik geschoben haben wegen Drogentests und zerstörter Zukunft, aber der Punkt ist, ich bin nicht mehr das Baby, das ich vor zwei Sommern war. Und vielleicht sollte Ben das erfahren.

»Okay, probier mal.« Er reicht mir ein Glas mit einer Flüssigkeit, die wie geschmolzene Schokolade aussieht. Doch als ich einen Schluck davon nehme, muss ich mir die Hand vor den Mund schlagen, um ihn nicht direkt wieder auszuspucken. Ben reißt die Augen auf. »Geht es dir gut?«

»Jap. Doch. Sehr lecker!«

Ben nimmt mir das Glas aus der Hand und nippt. »Wow, okay, vielleicht etwas zu stark. Warte, ich änder das.« Ich sehe zu, wie er mehr Godiva hineinkippt, und versuche, nicht darüber nachzudenken, dass Ben gerade aus meinem

Glas getrunken hat, als wäre nichts dabei. Ist das nicht quasi ein Einfallstor fürs Küssen?

Vor dieser These schrecke ich so sehr zurück, dass ich glatt einen Satz nach hinten mache und fast in ein Vorratsregal krache.

Sobald mein Hintern das Sofa berührt, lehnt Dylan sich auf seiner Chaiselongue zu mir vor. »Ich habe dem Mikeynator gerade erzählt, wie du Ben das Lied von der Ratte gesungen hast.«

»Fabelhaft.« Ich nehme einen großen Schluck von meinem Drink.

»Also, rückblickend war das ein genialer Schachzug. Einmal der Ständchen-Move, der an sich schon Erfolg versprechend ist, und dann bringst du sogar noch diesen sexy Rattentouch rein.«

Ben schüttelt den Kopf. »Ratten sind *nicht* sexy.«

»Ratten sind *berühmt* für ihre Sexyness!«

Ich nehme einen weiteren großen Schluck.

Dylan hält inne. »Oh, wisst ihr was? Ich glaube, ich verwechsle sie mit Kaninchen.«

»Wie wär's, wenn du dir einfach weniger den Kopf über Tiersex zerbrichst?«

»Ratten müssen aber offenbar auch sexy sein! Denn vergessen wir nicht, was nach dem Karaokeabend – «

»Okay!« Ben springt auf. »Mario steht unten.«

»Ich kann den Türsummer drücken.«

»Ich geh schon. Gleich zurück«, sagt Ben und sprintet geradezu hinaus.

Dylan lässt sich in die Kissen sinken und legt relaxt einen Arm auf die Rückenlehne. »Schön ist das, stimmt's? Männerabend. Mein ganzes Gay-Team versammelt. Ihr zwei seid bezaubernd.« Er winkt in Mikeys und meine Richtung. Dann zeigt er zur Tür. »Die zwei sind bezaubernd. Aber wisst ihr, wer überhaupt nicht bezaubernd ist?«

»Patrick?«

»Fucking *Patrick*. Was soll ich sagen?« Dylan holt tief Luft und sagt so einiges. Ja, er nimmt Patrick derart haarklein auseinander, dass er damit eine ganze YouTube-Kommentarspalte zum Erröten bringen könnte. Mikey jedoch nickt höflich jedes Wort ab, selbst dann noch, als Dylans Schmährede die Fünf-Minuten-Grenze überschreitet. Als Ben mit Mario im Schlepptau zurückkommt, ist Dylan immer noch nicht fertig.

»Oh Scheiße, die Bude ist ja riesig«, sagt Mario, und obwohl er das nicht ironisch sagt, bekomme ich heiße Wangen. Ich werde die Welt niemals so sehen wie ein New Yorker. Ich habe ja nicht mal die gleiche Raumwahrnehmung.

Mario setzt sich auf den letzten freien Platz neben Mikey. Natürlich sind wir jetzt alle falsch verortet. Ich springe auf. »Du und Ben wollt bestimmt nebeneinandersitzen, hm?«

»Ach, alles gut.« Mario macht es sich gemütlich. »Hi! Du musst Mikey sein. Ich bin Mario. Ich gehöre zu dem da.«

Er zeigt auf Ben, den diese Aussage offenbar genauso unvorbereitet trifft wie mich.

Ich kippe den Rest meines Drinks runter und fliege geradezu in die Küche, um mir nachzufüllen. Obwohl ich etwas ungeschickt mit der Filterkanne hantiere, schaffe ich es außerdem, Mikey und Mario je ein Glas Wasser einzugießen. Allerdings muss ich jetzt mit drei vollen Gläsern zurück ins Wohnzimmer, was sich ein bisschen so anfühlt, als liefe ich mit gefesselten Händen und verbundenen Augen durch einen Hindernisparcours. Nur dass mir die Augen gar nicht verbunden sind. Und ich schätze, die einzigen Hindernisse sind meine eigenen Füße.

Mario steckt gerade mitten in einer Geschichte von seiner Reise, doch er lächelt zu mir herauf, als ich ihm sein Glas reiche. Dann setze ich mich neben Mikey.

»L. A. war toll. Allein schon, einfach nur dort zu sein«, erzählt Mario. »Eines Tages will ich da wohnen, wisst ihr? Und fürs Fernsehen schreiben und so.«

»In die Branche haben wir vor ein paar Jahren auch mal einen Fuß gesetzt«, sagt Dylan großspurig. »Bento-Box und ich. Das hat damals ganz schön Wellen geschlagen.«

»Redest du davon, dass ihr euch diese Realityshow ausgedacht habt, als ihr zehn wart?«, frage ich. »Wie hieß sie gleich? *Große Böse Jungs*?«

Mario muss grinsen. »Wow.«

Mikey rutscht neben mir verlegen hin und her, und mir fällt auf, wie schweigsam er die ganze Zeit schon ist. Wahrscheinlich völlig überfordert von der Gesamtsituation. Mich überkommt eine Woge der Zuneigung für ihn. Ich schmiege mich so nah an ihn, dass ich fast seinen Herzschlag höre. »Alles gut bei dir?«, flüstere ich und lasse meine Lippen einen Moment auf seiner erröteten Wange ruhen. Mikey nickt.

Ben steht auf und guckt auf mein fast leeres Glas hinunter. »Ich mach mir noch einen milderen. Willst du's härter?«

Mein Blick schnellt nach oben.

»Deinen nächsten Drink! Die Mischung!« Bens Gesicht wird feuermelderrot. »Ich wollte nur wissen – «

»Klingt super! Hart ist gut! Ich meine … Ähm. Nur nicht sparsam sein.« Hastig trinke ich den letzten Schluck aus und drücke Ben mein Glas in die Hand.

Dylan folgt Ben in die Küche, worauf Mikey und Mario anfangen, sich über Nintendo zu unterhalten. Ich lehne mich also zurück und höre zu, wie sie über Rüben und Dodo Codes fachsimpeln. So begeistert habe ich Mikey den ganzen Abend noch nicht gesehen. Es wundert mich kein Stück, dass Mario ein so harmloses süßes Nerdspiel wie *Animal Crossing* spielt, denn er ist eben ein cooler Typ. So cool, dass es ihn nicht mal kümmert, ob er cool wirkt. Er ist der Typ Mensch, der im Kino laut lacht und im Supermarkt vor sich hin singt und freiheraus verkündet, dass Taylor Swift seine Lieblingssängerin ist, da er ihre Musik nun mal liebt, und zwar wahrscheinlich einfach deswegen, weil ihre Musik eben verdammt geil ist und sie selbst eine Gönie – das Wort habe ich mir gerade ausgedacht und es bezeichnet eine Göttin, die gleichzeitig ein Genie ist –, aber ich verliere hier etwas den Faden, jedenfalls macht Mario sich keine Sekunde lang Sorgen, dass er zu mainstream oder zu oberflächlich rüberkommen könnte. Sogar seine Handyhülle ist cool, ohne cool sein zu wollen. Einfach ein altmodischer Mario mit Waschbärenschwanz vor himmelblauem Hintergrund. Gerade entsperrt er das Display und lehnt sich zu Mikey hinüber. »Okay, warte, ich öffne mal die App.«

Ich stütze mein Kinn auf Mikeys Schulter und gucke zwischen seinem und Marios Handydisplay hin und her. Mir dreht sich der Kopf, als würde ich durch einen Ballsaal gewirbelt.

»Eure Handys sind Freunde«, teile ich mit.

Ben und Dylan kommen aus der Küche zurück, wobei Dylan erst noch stehen bleibt und etwas in sein Handy tippt. Ben jedoch hält mir ein großzügig gefülltes Glas hin. »Bitte schön, allerhöchste Qualität.«

»Das stimmt! Wortwörtlich! Mein Onkel bewahrt das harte Zeug nämlich im höchsten Regal auf. Mein Großonkel«, füge ich hinzu. »Und er ist tatsächlich groß. Ein großer Großonkel. Also, kein Großgroßonkel, das wäre sein Dad, schätze ich.« Ich halte inne, um zu trinken. »Wäre das dann mein Großgroßvater?«

Ben guckt mich an, als wüsste er nicht, ob er lachen oder mir den Drink wegnehmen soll.

»Okay«, schmatze ich. »Das ist echt mal so was von lecker! Ben! Du solltest Barkeeper werden. Oder, warte, schreib doch ein Buch über einen *Zauberer*barkeeper, und die Drinks sind dann Tränke!«

Ben guckt immer noch so wie vorhin. »Ähm«, sagt er. »Ich will nicht die Partypolizei spielen oder so, aber ... du merkst schon, dass du ziemlich schnell trinkst?«

»Effizient meinst du wohl.« Ich lächle zu ihm hoch. »Und es geht mir gut. Aber ich muss pinkeln.«

Mit dem Glas in der Hand springe ich auf, doch sobald ich stehe, läuft ein seemonsterartiges Schwappen durch meinen Magen. Ich presse mir die Hand vor den Mund.

Mikey blickt auf. »Alles okay?«

»Scheiße.« Ben stürzt zu mir, nimmt mir das Glas ab und stellt es auf den Couchtisch. »Hey, ist dir ...?«

Ich nicke panisch und versuche krampfhaft, nicht zu würgen.

»Ist okay. Schon okay. Ruhig atmen.« Während es mir so vorkommt, als hätte jemand mein Sichtfeld verpixelt, legt Ben mir eine Hand auf den Rücken. Doch dann fliegt sein Blick zu Mikey und er nimmt sie wieder weg. »Ähm. Jemand sollte Arthur wohl ins Bad bringen.«

»Oh!« Mikey springt auf. »Okay. Ähm.«

Ben weist in die Richtung. »Da lang.«

»Ich weiß«, sagt Mikey.
»Klar. Tut mir leid. Ich –«
»Schon gut.« Mikey schlingt mir einen Arm um die Hüfte.
»Hey, ich geh dann mal«, sagt Dylan plötzlich. Ben beäugt ihn stirnrunzelnd. »Ist dir auch schlecht?«
»Pah, es ging mir nie besser. Aber ich geh jetzt meine Liebste aus den Fängen Satans befreien.«
Das Seemonster regt sich wieder. Noch stärker diesmal. Ich presse auch die andere Hand vor den Mund.
»Ich weiß, Seussical, ich weiß. Mich ekelt er auch an.«
»Okay!«, sagt Ben zu mir. »Geh mit Mikey. Sonst kotzt du hier noch auf den Boden. Und du, Dee: Versprich mir, dass du Patrick am Leben lässt.«
»Ich verspreche gar nichts.«
Ben setzt zu einer Erwiderung an, doch von der kriege ich nichts mehr mit. Denn wie sich herausstellt, bin ich mit fast neunzehn Jahren *immer noch* ein menschlicher Vulkan. Mikey schafft mich gerade noch rechtzeitig ins Bad.

17. KAPITEL – BEN
SONNTAG, 31. MAI

Mario hat sturmfrei – seine Brüder sind auf dem Weg zu einem Escape-Room, seine Eltern bei der Arbeit –, deshalb verbringe ich den Morgen bei ihm in Queens. Wie cool wäre bitte eine eigene Wohnung, statt auf solche Gelegenheiten warten zu müssen, um Sex mit meinem potenziellen neuen Freund zu haben? Jedenfalls haben wir gerade einiges nachgeholt. So startet man doch gern in den Tag.

Ich dusche allein und benutze dabei reichlich von Marios Duschgel, damit ich seinen Geruch noch möglichst lange um mich habe. Als ich aus dem Bad komme, überrascht Mario mich mit einem Teller Rührei. Darauf hat er mit Ketchup einen Smiley gemalt.

»Was ist das?«, frage ich.

»Ein spätes Frühstück«, antwortet er. »Hau rein.«

Ich folge ihm zurück in sein Zimmer, einen Kellerraum, den er sich mit einem seiner Brüder teilt. Eine richtige Männerbude, mit Spielekonsolen, einem ramponierten Sofa für Übernachtungsbesuch, einem Mini-Kühlschrank, um die Snapple-Sucht seines Bruders zu befriedigen, und einem 50-Zoll-Fernseher. Daneben steht Marios Werkbank, an der er seine T-Shirts bedruckt. Ich setze mich aufs Bett, wo wir schon häufiger zusammen gegessen haben. Im Unterschied zu heute hatten dann aber seine Eltern gekocht, oder wir haben uns was bestellt. Und ich weiß, es ist bloß Rührei mit einem Gesicht aus McDonald's-Ketchup, trotzdem hat Mario bewusst entschieden, mir eine Freude zu machen.

»Du hast gute Laune«, sage ich.

»Wie auch nicht, nach all dem hier?« Mario wirft mein Kondom in den Mülleimer und versteckt es unter einigen seiner verworfenen Skizzen für T-Shirts. »Keine Ahnung, Alejo, aber ich habe das Gefühl, als würde ich mich allmählich endlich selbst finden. Als würde ich endlich die Person werden, die ich immer sein wollte. Obwohl ich so oft befürchtet habe, das wäre ein alberner Traum.«

»Und das dank mir? Oder dank deiner Reise?«

Mario beugt sich vor und küsst mich. »Beides. Ich wollte schon gestern Abend mit dir darüber reden, aber dann kamen wir nicht dazu.«

»Oh, tut mir leid. Wenn ich das gewusst hätte, wäre ich nicht auf die Idee gekommen, dich zu Arthur einzuladen.«

»Das muss dir nicht leidtun. Der Abend hat doch Spaß gemacht.« Er setzt sich neben mich. »Generell habe ich mit dir zurzeit eine Menge Spaß.«

»Geht mir genauso.« Mein Herz schlägt schneller. Ist das der Moment, auf den ich gewartet habe?

»Ich mag dich, mehr als meine bisherigen Freunde, Alejo. Nichts gegen sie, aber mit dir können sie einfach nicht mithalten. Tú eres amable. Tú eres bastante guapo. Tu corazón lo es todo.«

Ich bin liebenswert.
Ich bin schön.
Mein Herz ist beides und noch mehr.

Egal, wie lange ich mir jetzt schon Mühe gebe, mein Selbstbewusstsein aus eigener Kraft zu pushen, Marios Geständnis, wie viel ich ihm bedeute, ist höchst willkommen. Und das Beste ist, ich glaube ihm.

»Wie sage ich ›Willst du mich zum Weinen bringen‹ auf Spanisch?«

Mario lächelt.

Ich nehme seine Hand. »Du, Mario Colón, bist einer der freundlichsten, großzügigsten Menschen, die ich kenne. Und bist selbst verdammt schön.«

»Ich wünschte echt, ich hätte dich schon angesprochen, als du das erste Mal in diesen Seminarraum kamst.«

Ich bin froh, dass er es nicht getan hat. Damals hatte ich noch viel zu viele Gefühle für Arthur und brauchte Zeit, um mich überhaupt jemand Neuem gegenüber öffnen zu können.

»Wir haben es ja nicht eilig.«

Mario senkt den Blick auf unsere ineinander verschränkten Hände. »Na ja, vielleicht doch. Es ... gibt nämlich ziemlich aufregende Neuigkeiten.«

Fast ziehe ich meine Hand zurück, aus Angst vor dem, was er gleich sagen wird. »Okay ...«

»Pass auf: Hector, der Drehbuchautor, den ich in L. A. kennengelernt habe ... Er hat mir seine Unterlagen für diese Serie mit den Androiden gezeigt, damit ich mir mal anschauen kann, wie ein richtiger Serienpitch aussieht. Das Projekt ist supercool, und ich war sofort Feuer und Flamme. Ich hatte nur den Eindruck, dass man an den jüngeren Figuren noch ein bisschen schrauben könnte, deshalb habe ich ihm ein paar Ideen zurückgemeldet. Und Hector hat doch tatsächlich einige Szenen umgeschrieben und meinte, sie hätten jetzt deutlich mehr Wumms.«

»Das ist ja der Wahnsinn«, sage ich.

Ich warte weiter auf den Schlag in die Magengrube.

»Noch weiß Hector nicht, ob irgendwer die Serie einkaufen wird, aber falls das passiert, würde er mich gern als Assistenten in sein Autorenteam holen.«

»Wie cool ist das denn, das ...« Ich breche ab, als mir klar wird, was das bedeutet. »Der Job wäre wohl nicht in New York ...?«

Er sieht mich nicht an. »Nein, er wäre in L. A.«

»Und würdest du dafür umziehen?«

»Auf jeden Fall.«

Das ist die Art Neuigkeit, für die man Leute bittet, sich hinzusetzen.

Warum kann in meinem Leben nicht mal irgendwas glatt laufen? Da habe ich Jahre gebraucht, um jemanden zu finden, der zu mir passt, und er gesteht mir endlich, was er für mich empfindet, nur um direkt darauf hinterherzuschieben, dass er wegziehen wird? Genau die Art von Scheiße sorgt dafür, dass ich nicht an die Macht des Universums glauben kann. Immer wenn ich in dieser Stadt tolle Leute treffe, lassen sie mich hier zurück und ziehen weiter, in eine vielversprechendere Zukunft.

»Was ist mit dem College?« Ich weiß, ich greife hier nach Strohhalmen, aber allein für mich wird Mario auf keinen Fall hierbleiben.

»Ich würde Praxiserfahrungen sammeln *und* dafür bezahlt werden – statt die Uni dafür zu bezahlen, dass ich dort Theorie lerne.«

»Ab wann stünde das denn fest? Dass jemand die Serie haben will, meine ich?«

»Vielleicht innerhalb der nächsten paar Wochen.«

»Wochen. Wow.« So bald schon. »Mario, bist du ganz sicher, dass du nicht noch total high von all der kalifornischen Sonne bist?«

Endlich sieht er mir in die Augen. »Ich denke, in L. A. könnte ein glücklicheres Leben auf mich warten. Und dass es sich lohnt, das herauszufinden. Hast du denn das Gefühl, dass du hier die glücklichste Version deiner selbst bist?«

»Nein. Schon seit einer ganzen Weile nicht mehr. Aber du machst alles besser.«

»Und abgesehen von meinen Brüdern werde ich dich am allermeisten vermissen. Du bist echt einzigartig, Alejo. Ich glaube, du würdest L. A. mögen.«

»Ich habe kein Geld für L. A. Oder einen Onkel mit Gästehaus.«

»Aber du hast einen Mario, der das hat. Vielleicht könntest du mich ab und an besuchen kommen?«

Wie soll ich darauf antworten? Plötzlich fühlt es sich an, als wären wir doch die ganze Zeit schon ein Paar gewesen. Als hätte ich nur den Moment verpasst, in dem wir es offiziell gemacht haben, weil ich zu sehr in seine grünbraunen Augen versunken war.

»Sag doch was«, bittet er.

Das ist ganz schön viel auf einmal. »Ich denke nur daran, was ich alles verlieren werde, wenn du weggehst.« Dabei spüre ich gerade förmlich seine Lippen auf meinen, seinen Kopf an meiner Schulter, den aufkeimenden Stolz, wann immer ich ihn auf Spanisch verstehe.

»Hey, vielleicht habe ich auch einfach keine Ahnung, und Hectors Skript ist in Wahrheit beschissen. Dann gehe ich nirgendwohin.«

»Ich möchte aber, dass du im Leben was erreichst«, erwidere ich. »Auch wenn es bedeutet, dass ich dich jetzt schon vermisse.«

»Vermiss mich noch nicht.«

Er will mich küssen, und so sehr ich auch zurückweichen möchte, um mein Herz zu schützen, ich tue es nicht. Denn ich weiß, dass er und seine Lippen bald auf der anderen Seite des Kontinents sein werden.

18. KAPITEL – ARTHUR
FREITAG, 5. JUNI

Es gibt doch diese Erwartung-versus-Realität-Memes. Mein Arbeitsalltag könnte eines davon sein. Man verstehe mich nicht falsch: Ich liebe meinen Job. Ich darf mit Taj herumalbern und die gleiche Luft atmen wie Emmett Kester und Amelia Zhu. Sogar Jacob gegenüber werde ich langsam entspannter, was wahrscheinlich daran liegt, dass er ungefähr so einschüchternd ist wie ein Weihnachtsmann im Einkaufszentrum – zumindest so lange, bis man ihn mit einer einzigen Regieanweisung eine komplette Szene auf den Kopf stellen sieht. Der gesamte Prozess fasziniert mich einfach: wie die Geschichte Stück für Stück zusammengenäht wird.

Ich hatte bloß gedacht, ich würde auch ein bisschen an ihr mitnähen.

»Du *glaubst* also, sie abgeschickt zu haben?«, fragt Taj und schafft es, ein deftiges *Großer Gott, Arthur!* Mit einer sekundenbruchteillang hochgezogenen Augenbraue zu übermitteln. Als wäre ich der hoffnungsloseste Versager des gesamten Planeten.

»Ich habe sie definitiv abgeschickt.« Ich lehne mich vor und scrolle mit zusammengekniffenen Augen durch meinen Postausgang. »Ich habe sie ihm weitergeleitet am ... Freitag. Ha!« Ich zeige auf die Requisitenbudget-Mail und schicke einen lautlosen Dank an Vergangenheits-Arthur. Er hat es nicht verbockt.

»Okay, cool. Dann hat er sie vielleicht einfach übersehen.

Du schickst sie noch mal, und ich schließ mich eben mit Jacob kurz, ob sonst noch etwas ansteht.«

Vibrierend macht sich mein Handy auf der Resopaloberfläche des Schreibtischs bemerkbar.

»Alles klar!«, beeile ich mich zu sagen.

Ziemlich sicher ist es eine Nachricht von Ben. Die ganze Woche schon hat er sich bei mir darüber ausgelassen, was es wohl mit Dylans seltsamem Verhalten auf sich hat, und ich bin voll und ganz für ihn da. Nicht nur, weil seltsames Verhalten quasi mein Markenkern ist. Bens neu gewonnenes Vertrauen in mich ist noch so frisch, dass es mir sehr wertvoll vorkommt, zerbrechlich irgendwie. Wahrscheinlich hatte ich schon gedacht, es wäre für immer verloren gegangen.

Sobald Taj aus dem Zimmer ist, öffne ich die Nachricht, und wie ich vermutet hatte: Du fandest ihn Samstag also wirklich nicht seltsam?

Ähm, schreibe ich zurück, kommt drauf an, was du mit seltsam meinst, schätze ich. Klar, er war ein Chaot, aber das ist ja irgendwie sein Normalzustand, oder?

Ich meine, wenn Ben echtes Chaos hätte sehen wollen, hätte er nur dableiben und mitansehen müssen, wie ich nachts superdringend pinkeln musste, gleichzeitig aber unter keinen Umständen wieder in dieses Bad wollte und deswegen eine Stunde lang in Mikeys Armen vor mich hin geflennt habe.

Ja, keine Ahnung, vielleicht interpretiere ich zu viel hinein? Aber er war an dem Abend auch so krass auf sein Handy fixiert. Schon fast besessen, schreibt Ben zurück, und ich kann mich nicht entscheiden, ob ich geschmeichelt oder beleidigt sein soll, dass er sich die ganze Zeit nur über Dylan aufregt. Dass meinereiner sich am

Samstag wortwörtlich betrunken hat, bis es oben wieder rauskam, scheint ihn keine Minute Schlaf gekostet zu haben. Nicht, dass ich das von ihm erwarten würde. Denn es wäre ja auch sehr, sehr seltsam, das von seinem Exfreund zu erwarten. Sehr.

Ich schreibe zurück: Kann sein? Ist mir ganz ehrlich nicht aufgefallen.

Komisch, schreibt Ben, dabei warst du an dem Abend so fokussiert und geistesgegenwärtig.

Ich grinse aufs Display.

Noch eine Nachricht: Und wie er dann plötzlich einfach so abgehauen ist …

Na, er musste eben Samantha vor dem 😈 retten, schreibe ich.

LOL, guter Punkt.

Okay, aber mal ehrlich, ist Patrick wirklich so schlimm??

Ben antwortet mit einem Schulterzuck-Emoji. Habe ihn nie getroffen, werde ich vielleicht auch nie.

Weißt du, was du machen solltest?!, schreibe ich und schicke das schon mal ab, damit Ben gespannt wartet, während ich einen mehrstufigen Plan zur Einführung einer Patrick-Figur in den *Der-Zorn-der-Zauberer*-Kanon entwerfe. Patricio, der teuflische Schurke, der Sam O'Mal entführt, aber sogleich von Duke Dills mächtigstem Verbündeten, dem legendären säbelzahnigen Mischwesen Sir Zäbel gestellt wird. Welcher von Sir Zäbels drei Köpfen den tödlichen Biss ausübt, lasse ich Ben und Dylan entscheiden. Also, nun, ich will mich jetzt ja nicht als diabolisches Genie aufspielen, aber wem die Hörner passen …

»Und, wie geht es Mikey?«, fragt Taj und setzt sich wieder neben mich.

»Hm?« Ich sehe auf. »Mikey ist doch schon seit Sonntag wieder in Boston.«

Tajs Brauen vollführen die Arbeit von eintausend Augenzwinkern. »Weiß ich. Aber du kriegst diese verliebten Fältchen um die Augen, wenn du ihm schreibst. Genau hier.« Er tippt sich an die Stelle.

»Aber ich–« Jäh halte ich inne und spüre, wie meine Wangen heiß werden. Was soll ich sagen?

Dass ich gerade überhaupt nicht Mikey schreibe?

Dass ich nicht weiß, ob das mit ihm Liebe ist? Dass ich das Gespräch darüber seit einer Woche vor mir herschiebe?

Mein Handy vibriert erneut, und ich versuche, nicht aufs Display zu starren. Auf einmal bin ich wieder in der Grundschule und muss mein grünes Benimmkärtchen für ein gelbes hergeben. Ich weiß, dass ich nur noch einmal Kippeln davon entfernt bin, einen Brief mit nach Hause zu kriegen. Wo ich doch die Hälfte der Zeit eh schon alles vermurkse. All meine Grundschulzeugnisse waren Varianten ein und desselben Schemas: *Sehr intelligent. Sehr lernbegeistert. Eine Freude, ihn in der Klasse zu haben. Ein absolut hoffnungsloser Chaot ohne jegliche Impulskontrolle.*

»Also«, sage ich und zerre mein Hirn auf den Erdboden zurück. Taj scrollt durch eine Liste mit Dateiordnern, die allesamt ordentlich benannt und nach Jahren sortiert sind. »Alles in Ordnung mit dem Budget?«

»Oh, durchaus. Ich stelle nur ein paar Zahlen aus den letzten Sommern zusammen, damit Jacob sie auf einen Blick vergleichen kann. Er redet schon wieder davon, das GVB zu ersetzen.«

Das GVB, auch bekannt als das Gottverdammte Baby. Das Skript verlangt ein Bühnenbaby, aber Jacob graust es einfach vor jeder neuen Puppe, die der Chefrequisiteur uns bestellt. Deswegen wird eine nach der anderen zur Retoure, auf deren Kostenerstattung wir tage-, manchmal wochenlang warten. Die ganze Sache richtet verheerenden Schaden im Budgetplan an.

»Er wird doch nicht am Ende ein echtes Baby auf die Bühne bringen?«

Taj muss lachen. »Du wirst dich wundern: Wäre nicht das erste Mal. Haben sie am Broadway schon mal gemacht. Das Stück hieß – «

»*The Ferryman*!«

»Verrückt, dass du das kennst!«

Mein Handy vibriert schon wieder, aber noch bevor ich das erste Wort lesen kann, materialisiert sich Jacob aus dem Nichts. »Schreibt dir dein Süßer?«, fragt er lächelnd.

Ertappt fahre ich zusammen.

Jacob lacht. »Ich bin hier nicht die Handypolizei, versprochen. Schreib ihm zurück!«

Ihm. Meinem Süßen. Jacob denkt, ich schreibe Mikey, genau wie Taj. Denn warum auch nicht? Warum sollte ich nicht meinem Freund schreiben, der mich liebt und den ich vielleicht auch liebe, was ich eigentlich mittlerweile mal wissen müsste?

»Also!«, verkündet Taj. »Ich habe hier 2016 bis 2019. Bereit, wenn du es bist.«

Jacob schlägt die Hände zusammen. »Wow, ich liebe dich.«

Mein Hirn erstarrt.

»Bin gleich zurück«, sage ich und schnappe mir mein Handy. »Umkleide, ich meine, Toilette.«

Taj nickt feierlich. »Gute Reise.«

Auf dem Weg dorthin spüre ich kaum meine eigenen Füße, denn –

Wow, ich liebe dich.
Liebe.
Was für ein unscharfer Begriff das doch ist. Genau darin besteht das Problem. Liebe bedeutet zu vieles auf einmal. Jacob liebt Taj, weil er ihm einen Haufen Budgetzahlen zusammengestellt hat. Ich liebe Schokolade und *Hamilton* und meine Eltern und Bubbe. Eigentlich ziemlich absurd, wenn man mal drüber nachdenkt, nicht? Hier krümme ich mich unter der Last der Liebe-ich-Mikey?-Frage, während ich nicht einmal blinzeln müsste, ginge es um jemand anderen in meinem Leben. Liebe ich Ethan und Jessie? Selbstverständlich! Und ich liebe meine Freunde an der Wesleyan. Ich liebe Musa. Die Frage stellt sich erst gar nicht. Warum also stellt sie sich, wenn ich das Konzept auf Mikey anwenden will?

Ich meine, ich liebe auch Mikey auf diese herkömmliche Art. Sonnenklar. Bloß der Rest, das Nicht-Herkömmliche, liegt im Nebel.

Ich bin derart abgelenkt, dass ich quasi blind in die Umkleide haste und dabei in jemanden hineinlaufe.

Ich starre den Jemand an und mir klappt der Kiefer runter. Emmett Kester.

Ich habe gerade volle Kanne einen der Hauptdarsteller angerempelt. Einen echten Schauspieler, einen Halbgott, dessen Gesicht buchstäblich auf einer Times-Square-Werbetafel prangt. Ja, er steht ein bisschen am Rand, wird etwas verdeckt von Maya Erskine und Busy Philipps. Aber das liegt daran, dass er Teil ihrer Fernsehshow sein wird! Der Show von Maya Erskine! Und Busy Philipps! Und man kann dieser Tage nicht Emmetts Namen googeln, ohne auf eine weitere Out-and-Proud-Liste oder etwas à la *Zwanzig queere Schwarze Stars unter dreißig* zu stoßen.

»Ich ... Es tut mir *so* leid«, japse ich. »Ich habe nicht – «

»Hey, nichts passiert.« Er tätschelt mir beruhigend den Arm. »Arthur, richtig? Ich bin Em.«

Emmett – Emmett Kester kennt meinen Namen! Und ich soll ihn *Em* nennen! Und jetzt hängen wir einfach so in der Umkleide ab, als wären wir die totalen Umkleide-Bros. Das kann auf keinen Fall real sein. Ich hätte noch Wochen gebraucht, um den Mut aufzubringen, überhaupt nur *irgendeinen* der Schauspieler*innen anzusprechen. Und jetzt reden er und ich uns schon mit Vornamen an?!

»Hi! Ja! Tut mir leid, normalerweise bin ich nicht so ungeschickt.« Vor meinem inneren Auge bleibt gerade genug Zeit für ein Zeitraffer-Best-of, das damit beginnt, wie ich Bens dickes Ding zur Sprache bringe. »Oh, und ich bin Arthur! Freut mich sehr, dich ganz offiziell kennenzulernen, Ben – *Em*!«

Mein Herz legt irgendwo in der Nähe meines Magens eine Bruchlandung hin. Fuck. Fuck, fuck, fuck. Rückgängig. Nach-links-Pfeil. Löschen.

Emmett lächelt bloß. »Freut mich ebenso. Bis später dann.«

Nachdem er gegangen ist, starre ich lange mein Umkleidespiegelbild an und presse beide Hände an meine knallheißen Wangen. Ich sehe aus wie ein kleiner jüdischer sonnenverbrannter Macaulay Culkin.

Nicht zu fassen, dass ich Emmett Ben genannt habe.

Ich mache ein paar tiefenreinigende Atemzüge, dann zücke ich mein Handy. Zwei Benachrichtigungen: zwei Ben-Nachrichten. Ich scrolle zu meinem letzten Text an ihn, der mittlerweile fast eine halbe Stunde her ist. Weißt du, was du machen solltest?!

Ben hat ein paar Minuten später geantwortet: ???

Und noch ein paar Minuten später: Diese Spannung!!

Ich lese mir meine unversendete Nachricht über Patricio, Sir Zäbel und Duke Dill noch mal durch, und sie erscheint mir so schrecklich bemüht, dass ich beschämt die Schultern hochziehe. Löschen, löschen, löschen.

Sorry, die Arbeit!, schreibe ich und zögere eine Sekunde, bevor ich das Ausrufezeichen setze. Doch, ist okay so. Vielleicht sogar gut. Schön beherrscht, nicht zu entschuldigend, nicht gezwungen. Ich weiß, diese Antwort lindert nicht gerade die Spannung (Diese Spannung!!), aber vielleicht ist es gar nicht schlecht, sie noch ein bisschen aufrechtzuerhalten.

LOL, schon okay, schreibt Ben zurück.

Manchmal fühlt sich das mit Ben an wie ein Spiel, bei dem ich umso öfter verliere, je mehr ich setze. Ich bin immer derjenige, der zuerst schreibt und schneller antwortet, und eigentlich jede geschriebene Unterhaltung, die jemals zwischen uns stattfand, endete mit einer Nachricht von mir. Nicht bloß seit Ferienbeginn. Seit zwei Jahren. Ich verliere *seit zwei Jahren.*

Vielleicht sollte ich jetzt einfach mal nicht zurückschreiben. Aussteigen, solange ich endlich einmal vorn liege.

Aber nein. Nichts da. Ben und ich sind schließlich gerade dabei, unsere Freundschaft wiederzubeleben. Ich bin nicht bereit, das aufs Spiel zu setzen. Plus: Wegen Dylans mutmaßlicher Seltsamkeit braucht Ben einen Freund dringender als je zuvor.

Ich fülle also das Texteingabefeld mit der Sorte ungefilterter Ehrlichkeit, die ich mir die letzten Tage ständig zu verkneifen versuche. Zumindest Ben gegenüber. Aber diesmal tippe ich auf *Senden,* bevor ich es mir noch anders überlegen kann.

Okay, eigentlich wollte ich einen Witz über Dylan und seine seltsame einseitige Rivalität mit Patrick reißen, aber ich weiß, dass du dir ernsthaft Sorgen um ihn machst, und du sollst einfach wissen, ich höre dir zu, wenn du dich irgendwann mal hinsetzen und in Ruhe darüber reden möchtest.
Oder aufstehen und darüber reden?, füge ich hinzu. Oder auf einem Bein hüpfen und darüber reden?
Ben schreibt augenblicklich zurück. Danke, ja, das ist echt nett von dir. Vielleicht nehme ich dich beim Wort.
Tu das! Ich spüre, wie meine Mundwinkel nach oben wandern. Sag einfach wann, dann schreibe ich mir das in den Kalender. Als würdest du einen Termin bei einem haarsträubend inkompetenten Therapeuten buchen.
Verlockendes Angebot. 😃, schreibt Ben. Und gerade, als ich ihm ein Clown-Emoji schicken will, fügt er hinzu: Okay, was machst du nächste Woche Mittwoch?
Einen Moment lang starre ich aufs Display und komme mir vor, als hätte ich gerade eine ganze Flasche Schokoladenlikör geext. Doch dann blinzle ich das Gefühl weg und tippe: Nichts, bloß arbeiten! Gegen sechs sollte ich Feierabend haben.
Cool, du arbeitest bei mir in der Nähe, oder? Sollen wir uns dann einfach da vorm Gebäude treffen und spontan überlegen, wohin es geht?
Bester Plan aller Zeiten, antworte ich.
Denn was soll's, dass Ben und ich am Wochenende in ein paar Fettnäpfchen getreten sind? Vielleicht braucht unsere Freundschaft einfach einen letzten Neustart. Gemeinsam werden wir sämtliche aktuellen Dylan-Interaktionen haar-

klein auseinandernehmen und überanalysieren, Wort für Wort.

Und vielleicht ist Ben ja der Freund, mit dem gemeinsam ich endlich den Mikey-Nebel durchbrechen kann.

TEIL 2
WENN DU SAGST, DASS ES MÖGLICH IST

19. KAPITEL – BEN
DIENSTAG, 9. JUNI

Heute geht einfach alles schief. Kaum hatte ich eingestempelt, brüllte mich auch schon eine Kundin an der Kasse an, weil ihr fünfundsiebzig Cent für ein Kartenspiel fehlten und ich nicht fünfe gerade lassen sein wollte. Dann entdeckte ich ein unbeaufsichtigtes Kind mit einem dieser »Bekannt aus dem TV«-Töpfen in einer Ecke, wo es sich aus Sprite und Multisaft einen Zaubertrank braute. An sich weiß ich die Fantasie des Kindes durchaus zu schätzen, trotzdem erteile ich ihm wegen der ganzen Aufwischerei schon jetzt vorsorglich Hausverbot für meinen zukünftigen *DZDZ*-Freizeitpark. Ist nicht so, als hätte ich nicht eh einen Arsch voll zu tun, weil mein Kollege sich nämlich krankgemeldet hat – während mir sein Insta-Profil verrät, dass er gerade mit ein paar Leuten irgendwo in der Nähe der Brooklyn Bridge ein Picknick veranstaltet. Ich bin echt versucht, das Pa zu zeigen, aber dann wäre ich halt der Typ, der seine Kolleg*innen bei Papi verpetzt.

So langsam ist mir sowieso alles egal.

Dieser Job bin nicht ich, und ich setze alles daran, nicht für immer hierzubleiben.

Vielleicht meine ich mit *hier* sogar mehr als diese Duane-Reade-Filiale.

In den neun Tagen seit Mario die Bombe hat platzen lassen, dass er womöglich einen Job in L. A. bekommt, habe ich ein echtes Wechselbad der Gefühle erlebt: Stolz, weil jemand Marios Brillanz zu würdigen weiß. Neid, weil Vetternwirtschaft für ihn bedeutet, dass er Aufträge beim Fernsehen kriegt, während *ich* allerhöchstens klebrige Zaubertränke bei Duane Reade aufwischen darf. Und Angst, aus der heraus ich bei höheren Mächten dafür gebetet habe, die potenziellen Käufer*innen mögen die Androiden-Serie hassen, damit Mario mich nicht verlässt. Und dann kam deswegen natürlich noch was dazu: ein schlechtes Gewissen.

Um mich nicht von meinen selbstsüchtigen Gefühlen überwältigen zu lassen, habe ich versucht, mich auf meine eigene kreative Arbeit zu konzentrieren. Aber in letzter Zeit fällt mir das Schreiben schwer. Ständig starre ich auf die immer gleichen Wörter, unsicher, wie ich sie zurechtbiegen soll, damit sie richtig klingen.

Es ist so verwirrend, ich weiß gar nicht mehr, wo ich mit meiner Geschichte eigentlich hinwill.

Vielleicht hat Mario recht, und ich wäre wirklich glücklicher drüben in L. A.

Neues Zuhause. Neue Leute. Neues Leben.

Immer wieder muss ich daran denken, wie weh es tun wird, mich von Mario zu verabschieden. Wenn eine Fernbeziehung schon mit Arthur nicht hingehauen hat – der richtig in mich verliebt war! –, kann ich nicht darauf bauen, dass Marios und meine Beziehung die Entfernung übersteht. Ich bin nicht bereit für eine weitere Runde schlafloser Nächte, in denen ich meine Einsamkeit verfluche.

Nicht bereit, eine weitere Person in meinem Leben zu verlieren.

Ich wische schnell den Gang zu Ende, stelle das Warnschild auf und verschwinde kurz im Pausenraum, obwohl ich eigentlich auf der Fläche bleiben sollte. Pas Bürotür ist geschlossen und die Mitarbeitertoilette leer, also nutze ich die Gunst des Augenblicks, um mit Mario zu facetimen, bevor ich es mir anders überlegen kann. Während es klingelt, starre ich auf den Schichtplan an der Wand und wünschte, ich könnte ihn runterreißen, kündigen und müsste heute Nacht nicht zu meinem Arbeitgeber nach Hause gehen.

»Alejo.« Die Zärtlichkeit, mit der Mario meinen Namen ausspricht, ist gleichzeitig beruhigend und aufregend. Er ist in seinem Zimmer und lehnt sein Handy wie üblich gegen einen Bücherstapel.

»Ist es albern, dass ich dich schon vermisse, obwohl wir uns erst gestern gesehen haben?«

»Kein bisschen.«

»Ich habe Angst, dass ich dich noch viel mehr vermissen werde, sobald du nicht länger nur eine U-Bahn-Fahrt entfernt bist.«

»Noch steht ja gar nicht fest, ob das was wird.«

»Es wird was. Das oder was anderes. Über kurz oder lang wirst du weggehen, und ich werde dich vermissen.«

»Dagegen könnten wir doch was unternehmen.«

»Habe ich auch schon überlegt.« Ich schaue mich im Pausenraum um. »Ich will nicht länger hier sein.«

»Wann ist deine Schicht zu Ende?«

»Ich meine nicht Duane Reade. Ich glaube, ich meine New York.«

Mario lächelt breit und ballt schon die Triumph-Faust. »Spielst du ganz zufällig mit dem Gedanken, nach L.A. zu ziehen?«

»Du hast es selbst gesagt: Vielleicht wäre ich da glücklicher.«

Die Tür zum Büro des Filialleiters schwingt auf, und Pa tritt heraus. Ich lege so schnell auf, man könnte meinen,

ich hätte einen Porno geguckt. »Ich bin nicht draußen auf der Fläche, heißt, du kannst nicht sauer sein wegen des Handys.«
»Während deiner Schicht solltest du überhaupt nicht am Handy hängen, egal wo. Aber das ist jetzt nicht das Hauptproblem. Denk dran, ich bin zuerst dein Vater. Der dich im Übrigen durch die papierdünnen Wände eins-a verstehen kann. Habe ich das gerade richtig gehört? Du willst nach L. A. ziehen?«

»Ja. Also, ja, das hast du gehört. Ob es wirklich das ist, was ich will, weiß ich noch nicht sicher.«

Pa nickt. »Ist nicht so leicht, seine Siebensachen zu packen und zu gehen.«

»Woher willst du das wissen? Du wohnst schon dein ganzes Leben in New York.«

»Weil es halt nicht so leicht ist, seine Siebensachen zu packen und zu gehen.«

»Wenn ich mich eh überall abstrampeln muss, warum kann ich mich dann nicht woanders abstrampeln?«

»Es ist ein gewaltiger Unterschied, ob du dich unter dem Dach deiner Eltern abstrampeln musst oder allein.«

»Ich wäre nicht allein.«

»Du meinst, du hast da deinen Freund? Würdet ihr zusammenziehen?«

»Er ist nicht mein Freund.« Auch wenn das stimmt, war das gerade das Dümmste, was ich hätte sagen können.

»Hör dir doch mal selbst zu. Hast du ein gutes Gefühl dabei? Ergibt das für dich Sinn?«

Nein, ich habe kein gutes Gefühl dabei, und es ergibt auch nicht besonders viel Sinn.

Aber was, wenn es mich glücklich macht?

»Hör mal Pa, Mario weiß selber noch nicht sicher, ob er

wirklich wegzieht, okay? Ist nicht so, als würde ich morgen in einen Flieger steigen – «

»Worauf du wetten kannst! Deine Mutter würde sonst nämlich direkt hinterherfliegen und dich an den Ohren zurückschleifen.«

»Wenn ich wie ein Kleinkind behandelt werde, habe ich richtig Lust zu bleiben.«

»So war das nicht gemeint. Und ich möchte, dass du ein wunderbares Leben hast. Aber du machst hier einen Riesenfehler. Da ist einerseits das College und – «

»Dann mache ich halt einen Riesenfehler«, unterbreche ich ihn. Immerhin ist es mein Leben. »Pa, im Gegensatz zu meinen Freund*innen habe ich in den letzten Jahren keine Abenteuer erlebt. Dylan und Samantha sind zum Studieren in eine neue Stadt gezogen, Arthur genießt die Zeit mit seinem Freund an der Wesleyan. Und ich stecke hier fest.«

»Tut mir leid, wenn es sich für dich nach Feststecken anfühlt. Andere Leute würden sich in deiner Situation sehr glücklich schätzen.«

»Ich weiß.«

Aber es geht mir ein bisschen gegen den Strich, meine Gefühle nicht zeigen zu dürfen, nur weil es anderen schlechter geht als mir. Ich weiß, dass viele Menschen alles dafür geben würden, in New York leben zu können. Und ich weiß, dass ich mich glücklich schätzen kann, ein Dach über dem Kopf zu haben, Eltern, die mich lieben, und Essen auf dem Tisch. Ich weiß, ich weiß, ich weiß. Kann ich nicht trotzdem mehr wollen?

»Benito, ich möchte einfach verhindern, dass du etwas tust, das du hinterher bereust. Du hast uns diesen Jungen noch nicht einmal vorgestellt und überlegst schon, mit ihm die Stadt zu verlassen?«

Klingt, als hielte er Mario für irgendeinen plumpen Aufreißertypen ohne ernste Absichten. Mit einer Sache hat er allerdings recht: Bevor Mario und ich noch weitere Pläne für L. A. schmieden, müssen wir klären, was das zwischen uns ist. Zum ersten Mal fühlt sich mein wahres Leben nämlich nicht mehr Lichtjahre entfernt an. In meinem Kopf beginnt sich eine Landkarte zu formen, Los Angeles ist eingekringelt. Und ich weiß, welchen ersten Schritt ich machen muss, um dorthin zu gelangen.

»Ich geh mal wieder raus. Wir sind unterbesetzt«, sage ich.

»Wir sprechen später weiter«, meint Pa und folgt mir zurück in den Laden.

Sobald Pa außer Sichtweite ist, verkrümele ich mich in den Gang mit den Medikamenten und ziehe mein Handy aus der Tasche. Eine Nachricht von Mario:

Alles gut?

Ja, tippe ich. Willst du irgendwann die Woche mal zum Essen mit meinen Eltern vorbeikommen?

Keine Ahnung, warum ich nicht schweißgebadet bin. Ich bin furchtbar nervös und gleichzeitig irgendwie auch erleichtert, dass ich ihn nicht persönlich oder per Videocall gefragt habe, falls er gleich ablehnt. Aber genug ist genug. Mario und ich müssen rausfinden, wo wir stehen, bevor ich meine nächsten Schritte planen kann.

Ich habe mein Handy noch nicht wieder weggesteckt, da antwortet er schon.

Ich lese und lächle.

Klar, gern!

20. KAPITEL – ARTHUR
MITTWOCH, 10. JUNI

Als ich Ben vor der Probebühne stehen sehe, ist das so, als wäre ich durch ein Wurmloch gefallen. Ich weiß nicht, wie ich es sonst beschreiben soll. Vielleicht ist das nur wieder so eine Exfreundsache, aber sein Gesicht lässt mich vergessen, welches Jahr wir haben.

»Ich bin hier bestimmt schon tausend Mal vorbeigelaufen«, sagt Ben und drückt mich zur Begrüßung. »Bis jetzt habe ich nie gecheckt, dass du *hier* arbeitest.« Für Juni ist er mit seiner hellgrauen Sweatjacke, aus der oben der Kragen eines blauen Poloshirts herausguckt, viel zu warm angezogen.

»Du siehst ja schon so nach Wintersemesterstart aus«, sage ich.

Er lacht. »Was? Warum?«

»Na, keine Ahnung, als hättest du dich für das große Homecoming-Spiel angezogen. Ist nichts Schlechtes!«

Plötzlich fällt mir auf, dass ich Ben noch nie im Herbst gesehen habe. Also, so in echt, nicht bloß per FaceTime. Ich habe nie in einer anderen Jahreszeit als im Sommer neben ihm gestanden, und dieser Gedanke raubt mir für einen Augenblick den Atem.

»Homecoming-Spiel«, sagt Ben. »Du bist *so* Georgia.«

So Georgia? Als Ben über die Straße geht, obwohl die Ampel noch gar nicht umgesprungen ist, folge ich ihm ohne Zögern, und wenn das nicht reinster New-York-Instinkt ist, dann weiß ich auch nicht. Schon komisch, wie leicht sich dieser Großstadt-Geisteszustand wieder annehmen lässt: Taxis ausweichen, das Umschalten der Ampeln vorausahnen – alles in einem Schritttempo, das dreimal so schnell ist wie das, das ich von zu Hause gewohnt bin. Ich schließe genau da an, wo ich vor zwei Sommern abgebrochen habe. Als hätte eine Parallelversion von mir niemals aufgehört, diese Straßen zu überqueren.

»Dylan ist also auf einmal seltsam und verschlossen«, sage ich.

»Wir müssen nicht unbedingt darüber reden.«

»Aber ich will.«

»Pff«, macht Ben, doch das lasse ich nicht gelten.

»Wir sind Freunde! Du bist mir wichtig.«

Schweigend sieht Ben mich an, und ich kann seine Miene nicht recht deuten. Doch dann lächelt er und sagt: »Okay, aber irgendwie weiß ich gar nicht, wo ich anfangen soll.«

»Fang einfach vorne an. Die Veränderung fällt also erst mal gar nicht groß auf?«

»Mir schon, aber ja.« Wir erreichen St. Mark's Place, und Ben zupft an seinem Sweatjackenärmel herum. »Ich meine, er ist immer noch Dylan, und es ist immer noch die Dylan-Show. Aber sonst hat er mit mir immer über alles geredet, was bei ihm so los war, und das macht er jetzt grade nicht mehr. Es kommt mir vor, als würde er mich seit Wochen irgendwie ausschließen ... Egal.« Ben zuckt die Schultern und weist auf einen Platz in der Nähe. »Wusstest du, dass da bis vor Kurzem eine Rhinozeros-Skulptur stand?«

»Rhinozeros?« Ich halte meinen nach vorn gestreckten Zeigefinger an die Stirn.

»Das wäre eher ein Einhorn.« Ben schiebt mein Fingerhorn etwas nach unten, sodass es auf meiner Nase sitzt. »Es ging wohl um eine Kampagne, weil sie aussterben.«

»Oh«, sage ich und versuche, meinen trommelwirbelnden Herzschlag zu ignorieren. »Das war sicher nicht schön anzusehen.«

Ben muss lachen. »Also, die Skulpturen sind jetzt nicht live vor unseren Augen verendet.«

Wir kommen am Cooper Union vorbei, an einer Menge Restaurants und Tattoostudios, und ich kann nicht aufhören, in der falschen Zeitform zu denken. Ich bin sechzehn Jahre alt, meine Umhängetasche ist voller Kondome, und jeder Quadratmeter dieses Bürgersteigs fühlt sich an wie geheiligter Boden. Ich laufe an Gebäuden vorbei, die ich noch nie gesehen habe, mit einem Jungen, der sie so gut kennt wie seine Westentasche.

Ben hat eine Geschichte nach der anderen für mich. Er zeigt in eine Seitenstraße, erzählt, dass es da ein Restaurant gibt, das Chremslach serviert, und er spricht es wie ein Räuspern aus. Und als wir den Tompkins Square erreichen, erzählt er mir, wie Dylan und er sich bei ihrer ersten Verabredung zum Spielen verpasst haben, weil ihre Moms sich missverstanden und sie zu zwei unterschiedlichen Spielplätzen gebracht hatten.

»Kommt mir gerade wie ein Omen vor.« Ben wirft mir ein halbherziges Lächeln zu.

»Hast du irgendeine Idee, was los sein könnte? Also, warum er dich ausschließt?«

Ben starrt geradeaus. »Na ja. Ich dachte erst, vielleicht ist er zu sehr mit Samantha beschäftigt, weißt du? Wenn Leute mit jemandem zusammenkommen, lassen sie ihre Freunde fallen, das kennt man ja.«

Ich fahre zusammen. »Was?!«

»Aber neulich, als er mal wieder unsere Verabredung abgesagt hat«, fährt Ben fort, weiterhin ohne mich anzusehen,

»habe ich nachgefragt, warum, und er meinte, er hätte einen Arzttermin.«

»Warte.« Ich blicke auf. »Du glaubst doch nicht etwa, er hat wieder Probleme mit ...« Ich lasse den Satz in der Luft hängen, weil ich aus irgendeinem Grund Dylans Herzerkrankung nicht beim Namen nennen möchte. Stattdessen zeige ich auf meine Brust.

»Ja. Keine Ahnung.«

»Fuck.« Ben blinzelt. »Vielleicht bilde ich mir das auch nur ein. Wahrscheinlich steckt er einfach in Samanthahausen fest.«

»Ja, hoffentlich.« Ich zögere. »Nicht, dass er dich fallen lassen soll. Das meine – «

»Ich weiß, Arthur.«

Einen Moment lang schweigen wir.

»Hey«, sage ich dann. »Kann ich dich was fragen?«

Ben sieht mich an, antwortet aber nicht.

Ich schlucke. »Kommt es dir so vor, als hätte ich dich fallen lassen?«

»Puh.« Er runzelt die Stirn. »›Fallen lassen‹ ist der falsche Ausdruck. Du hast eher, du weißt schon, Prioritäten gesetzt, schätze ich. Aber damit war ja zu rechnen.«

Ich schüttle den Kopf. »Du solltest nie damit rechnen müssen, fallen gelassen zu werden. Falls ich dir dieses Gefühl gegeben habe – «

»Hast du nicht. Das Gefühl gebe ich mir selbst.«

Ganz leise sagt er es, doch die Worte hallen in meinem Kopf nach, als hätte er sie in einen Canyon geschrien. *Das Gefühl gebe ich mir selbst.*

Plötzlich kann ich nur noch an die drei Monate denken, in denen wir nicht miteinander gesprochen haben – und an den Umstand, dass bisher keiner von uns sie erwähnt hat.

Irgendwie herrscht wohl ein stillschweigendes Einverständnis, dass wir so tun, als hätte es sie nie gegeben. Aber vielleicht *sollten* wir darüber reden. Freunde sollten doch in der Lage sein, über ihre Freundschaft zu sprechen, oder etwa nicht?

»Ich glaube, ich habe Scheiße gebaut«, sage ich schließlich.

Ben sieht mich fragend an.

»Dir gegenüber.« Ben will etwas entgegnen, doch ich lasse ihn nicht zu Wort kommen. »Ich weiß, dass es irgendwie seltsam zwischen uns war. Ich war unsicher, ob es okay wäre, mit dir über Mikey und so zu reden.«

»Du kannst mit mir über alles reden.«

»Ja, aber ...« Ich halte inne und versuche, etwas immerhin halbwegs Schlüssiges aus meinen Gedankenstrudeln herauszufischen. »Ich wusste einfach nicht, wie explizit ich werden darf, schätze ich, und ich wollte kein Arschloch sein. Also nicht von wegen, dass du etwa noch auf mich stehst oder so«, beeile ich mich hinzuzufügen.

»Und wenn doch?«

Ich erstarre. »Du meinst ...«

»Oh.« Ben wird knallrot. »Sorry. Ich meine, und wenn schon. Das, na ja, wäre halt nicht deine Schuld. Ich würde trotzdem nicht wollen, dass du nicht mehr mit mir redest.«

»Aber, also. Ich hatte schon irgendwie das Gefühl, dass du nicht mehr mit mir reden willst.«

Erst sagt Ben nichts dazu, sondern betrachtet ein Schild und führt uns an einer Gabelung vorbei. Doch dann macht er einen dieser kurzen, zischenden Atemzüge. »Ich habe dir nie auf deine Geburtstagsnachricht geantwortet.«

»Das macht nichts, ernsthaft. Es tut mir –«

»Nein, das war blöd von mir. Ich wollte dir ja antworten, aber wir hatten da schon seit fast zwei Monaten keinen Kontakt mehr, deswegen fühlte es sich so bedeutsam an, weißt du? Und je mehr ich darüber nachdachte, desto bedeutsamer wurde es, und je länger ich *nicht* antwortete – «

»Ben, es ist okay!«

Er schenkt mir ein schnelles Lächeln, und es vergeht eine Weile, bevor er weiterspricht.

»Also«, sagt er schließlich, »ihr beiden seid jedenfalls toll zusammen.«

Ich blinzle etwas verunsichert. »Du meinst ...«

»Ich meine dich und Mikey.«

»Für dich und Mario gilt das Gleiche. Er scheint ein wunderbarer Mensch zu sein.« Ich winde mich kurz. »Tut mir leid, falls es unsensibel von mir ist, das anzusprechen.«

Ben lacht. »Warum sollte das unsensibel sein?«

»Wegen Kalifornien? Ist doch scheiße, dass er wegzieht.«

Ich reibe mir den Nacken und spüre, wie mir das Blut in die Wangen schießt. Vielleicht bin ich zu neugierig. Vielleicht ist das Mario-zieht-nach-Kalifornien-Thema ein Tabu. Ben selbst hat es jedenfalls nicht mehr erwähnt – nicht seit er die Info in einer Nachricht am Sonntagabend ganz nebenbei hat fallen lassen.

Von einer Trennung hat er nichts gesagt. Doch wohin sollte das sonst führen? Ben hat sehr klargemacht, dass er nicht der Typ für eine Fernbeziehung ist.

»Es steht ja noch gar nicht fest«, sagt Ben schließlich, »aber, ja. Ist scheiße.« Er presst die Lippen aufeinander und blinzelt. »Hey, kann jetzt ich dich was fragen?«

»Natürlich! Immer.«

Er macht einen schnellen Atemzug. »Fühlst du dich auch manchmal so, als würdest du feststecken?«

»Feststecken? In einer – ?«

»Nein, ich ... Ich meine nicht Mario. Ich meine, keine Ahnung, eher das Leben an sich. Das College gefällt mir nicht besonders. Und Duane Reade auch nicht.«

»Duane Reade? Also, der Laden?«

Ben guckt weg und wird rot. »Ja. Ähm.« Als er jetzt seine Sweatjacke aufmacht, kommt ein gesticktes Logo auf dem Poloshirt zum Vorschein. »Ich arbeite da jetzt. Für meinen Dad.«

»Oh, okay. Cool!«

Ben verzieht das Gesicht. »Tja, ich brauche das Geld, aber der Job ist irgendwie echt frustrierend. In den Ferien geht's ja noch, aber sobald das College weitergeht, werde ich wieder kaum Zeit haben, meine Kurse vorzubereiten. Geschweige denn, an meinem Buch zu arbeiten.«

»Das ist echt scheiße.« Ich denke nach. »Vielleicht könntest du dir die Arbeit am Buch als Kursleistung anerkennen lassen oder so.«

»Weiß nicht«, sagt Ben. »Also, ich weiß nicht, ob ich das will.«

»Hm, kann ich verstehen.«

»Ich bin mir im Grunde nicht einmal sicher, ob ich überhaupt weiter aufs College gehen will.«

Ich sehe ihn an. »Du meinst ...?«

»Ja, vielleicht!«, antwortet er fast schneidend. »Ich meine, vielleicht ist das College einfach nicht für jeden was.«

»Klar, ich dachte bloß, du würdest es mögen. Das kreative Schreiben hat dir – «

»Okay, den Kurs mag ich, aber ...« Er bläst die Backen auf. »Die Studiengebühren sind so teuer, und die ganzen anderen Kurse bringen mir eigentlich überhaupt nichts, wenn du mich fragst. Es gibt Millionen Schreibkurse, die mir bestimmt genauso helfen, aber nur einen Bruchteil dessen kosten, was ich gerade zahle. Plus: Im Grunde braucht man das alles auch vielleicht gar nicht, um –«

»Natürlich nicht. Tut mir leid. Ich wollte dir nicht reinreden.«

»Hast du nicht. Ich bin ... Ich schätze, ich bin da zurzeit ein bisschen empfindlich.« Er reibt sich den Nacken. »Sorry, können wir über was anderes reden? Wie ist das Off-Broadway-Leben so? Darfst du mittlerweile in ein Megafon rufen?«

»Schön wär's. Ich wohne immer noch in Tabellenhausen.«

Ben verzieht das Gesicht.

»Ich meine, ist schon okay. Ich kriege den Dreh langsam raus. Es ist bloß so langweilig, immer nur –« Ich unterbreche mich und werde rot. »Himmel, du musst mich für das größte Arschloch der Welt halten.«

Ben lacht überrascht. »Was?«

»So viele würden töten für meinen Job, und ich beschwere mich, dass ich mal eine Exceldatei weiterleiten musste.«

»Okay, aber du redest hier doch mit mir. Mir gegenüber darfst du dich über alles beschweren.«

»Ja, klar, das weiß ich. Aber eigentlich will ich eine bessere Einstellung an den Tag legen. Das Praktikum gefällt mir wirklich sehr. Und alle dort sind absolut genial. Vielleicht kann ich ihre Genialität ja nach und nach aufsaugen wie ein Schwamm.«

Wir biegen um eine Ecke und bringen uns dann schnell außer Reichweite des Wasserstrahls aus einem Hydranten. Eine Gruppe Kinder rennt und springt kreischend durchs Nass, während auf der Eingangstreppe hinter ihnen spanische Musik aus einem Handy wummert.

»Also ist Taj immer noch cool?«, fragt Ben.

»Oh, total«, antworte ich und denke an das kurzärmelige Hemd aus Spitze, das er heute anhatte. Und an den Umstand, dass er und sein Schatz gerade von einem verträumten langen Wochenende aus Montauk zurück sind. »Er ist, na, *genau* so, wie ich mit fünfundzwanzig sein will. Und danach will ich ein schwuler Onkel sein wie Jacob. Mit einem britischen Ehemann und einem hypoallergenen Hund.«

»Wow.«

»Und meine finale, mächtigste Daseinsform ist …«, ich mache eine dramatische Pause, »peinlicher schwuler Dad von Zwillingen namens Rosie und Ruby.«

Ben lacht. »Du bist wie ein häusliches schwules Pokémon.«

Wir kommen an einem älteren Paar vorbei. Beide haben einen Akzent, den ich raushöre, als sie Ben mit Namen grüßen.

»Das waren Mr. und Mrs. Diaz aus meinem Haus«, erklärt Ben, bleibt stehen und sieht mich mit einem verlegenen Lächeln an. »Und, ähm. Apropos mein Haus …«

Ich blicke nach oben und erkenne es sofort wieder. »Wow. Lang ist's her, hm?«

»Allerdings«, antwortet Ben. »Du solltest mit hochkommen. Meine Eltern kippen garantiert aus den Latschen, wenn sie dich sehen.«

Noch ein Wurmloch. Frisch im Feierabend folge ich Ben Alejo die Treppen hoch zu seiner Wohnung. Ich bin seltsam nervös. Vielleicht, weil es so lange her ist, dass ich Bens Eltern gesehen habe. Ob sie denken werden, dass ich mich verändert habe? Vielleicht habe ich mich verändert. Letzten Endes merkt man das ja selbst erst im Nachhinein.

Bens Wohnung ist direkt die erste in diesem Stockwerk. Wir laufen fast in Isabel hinein, die, mehrere Tüten voller Lebensmittel balancierend, nach ihrem Schlüssel kramt. Als sie mich sieht, schnappt sie nach Luft. »Arthur Seuss! Oh mein Gott!«

»Hallo! Lange nicht gesehen!« Ich nehme ihr ein paar von den Tüten ab, die ich beim Versuch einer Begrüßungsumarmung beinahe wieder fallen lasse.

»Arthur! Vielen Dank.« Sie drückt meinen Arm. »Oh, ich kann es gar nicht glauben! Wie geht es dir?«

»Gut! Zurück in New York über die Ferien.«

Isabel dreht den Schlüssel und stößt die Tür mit der Hüfte auf. »Benito hat erzählt, dass du für einen berühmten Broadway-Regisseur arbeitest!«

»Da hat er ein bisschen übertrieben.« Ich werfe einen schnellen Blick über die Schulter und grinse Ben an, der zurückgrinst und die Hände hebt. »Jacob ist ein Off-Broadway-Regisseur«, präzisiere ich. »Aber so oder so liebe ich es, für ihn zu arbeiten.«

»Und nur das zählt«, sagt Ben, und ich folge Isabel nach drinnen.

»Diego, du wirst nicht glauben, wer hier ist!« Sie dreht sich zu mir um. »Sieh dich an. Du bist ja noch hübscher geworden, als du eh schon warst. Bestimmt brichst du die Männerherzen, dass es nur so kracht.«

Ich muss lachen. »Hoffentlich nicht.«

Ich sehe mich in der Wohnung um, sauge alles in mich auf. Wann immer ich mit Ben gefacetimt habe, habe ich mir vorgestellt, wie es wäre, hier zu sein. Wie es wäre, mich auf sein Bett zu fläzen oder mich an diesen kleinen Esstisch zu setzen, der bis hin zu den Platzdeckchen haargenau so aussieht, wie ich ihn in Erinnerung habe. Tatsächlich wirkt die ganze Wohnung im Grunde unverändert. Nur ein paar Details sind neu. Bens Highschoolzeugnis hängt gerahmt an der Wand und auch ein paar der Familienfotos kenne ich noch nicht.

»Da sieh einer an! Wen haben wir denn da?!« Diego kommt mit großen Schritten auf mich zu.

»Stell die Tüten einfach auf die Anrichte, conejo«, sagt Isabel. »Vielen Dank noch mal.«

Diego umarmt mich. »Was in aller Welt führt dich her? Warst du in der Gegend?«

»Er arbeitet in der Nähe«, sagt Ben.

»Für einen sehr berühmten Regisseur«, fügt Isabel hinzu.

Diego klatscht in die Hände. »Ist das so?!«

Ich werde rot. »Er ist, na ja. In bestimmten Kreisen ist er's wohl, schätze ich.«

Ich fange an, die Tüten auszupacken, und Ben kommt herüber, um mir zu helfen. Diego betrachtet uns eine Weile mit glänzenden Augen. »Benito, bring immer schön weiter diese Jungs vorbei. Heute räumt Georgia die Einkäufe ein, Samstag macht Kalifornien asopao de pollo.« An mich gewandt fügt er hinzu: »Wir treffen den Burschen zum ersten Mal und schon kocht er für uns.«

Mich trifft's wie ein Schlag in die Magengrube. Mir bleibt allen Ernstes kurz die Luft weg.

»Asopao ist ein puerto-ricanischer Reiseintopf«, erklärt Ben leicht panisch, als wäre das *Gericht* der Paukenschlag. »Es gibt ihn in vielen verschiedenen Varianten, aber Abuelitas Rezept ist mit Huhn – pollo – und Straucherbsen. Gandules.«

»Sauber ausgesprochen, Benito.« Diego klopft Ben auf die Schulter. »Ich bin beeindruckt.«

»Er hat ja auch viel geübt«, sagt Isabel, doch ich kann bloß die Dose anstarren, die ich gerade aus der Tüte gezogen habe.

Straucherbsen.

Ganz toll. Wer hätte gedacht, dass das Universum einen Weg findet, mich die Zutaten für Bens und Marios großes Die-Eltern-kennenlernen-Abendessen auspacken zu lassen? Aber, tja, hier stehe ich nun.

»Sag doch mal, Arthur«, setzt Diego verschwörerisch an. »Hast du diesen Mario schon kennengelernt? Der hier erzählt mir gar nichts.« Diego zeigt auf Ben, während Isabel ihren Mann mit einem bösen Blick bedenkt und ihm verstohlen irgendetwas auf Maschinengewehrspanisch zuschießt. Diegos Blick schnellt zu mir und er hebt beschwichtigend die Hände. »Okay, okay.«

Isabel drückt meine Schulter. »Je-den-falls«, sagt sie gedehnt, »freuen wir uns sehr über deinen Besuch. Bleib doch zum Abendessen!«

»Oh, äh.« Ich schüttle den Kopf und stelle die Straucherbsen ab. »Danke. Äh. Nein, danke. Ich ... sollte besser los.«

Ben runzelt die Stirn. »Soll ich dich noch zur U-Bahn bringen?«

»Nein, schon gut ...«

»Dann komm ich aber zumindest noch mit runter«, sagt Ben und fügt hinzu: »Bitte.«

»Nächstes Mal musst du länger bleiben, Arthur. Ich will wissen, wie es deinen Eltern geht.«

»Es geht ihnen gut«, versichere ich eilig und bin schon halb aus der Tür. »Das Wiedersehen hat mich sehr gefreut. Schönen Abend noch!«

Ben folgt mir in den Hausflur, und als er die Tür hinter uns geschlossen hat, treffen sich unsere Blicke.

Ich räuspere mich. »Dann macht Mario und du also Ernst, hm? Wenn du ihn jetzt deinen Eltern vorstellst.«

Bens Lachen erfüllt den Flur. »Okay, also, ganz so ist es nicht, ich – «

»Schon gut, ich freue mich für euch! Dann hast du wohl deine Meinung geändert, was Fernbeziehungen angeht.«

»Oh ...«

»Tut mir leid. Schon gut!« Mein Gesicht wird glühend heiß. »Ich geh dann mal, aber, genau. Bis bald!«

Ziemlich sicher schnürt mein Hals sich gerade selbst die Luft ab. Was keinen Sinn ergibt. Wir sind schließlich kein Paar mehr. Ben und ich sind *kein* Paar.

Ich sollte mich für ihn freuen, dass er jemanden gefunden hat, der eine Fernbeziehung wert ist.

21. KAPITEL – BEN
SAMSTAG, 13. JUNI

Drei Tage ist es her, und ich kriege Arthurs Gesichtsausdruck einfach nicht aus dem Kopf. Von diesem Moment, in dem Pa Mario erwähnt hat. Keinen Plan, warum Pa denkt, er könnte meinen Exfreund ganz nonchalant über dessen Nachfolger aushorchen. Wenn mich jemand nach Mikey gefragt hätte, wäre mir wahrscheinlich auch erst mal komplett die Luft weggeblieben.

Beschissenes Timing, denn bis dahin war alles so perfekt. Neben Arthur herzulaufen, fühlte sich so richtig an, als würden wir exakt da weitermachen, wo wir vor zwei Jahren aufgehört haben. Selbst über unsere Freundschaft zu reden war gar nicht so schlimm, sondern eigentlich sogar erleichternd – als könnte es zwischen uns wieder ganz normal werden.

Beim Abschied im Hausflur war Arthur von »normal« allerdings so weit entfernt, dass er nicht mal so tun konnte, als ob.

Dann hast du wohl deine Meinung geändert, was Fernbeziehungen angeht.

Woher will er das wissen? Und wenn er schon auf das Thema Fernbeziehung so reagiert, wie komisch wird es dann erst, wenn ich ihm gestehe, dass ich vielleicht bald nach Kalifornien ziehe? Ich sollte mir darüber nicht zu sehr den Kopf zerbrechen, vor allem, weil es ja immer noch sein kann, dass diese Serienidee gar nicht verwirklicht wird. Weshalb sich also schon im Vorhinein verrückt machen wegen eines erstarrten Lächelns oder Tränen in Arthurs blauen Augen?

Der Tisch fürs Abendessen ist gedeckt, und Mario hat gerade geschrieben, dass er auf dem Weg von der U-Bahn hierher ist. Was natürlich total toll ist und überhaupt kein Grund, auch nur im Mindesten durchzudrehen. Ist doch ohnehin nicht sein erster Besuch hier. Klar, Ma und Pa waren halt nie dabei, aber aus gutem Grund. Erst recht, nachdem Pa rausgefunden hatte, dass Mario und ich miteinander schlafen. Und die Zweisamkeit war immer superschön. Ein Vorgeschmack auf ein Leben mit ein bisschen Abstand von meinen Eltern. Darauf, wie es sein könnte, mit Mario nach L. A. zu ziehen.

Aus der Küche kommen eine Menge betörender Gerüche. Als Vorspeise gibt es tostones mit ordentlich Knoblauch, pernil, das eine Extrarunde im Ofen gedreht hat – für eine Kruste, die einem das Wasser im Mund zusammenlaufen lässt –, und empanadillas, die ich am liebsten mit scharfer Soße esse.

Es klingelt. Ich bin genauso angespannt wie die beiden anderen Male, die ich einen Jungen mit nach Hause gebracht habe, um ihn meinen Eltern vorzustellen. Schon komisch, wie man manchmal in die Vergangenheit zurückkatapultiert wird, wenn man an die Zukunft denkt. Ma und Pa sind immer freundlich zu Gästen, trotzdem gab es keinen Zweifel daran, dass sie Arthur viel lieber mochten als Hudson. Und jetzt kommt Mario, seinerseits auf jeden Fall bereit, meine Eltern mit seinem Charme zu verzaubern, wie alle anderen um ihn herum.

Ich gehe zur Tür.

Mario trägt eine seiner typischen Latzhosen und darüber ein offenes Karohemd. Er streckt mir einen Jutebeutel voller

Lebensmittel entgegen. »Hola. Ich habe ein bisschen was mitgebracht.«

»Gracias. Entra.«

Als ich Mario zum ersten Mal zu mir eingeladen habe, war ich nicht so nervös wie sonst, wenn ich Leute mitbringe. Zwar kannte ich sein Zuhause da noch gar nicht, aber ich wusste schon, dass seine Familie nicht besonders luxuriös wohnt. Und Mario hat einen Haufen Geschichten auf Lager, die mich sowieso ziemlich beruhigt haben: von seiner Mutter, die mit dem Besen Mäuse aus der Wohnung scheucht, wie so eine Trickfilmfigur; von seinen Brüdern, die voll allergisch reagieren, wenn sie die Wäsche machen sollen; oder von seinem Vater, dem einzigen, der den Gasherd wieder in Gang kriegt, wenn der rumspinnt. Echt schön, zur Abwechslung nicht das Gefühl zu haben, die Wohnung müsste perfekt sein. Sich keine Gedanken über Küchenschränke zu machen, die älter sind als man selbst. Oder einen Kühlschrank, der wie verrückt ächzt und röhrt, wenn man ihn nur zehn Sekunden lang offen stehen lässt. Über die eine oder andere verirrte Fliege, die sich im Wohnzimmer niederlässt, als würde sie gleich mit der ganzen Familie zusammen einen Film gucken.

Diese Leichtigkeit ergibt sich nicht oft, und das ist einer der Gründe, warum ich von Anfang an dachte, dass wir gut zusammenpassen.

»Ma, Pa. Das ist Mario.«

»Hi, Mario!« Ma trocknet sich schnell die Hände ab und begrüßt ihn mit Umarmung und Wangenkuss. »Willkommen in unserem Heim.«

Pa schüttelt ihm die Hand. Ich bin froh, dass Mario keine Ahnung hat, wie herzlich mein Vater normalerweise ist, denn sonst würde ihn diese Reserviertheit genauso beunruhigen wie mich. »Danke, dass du vorbeigekommen bist.«

»Machen Sie Witze? Danke, dass ich hier sein darf. Ben hat Sie ziemlich vor mir versteckt.«

Mario hat kein einziges Mal darum gebeten, meine Eltern kennenlernen zu dürfen. Die ganze Zeit dachte ich, wir würden ihnen aus dem Weg gehen, um mehr Privatsphäre zu haben. Nicht nur wegen Sex. Es ist total schön, einfach ungestört auf dem Bett zu sitzen und den Kopf an seine Schulter zu lehnen, wenn er *Animal Crossing* spielt. Oder neben ihm zu liegen – seine und meine Beine ineinander verschlungen –, während er in sein Skizzenbuch zeichnet und ich *DZDZ* überarbeite. Oder ohne neugierige Zuhörer das Spanisch zu verhackstücken, das er mir beibringt, und ihm mit Küssen zu danken. Außerdem wollte ich ihn nicht unter Druck setzen. »Die Eltern kennenlernen«, das fühlte sich an wie ein zu großer Schritt. Vielleicht hat Mario mir aber auch nur meinen Freiraum lassen wollen, so wie ich ihm seinen.

»Aha, er schämt sich wohl für uns«, sagt Ma leichthin.

»Du weißt, dass das nicht stimmt«, erwidere ich. Seit Jahren habe ich mich nicht für meine Familie geschämt, und auch damals nur, weil bei uns immer das Geld knapp ist. Ich kam darüber hinweg, sobald mir klar geworden war, dass ich zwar nicht sofort zum Verkaufsstart die neuesten Sneaker oder Spielekonsolen bekam, meine Eltern dafür aber immer liebevoll mit mir umgingen, genau wie mit meinen Freund*innen, und das ist bei Weitem keine Selbstverständlichkeit.

»Perdón. ¿Cuáles son sus nombres?«, fragt Mario.

Ah, stimmt. Ich habe meine Eltern gar nicht richtig vorgestellt.

»Yo soy Isabel y este es Diego«, antwortet Ma.

»Mucho gusto.« Mario deutet eine Verbeugung an. »Es riecht fantastisch hier.«

»Benito meinte, du wirst asopao für uns kochen?«, fährt Ma fort. »Viel Glück bei dem Versuch, Diego zu beeindrucken. Er liebt es, hasst es aber, wenn ich es mache.«

»Mentirosa«, entgegnet Pa.

»Mentirosa?«, frage ich.

»Lügnerin«, übersetzt Mario.

»Ihr seid wohl in eurem Unterricht noch nicht bis zum M gekommen«, neckt Pa.

»Dir ist schon klar, dass wir nicht alphabetisch vorgehen, oder?«

»Nicht?«, wendet Pa sich an Mario. »Wir sollten dir die Lehrerlaubnis entziehen.«

Abwehrend hebt Mario die Hände. »Schauen wir mal, ob ich Ihr Vertrauen mit ein bisschen Essen zurückgewinnen kann.«

»Vielleicht. Aber dann nur, weil ich so einen gesunden Appetit habe.« Pa weist Mario den Weg in die Küche.

Ma grinst mich an und klatscht lautlos in die Hände. »Er ist süß«, flüstert sie kaum hörbar.

Ich nicke.

Sie stellt Musik an und wir alle machen uns in der Küche an die Arbeit. Es ist zu voll hier drin und innerhalb von Minuten geraten wir ordentlich ins Schwitzen. Mario zieht sein Karohemd aus und werkelt nur in Unterhemd und Latzhose weiter. Ich könnte ihn den ganzen Abend einfach bloß anstarren. Er ist völlig in ein Gespräch mit meinen Eltern vertieft, auf Spanisch. Hier und da schnappe ich ein Wort auf, irgendwas mit Zahlen, aber ich gebe es auf, weil sie so schnell sprechen. Auch ohne Übersetzung erkenne ich, dass meine Eltern herzlich lachen. Das freut mich unheimlich. Und fast bin ich ein bisschen traurig, weil wir das nicht schon früher gemacht haben.

Vielleicht gibt es in der Zukunft ja noch mehr solcher Momente.

Während ich Eistee anmische, übersetzt Mario mir, was er Ma und Pa erzählt hat.

In der zweiten Klasse hatte er Probleme mit dem Minusrechnen, weshalb er nur Additionsaufgaben lösen wollte. Pfiffig wie er war, verwandelte er einfach alle Minuszeichen in Pluszeichen, woraufhin die Lehrerin ihm dann einen Brief an seine Eltern mitgab, indem sie sie bat, ihn bei den Hausaufgaben besser zu beaufsichtigen.

Die Geschichte ist echt niedlich, aber noch faszinierender finde ich die Tatsache, dass er so was in dieser Wahnsinnsgeschwindigkeit auf Spanisch raushauen kann. Mehr Zeit mit ihm verhilft mir hoffentlich auch zu solchen Skills.

Sobald alles fertig vorbereitet ist, setzen wir uns an den Tisch. Es fühlt sich krass an – wie ein Doppeldate mit meinen Eltern.

Natürlich werden Anekdoten ausgepackt, und als Bindeglied zwischen meinen Eltern und Mario kenne ich sie logischerweise fast alle schon. Trotzdem lasse ich mir kein Wort entgehen, als Mario anfängt zu erzählen, wie sich seine Eltern kennengelernt haben. Sie stammen beide aus der Gemeinde Carolina in Puerto Rico und haben nur ein paar Orte voneinander entfernt gewohnt, sich aber erst getroffen, nachdem sie hier in die USA gezogen waren. Mario flicht diese ganzen neuen Details ein, zum Beispiel, dass seine Mutter auf einem Flohmarkt in Queens Gläser für besondere Anlässe kaufen wollte, wo sie zufällig auf Marios Vater stieß, der wiederum auf der Suche nach einem Geburtstagsgeschenk für seine Schwester war. Sie half ihm, und weil sie sich so gut verstanden, fragte sie ihn nach seiner Nummer. Bis zu ihrem vierten Date wussten sie nicht einmal von ihrer gemeinsamen Carolina-Connection. Ich mag diese Geschichte sehr.

Meine Eltern fragen Mario über unsere Kurse aus, und Mario und ich geben die beliebtesten Kommentare unserer Dozent*innen zum Besten – wie: *Brauchen wir das?* Oder: *Straffen!* –, wann immer unsere Projekte auch nur die kleinsten Längen aufweisen. Ma und Pa sind neugierig, warum Mario seine Ausbildung so dringend abbrechen will, und er erklärt es ihnen ebenso geduldig wie mir. Aber für meine Eltern ist es etwas schwieriger nachzuvollziehen, weil sie nun mal nichts mit der Kreativbranche am Hut haben.

»Einfach so dem Herzen zu folgen kann Konsequenzen haben«, gibt Pa zu bedenken.

Mario wiegt den Kopf. »Ich glaube, es geht weniger darum, meinem Herzen zu *folgen*. Ich muss vielmehr einsehen, dass es mich bereits in eine bestimmte Richtung zieht.«

So habe ich das noch nie betrachtet. Klar, irgendwo ist es immer eine aktive Entscheidung, die eigenen Träume zu verwirklichen. Aber dann auch wieder nicht. Es ist wie eine Art Magnetismus, tief sitzend, unausweichlich. So wie mein Drang, Geschichten zu erzählen. Ich bin nicht eines Tages aufgewacht und habe mir bewusst *vorgenommen* zu schreiben – ich habe es einfach getan. Von daher finde ich es total einleuchtend, was er sagt.

Auch meine Eltern nicken, als würden sie Marios Entscheidung akzeptieren. Hilft natürlich enorm, dass er nicht ihr Sohn ist.

Nachdem wir uns über den Hauptgang hergemacht haben, überrascht Ma uns mit Churros und Karamellsoße zum Nachtisch. Während Mario erzählt, was alles passieren muss, damit eine Serienidee übernommen wird, denke ich zurück an den Tag, an dem ich Arthur Churros gezeigt habe. Das führte damals zu einem wichtigen Gespräch darüber, wie es für mich ist, Puerto Ricaner zu sein, aber als *weiß* gelesen zu werden. Etwas, das ich Mario nie erklären musste, weil er schließlich im selben Boot sitzt. Aber auch wenn Arthur keine Ahnung von diesem Gefühl hatte, hat er sich toll verhalten – nicht überraschend, wenn man sein großes Herz kennt. Sozusagen im Gegenzug hat er mir dann später mehr übers Jüdischsein beigebracht. Ich erinnere mich, wie wir im letzten Highschooljahr drei Stunden über Jom Kippur geredet haben, weil Arthur gefastet hat und Ablenkung brauchte. Er meinte, zu Jom Kippur drehe sich alles darum, Verantwortung für seinen gesamten Scheiß zu übernehmen und Besserung zu geloben. Und ich weiß noch genau, wie mich sein Lachen umgehauen hat, als ich meinte, das klinge wie der ultimative Neustart.

Ein Jahr später sorgte dann natürlich Mikey für sämtliche benötigte Ablenkung.

Mario drückt meine Schulter. »Sobald Alejo hier sein Buch veröffentlicht hat, mache ich vielleicht ein Drehbuch draus.«

»Ja, bitte«, sagt Ma. »Benito, ich verspreche auch, mir den Film anzuschauen, ohne eine Million Fragen zu stellen.«

»Mentirosa!«, ruft Pa dazwischen.

Ich brauche ein paar Sekunden, dann fällt mir die Bedeutung wieder ein: »Lügnerin?«

»¡Ayyy, buen trabajo!«, lobt Mario begeistert.

Pa hält ihm den Teller mit dem letzten churro hin. »Mario, hier, zum Zeichen meiner Dankbarkeit.«

»Muchas gracias.« Mario teilt den churro mit mir.

Aus dem Augenwinkel sehe ich meine Eltern lächeln.

Es wird langsam spät. Nachdem wir die letzten Krümel vertilgt haben, hilft Mario noch in der Küche. Beim Abschied sagt er auf Spanisch zu meinen Eltern, er hoffe, dass sie sich bald wiedersähen, und Ma und Pa antworten, darüber würden sie sich sehr freuen. Das bedeutet mir viel, vor allem von meinem Vater. Ich bringe Mario nach unten und denke diesmal kaum an den Moment vor zwei Jahren, als Arthur auf dem Treppenabsatz im zweiten Stock in Tränen ausgebrochen und mir um den Hals gefallen ist, weil er gerade mit dem Google-Übersetzer »mi amor« nachgeschlagen hatte.

»Ich liebe deine Eltern, Alejo«, schwärmt Mario. »Meine eigenen sind zwar auch super, aber ich muss ihre Aufmerksamkeit ja immer mit meinen Brüdern teilen. Ich kann echt verstehen, wenn du Diego und Isabel nicht verlassen möchtest.«

»Zu viel Aufmerksamkeit kann auch ein Problem sein. Ich bin bereit für ein bisschen mehr Privatsphäre.«

»Also, wenn diese Androiden-Serie echt was wird, dann könnte L. A. deine Chance auf ein neues Leben sein. Ich meinte es ernst, als ich dich eingeladen habe. Ich fänd es wirklich schön, wenn du mit mir da drüben wärst.«

»Ich glaube, ich auch.«

Draußen auf der Straße küsse ich ihn und stelle mir vor, ihn in L. A. zu küssen, auf Straßen, auf denen ich Arthur nie geküsst habe.

22. KAPITEL – ARTHUR
SONNTAG, 14. JUNI

Jessie starrt finster in ihren Schminkspiegel. »Warum mache ich das gleich noch mal?«

»Weil Namrata dich dazu überredet hat und du ihr nichts abschlagen kannst.« Ich grinse Jessie vom unteren Stockbett aus an. »So vermehren sich Anwälte in freier Wildbahn nun mal, Jess. Die Assistent*innen verkuppeln die Praktikant*innen, die dann selbst zu Assistent*innen heranwachsen und *ihrerseits* die Praktikant*innen verkuppeln, die – «

»Ich durchbreche den Kreislauf. Keine Brunch-Blind-Dates für meine Praktikant*innen. Merk dir meine Worte.« Nachdrücklich, wie um ihre Aussage damit zu unterstreichen, quetscht sie einen Klecks Make-up auf ihre Fingerspitze.

»Du weißt aber schon, wie sehr ich mich schlapplachen werde, wenn dieser Typ sich als dein Seelenverwandter entpuppt?« Ich klemme mir Jessies Kissen hinter den Rücken. »Okay, gehen wir einmal durch, was wir über ihn wissen. Name: Grayson, Alter: zwanzig. Geht auf die Brandeis, kommt aus New York.«

»Aus Long Island. Montauk.«

»Montauk! Da war Taj gerade erst. Die Fotos sind der Hammer.« Ich klatsche gegen den Lattenrost vom oberen Stockbett. »Du und Grayson solltet vor dem großen Leuchtturm heiraten!«

»Klar doch. So etwas entscheide ich immer vorm ersten Date.«

»Hey, Liebe ist unvorhersehbar! Du musst allzeit bereit sein!«

»Du schwingst ja große Worte«, sagt Jessie, »für jemanden, der immer noch nicht das ›Ich liebe dich‹ seines Freundes erwidert hat.«

Ich schneide ihr eine Grimasse. »Das ist was anderes.«

»Ach ja?«, fragt sie und tupft sich kleine Punkte einer bronzefarbenen Flüssigkeit auf die Wangenknochen. Jessie behauptet immer, sie wisse eigentlich gar nicht, was sie da tue – nicht, dass ich den Unterschied erkennen würde. Wenn sie aber all diese kleinen Tuben und Tiegel öffnet und schließt und dazu ihre Phoebe-Bridgers-Kennerplaylist mitsummt, entspannt mich das so sehr, dass ich glatt wegpennen könnte.

Müsste ich nicht jedes Mal, wenn ich die Augen schließe, über Mikey nachdenken? *Ich liebe dich auch*, teste ich die Worte im Kopf. *Ich liebe dich auch. Ich liebe dich auch. Ich liebe dich auch.* Fünf Silben, die mir auf der Zunge liegen. Wie kann es sein, dass sie noch nicht heruntergefallen sind?

Mikey hat es nicht wieder erwähnt, nicht mal darauf angespielt. Doch je länger ich sein *Ich liebe dich* nicht erwidere, desto größer wird es. Ja, so langsam fühlt es sich wie eine seltsame Abschlussprüfung an. Frage Nr. 1 (entscheidet über die ganze verdammte Note): *Lieben Sie Mikey, oder lieben Sie ihn nicht?*

Wahrscheinlich? Möglicherweise? Es deutet alles auf: vielleicht.

Ich wünschte, ich könnte irgendwelche Wissenschaftler engagieren, die mir im Hirn rumpulen und aus dem, was sie da finden, eine PowerPoint-Präsentation erstellen. Die rauf und runter rechnen, Graphen hinklatschen und mir einfach sagen, was ich fühle.

Was läuft bloß falsch mit mir? Bei Ben war ich mir doch so sicher. Ich wusste, dass ich ihn liebe, so wie ich meinen Namen weiß. Aber bei Mikey kann ich das so schwer fassen. Es ist, als wollte ich mich an einen Traum erinnern. Ja, schon klar, Liebe fühlt sich eben anders an, wenn man älter ist. Das gehört so.

Vielleicht kommt die Sicherheit ja, nachdem man es laut ausgesprochen hat.

»Dieses Date erscheint mir einfach sinnlos«, sagt Jessie. »Wir werden in zwei Monaten eh wieder an der Uni sein. Was soll ich mit einem Freund, der eine Stunde entfernt wohnt?«

»Immerhin besser als einer, der am anderen Ende des Landes wohnt.«

»Ich würde Boston jetzt nicht ›am anderen Ende des Landes‹ verorten.« Jessie lacht, doch dann sieht sie mich an. »Ach. Ben und Mario.«

»Es ergibt einfach keinen Sinn. Sie sind ja nicht einmal offiziell ein Paar.«

»Na, mittlerweile vielleicht schon. Pärchenmäßiger als ein Abendessen mit Bens Eltern geht's doch kaum.« Jessie macht das Licht an ihrem Schminkspiegel aus und guckt auf die geschnitzte Pferdewanduhr.

Pärchenmäßig. Benommen ziehe ich die Knie an. Vielleicht hat Jessie recht – vielleicht hat sich, seit wir zuletzt darüber sprachen, das Etikett auf Bens und Marios Beziehung geändert. Auf einem Abendessen mit den Eltern prangt schließlich ein dickes fettes P für Pärchen-Aktivität. Das lässt sich nicht leugnen.

»Ich sollte ihm schreiben«, sage ich.

Jessie erstarrt. »Wem? Ben?!«

»Ja, keine Ahnung. Ich fühle mich wie ein Arschloch,

weil ich ihn am Mittwoch nach der ganzen Sache mit Mario und dem Essen und der Fernbeziehung so blöd hab stehen lassen.« Ich taste nach meinem Handy. »Vielleicht frage ich ihn einfach mal, was er so vorhat.«

»Ich weiß nicht, ob das –«

Die Musik setzt aus, und Jessies Handy, das neben mir liegt, beginnt zu vibrieren. »Ähm.« Ich sehe aufs Display und dann zu ihr. »Du wirst mir nicht glauben, aber Ethan ruft dich an.«

Jessie stürzt hin und nimmt ab. »Hi!« Sie klingt außer Atem. »Bin spät dran, sorry. Ruf dich in fünf Minuten zurück, ja?« Sie hört zu. »Jap.«

Völlig verdattert starre ich sie an. »Seit wann redet ihr wieder miteinander?«

»Muss los«, sagt Jessie. »Erklär ich dir später. Hab dich lieb! Schreib nicht deinem Ex.«

Ich soll nicht meinem Ex schreiben? Wo Jessie etwa zwei Sekunden, nachdem ich Bens Namen ausgesprochen habe, von *ihrem* Ex angerufen wurde? Kann das Universum noch deutlicher werden? Muss man es für Jessie in Stein gravieren? Du sollst zerstreuen die Peinlichkeit letzter Woche, indem platonisch du schreibst deinem Ex.

Kaum ist Jessie im Flur, habe ich meine Nachrichten-App geöffnet.

Ich war total schräg am Mittwoch. Gibt's eine Chance, dass du (und Mario!) Lust auf einen Neustart habt? Vielleicht im Central Park? Nachdem ich auf Senden gedrückt habe, fühle ich mich so erwachsen, dass ich mich allen Ernstes zurücklehnen und diesen Eindruck auskosten muss. Damit wär's bewiesen. Hier steht es ja schwarz auf weiß: Ich bin der entspannteste, würdevollste Ex aller Zeiten.

Zumindest so lange, bis die App mir anzeigt, dass Ben eine Antwort tippt. Lol, du warst gar nicht schräg! Ich hätte eigentlich total Lust auf einen Central-Park-Neustart, aber aus irgendeinem Grund muss ich Dylan helfen, einen Anzug für die Hochzeit von Samanthas Cousin auszusuchen. Er ist wohl zu feige, um allein zu Bloomingdale's zu gehen. 😒

Hatte Patrick keine Zeit?, frage ich.

LOL, antwortet Ben. LOL HOCH 100!

Ich grinse aufs Display. Ich hatte schon ganz vergessen, wie sehr ich es liebe, ihn zum Lachen zu bringen.

Ben schreibt: Warte, willst du nicht einfach mitkommen? Dann könntest du mir auch sagen, wie Dylans Verhalten auf dich wirkt.

Oh, okay! Bist du sicher, dass Dee es gut fände, wenn ich euer Date sabotiere?

Bens Antwort erfolgt augenblicklich. Du sabotierst gar nichts! Heute Mittag zwölf Uhr. Der Laden auf der Lexington. Treffpunkt: Abteilung Abendgarderobe für Herren neben Armani.

Fast bei unserem Postamt 😀, fügt er hinzu.

Bei unserem Postamt.

Und ich hatte gedacht, Mikey wäre der Einzige, der mir mit drei Worten den Atem verschlagen kann.

Wie sie da so neben den Armani-Schaufensterpuppen stehen, sehen Ben und Dylan wie Feriencamp-Betreuer aus, die die Met Gala crashen. Als ich bei ihnen ankomme, ist Dylan gerade mitten in seinem Laberfluss. »Ich war dabei, als sie ihn bestellt hat. Ich schwöre beim Leben meiner Vorfahren, dass sie da hinten einen Anzug haben, auf dem Digbys Name steht.«

»Leerer Schwur«, sagt Ben. »Deine Vorfahren sind ja schon tot.«

»Es geht hier doch nicht um *meine* Blutlinie, Benstagram. Ich rede von Digby Worthington Whitaker, dem fünfmaligen Tsunami-cum-laude-Yale-Absolventen. Zeig gottverdammt noch mal etwas Respekt.«

»Ist Digby Samanthas Cousin?«, frage ich und die beiden drehen sich zu mir um.

»Jo, Arthropode! Dieses Hemd!« Dylan bestaunt mich. »Als würde *Stranger Things* auf ... die Sonne treffen!«

»Ha, ja. Es ist schon ziemlich gelb.« Ich zupfe am Kragen und mein Gesicht wird warm. »Vielen Dank, dass ich euren Shoppingtrip crashen darf.«

»Schön, dich hier zu haben, Bro.« Dylan klopft mir auf die Schulter. »Ich muss jetzt nach Digbys Anzug fragen gehen, aber mach es dir solange schon mal gemütlich. Mi casta es su casta.«

»Mi casa«, sagt Ben.

»Ach, Darling, es ist *unser* casta.« Lächelnd verdreht Dylan die Augen.

Während er davonmarschiert, zieht Ben das Preisschild unter der Knopfleiste eines gefalteten blauen Hemdes hervor. »Heilige Scheiße. Rate, wie viel das kostet.«

»Fünfzig Dollar?«

Ben weist nach oben.

»Einhundert?«

»Zweihundertfünfundzwanzig«, sagt er. »Für ein Hemd.«

»Uff. Armani macht keine halben Sachen.«

»Ich versteh's nicht«, sagt Ben. »Warum ist das hier besser als eins von, keine Ahnung, Marshalls? Ist es mit Diamantfäden durchwirkt? Kriegt man einen Orgasmus, wenn man es trägt?«

»Hola!«, ertönt eine Stimme in unserem Rücken. »Ein diamantfädendurchwirktes Orgasmushemd, bitte.«

Ben und ich fahren herum, und da steht Mario in einem weiten blauen Tanktop, als hätte er sich direkt vom Strand hierherteleportiert. Sein Begrüßungsküsschen auf die Wange erwischt mich so unvorbereitet, dass ich's gar nicht recht verarbeiten kann. Ziemlich sicher hat Ben nicht erwähnt, dass Mario auch mitkommt, aber das ist jetzt wohl die Standardeinstellung.

Bevor ich ein gescheites Hallo hochwürgen kann, kommt Dylan mit einem schwarzen Anzug auf einem Bügel zurück. »Dann mach ich mich für diesen bösen Buben mal nackig. Und mit böser Bube«, er wirft Ben einen verschlagenen Blick zu, »meine ich *nicht* den Anzug.«

»Ich werde mit dir keinen Sex in einer Bloomingdale's-Umkleide haben«, sagt Ben.

»Dann heben wir uns das für den nächsten Laden auf.« Dylan zaust Ben das Haar. »Trotzdem. Ich will nicht der Einzige sein, der was anprobiert.«

Ben schüttelt den Kopf. »Ich habe – «

»Keine Sorge, Benji. Ich finde was Heißes für dich.«

»Dee, ich kann mir hier nicht mal Socken leisten.«

Doch Dylan schiebt Ben schon Richtung Umkleide, woraufhin Mario und ich ihnen wie brave Entenküken folgen. Natürlich kann ich nicht widerstehen, aus morbider Neugierde hier und da einen Blick aufs Preisschild zu werfen. »Der kostet *achthundert Dollar*.« Ich starre mit offenem Mund eine Schaufensterpuppe im dunkelblauen Dreiteiler an. »Wie fancy *ist* diese Hochzeit? Heißt Samanthas Cousin zufällig Jeff Bezos?«

»Verdammt.« Mario gibt der Puppe ein High-five. »Da hat jemand wortwörtlich die Spendierhosen an.«

Wenig später kommen wir in einen Raum, der mit seinem Parkettfußboden, den kugelrunden Hängelampen und den gerahmten Schwarz-Weiß-Fotos ungewöhnlicher Straßenschilder locker als minimalistisch eingerichtetes Einzimmer-Apartment durchgehen könnte. Dylan und Ben sind schon hinter den schicken Holztüren verschwunden, und obwohl es nicht die Sorte Umkleiden sind, wo man unten die Füße sieht, ist an Bens und Dylans Stimmen unschwer zu erkennen, wer in welcher ist. An Dylans Stimme vor allem. Mario und ich haben kaum auf einer der schwarzen Lederbänke Platz genommen, als er die Hände an den Mund legt und ruft: »Wo bleibt meine Modenschau? Haut mich von Hocker!«

»Pass auf, was du dir wünschst!«, kontert Dylan, und Mario setzt zu einer Erwiderung an. Doch dann geht die andere Umkleidentür auf, und mein Hirn schaltet in den Porträtmodus. Alles wird unscharf, außer Ben.

Ben in dunkelgrauem Anzug mit Krawatte, offenem Jackett und abgewetzten Sneakern, die unter der etwas zu langen Hose hervorschauen. Er ist rotwangig und verlegen und hält die Arme wie ein Pinguin. Der Anblick bringt mich komplett durcheinander.

»Wow«, haucht Mario. Er greift sich ans Herz, doch Ben verzieht bloß das Gesicht.

»Mit dem Wert dieses Anzugs könnte ich eine halbe Monatsmiete zahlen. Das ist einfach lächerlich.«

Ich räuspere mich. »Halber Windsorknoten, hm?«

»Mh-hm«, macht er und lächelt mich an. Und dann starren wir einander etwa eine Minute lang in die Augen. Oder zehn Minuten. Oder zehn Stunden. Wenn Ben mich ansieht, verliere ich jegliches Zeitgefühl.

»Machet euch bereit!«, dringt Dylans Stimme durch

die geschlossene Umkleidentür. Er reißt sie auf und tritt in einem Anzug heraus, der unbegreiflicherweise sogar noch nobler ist als Bens. »Sehet her, ich bin meinem Kokon entschlüpft, verwandelt durch die Mächte der Natur und der Schönheit.«

Ich recke den Daumen hoch. »Der steht dir.«

»Der *steht* mir?« Dylan starrt mich mit offenem Mund an. »Du klingst wie meine Mom.«

»Ist das ... was Schlechtes?«

Mario betrachtet Dylan. »Der Anzug ist top. Sind wir offen für konstruktives Feedback, was die Fliege angeht?«

»Ich ... weiß nicht, ob wir dafür offen sind.« Dylan zaubert sein Handy aus der Brusttasche und fängt an zu tippen. »Ich werd Samantha ... ihren Cousin fragen lassen, dann wissen wir's.«

»Ah«, mache ich. »Schwieriger Bräutigam?«

»So was von.«

»Okay, folgender Plan.« Mario springt auf und wendet sich an Dylan. »Du kommst mit mir. Wir suchen ein paar Alternativen raus und schicken Bräutigamzilla die Fotos.«

»Super Mario, ich gehöre ganz dir«, sagt Dylan, doch dann wirbelt er noch einmal herum, um Ben, der zurück in die Umkleide schlüpfen will, am Jackettärmel zu packen. »Und was glaubst du, was du da machst?«

»Mich wieder umziehen?«

»Auf allergarkeinsten, Freundchen.« Er pikt Ben in die Schulter. »Wage es nicht, den auszuziehen, solange Frantz dich nicht gesehen hat. Ich bin gleich zurück.«

Ben verdreht die Augen und lässt sich neben mich auf die Couch fallen. Doch zwei Sekunden später springt er auf, zieht das Jackett aus und setzt sich steif wieder hin. »Ich war echt nicht darauf eingestellt, dass ich hier Verkleiden spielen muss.«

»Na ja.« Ich werde rot. »Du siehst jedenfalls toll aus.«

»Danke. Aber ich habe ein schlechtes Gewissen. Dieser Frantz war so nett, als er vorhin die Anzüge mit Dylan und mir ausgesucht hat, und ich hasse es, dass er wegen mir Extra-Arbeit für nichts hat.«

»Er wird das verstehen. Leute probieren ständig Anzüge an, ohne sie nachher auch zu kaufen«, sage ich. Zumindest bin ich ziemlich sicher, dass diese Worte aus meinem Mund kommen. Mit meiner Stimme.

Ich kann mich nicht erinnern, dass ich Ben schon mal live in Hemd und Krawatte gesehen hätte. Wir haben bisher bloß vor unseren jeweiligen Abschlussbällen in unseren jeweiligen Badezimmern miteinander gefacetimt. Jetzt, hier, ist es irgendwie ganz schön viel auf einmal.

Als Dylan zurückkommt, hat er sich vier oder fünf Fliegen wie einen Gebetsschal um die Schultern gehängt. Mario joggt direkt nach ihm herein, doch als er Ben und mich auf der Couch sitzen sieht, stutzt er und zückt augenblicklich sein Handy. »Whoa!«

Ben legt den Kopf schief. »Was ist los?«

»Seht ihr gleich.« Mario zielt weiter mit der Handykamera auf uns, lehnt sich vor und nimmt das Jackett von Bens Schoß. »Und jetzt die Hände noch mal genau da hin, wo sie eben lagen«, er knipst ein Foto, »denn ihr zwei«, *knips*, »seht gerade«, *knips*, »original aus wie«, *knips*, »Ryan Gosling und Emma Stone in *La La Land*.«

Ich muss laut lachen. »Was?«

»Na, wie ihr dasitzt.« Mario küsst sich auf die Fingerspitzen. »Und was ihr anhabt.«

Dylan reißt die Augen auf. »Heilige Scheiße.«

»Das muss ein Zeichen sein.« Mario beugt sich herunter und küsst Ben auf den Mund.

Ben lächelt verlegen. »Ein Zeichen wofür?«

»Dass du L. A. lieben und bestimmt nie wieder zurückziehen wirst.«

Einen Moment lang will das überhaupt keinen Sinn ergeben. Die Worte scheinen nicht zusammenzupassen. *L. A. Nie wieder. Zurückziehen.*

Dylan starrt Ben an, als sähe er ihn zum ersten Mal in seinem Leben. »Du ziehst weg?«

Ein Reißen in meiner Brust. Vielleicht meine Venen und Arterien, die wie Kabel aus ihren Buchsen gezogen werden. Vielleicht gehen gerade in meinem Herzen alle Lichter aus.

»Ähm. Mal sehen? Es kommt wohl darauf an, ob Marios Serie einen Abnehmer findet.« Ben sieht hoch zu Mario. »Es wäre ja nicht für immer. Bloß mal zum Austesten. Ein Tapetenwechsel.«

»Was zur Hölle?!«, schimpft Dylan. »Wolltest du das irgendwann noch erwähnen?!«

»Ja klar!« Ben wird rot. »Dee, ich bin einfach … keine Ahnung. Ich habe bloß entschieden, dass – «

»Dass du nach *Kalifornien* ziehst?! Du bist doch bisher nicht mal aus New York rausgekommen. Nicht mal, um Samantha und mich in Illinois zu besuchen!«

Ben sieht Dylan ungläubig an. »Du bist sauer, weil ich nicht das Geld hatte, um – «

»Ich sagte doch, ich würde es dir geben!«

»Und ich hab gesagt, dass ich mich damit nicht wohlfühlen würde!«

»Schön«, versetzt Dylan. »Aber du fühlst dich wohl damit, nach Kalifornien zu ziehen. Für diesen Typen, den du seit … wann?! Seit zwei Monaten kennst?!«

Ben sieht aus, als würde er gleich in Tränen ausbrechen. »Mario und ich sind seit einem Jahr im gleichen Kurs! Und ich ... Ich ziehe für niemanden um! Wie kannst du –?«
Den Rest höre ich nicht mehr. Ich scheine gar nicht richtig hier zu sein. Es kommt mir vor, als würde ich mich selbst betrachten, aus fünfzig Metern Entfernung auf einem Großbildschirm.

23. KAPITEL – BEN
MITTWOCH, 17. JUNI

Ich wurde zu Dream & Bean zitiert.

Auf dem Weg von der Bahn um den Block schreibe ich weiter mit Arthur.

Schätze, Dylan musste sich einfach ein bisschen abregen.

Ich habe ihn noch nie so schlecht gelaunt erlebt, antwortet Arthur. Du hast einen richtigen Jungen aus ihm gemacht, Geppetto.

Ich lache. Und ER behandelt MICH wie einen langnasigen Pinocchio! Dabei hab ich ihn nicht mal angelogen, sondern es ihm nur noch nicht erzählt. Vor dem Eingang von Dream & Bean halte ich an, mache ein Foto und schicke es ihm. Zeitreise!

Arthur tippt. Hält inne. Tippt. Hält inne. Die Spannung steigt. Endlich kommt die Nachricht: Hol Dylan einen extragroßen Iced Coffee, damit er einen kühleren Kopf kriegt!

Er muss irgendwas gelöscht haben. Ganze Sätze, womöglich Absätze. Und ich frage mich, was für eine Nachricht das hätte werden sollen.

Vielleicht ging es um Kalifornien.

Ich wünschte, ich wüsste, was in Arthur vorgeht. Bisher hat er noch gar nichts zu meinen eventuellen Umzugsplänen gesagt, hat sich bloß meine wild kreisenden Gedanken zu Dylans Ausbruch angehört. Wenn überhaupt, scheint er sich fast für mich zu freuen. Was ja auch Sinn ergibt.

Zumindest ergibt es nicht *keinen* Sinn. Außer ich rufe mir seinen versteinerten Gesichtsausdruck bei Bloomingdale's ins Gedächtnis.

Verschweigt er mir etwas? Natürlich schuldet er mir keine Reaktion, er darf für sich behalten, was er möchte. Aber genau so hat das letzten Winter angefangen. So haben Arthur und ich uns verloren. Und wenn ich mir vorstelle, dass das wieder passieren könnte ...

Vielleicht ist es eh zwecklos. Vielleicht sollte ich Arthur am besten jetzt verprellen, um ein für alle Mal mit unserer Trennung abzuschließen.

Okay, wow, ich übertreibe. Er ist wahrscheinlich einfach nur beschäftigt oder hat viel zu lange an der genauen Formulierung seiner witzigen Bemerkung herumgefeilt, weil er eben Arthur ist. Und eigentlich steht unsere Freundschaft auch gar nicht zur Debatte: Wir bleiben in Kontakt, egal, in welcher Zeitzone ich mich befinde. Ich schicke ihm Nachrichten vor dem Schlafengehen. Und sobald ich aufstehe, habe ich vermutlich ein halbes Dutzend von ihm, in denen er mir seinen kompletten Morgen beschreibt, von der Auswahl seines Outfits bis hin zu den Plänen, die er und Mikey für den Tag geschmiedet haben. Und dann kann ich ihm von meinem Tag mit Mario berichten.

Vielleicht funktioniert das mit uns echt am allerbesten, wenn wir gute Freunde sind.

Ich schicke ihm noch schnell eine Nachricht zurück: Gehe jetzt rein. Wünsch mir Glück! Werde Notruf absetzen, falls Fluchtweg erforderlich.

Aye, aye, Captain, antwortet er.

Dream & Bean zu betreten fühlt sich wirklich an wie eine kleine Zeitreise. Nur ist die Situation eine ganz andere als damals, als Dylan und ich Arthurs Poster mit meinem Foto hier am Schwarzen Brett entdeckt haben. Dylan sitzt mit Samantha an dem Tisch in der Ecke. Er hat die Hände auf dem Schoß gefaltet und schaut mir direkt ins Gesicht, bevor er den Blick zur Decke wendet und so tut, als hätte er mich nicht gesehen.

Ich verdrehe die Augen, nähere mich auf Samanthas Seite und begrüße sie mit Küsschen. »Hi, wie geht's dir?«

»Ich bin müde. Lange Nacht.«

»Alles in Ordnung?«

»Familienkram. Möchte ich gerade nicht näher erklären.«

»Kein Problem. Ich hoffe, alles wird gut.« Ich wende mich an Dylan. »Hey, Dee.«

Er dreht sich weg.

Ich mache mir gar nicht erst die Mühe, mich zu setzen. »Dude, du hast mich – wortwörtlich – ›herbeizitiert‹, um zu reden. Sollten wir das dann nicht auch tun?«

»Er wird reden«, meldet sich Samantha zu Wort.

»Und du musst das Sprachrohr spielen?«

»Was glaubst du denn?«

»Ich *glaube*, wir sind zu alt für den Scheiß.«

Samantha klatscht in die Hände. »Genau das habe ich auch gesagt. Setz dich und unterhalte dich stattdessen mit mir. Dylan kann einsteigen, sobald er erwachsen geworden ist.«

Dylan sieht sie an. »Ich bin erwachsen.«

Samantha zückt ihr Handy.

»Kein Timer«, wendet er ein.

»Hatte ich nicht vor. Ich wollte nur die Zeit stoppen, wie lange du die Nummer hier durchziehst.«

»Findest du das nicht ein bisschen kindisch?«

»Wer im Glashaus sitzt ...« Samantha startet die Stoppuhr. Dylan beäugt sie kritisch, schweigt aber. »Also, Ben«, fährt Samantha fort. »L.A. Wie lange denkst du schon darüber nach?«

»Eine Weile. Ich meine, nicht zwingend bewusst über L.A. ... Das kommt durch Mario. Aber darüber, von hier wegzugehen. Ich fühle mich schon länger rastlos in New York. Mein Leben verändert sich null, nicht so wie bei euch beiden. Sicher, im Grunde ist das einzig Neue, dass ihr zwei euch jetzt rund um die Uhr seht, aber das ist ja was Gutes. Wobei ich nicht genau weiß, wie du das aushältst.« Ich deute auf Dylan, der aussieht, als wollte er protestieren, sich aber im letzten Moment daran erinnert, dass er ja nicht mit mir spricht.

»Ich halte das aus, weil es gerade nicht rund um die Uhr ist«, erklärt Samantha. »Ich dusche zum Beispiel sehr ausgiebig und flehe meine Tutorin praktisch an, mehr Zeit mit mir zu verbringen.«

»Klingt vernünftig.«

»Klingt vernünftig«, äfft Dylan mich nach.

Ich beuge mich vor. »Oh, was war das? Hast du mich etwa gehört?«

Dylan sagt nichts weiter.

Samantha schüttelt den Kopf. »Ben, ich habe das Gefühl, deine Entscheidung ist nicht ganz ausgereift. Du hast dich doch zum Herbst schon wieder fürs College angemeldet, du liebst deine Kurse und –«

»Ich liebe nur Kreatives Schreiben. Und in dem Kurs war Mario und wird es in Zukunft nicht mehr sein.«

»Aber seit wann folgst du Mario denn bis ans andere Ende der Welt?«

»Das klingt jetzt sehr theatralisch.«

»Pfft«, macht Dylan, als wäre er nicht gerade selbst der Meister der Theatralik.

»Okay, du denkst also darüber nach, Mario quer durchs *Land* zu folgen. In eine Stadt, in der du noch nie warst.«

»Niemand sagt, dass ich dortbleiben muss, wenn es kacke wird.«

»Ich persönlich glaube, du würdest L. A. lieben, aber ich halte es nicht für den besten Weg, jetzt so plötzlich dahin zu ziehen.«

»Ist das eine Intervention?«

»Eher so was wie ... liebevolle Neugier. Wir wollen das Beste für dich, auch wenn Dylans kindisches Benehmen nicht danach aussieht.«

Mein Handy vibriert. Fast hätte ich nicht draufgeschaut, aber dann bin ich froh, es doch getan zu haben. Arthur feuert mich an und schreibt mir, ich soll stark bleiben. Als säße er auf dem leeren Stuhl hier neben mir.

»Ich wünsche mir einfach ein bisschen Unterstützung. Euch beide habe ich immer unterstützt, selbst damals schon, als der da dich viel zu früh seine ›Zukünftige‹ genannt hat. Ich plan ja nicht direkt, Mario zu heiraten, okay? Ich könnte mir nur gut vorstellen, eine Weile mit ihm in L. A. zu leben.«

»Und dafür das College abzubrechen«, erinnert mich Samantha.

»Ja, und wenn schon. Ich habe kein Stipendium, so wie ihr, und diese Ausbildung ist es nicht wert, dass meine Eltern dafür Zigtausende Dollar zusammensparen müssen, indem sie jeden Cent zwei Mal umdrehen. Die meisten Veranstaltungen bringen mir ungefähr gar nichts fürs Schriftstellersein. Ich könnte mich in Kalifornien für irgendwelche günstigeren Kurse einschreiben und so meine Familie nicht in den finanziellen Ruin treiben.«

Samantha nickt. »Verstehe. Ben, dir ist aber klar, dass

eine Buchveröffentlichung kein Garant dafür ist, dass sich alles ändert, oder?«

»Moment mal, glaubst du etwa nicht an mich?«

»Ich ...« Samantha holt tief Luft und wirft Dylan einen Blick zu. »Schluss jetzt«, sagt sie zu ihm. »Dein bester Freund hat Probleme und ich werde hier nicht die Buhfrau spielen, nur weil du dich so verdammt unreif aufführen willst.« Sie dreht sich wieder zu mir. »Ben, ich liebe dich und ich glaube an dich. Du bist ein toller Schriftsteller. Und ich wünsche mir für dich, dass das Märchen wahr wird, du ein Buch veröffentlichst und dein Leben sich auf die bestmögliche Weise verändert. Aber ich will nicht, dass dein Traum dir auf lange Sicht das Genick bricht.« Sie steht auf und schüttelt ihre leere Saftflasche. »Und jetzt entschuldige mich, ich muss zur Toilette.« An Dylan gewandt fügt sie hinzu: »Und wenn ich zurückkomme, solltest du besser mit Ben darüber reden, wie sehr du mit ihm Liebe machen willst, sonst wirst du eine ganze Weile nur mit dir selbst Liebe machen, mein Freund.«

Auf dem Weg zur Toilettenschlange wirft sie schwungvoll ihre Flasche in den Müll. Mic-Drop.

Dylan schließt die Augen. »Ein Cappuccino, zwei Cappuccino, drei Cappuccino, vier Cappuccino ...«

Er war noch nie ein großer Fan davon, mit »Mississippi« zu zählen, weil er findet, dass das Wort unverschämt schwer zu schreiben ist. Mir hat das nie eingeleuchtet, schließlich ist erstens »Cappuccino« ja wohl genauso schwer zu schreiben, und zweitens muss man weder »Mississippi« noch »Cappuccino« *schreiben*, um damit zu zählen. Ihm egal. Dylan ist Dylan.

»... zehn Cappuccino.« Er öffnet die Augen und blickt auf Samanthas Stoppuhr. »Hallo, Benjamin. Ich weiß es sehr zu schätzen, dass du dir heute Zeit genommen hast, damit wir uns wie zivilisierte Männer unterhalten können.«

Ich funkele ihn an.

»Ich würde gern mit dir über eine Angelegenheit sprechen, die ich doch recht ... aufwühlend fand. Sofern du keine Einwände hast, besagte Angelegenheit zu erörtern.«

»Nur deshalb sind wir hier.«

»Und wie gesagt, das weiß ich zu schätzen. Nun, es geht um die Tatsache, dass du offenbar vorhast, nach Los Angeles zu ziehen. Und dass ich dies nicht von dir selbst erfuhr, so wie das vom Besten-Freund-für-immer-und-ewig zu erwarten gewesen wäre, nein, ich musste es von einem gewissen Mario Colón hören. Der diese Bombe so achtlos platzen ließ, als wäre sie ein harmloses Spielzeug, während ich dir versichern kann, dass Bomben dieser Art keinesfalls für Kinder geeignet sind.«

»Darauf solltest du ihn am besten persönlich hinweisen.«

»Gerade ist meine Einstellung ihm gegenüber nicht die versöhnlichste. Er entführt meinen besten Freund aus New York.«

»Du wohnst nicht mal mehr hier.«

»Das könnte sich ändern. Die Winter in Chicago sind die Hölle.«

»Weißt du, wo Winter nicht die Hölle sind?«

»Sag jetzt nicht – «

»In L. A.«

»Verdammt seist du, Benjamin. Ich bat dich extra, dies zu unterlassen, und du tatest es dennoch. Und ich mache mir ernsthafte Sorgen, dass unser zivilisiertes Gespräch gleich ins Unzivilisierte umschlagen könnte.«

Das hier verursacht mir krasse Kopfschmerzen. »Dee,

weshalb kümmert dich das überhaupt? Du hast monatelang davon geschwärmt, wie wir den ganzen Sommer zusammen verbringen würden, und stattdessen hast du mich tausendmal sitzen lassen – «

»Verleumdung!«

»Und deine Ausreden sind nicht mal gut. Warum sollte ich in New York bleiben, wenn du nicht hier bist? Und selbst wenn du es dann mal bist, verhältst du dich noch viel komischer als sowieso schon.«

Dylan beugt sich vor. »Hier sind Mächte am Werk, über die ich nicht sprechen darf, denn man ließ mich Stillschweigen schwören«, flüstert er. »Samanthas ›Familienkram‹ ist eine Riesensache, aber das ist vor allem ihre Angelegenheit. Nur als ihr Freund wurde ich ins Vertrauen gezogen, das darf ich nicht missbrauchen. Nicht einmal dir gegenüber, mein sommersprossiger bester Freund, der mein Absagen von Plänen dem Verbrechen gleichsetzt, sich ans andere Ende des Landes aufzumachen, ohne mir ein Sterbenswörtchen zu verraten.«

»Noch bin ich doch gar nicht weg. Und wir wissen nicht mal, ob aus dieser Serie was wird!«

»Und sage mir, wann wird diese Information zur Verfügung stehen? Oder sollte ich das auch lieber diesen Mario fragen?«

»Na ja, Mario denkt, dass es nicht lange dauern wird. Vielleicht in ein, zwei Wochen? Aber selbst wenn er schon bald losmuss, werde ich wahrscheinlich frühestens in einem Monat nachkommen.«

»In einem Monat?«

Samantha kommt von der Toilette zurück. »Ich sehe hier niemanden Liebe machen.«

»Er will schon nächsten Monat wegziehen!«, ruft Dylan.

Samantha nimmt seine Hand. »Es ist sein Leben, und das müssen wir respektieren.«

»Vielleicht finde ich es ja total scheiße da und komme zurück«, sage ich.

»Ja, genau, und verlässt deinen hotten Freund, der vermutlich die allerbesten Sandburgen baut, surft wie ein Olympionike und dabei auch noch aussieht wie ein junger Gott?«

»Mario kann nicht einmal schwimmen, geschweige denn ...«

»Na und? Was ist mit den Sandburgen, Ben?! Den Sandburgen?!!«

Ich zucke die Schultern.

Dylan seufzt. »Tja, sag mir nur Bescheid, bevor du *nächsten Monat* für immer nach L. A. verschwindest.«

»Wir müssen bis dahin einfach alle noch mehr zusammen unternehmen«, schlägt Samantha vor. »Dylan und ich gehen am Freitag zu diesem Open-Mic-Abend in Tribeca. Wollt ihr beide nicht mitkommen, Mario und du?«

Ich nicke. »Klingt gut.« Dylan flüstert Samantha was ins Ohr, das ich nicht genau mitkriege, weil ich gerade tippe: Open-Mic-Abend am Freitag mit Dylan und Samantha?

»Was hast du gesagt, Dylan?«

»Nichts.«

»Er hofft, der Abend führt dir wieder vor Augen, dass du New York liebst«, erklärt Samantha. »Was nicht meine Absicht war. Ich will nur was von dir haben, solange es noch geht.«

Mein Handy vibriert.

Uuh, SEHR COOL! Wo?

Quietschend kommt die Welt zum Stillstand.

Ich habe der falschen Person geschrieben.

»Ähm ...« Ich schlucke. »Ich habe aus Versehen Arthur gefragt, wegen Freitag. Soll ich ...«

»Ach, kein Problem, lad sie beide ein«, meint Samantha. »Je mehr, desto besser.«

»Danke.«

Ich schreibe Mario – diesmal wirklich – und auch er ist sofort Feuer und Flamme. Nur wir fünf, diesen Freitag, ganz locker.

Was soll schon schiefgehen?

24. KAPITEL – ARTHUR
DONNERSTAG, 18. JUNI

Ich will ja hier niemanden beunruhigen, aber ziemlich sicher werde ich vom Staat Kalifornien gestalkt. Es fing an mit: dem *Clueless*-GIF von Jessie heute Mittag. Später fuhr ein Taxi mit Werbeaufkleber für *The Real Housewives of Beverly Hills* an mir vorbei, ein Straßenmusikant sang *Hotel California*, ein Typ las den Roman *Big Sur* auf dem Bahnsteig, und meine News-App spuckte nicht weniger als vier Artikel über ein Spin-off von *Once Upon a Time in Hollywood* aus. Ich weiß nicht, ob das Universum sich für witzig hält, aber wenn ich noch eine Palme, einen Sonnenuntergang oder einen großen weißen Buchstaben sehe, beantrage ich eine einstweilige Verfügung.

Wobei eigentlich Ethan den Vogel abschießt, indem er jetzt mein Hirn mit Marios letztem Instagram-Post versmogt. Bitte sag mir, dass du das gesehen hast.

Ich lasse mich aufs Sofa fallen und versuche mir eine Welt vorzustellen, in der ich diesen Post nicht tatsächlich schon ungefähr fünf Millionen Mal angeguckt habe. Seit wann folgst du Mario auf Instagram?, frage ich.

Eine Sekunde später: Lol, seit du mir seinen Feed gezeigt hast.

Ich rufe Marios Instagramseite auf und betrachte erneut den wohlbekannten Post: Ben und ich auf der Umkleidencouch. Daneben ein Screenshot von Ryan Gosling und Emma Stone auf dieser Aussichtsbank. Dazu hat Mario geschrieben: »Suchbild. Wer findet die Unterschiede?« Der

Post hat schon fast achthundert Likes, und jeder einzelne fühlt sich an wie ein Nadelstich. Aber das Schlimmste ist, dass ich mich nicht davon abhalten kann, durch Marios Kacheln voller ungefilterter Selfies und Schnappschüsse von L.A. zu scrollen: Die La-Brea-Asphaltseen; ein Stapel Pancakes; die Fassade einer Bar, wo eine Folge von *RuPaul's Drag Race* gefilmt wurde. Erschreckend einfach kann ich Ben gedanklich in jedes einzelne dieser Bilder hineinsetzen. Mario und Ben schlendern Hand in Hand den Santa Monica Pier hinunter. Bens Laptop steht neben Marios auf einem sonnenbeschienenen Terrassentisch. Es ist wie eine verschorfte Wunde, an der ich immer weiter herumpulen muss.

Man wird nicht vorgewarnt, dass ein gebrochenes Herz eine chronische Krankheit ist. Ja, vielleicht legt sich der Schmerz mit der Zeit einigermaßen, oder man kann ihn mit Entfernung lindern, doch er lässt niemals vollends nach. Er ist immer da und lauert darauf, wieder aufzuflammen, sobald man mal nicht aufpasst.

Ben verlässt New York. Und das fühlt sich an, als verließe er mich.

Was keinen Sinn ergibt. Ich wohne ja nicht mal hier. Selbst wenn dem so wäre, Ben und ich sind kein Paar. Wir sind eindeutig und zweifelsfrei kein –

Mikey. Ein Foto ploppt auf, als hätte ich es heraufbeschworen: ein Fischmundselfie mit Mia im Halbdunkel ihres Schlafzimmers. Es ist das süßeste Foto, das je geschossen wurde, und ich fühle mich so schuldig, dass ich kotzen könnte.

Aber warum eigentlich? Ich habe keine Grenze überschritten. Werde ich auch nicht. Und Mikey weiß über jedes einzelne Treffen Bescheid.

Ich ziehe die Knie ans Kinn und rufe ihn an.

Als er drangeht, flüstert er.»Hi, warte kurz, Mia ist gerade eingeschlafen.« Zwei Sekunden später schließt sich leise knarrend eine Tür, und ich sehe Mikey vor meinem geistigen Auge in seinen schneeweißen Socken den Flur hinuntertappen.»Okay, da bin ich wieder«, sagt er.»Können wir facetimen? Ich will dich was fragen.«

Mir dreht sich der Magen um, doch ich lächle darüber hinweg.»Sollte ich nervös sein?«

»Hm? Warum?«

»Weil du mich etwas fragen willst, und Fragen sind Furcht einflößend.«

»Die hier nicht, versprochen.« Mikey macht die Kamera an und lächelt. Er ist jetzt an seinem Schreibtisch und hat das Handy vor sich stehen, oder vielmehr unter sich. Ein Riesenkinn, das auf ewig herzallerliebst schlecht im Facetimen sein wird.»Also, meine Eltern haben Robbie und Amanda endlich zu einer Hochzeitsfeier überredet«, sagt er.

»Oh! Wow ...«

»Zu einer ganz kleinen. Nur ein bisschen tanzen und Kuchen essen bei uns im Garten. Aber ich darf ein Plus-Eins mitbringen, von daher ...« Er lächelt verlegen.»Notierst du dir den elften Juli?«

Ich zögere.»Dieses Jahr?«

»Ich weiß, total kurzfristig. Aber offenbar haben sie unseren Pfarrer schon überredet, und der Pavillon ist auch schon gemietet.«

»Mikey«, sage ich leise.»Ich kann nicht. Es tut mir so leid. Unser Stück feiert an dem Wochenende Premiere. Da muss ich arbeiten.«

Mikey runzelt die Stirn.»Meinst du nicht, dass jemand für dich einspringen könnte?«

»Am Premierenwochenende?«

»Du bist der Praktikant des Assistenten.«

Meine Wangen werden heiß. »Ich verstehe, dass du enttäuscht bist, aber mach bitte meinen Job nicht runter.«

»So habe ...« Mikey schließt einen Moment lang die Augen. »Arthur, es tut mir leid. Das kam falsch rüber. Ich vermisse dich, weißt du?« Er wird rot. »Und nicht nur wegen der Hochzeitsfeier. Es kommt mir so vor, ... als bliebe in letzter Zeit alles an mir hängen.«

Mein Magen verkrampft sich. »Wovon redest du?«

»Keine Ahnung. Vom Alltäglichen halt. Nachrichten schreiben, facetimen.«

»Wir telefonieren jeden Tag!«

»Ja«, sagt er leise. »Weil ich dich jeden Tag anrufe.«

Ich stutze. »Mir ist gar nicht aufgefallen, dass ... Tut mir leid, ich ...«

»Und, Arthur, du bist so gut, wenn's um die großen Gesten geht. Silvester. Die Musicalkarten. Aber ich habe das Gefühl, dass wir uns in der Zeit dazwischen ein bisschen verlieren.«

»Na ja«, sage ich. »Vielleicht wünsche ich mir auch mehr große Gesten von dir.«

»So wie als ich dir gesagt habe, dass ich dich liebe?«

Mit einem Schlag ist keine Luft mehr in meiner Lunge.

»Tut mir leid.« Mikey kneift sich in den Nasenrücken. »Es tut mir leid. Ich will dich nicht unter Druck setzen.«

»Nein, du hast ja recht.« Ich hole tief Luft. »Mir tut es leid. Du warst so geduldig. Ich möchte es ja erwidern. Ich bin bloß nicht ... Ich weiß nicht, was mit mir los ist. Ich denke so oft darüber nach, drehe mich aber irgendwann immer im Kreis.«

Mikey nickt schnell und meidet meinen Blick. Eine Weile lang schweigen wir.

Als ich schließlich wieder spreche, bricht meine Stimme. »Ich hätte nicht nach New York kommen sollen.«

»Arthur, nein! Das ist dein Traumjob. Ich hätte nichts sagen sollen.« Mikeys Stimme zittert, und davon verkrampft sich mein ganzer Brustkorb.

»Mikey.«

»Ich muss los.« Er versucht ein Lächeln, doch es will nicht recht halten.

»Mikey-Maus. Hey. Können wir darüber reden?«

»Morgen. Tut mir leid. Ich bin nicht sauer, okay?«, sagt er. Und dann: »Du fehlst mir.«

Er legt auf, noch bevor ich es zurücksagen kann.

Bei der Arbeit am nächsten Tag überfällt Taj mich mit Neuigkeiten, noch ehe ich meine Tasche abgesetzt habe. »Bereit für so richtige Kackscheiße? Du wirst es nicht glauben!« Er reißt die Arme hoch und spreizt die Finger. Frustrierte Jazzhände. »Durch einen Fehler wurde das Shumaker Blackbox am Wochenende um den Elften doppelt belegt!«

Mir fällt der Kiefer runter. »Dein Ernst?! Das Premierenwochenende?!«

»Mh-hmm.«

»Ist das ... Ist es normal, dass so was vorkommt?«

Taj stößt ein ersticktes Lachen aus. »Das ist *so was* von *nicht* normal. Wir werben schon überall. Die Plakate hängen. Ich verliere meinen gottverdammten Verstand!« Er greift nach seinem Bullet Journal und fängt an, einen Ersatzzeitplan auszuarbeiten, den ich sofort vergesse, weil mein Hirn offenbar nur Platz für zwei Daten hat.

Siebzehnter Juli: unser neuer Premierenabend. Und elfter Juli: der Tag der Hochzeitsfeier.

Als Mikey sagte, dass ich mir den notieren soll, hat das Universum offenbar zugehört.

Taj geht Jacob suchen, doch ich bemerke seine Abwesenheit kaum. Ich bin zu sehr damit beschäftigt, was die simpelste Matheaufgabe aller Zeiten sein sollte: Mikey plus eins.

Ich setze mich an den Schreibtisch, stütze mein Kinn auf und warte, dass mich diese Entwicklung überglücklich macht.

Sie ist gut, keine Frage. Ich mag Robbie und Amanda, ich mag Kuchen, ich mag Tanzen. Ich mag es definitiv, Mikey glücklich zu machen. Und wer weiß? Vielleicht wird sich durch den Anblick von Mikey im Anzug alles fügen. Wir werden uns unter den Sternen küssen und unter dem Tisch Händchen halten, und ich werde endlich die Gewissheit haben, dass ich unsterblich verliebt bin. Dass ich es die ganze Zeit schon war.

Aber ich übersehe etwas. Das merke ich. Es ist, als kreise ein Gedanke in meinem Hirn, der auf Landeerlaubnis wartet. Er hat irgendetwas mit Hochzeiten und Tanzen und überwältigten Bräutigamen und dem L'dor V'dor – dem »Von Generation zu Generation« – an all dem zu tun.

Ich denke an meine Bar-Mitzwa und daran, wie ich den Kiddusch verpasst habe, weil ich damit beschäftigt war, in einem leeren Kindergottesdienstzimmer zu heulen. Ich hatte es geschafft, beim Lesen aus der Thora eine Zeile zu überspringen, und obwohl meine Eltern mir schworen, niemand hätte es gemerkt, wusste ich natürlich, dass das Bullshit war. Gott hatte es gemerkt. Und ging es nicht allein um ihn? Zählte meine Bar-Mitzwa nun überhaupt?

Ich war ein zitterndes Bündel Nadelstreifen und Haargel, als meine Bubbe mich fand. Zuerst schwieg sie nur. Sie zog sich einen Stuhl heran, setzte sich neben mich und streichelte mir mit kreisenden Bewegungen den Rücken wie früher, als ich noch ein kleines Kind war. Aber als sie schließlich doch das Wort ergriff, fühlte es sich an wie das erste wirklich erwachsene Gespräch meines Lebens. »Es geht nicht um die Thora«, sagte sie sanft, und ich guckte ebenso entrüstet wie verwundert zu ihr hoch. »Wirklich nicht!«, versicherte sie. »Dein Zayde las aus der Thora, dein Onkel Milton, und mein Vater, und sein Vater und immer so weiter. Doch deine Mutter und ich nicht. Als ich so alt war wie du, war es unüblich für Mädchen, auch nur die Haftara zu lesen. *Meine* Mutter tat Zedaka und erhielt eine Segnung im kleinen Kreis bei sich zu Hause. Du siehst: Ein Ritual kann auf verschiedene Weisen erfolgen. Du hättest dich da oben hinstellen und den Charleston tanzen können, und auch das wäre in Ordnung gewesen, solange du es nur genau hier fühlst.« Sie legte beide Hände an ihre Brust und lächelte. »So sind wir mit der Generation vor uns verbunden, und so halten wir den Platz frei für jene, die noch nicht geboren sind. L'dor V'dor, Aharon«, sagte sie, nannte mich bei meinem hebräischen Namen, und ich wusste, dass sie an meinen Urgroßvater Aaron dachte. Bubbe war noch jung, als ihr Dad starb. Meine Mutter hat ihn nicht mal mehr kennenlernen können. Aber nach ihm bin ich benannt, und Bubbe sagt immer, dass mein Herz dem seinen gleicht.

Es sieht doch so aus: Es ist nicht nur Kuchen, und es ist nicht nur Tanzen. Es ist eine *Hochzeit*. Was bedeutet, dass sie in einer Reihe mit allen Hochzeiten steht, die zuvor stattfanden, in einer Reihe mit allen Hochzeiten, die noch nicht stattgefunden haben. Vielleicht sogar in einer Reihe mit meiner.

Ich schlage die Hände vors Gesicht. Mit einem Mal muss ich Tränen zurückhalten.

Da habe ich die ganze Zeit haarklein Zentimeter für Zentimeter mein Hirn durchforstet, aber nicht ein Mal daran gedacht, rauszuzoomen. Jetzt sehe ich es. So klar wie ein X auf der Landkarte.

Ich bin unsterblich verliebt. War es die ganze Zeit schon. Aber nicht in Mikey. Und wenn ich an die Zukunft denke, ist nicht Mikey derjenige, den ich dort sehe.

Das Zeitreisegefühl ist zurück. Jedes Mal, wenn ich blinzle, ist eine weitere Stunde vergangen. Ein ganzer durchgearbeiteter Freitag – fort, ohne eine Spur zu hinterlassen. Ich erinnere mich nicht, den Fahrstuhl genommen zu haben, aber hier stehe ich nun, draußen im Eingang der Probebühne, und warte darauf, dass der Regen nachlässt. Der Plan war, Mikey von zu Hause aus anzurufen, aber vielleicht sollte ich es gleich jetzt tun, bevor mich der Mut verlässt.

Allerdings wollen meine Hände nicht aufhören zu zittern. Ich weiß doch nicht einmal, wie so ein Gespräch auszusehen hat. Irgendwo muss es dafür doch ein Skript geben. Ich bin doch nicht der erste Mensch auf Erden, der mit jemandem Schluss macht. Es ist nicht mal das erste Mal, dass ich mit Mikey Schluss mache.

Der Gedanke durchfährt mich mit solcher Schärfe, dass ich fast das Handy fallen lasse.

Ich weiß, ich bin ein impulsiver Mensch. Und leichtsinnig. Aber was ich da mit Mikey anstelle! Wie ich mein Herz immer wieder aus seiner Reichweite ziehe, sobald er es zu fassen versucht! Das ist … nicht richtig, das muss ich sofort beenden!

Ich bin sein erstes »Ich liebe dich«, sein erstes Mal, sein erster Kuss, sein erstes Alles.

Ich bin sein Ben.

Der Regen denkt gar nicht daran, nachzulassen, also gehe ich zurück ins Foyer. Mikey ist in meinen Kontakten unschwer zu finden. Sein Name steht ganz oben bei den Favoriten. Ich wähle die Nummer, und während es klingelt, versuche ich weiterzuatmen.

Das schulde ich ihm, denke ich.

Doch er nimmt nicht ab. Also schiebe ich mein Handy in eine Plastiktüte, trete hinaus in den Regen und mache mich auf den Heimweg.

Als ich ins Gebäude komme, schert es mich kaum, dass ich völlig durchnässt bin. Ich drücke so fest auf den Fahrstuhlknopf, dass mein Knöchel knackt. Drinnen starre ich in den Spiegel und sehe zu, wie meine Lippen sich bewegen:

Hey, können wir reden?

Mikey-Maus, du verdienst so viel Besseres als meinen Bullshit.

Du verdienst das größte, lauteste »Ich liebe dich« *der Welt.*

Von jemandem, der keine Sekunde zögert, es auszusprechen.

Mikey, ich glaube nicht, dass ich je so weit sein werde.

Weil ... Weil ... Weil ...

Wie zur Hölle soll ich diesen Teil erklären?

Hey, Mikey, erinnerst du dich? Was hast du da gleich noch mal befürchtet?

Der Fahrstuhl spuckt mich auf meinen Flur, aber meinem rasenden Herzschlag nach zu urteilen, könnte ich diese paar Schritte statt bis zur Wohnungstür auch über eine Planke gehen. Gleich. Gleich ist es so weit. Ich werde mich abtrocknen, frische Sachen anziehen, und dann werde ich den Arsch zusammenkneifen und ihn anrufen. Ich werde das Pflaster abreißen.

Hey, Mikey, können wir reden?
Hey, Mikey, du hast es vielleicht schon geahnt.

Ich drehe den Schlüssel und mache die Tür auf. Im Wohnzimmer brennt Licht. Mein Blick fällt auf einen Koffer. Ich blinzle wie ein altmodischer Filmprojektor, der klackernd Bild um Bild erfasst.

In all den Monaten, die ich Mikey jetzt kenne, hat er mich nie so geküsst wie jetzt und hier. So innig, dass mir die Knie weich werden.

Völlig verdattert sehe ich zu ihm auf.

»Große Geste gelungen?«, fragt er.

25. KAPITEL – BEN
FREITAG, 19. JUNI

Laut Yelp – und Dylan, obwohl der genau wie der Rest von uns zum ersten Mal hier ist – ist das New Town Street Café in Tribeca einer *der* Open-Mic-Hotspots. Ich habe keinen Vergleich, finde es aber ziemlich cool hier. Der erste Comedian hat seinen Gig durchgezogen, ohne total beleidigend zu werden, was definitiv ein Pluspunkt ist. Allerdings ist das Licht so runtergedimmt, dass man die von Künstlern gespendeten Bilder an den Wänden nicht erkennen kann. Das ist in etwa so, als würde ich mein Manuskript einer Bücherei spenden, die es dann als Türstopper benutzt.

Dylan kommt mit den Getränken zurück – Gingerale für sich und Samantha, eine Pepsi für mich, Limo für Mario – und wir stoßen auf den Abend an. Wir sind seit fast einer Stunde hier, und ich habe noch nichts von Arthur gehört. Ich habe ihm sogar halb im Scherz geschrieben. Na, wer ist jetzt zu spät?, aber keine Antwort. Ich gebe ihm noch zehn Minuten oder so, dann rufe ich an und frage, ob alles in Ordnung ist. Würde mich nicht überraschen, wenn er vor dem Laptop eingeschlafen ist, während er sich lauter Coverversionen der Songs aus *Waitress* angeschaut hat. Wäre bekanntermaßen nicht das erste Mal.

»Und jetzt einen Riesenapplaus für die Pac-People!«, fordert der Moderator uns auf.

»Whoohoo«, ruft Samantha, und Dylan reckt die Faust in die Höhe, als wäre er bei einem Mega-Sportevent.

»Wer ist das?«, fragt Mario mich.

»Yo no sé hoch fünfhundert«, antworte ich.

»Patrick hat sie mir empfohlen«, erklärt Samantha. »Die Pac-People haben auf TikTok getrendet und er dachte, sie würden mir gefallen.«

»Und dieses eine Mal hatte Patrick recht«, gibt Dylan zu.

»Was ist mit dem Mal, als er meinte, dass dein Männerdutt ziemlich cool ist?«, fragt Samantha.

Dylan reckt das Kinn. »Zufällig kann ich ihm da nicht zustimmen. Männerdutts sind out.«

Ich ignoriere ihn und konzentriere mich auf die Pac-People, die gerade aufbauen. Sie sind zu fünft und tragen die klassischen Farben von *Pac-Man* bzw. *Ms. Pac-Man und den Geistern* – Gelb, Rot, Blau, Pink und Orange. Als die Musik einsetzt, reißt sie einen so mit, dass man sich fühlt, als würde man ein richtiges Gute-Laune-Level in einem Computerspiel durchzocken. Mario umarmt Dylan von hinten und bewegt sich im Takt. Und Dylan? Ist kein bisschen schüchtern, wenn es ums Tanzen geht.

»Halt meinen Drink«, sagt er zu Samantha und sie nimmt sein Gingerale entgegen, ohne mit der Wimper zu zucken.

»Sostén mi bebida, Alejo.« Mario reicht mir seine Limo.

»Jungs, hm?«, meint Samantha zu mir.

»Mario und Dylan«, gebe ich zurück.

Samantha und Dylan sind schon seit Beginn des Abends echt cool zu Mario. Dylan hat bisher erst zehn Du-klaust-mir-meinen-besten-Freund-Witze gemacht. Das muss mehr werden, damit ich die Wette mit Samantha gewinne. Immerhin hab ich fünf Dollar darauf gesetzt, dass Dylan Mario gegenüber den ganzen Abend über irgendwelche Anspielungen fallen lässt.

»Wie süß!«, bemerkt eine Person, die an unseren Jungs vorbeiläuft.

»Danke!«, sagt Dylan zu ihr.

»Bei ihm wirkt Selbstbewusstsein echt anstrengend«, bemerke ich.

»Und aufregend«, ergänzt Samantha lächelnd.

»Oookay, das erzählen wir ihm besser nicht.«

»Das habe ich ihm auch schon ins Gesicht gesagt.«

»Samantha! Damit bestätigst du ihn doch nur!«

»Jaaaa, ich weiß.«

Die Pac-People spielen den nächsten Song. Dylan und Samantha sehen sich an und jubeln.

»*Ballad of Aphrodite!*«, rufen sie im Chor.

Samantha zieht Dylan an sich und jetzt wiegen sie sich zusammen zur Musik.

»Klingt, als hätte Amor nur mit Harfe und Keyboard ein Liebeslied geschrieben«, meint Mario.

»Aber es funktioniert irgendwie, oder?«

Er streckt mir seine Hand hin. »Schauen wir mal, ob es funktioniert.«

»Wie soll man dazu überhaupt tanzen?«, frage ich.

Mario schnappt sich meine Hände und wirbelt mich herum. »Keine Ahnung, egal. Beweg dich einfach.«

Und das tun wir, gemeinsam, bis sein Handy klingelt.

»Das ist mein Onkel. Ist es okay, wenn ich rangehe?«

»¡Ve! ¡Ve!«

Mario wendet sich zum Gehen, dreht sich aber noch mal um und gibt mir einen Kuss, bevor er zum Ausgang trabt. Diese Art Kuss – wie auch die, die er mir neuerdings zur Begrüßung gibt – ist genau das, was mir die ganze Zeit über mit ihm gefehlt hat.

Während Dylan und Samantha weitertanzen, rufe ich Arthur an. Es klingelt nur einmal, dann springt die Mailbox an. Direkt darauf folgt eine Nachricht: Bin in 5 Min da, sorry!

Yay!, schreibe ich zurück.

Die Pac-People spielen gerade den letzten Song ihres Sets, als Mario zurückkommt und mich mit sich in Richtung Tür zieht. Auf seinem Gesicht prangt das breiteste Lächeln, das ich je gesehen habe.

»Es gibt Neuigkeiten«, sagt er. »DIE Neuigkeiten.«

»Die Serie – «

»Wurde nach einem regelrechten Bieterkrieg verkauft! Es geht echt los!«

Mario hüpft auf und ab, als würde jemand auf den Jump-Knopf in einem *Super-Mario*-Spiel einhämmern. Dann hält er inne, nimmt meine Hand. »Alejo, es kommt mir vor, als würden all meine Träume in Erfüllung gehen! Ich darf an einer Serie mitarbeiten und helfen, ein paar Androiden zum Leben zu erwecken. Einzuschalten? Wie auch immer. Wow. WOW! Ich kann es kaum glauben!«

Wie vom Blitz getroffen steht er da, grinst, stellt sich wahrscheinlich diese strahlende Zukunft vor.

Und ich ... mir jetzt auch.

Mario geht nach L. A., und ich werde ihm folgen. Das ist der aufregendste Neuanfang aller Zeiten!

Er nimmt meine Hand. »Und das ist nicht alles, Alejo.«

»Oh, wow, was kommt jetzt?«

Ob er wohl noch mehr Aufgaben am Set übernehmen soll?

»Also, Tío Carlos hat ja ziemlich viele Kontakte beim Film, und einer seiner Freunde arbeitet für die UTA, die United Talent Agency. Dariel, queer, Fantasyliebhaber. Und Carlos hat ihm gegenüber *Der Zorn der Zauberer* erwähnt.«

Ich muss mich verhört haben. »Wie bitte? Dein Onkel weiß von *DZDZ*?«

»Klar. Ich schwärme ständig davon.«

Selbst wenn ich nicht in seiner Nähe bin, denkt Mario wirklich an mich.

»Aber ich bin noch längst nicht mit der Überarbeitung fertig.«

»Das wird schon. Dariel findet die Idee super, und wenn ihm das Buch gefällt, könnte er dir ein paar Literaturagenturen empfehlen.«

Das sind echt aufregende Neuigkeiten! Und welche, die mich ein bisschen überfordern. Ich habe das Gefühl, ich sollte sofort nach Hause sprinten und mich an die Arbeit machen, für den Fall, dass dieses Angebot ein Verfallsdatum hat.

Vor lauter Dankbarkeit will ich Mario küssen, doch als ich mich vorbeuge, höre ich eine Stimme meinen Namen rufen: Arthurs Stimme.

»Sorry, dass ich so spät bin – Überraschung!«

Arthur hält Mikey an der Hand, denselben Mikey, der eigentlich in Boston sein sollte. Ich spüre ein Ziehen im Bauch. Die beiden zusammen zu sehen sorgt dafür, dass ich mich noch enger an Mario klammern möchte.

»Wow. Hey, Mikey!«

»Hi!«

Gerade als ich Arthur, Mikey und Mario zurück an unseren Tisch führe, kommen Samantha und Dylan von der Tanzfläche. Dylan muss zweimal hingucken, dann wirft er sich Mikey an die Brust.

»Dreierdate!«, ruft er. »Das erste in der Geschichte der Menschheit!«

»Kann nicht sein«, entgegnet Mikey.

»Was führt dich wieder her?«, fragt Samantha ihn.

»Schaut ihr euch noch ein Musical an?«

»Ich wollte Arthur überraschen. Einfach so.«

»Und du hast Arthur überrascht!«, fügt Arthur hinzu.

»Ich hole mir was zu trinken«, meint Mikey zu ihm. »Willst du eine Sprite?«

»Jap, perfekt«, antwortet Arthur, als Mikey sich in Bewegung setzt. Dann starrt er mit glasigem Blick die Comedian an, die als Nächstes die Bühne betritt.

»Hey, alles gut bei dir?«, frage ich.

»Perfekt«, sagt Arthur noch einmal, auch wenn in seinen Augen Tränen schimmern.

Ich schiebe mich ein bisschen näher an ihn heran. »Willst du irgendwohin zum Reden?«

Es bricht mir das Herz, ihn so zu sehen.

Arthur schüttelt den Kopf. »Ich kann nicht. Ich meine, nicht nötig. Alles in Ordnung. Ich bin wohl wie das GIF von diesem Hund mit dem Hut, der sagt, alles sei gut, obwohl es brennt. Nur dass es nicht brennt.«

Wie gern würde ich die Zeit anhalten und ganz allein mit ihm sprechen. Ohne Mikey, ohne Mario. Ohne alle. Ich möchte, dass er ehrlich zu mir ist, damit ich für ihn da sein kann, weil er das offensichtlich gerade braucht. Aber er lässt mich nicht.

Er tut so, als würde er der Komikerin zuhören und über deren Witze lachen, während vor allem Mario und Dylan sich wirklich nicht mehr einkriegen.

Mikey kommt mit den Getränken zurück. »Entschuldige, dass ich so lang gebraucht habe.«

»Kein Grund, dich zu entschuldigen. Du darfst dich nie wieder für *irgendetwas* entschuldigen«, sagt Arthur.

Mal im Ernst, was hat Mikey ihm angetan?

Oder Arthur Mikey?

Während der folgenden Beiträge kann ich mich nicht entspannen. Irgendwer singt *Jingle Bell Rock*. Mikey bemerkt, das sei eine mutige Wahl, und lobt den Gesang. Dann folgen zwei mittelmäßige Impro-Theater-Leute. Fällt mir schwer, ihnen zuzusehen. Dylan erträgt sie auch nur schlecht, und so dreht er ihnen den Rücken zu.

Als der Moderator wieder auf die Bühne kommt, verkündet er: »Und als Nächstes hören wir ... Mikey!«

Arthur reißt die Augen auf. »Oh, wow. Yay!«

Das Ding ist, sosehr Arthur den Broadway liebt – er kann ums Verrecken nicht schauspielern. Ich merke direkt, dass er nicht so begeistert ist, wie er zu sein vorgibt. Was auch immer los ist, vielleicht ist das hier Mikeys Art, ihn aufzumuntern?

Er küsst Arthur auf den Scheitel und erklimmt die Bühne. Mit dem Mikro in der Hand verkündet er: »Diesen Song widme ich meinem Freund, Arthur. Du verdienst große Gesten, und das ist die erste von vielen, die noch kommen werden.«

»Awww.« Dylan tätschelt Arthur das Knie.

Jemand beginnt, Klavier zu spielen.

»*Arthur's Theme*! Großartige Wahl«, ruft Mario.

Ich habe das Lied noch nie gehört und bin sprachlos, als Mikey davon singt, zwischen dem Mond und New York City hängen zu bleiben. Er hat eine tolle Stimme und meine Augen werden feucht, weil es dermaßen schön ist. Unter dem Scheinwerferlicht ist Mikey einfach so liebenswert, wie er da steht und in die Welt hinausträllert, dass sich zu verlieben das Beste ist, was man tun kann.

Ich schiebe meinen Stuhl zurück und stehe auf.

Mario lächelt mir zu. »Alles gut?«

Ich murmele, ich müsse zur Toilette, und dann mache ich, dass ich rauskomme.

Ich sollte mich für Arthur freuen. Genau so was hier verdient er doch. Er verdient einen Freund, der ihm solche broadwayreifen Liebesbeweise erbringt und ihn »einfach so« überrascht. Nicht in einer Million Jahren könnte ich Arthur das geben, was Mikey ihm gerade bietet.

Klar, Arthur war vielleicht echt nicht gut drauf, als er vorhin ankam. Und vielleicht passen er und Mikey nicht perfekt zusammen. Aber ich kenne Arthur besser als die allermeisten, und ich weiß genau, was eine solche Geste ihm bedeutet. Was auch immer zwischen den beiden los war, ich wette, es war in der Minute vergessen, als Mikey diese Bühne betreten hat. Und wenn sie nach Hause kommen, haben sie Versöhnungssex und machen sich gegenseitig eine Menge tränenreicher Liebeserklärungen.

Und das ist vollkommen in Ordnung. Ich habe meinen eigenen Neustart.

26. KAPITEL – ARTHUR
FREITAG, 19. JUNI

Nichts daran ergibt einen Sinn. Mikey singt keine Solos. Und erst recht nicht auf einer Bühne in einem Café in Tribeca. Und doch ist der Typ, der mir gerade aus ganzem Herzen vor einem Raum voller Fremder ein Ständchen gesungen hat, unzweifelhaft mein scheinwerferlichtscheuer Freund.

Als ich in sein liebes nervöses Gesicht sehe, möchte ich am liebsten in Tränen ausbrechen.

»Du bist unglaublich«, sage ich und weiche seinem Blick aus. Ich nehme ihn an der Hand, um mit ihm an unseren Tisch zurückzugehen, und sogar das fühlt sich schon wie eine Lüge an.

Dylan nimmt uns unter weit ausholendem Klatschen in Empfang. »Verdaaaammt! Mic-drop-Mikey!«

Mario schiebt seinen Ärmel hoch, um uns seine Gänsehaut zu zeigen. »Einfach brillant! Fucking oldschool große Geste à la Hollywood!« Und dann reden alle darüber, dass Mario die Szene in eine Serie hineinschreiben sollte, doch ich höre schon bald nicht mehr zu. Vor allem, weil Ben endlich von den Toiletten zurück ist und sein Gesicht mein Hirn kapert.

»Tja, apropos Hollywood«, sagt Mario und legt einen Arm um Ben. »Alejo, sollen wir ihnen die große Neuigkeit erzählen?«

»Warte, wie groß? Ich will vorbereitet sein«, verlangt Dylan. »Reden wir von Neuer-Avengers-Film-Ausmaßen oder geht es eher um –«

Samantha hält ihm den Mund zu. »Wird deine Serie produziert?«, fragt sie Mario.

Der strahlt. »Zehn Folgen zu je einer Stunde! Eine ganze verdammte Staffel!«

Samantha haut auf den Tisch. »Oh mein Gott! Du bist jetzt offiziell ein Drehbuchautor?!«

»Ich bin jetzt offiziell ein Drehbuchautor!!«

Mikey reißt die Augen auf. »Wow!«

»Herzlichen Glückwunsch«, sage ich und mein Blick fliegt zu Ben. Er wirkt ein bisschen benommen.

»Damit ist es dann wohl abgemacht«, folgert Dylan. »Mein Benhattan zieht nach Los Bengeles.«

»Ähm. Ja.« Ben lächelt. »Schätze schon.«

Mario stupst ihn an. »Okay, jetzt erzähl ihnen, was *du* in der Pipeline hast.«

Ben wird rot. »Du meinst, den Agenturtypen?«

Mario grinst. »Den Agenturtypen, der sich *Der Zorn der Zauberer* näher ansehen will, sobald du es fertig hast.«

»Ja, weil du und Carlos es ständig in den Himmel lobt. Warten wir ab, was er sagt, nachdem er es selbst gelesen hat«, sagt Ben und verdreht die Augen, aber die Hoffnung in seiner Stimme verrät ihn.

»Er wird es lieben«, prophezeie ich und versuche, ein Lächeln aufzusetzen. »Was sonst?«

Ich erinnere mich an den Abend, an dem Ben mich seinen Entwurf lesen ließ. Daran, wie nahezu heilig dieser Moment mir vorkam. Damals schien es das Intimste zu sein, was er mit jemandem teilen kann. Sein unvollendetes Herz.

Doch Mario ist derjenige, der Bens Träume über die Ziellinie trägt. Ich mag Bens erster Entwurf gewesen sein, Mario ist seine gebundene Ausgabe.

Na ja, so ist das wohl. Manchmal leben eben die anderen glücklich bis an ihr Lebensende.

Auf dem Weg von der U-Bahn nach Hause hält Mikey die ganze Zeit meine Hand, und ich fühle mich mit jedem Schritt mehr wie ein Lügner. Ich habe keine Ahnung, wo ich anfangen soll. Wie funktioniert das überhaupt, wenn wir doch gar nicht streiten? Wie macht man mit jemandem Schluss, der nichts falsch gemacht hat?

»Nicht zu fassen, dass du so spontan einen Song namens *Arthur's Theme* ausgegraben hast«, platze ich heraus.

Mikey muss kurz lachen. »Den kenne ich schon eine Weile. Vorbereitung ist das A und O.«

Cool, cool. Gut zu wissen, dass Mikey herrliche Überraschungen vorbereitet hat, während ich mit Ben-Anschmachten beschäftigt war. Gut zu wissen, dass ich ein echtes beschissenes Monster bin.

»Danke jedenfalls«, kriege ich heraus. »Das war total süß von dir.«

»Du verdienst es, besungen zu werden.«

Mein Hals wird eng. »Du auch.«

»Hey. Alles in Ordnung?«, fragt Mikey.

»Was? Natürlich! Wieso?«

»Keine Ahnung. Du bist so still. Als würdest du über was grübeln.«

»Ich ... ja. Mir geht's gut.« Vor der Haustür bleibe ich stehen und lasse Mikeys Hand los, um den Schlüssel hervorzukramen. »Tut mir leid. Es war einfach eine seltsame Woche.«

Als wir die Wohnung betreten, ist das Licht aus und alles unverändert.

»Keiner zu Hause«, sagt Mikey. »Jessies Date läuft wohl gut.«

»Muss wohl«, sage ich, ohne ihn anzusehen.

»Vielleicht könnten wir – «

»Lust auf'n Film?«, unterbreche ich und lasse mich regelrecht im Sturzflug aufs Sofa fallen. Ich bin hibbelig und verquer, wie ein Mensch gewordener Schluckauf. Ich greife nach der Fernbedienung und fange an, durch die Auswahl zu scrollen, doch alle Thumbnails verschwimmen miteinander. Erst da fällt mir auf, dass meine Augen feucht sind.

»Arthur?«

Ich lege die Fernbedienung weg und drücke mir die Handballen auf die Augen. *Ich kann das nicht. Ich kann das verdammt noch mal nicht. Nicht heute Abend.* »Alles gut«, sage ich.

»Sieht aber nicht danach aus.« Seine Stimme ist so sanft, dass ich einen Moment lang keine Luft kriege. »Du musst nicht darüber reden«, fügt er eilig hinzu. »Aber falls du es möchtest, ich bin hier.«

Mir wird so eng in der Kehle, dass meine Worte erst gar nicht hindurchkommen. »Du bist ein so guter Mensch«, sage ich schließlich. Es klingt heiser und gepresst.

»Bin ich nicht. Ich liebe dich nur einfach.«

Ich versuche ein Lächeln, doch es hält nicht. Ich schlage die Hände vors Gesicht.

»Hey.« Mikey zieht mich an sich. »Du musst es nicht zurücksagen. Das weißt du, oder?«

Morgen, denke ich und hasse mich dafür.

Mikey küsst mich auf den Scheitel, und meine Lider schließen sich flatternd.

Zum letzten Mal lege ich mich neben Mikey ins Bett. Zum letzten Mal legt er seine Brille auf meinen Nachttisch. Zum letzten Mal studiere ich im Halbdunkel sein Profil: seine

Wangenknochen, den Schwung seiner Nase, seine schneeblonden Wimpern.

Ich bin der Einzige, mit dem er je ein Bett geteilt hat. Der Einzige, der weiß, dass er im Schlaf sein Kissen umarmt. Was soll ich mit diesen Informationen anstellen? Wo soll ich sie aufbewahren?

Das umarmte Kissen hebt und senkt sich im Takt von Mikeys Atemzügen. Doch dann macht er die Augen auf und dreht mir das Gesicht zu. Eine Weile sehen wir uns schweigend an.

»Kannst du nicht schlafen?«

Ich schüttle den Kopf. »Irgendwie nicht.«

»Ich auch nicht.« Als er sich auf die Seite rollt, bleiben kaum drei Zentimeter Platz zwischen unseren Gesichtern. Ich will lächeln, doch irgendwie rutsche ich dabei schon Richtung weinen. »Es tut mir so leid.«

»Was denn?« Mikey zieht mich an sich. »Hey.«

»Dass ich ein Arsch bin.«

»Du bist kein Arsch.«

»Mikey.« Ich hole tief Luft. »Ich weiß nicht mal, wie ich das sagen soll. Ich wollte eigentlich bis morgen warten.«

Seine Brust an meiner verspannt sich. »Okay.«

»Mikey.«

»Bitte sag es einfach.«

Ich kneife die Augen zu und öffne sie wieder. »Ich glaube ... Als du mir gesagt hast, dass du mich liebst ...« Ich zögere, wische mir eine Träne weg. »Ich war einfach ... Ich hatte nicht damit gerechnet in dem Moment. Deswegen habe ich mich irgendwie ... abgeschaltet. Keine Ahnung.«

»Arthur, ich weiß. Ich verstehe das.«

»Und ich liebe dich ja. Offensichtlich. Das wusste ich auch da schon. Aber ich wusste nicht, ob es die gleiche Art von Liebe ist, und ich wollte es nicht sagen, solange ich nicht sicher – «

»Und das ist okay! Keine Eile.«

»Ich weiß, weiß ich ja. Du warst«, ich schlucke, »so wundervoll und geduldig. Das verdiene ich gar nicht.«

»Doch.«

»Nein.« Ihm in die Augen zu sehen fühlt sich an wie ein freier Fall. Seine Miene ist hart wie Holz. »Mikey, ich wünschte so sehr, ich würde dich *auf die Art* lieben.«

Er schließt die Augen und lächelt schmal. »Aber so ist es nicht.«

Ich schüttle langsam den Kopf. »Tut mir leid.«

Eine Träne rollt an Mikeys Nasenrücken hinunter und er wischt sie unsanft weg. Dann dreht er sich wieder auf den Rücken.

»Es liegt nicht – «

»Es liegt nicht an mir, es liegt an dir. Schon kapiert.«

»Ich weiß, wie das klingt, aber es ist die Wahrheit!« Ich setze mich auf und umschlinge meine Knie. »Du bist der perfekte Freund. Ich weiß nicht, was mit mir los ist. Ich habe mir den Kopf zerbrochen, warum die Rechnung nicht aufgeht. Wie kann ich jede Einzelheit an dir lieben, und doch ... macht es nicht klick? Mikey, du verdienst jemanden, bei dem es klick macht. Ich halte dich nur davon ab, ihn kennenzulernen.«

»Also: was? Das ... war's dann?«

»Es tut mir so leid.«

»Wow.« Mikey starrt an die Decke.

»Wirklich, es ... tut mir so verdammt leid, Mikey. Du sollst wissen, wie unglaublich – «

»Ich will nichts davon jetzt hören!« Er setzt sich auf und vergräbt das Gesicht in den Händen. »Himmel, Arthur, lässt du mir mal eine Minute, um zu begreifen, dass ich extra vier Stunden mit dem Zug hergefahren bin, nur damit du mich abschießen kannst?«

Ich ziehe die Schultern hoch. »Den Begriff ›abschießen‹ mag ich nicht so, weil – «

»Und ich mag es nicht, abgeschossen zu werden!«

Ich fange wieder an zu weinen. »Es tut mir leid, dass – «

»Kannst du bitte einfach still sein?!«

Ich kneife den Mund zu und nicke.

»Soll ich gehen?«, frage ich schließlich. »Ich kann im Wohnzimmer schlafen.«

»Lass das sein, ja? Du musst nicht im Wohnzimmer schlafen.«

»Dann können wir also darüber reden?«, frage ich.

»Was willst du denn hören? Dass es okay ist?«

»Nein, ich – «

»Es ist nicht okay.« Mikey legt den Kopf zurück, starrt wieder an die Decke. »Wo kommt das auf einmal her? War ich dir heute Abend peinlich?«

»Nein! Gott, nein, du warst fantastisch! Das kommt nicht von heute Abend. Ich versuche schon seit einem Monat, meine Gefühle klarzukriegen.«

»Seit einem Monat. Also etwa seit, ... du zurück in New York bist und deinen Exfreund wieder täglich siehst.«

»Das hat damit nichts – «

»Ach nein?!« Mikeys Blick bohrt sich in meinen. »Sieh mir in die Augen und sag mir, dass das Ganze nichts mit Ben zu tun hat.«

All meine Worte lösen sich in nichts auf.

»Verstehe.« Eine Träne läuft ihm über die Wange.

»Es ist nichts passiert«, versichere ich heiser. »Ich schwöre bei Gott.«

»Nichts im Sinne von: Ihr hattet keinen Sex, oder – ?«

»Nichts im Sinne von *gar nichts*, Mikey! Ich würde dich niemals betrügen, niemals!«

Mikey sieht mich an. »Hast du ihn geküsst?«

»Nein! Küssen ist für mich auch Betrügen.« Er sagt nichts dazu. »Mikey, ich habe dir von jedem einzelnen Treffen erzählt. Mehr war da nicht. Kein Sex, kein Küssen, kein Händchenhalten. Einfach nur Treffen. Und die Hälfte der Zeit war Mario dabei.«

Mikey presst eine Hand an die Stirn. »Wenn du gar nicht mit ihm rummachst, was bringt dir das dann?«

»Was? Nichts! Er ist ein Freund!«

»Ein Freund, in den du verliebt warst! Wie lange musstest du damals nachdenken, bevor du ihm ›Ich liebe dich‹ gesagt hast?«

Ich starre auf meine Knie.

»Wie lang wart ihr überhaupt zusammen? Drei Wochen?«

»Drei Wochen und zwei Tage«, antworte ich gedankenlos, und Mikey guckt, als hätte ich ihn geschlagen. »Ich war sechzehn. Er war mein erster Freund. Was soll ich dazu – ?«

»Das ist so schön, Arthur. So eine schöne Geschichte über deine erste große Liebe. Willst du mal meine hören? Er und ich haben drei Monate lang in einem Bett geschlafen, aber er wollte mich nicht seinen Freund nennen. Und dann hat er mich zwei Stunden vor dem Winterkonzert abgeschossen. Super fand ich das. Richtig toll.«

»Mikey, es tut mir leid. Ich – «

»Willst du hören, wie ich Weihnachten verbracht habe? Ich habe mir die Augen aus dem Kopf geheult. Bin kaum aus dem Bett gekommen. Meine Mom hat sich solche Sorgen gemacht, dass sie die Messe hat ausfallen lassen.«

Erschrocken sehe ich auf. »Aber du sagtest doch – «

»Was *sollte* ich denn sagen?! Hi, wie cool, dass du den ganzen Weg aus Georgia für mich hergeflogen bist, aber jetzt lass uns darüber reden, wie du mir Weihnachten versaut – «

»Ja! Das *hättest* du sagen sollen!« Mir laufen wieder die Tränen. »Das hätte ich verdient gehabt!«

»Aber ich war so in dich verliebt, Arthur. Begreifst du das überhaupt? Denkst du, da vor der Eisdiele war das erste Mal, dass ich es sagen wollte? Dass ich es gefühlt habe?«

Entgeistert starre ich ihn an. »Ich wusste nicht – «

»Und dann stehst du an Silvester vor meiner Tür und sagst mir, dass du mein Freund sein willst!« Mikey drückt beide Hände an seine Brust. »Es war alles, was ich immer wollte. Mit dir von vorne anfangen.«

»Es tut mir unendlich leid«, hauche ich so leise, dass es fast nur ein Ausatmen ist. »Ich war dumm und verwirrt. Ben und ich hatten so viel Kontakt und – «

»Immer geht es um Ben.« Mikey schließt die Augen. »Also, was? Liebst du ihn immer noch?«

»Ich – «

»Ich wette, deswegen wolltest du überhaupt erst nach New York.«

»Was? Nein! So war das nicht! Er und ich haben doch nicht mal mehr miteinander geredet.« Ich hole tief Luft. »Mikey, nichts ist passiert. Ich schwöre es. Ben zieht zu seinem Freund nach Kalifornien. Keine Ahnung, ob ich ihn je wiedersehen werde. Das war's. Ende der Geschichte. Es gibt keinen Epilog, in dem wir noch mal zusammenkommen. Aber: ja ...«, füge ich mit erstickter Stimme hinzu, »ja, ich habe Gefühle für ihn. Wahrscheinlich waren sie nie fort. Ich bin nicht gut darin, okay? Ich dachte, ich wäre über ihn hinweg, aber offenbar bin ich das nicht, und wer zur Hölle weiß schon, ob ich es je sein werde? Aber du solltest nicht darauf warten müssen.«

Mikey schweigt eine Weile und reibt sich den Nasenrücken. »Dann war's das also, schätze ich«, sagt er schließlich.

Ich nicke. Meine Mundwinkel sind nass und salzig von all den Tränen.

Mikey schweigt erneut, stößt aber einen dieser langen, bebenden Atemzüge aus, den ich bis ins Knochenmark spüre. Der Drang, ihn in den Arm zu nehmen, ist so stark wie die Schwerkraft. Ich bin schon im Anflug, bevor mein Gehirn den Impuls prüfen kann. »Darf ich?«

Mikey nickt und ich schlinge beide Arme um ihn. Ich glaube nicht, dass ich ihn je mehr geliebt habe. Vielleicht wäre es in einem anderen Universum genug.

Ich weiß nicht mehr, wie lang wir geweint haben oder wann wir entschieden haben, zu schlafen. Ich weiß nur: Als ich aufwache, bin ich allein. Die Decke auf Mikeys Seite ist ordentlich zurückgeschlagen.

Ein Frühaufsteher eben, denke ich, obwohl es schon nach zehn ist. Undeutlich kann ich den Fernseher im Wohnzimmer laufen hören. Wahrscheinlich hat Mikey irgendwas auf Netflix an und frühstückt schon mal. Allerdings ...

Der Platz neben der Kommode ist leer, sein Koffer weg.

Während ich aus dem Bett steige und das Zimmer durchquere, komme ich mir vor, als wäre ich von meinem Körper getrennt. Als ich ins Wohnzimmer trete, läutet eine Schulglocke im Fernsehen.

Er ist weg. Natürlich ist er weg. Und als Jessie vom Sofa hochguckt, falle ich in mich zusammen.
»Fuck.« Sie schaltet den Fernseher aus. »Bist du okay?«
»Sehe ich so schlecht aus?« Ich versuche zu lachen.
»Du siehst beschissen aus.« Sie ist schon auf halber Strecke zu mir. »Was ist passiert?«
Es gibt keinen Ausgangspunkt. Diese Geschichte hat keine erste Seite. Ich weiß nicht, wie ich sie erzählen soll. Ich weiß nur, dass er weg ist. Das verdiene ich. Ich bin erleichtert. Und ich vermisse ihn. Und ich will es Ben erzählen, damit er mein Gesicht zwischen seine Hände nehmen und mich küssen und mir sagen kann, dass er mich liebt. Dass er nie aufgehört hat, mich zu lieben. Nur wird er das nicht sagen, weil es nicht stimmt. Und dass ich Mikeys Herz gebrochen habe, wird nichts daran ändern, dass Ben immer wieder das meine bricht.

27. KAPITEL – BEN
DIENSTAG, 23. JUNI

»Also, unter ›zusammen was unternehmen‹ hatte ich mir was anderes vorgestellt.« Wir stehen vor einem Blumenladen in Alphabet City. Dylan zuckt die Achseln. »Nein, nein, nein. So nicht. Du hast gejammert und dich beschwert, ich sei der Hauptgrund dafür, dass du New York den Rücken kehrst, weil ich nichts mit dir unternehme. Jammern und beschweren ist keine Option, *während* wir was unternehmen.«

»Du bist nicht der Hauptgrund. Du bist nicht mal in den Top drei.«

»Das fasse ich als Beleidigung auf, aber gerade mache ich mir über deine kleinen Gemeinheiten keinen Kopf, denn hier geht es um mein Zweijähriges mit Samantha.« Mit diesen Worten betritt Dylan den Laden. »Mikeys Performance neulich hatte *Glee*-Potenzial, und jetzt muss ich mit etwas ähnlich Denkwürdigem nachziehen, damit Samantha genauso von Liebe erfüllt wird wie Arthur.«

Ich bin mir gar nicht sicher, ob Arthur überhaupt so sehr von Liebe erfüllt war. Keine Ahnung, vielleicht interpretiere ich das auch falsch, aber ich könnte schwören, dass Arthur noch seltsamer drauf war, nachdem Mikey seinen Song beendet hatte. Er war den ganzen Abend so still, beinahe abwesend. Aber ich kann mir echt keinen Reim darauf machen. Ich war überzeugt, dass Mikeys Auftritt alles in Ordnung bringen würde. Seitdem habe ich schon zig Nachrichten *fast* abgeschickt, um nachzuhaken, aber ich weiß einfach nicht, wie ich das Thema ansprechen soll, ohne dass es superkomisch wirkt. Schließlich bin ich nicht scharf drauf, Arthur auf die Nase zu binden, wie viel ich über seine Beziehung nachdenke.

Bestimmt bilde ich mir das eh alles nur ein. Selbst wenn sie wirklich einen Streit hatten, haben sie sich inzwischen sicher längst vertragen. Und Mikey hat wahrscheinlich sein »Ich liebe dich auch« bekommen.

Auf die Details dazu bin ich ebenfalls nicht besonders scharf.

»Psst«, macht Dylan verschwörerisch. »Da wir gerade in einem Blumenladen sind, muss ich daran denken, wie es wäre, hier jemandes Blümchen zu pflü-«

»Ich kann nicht glauben, dass Samantha es tatsächlich schon zwei Jahre mit dir aushält«, unterbreche ich ihn.

»Und sie wird es auch auf Dauer mit mir aushalten.«

»Meinst du etwa, du bist vor einem gebrochenen Herzen gefeit?«

»Du brichst mir jeden Tag das Herz.« Dylan überfliegt die Texte auf den Grußkärtchen, während der Florist noch andere Kunden bedient. »Aber Samantha und ich sind glücklich zusammen.«

»Das merkt man. Und ich find's toll, dass ich mir um dich keine Sorgen machen muss. Zumindest in der Hinsicht. Ich mache mir aber definitiv Sorgen, dass du irgendwann gegenüber der falschen Person zu sehr Dylan bist und so richtig auf die Fresse kriegst. Hoffentlich bewahrt Samantha dich davor.«

»Ich bitte dich. Ich gucke regelmäßig Wrestling-Shows. Ich wünschte, es würde sich endlich mal jemand trauen.«

Typisch Dylan, das Schauen von Fake-Kämpfen als eine Art Selbstverteidigungskurs zu werten.

Er hält ein Büschel kleiner weißer Blumen hoch.

»Was hältst du von diesen hier?«

»Sehen ein bisschen aus wie Blumenkohl.«

»Das sind Stephanotis, du Banause!«

»Woher weißt du, wie die heißen?«

Der Florist kommt auf uns zu. »Eine gute Wahl«, sagt er mit tiefer Stimme. Er ist Schwarz, trägt einen dichten weißen Bart und hat sich Efeuranken um die Schultern gehängt. Er erinnert mich an einen der Zaubertrankmeister in *DZDZ*. »Hi, ich bin Phil. Wie kann ich euch helfen? Was ist der Anlass?«

»Das Zweijährige mit meiner Freundin.«

»Ah, Masel tov. Kennst du ihre Lieblingsblumen, oder arrangieren wir einfach selbst etwas?«

Dylan zieht sein Handy aus der Tasche und öffnet seine Notizapp. »Sie mag Callas und Ranunkeln.«

»Du hast einen Spickzettel für ihre Lieblingsblumen? Das ist ja süß.«

»Muss man ja, wenn sie solche Namen haben.«

Ich trotte hinterher, während der Florist Dylan durch den Laden führt.

Dylan zeigt auf ein paar weiße Rosen. »Ben-Man, was meinst du dazu?«

»Ganz cool.«

»Steckst du etwa gerade im Körper eines Hetero-Typen? Wenn du nicht sofort an ein paar Rosen schnupperst, such ich mir einen neuen besten Freund für die Pride-Parade.«

»Nur zu.«

»Das wirst du bereuen. Es wird ein gewaltiges Spektakel. Wie *Der Bachelor*, nur nennen wir es *Der beste Freund*, und die ganze Community wird sich krass um mich reißen.«

»Kann's kaum erwarten, mir das *nicht* anzugucken.«

»Alter, bist du grantig. Ich werd mit Phil hier abhängen.«

Tja, viel Glück, Phil.

Ich texte Mario, frage ihn, wie das Basketballspiel mit seinen Brüdern läuft, und während ich auf die Antwort warte, schlendere ich im Laden umher. Sie haben hier einen Bereich mit *Blumen für jede Lebenslage*. Ziemlich schlau, schließlich will man ja nicht mit gelben Nelken bei einem Date auftauchen, wenn die für Verachtung und Enttäuschung stehen. Es gibt rote und pinkfarbene Rosen für Liebe und Freude. Kamille, um jemandem Gesundheit zu wünschen. Knallbunte Tulpen werden empfohlen, um jemanden aufzuheitern. Dabei fällt mir Arthur ein. Obwohl ich für ihn eher ein paar Wildblumen aussuchen würde, denn die mag er am liebsten. Fast hätte ich ihm im Dezember nach seiner Trennung von Mikey welche geschickt, aber der einzige Wildblumenstrauß, den ich gefunden habe, war einer für Beerdigungen und hat außerdem sechzig Dollar gekostet. Also habe ich ihm stattdessen einen Link zum virtuellen Rundgang der Wildblumenausstellung eines Parks gesendet. Das war sogar besser als ein Strauß, weil wir sie uns gemeinsam ansehen konnten.

Immer wieder denke ich an Dezember zurück. Arthur und ich haben so sehr miteinander geflirtet, als hätte uns niemand Bescheid gesagt, dass wir nicht mehr zusammen sind. Während Arthur so um Weihnachten herum förmlich um eine Fortsetzung von *DZDZ* gebettelt hat, habe ich ernsthaft über eine Fortsetzung von *uns* nachgedacht. Weil wir uns trotz der Entfernung so gut verstanden haben, hab ich für mich beschlossen, diese Fernbeziehungssache einfach mal auszuprobieren.

Ich war *so* kurz davor, ihm zu sagen, was ich fühle.

Und dann hat Arthur sich für Mikey entschieden, bevor ich überhaupt eine Chance hatte, um ihn zu kämpfen.

Seitdem traue ich mir nicht mehr zu, genau zu wissen, was in seinem Kopf vorgeht. Selbst wenn ihm beim Open-Mic-Abend wirklich etwas zu schaffen gemacht hat, würde er ausgerechnet mit mir drüber reden wollen?

Falls ja, würde ich sofort aus diesem Blumenladen rennen. Würde die Pride-Parade sausen lassen, obwohl es meine letzte in New York sein könnte.

Ich würde sogar Mario sagen, dass mich jemand Wichtiges braucht.

Aber ich bezweifle, dass ich Arthur so zum Lächeln bringen könnte wie früher.

Ich weiß ja nicht mal, ob es angebracht wäre, es zu versuchen.

28. KAPITEL – ARTHUR
FREITAG, 26. JUNI

»Er wird sich schon wieder einkriegen«, sagt Mom. Ich sehe sie regelrecht vor mir: in ihrem Drehstuhl im Büro, das Handy wie ein Walkie-Talkie vor dem Mund. »Bestimmt braucht er nur ein bisschen Freiraum, um alles zu verarbeiten.«

»Ein bisschen? Er hat mich gesoftblockt!«

»Das ist natürlich ... Was bedeutet das?«, fragt Mom. »Was für ein Blog?«

»Kein ... Es bedeutet einfach, dass er meinen Instagram-Account daran hindert, seinem weiter zu folgen. Und der ist privat, deswegen kann ich nicht mal mehr seine Bilder sehen!« Benommen starre ich an die Schlafzimmerdecke und presse meine freie Hand ans Gesicht. Bei allem, was ich zu vermissen fürchtete – wer hätte da an Mikeys miese Instagram-Fotos gedacht? Hauptsächlich postet er wahllos irgendwelche Gewässer oder überbelichtete Schnappschüsse von Mortimer, dem Kater seiner Schwester, der ein Verdauungsleiden hat, über das Mikey in den Bildunterschriften regelmäßig berichtet, weil er offenbar der einzige neunzehnjährige Boomer der Welt ist.

Wobei ich eigentlich nicht die Verdauungs-Updates vermisse. Ich vermisse Mikey. Ich vermisse es, mit ihm zu reden, ihn aufzuziehen, ihn zum Lachen zu bringen, und ich wünschte, ich könnte ihn noch einmal vernünftig um Verzeihung bitten.

Nachdem Mom aufgelegt hat, lasse ich mich rücklings aufs Bett fallen und halte mein Handy über mich, um per

Selfiekamera die tiefen Schatten unter meinen Augen zu betrachten. Die ganze Woche schon schlafe ich beschissen, und das kann man deutlich sehen. Vor genau einer Woche saß Mikey in einem Zug nach New York. Ich komme auf das alles nicht klar. Von der Trennung habe ich fast niemandem erzählt, wodurch sie sich beinahe nicht real anfühlt. Also, Mom hat mich diese Woche jeden Tag angerufen, und Dad versucht immer noch, mich auf der Arbeit per FaceTime zu erreichen. Taj weiß es auch. Er hat es erahnt, sobald ich am Montag zur Tür reinkam. Aber die einzigen anderen in meinem Umkreis, die davon wissen, sind Jessie, Ethan und Bubbe. Und Bubbes Buchclubfreund*innen sowie der Mann an der Deli-Theke in Bubbes Lieblingslebensmittelladen und eine Frau namens Edie aus der Synagoge, deren bisexueller Enkel Medizin studiert und Single ist. Aber Musa habe ich es noch nicht erzählt. Und Ben definitiv nicht. Jessie soll es auch nicht Samantha sagen, denn dann würde Ben es erfahren, und dafür bin ich nicht bereit. So was von nicht bereit.

Ich gucke mir noch mal Marios Insta-Storys an, denn warum sollte ich die Elendsspirale nicht bis ganz nach unten rutschen? Genau! Warum verdammt noch mal eigentlich nicht? Es ist der Vortag des Pride-Wochenendes, und mir in Boxershorts wegen des heißen Freunds meines Ex die Augen aus dem Kopf zu heulen ist ein tief empfundener Ausdruck von Gay Culture.

Diese Videostrecke – kurze, hintereinandergeschnittene Clips mit dem Lied *Hollywood Swinging* als Hintergrundmusik – habe ich sowieso erst drei Mal gesehen. In den Clips trommelt Mario auf Umzugskartons herum, verschließt sie mit Paketklebeband, guckt ab und an hoch und bewegt die Lippen zur Musik. Seine Begeisterung ist so ansteckend, mein Herz wird ganz krank davon. Gedreht wird das Video von jemandem, der hinter der Kamera bleibt und nur einmal im zweiten Clip *Wow* sagt. Zumindest weiß ich, dass es nicht Ben ist. Bens Stimme würde ich in jedem Universum erkennen, auch an nur einer Silbe.

Mein Handy klingelt und ich erschrecke so sehr, dass ich es mir fast aufs Gesicht fallen lasse.

Ethan ruft an. Ich liebe ihn, aber jetzt bin ich nicht in der Stimmung, deswegen lasse ich es klingeln und schalte zurück zu Instagram. Bevor ich jedoch die nächste von Marios Storys aufrufen kann, klingelt das Handy erneut. Diesmal ruft irgendjemand mit einer New Yorker Nummer an.

»Hallo?« Mein Herz klopft aufgeregt.

Zuerst höre ich nur statisches Rauschen und Verkehrslärm, doch dann ertönt eine dumpfe Stimme: »Oh! Hi!«

Ich runzle die Stirn. »Hi?«

»Ähm. Sorry! Ich stehe draußen. Kannst du mich hören?« Eine Hupe ertönt im Hintergrund. »Hier ist übrigens Ethan!«

»Wie bitte?«

»Ethan Gerson? Erinnerst du dich an mich? An deinen besten Freund seit der Grundschule?«

»Ich ... Wo bist du?« Ich beäuge mein Display, und da dämmert es mir: Das ist nicht *irgendeine* New Yorker Nummer. Das ist die Jemand-möchte-die-Tür-aufgedrückt-bekommen-Nummer. »Draußen, im Sinne von ... draußen vor der Tür? In New York?!«

»Exakt in dem Sinne. Lässt du mich rein?«

Ich lache erschrocken. »Heilige Scheiße, ja! Wobei, warte, ich komme runter und ... nein, Gott, tut mir leid, es ist heiß draußen. Ich lasse dich rein, aber bleib in der Lobby. Ich komme runter und hole dich ab. Ich muss nur, ähm, was anziehen.« Ich gucke auf meine Boxershorts und das T-Shirt von gestern hinunter.

»Ich weiß, wie man einen Fahrstuhl bedient. Du bist in 3A, richtig?«

»Nicht zu glauben, dass du dir das gemerkt hast!«

»Habe ich nicht, aber jemand hat's mir gesteckt«, sagt Ethan. »Ich hatte eine verlässliche Quelle.« Er senkt die Stimme: »a spy on the inside ...«

Schnell drücke ich ihm auf, bevor er noch, Gott sei uns gnädig, anfängt zu rappen.

»Du bist tatsächlich hier«, sage ich zum millionsten Mal an diesem Nachmittag. Eigentlich soll ich Ethan gerade den Times Square zeigen, kann aber nicht aufhören, mir stattdessen sein belämmertes Tourigesicht anzugucken. »Ich fasse es nicht, dass du dir freigenommen hast!«

»Und ich fasse es nicht, dass bei euch alle wegen der Pride freigekriegt haben«, sagt Ethan und reißt seinen Blick von einem gigantischen Regenbogenplakat los. »Ist das so üblich in New York?«

Ich lache. »Glaube nicht. Aber ich arbeite halt fürs queere Theater, und mein Chef und sein Mann zelebrieren das ganze Pride-Wochenende nach allen Regeln der Kunst. Sie werfen sich richtig in Schale und laufen bei der Parade mit. Mit Federn und allem.«

»Wow! Und wie sieht unser Plan aus?«

»Na ja.« Ich schirme meine Augen ab und linse den Broadway hoch. »Wir sind hier an der Forty-Second Street, von daher könnte ich dir ein paar der Theater zeigen, wenn du möchtest. Die meisten sind –«

»Wie sieht unser Plan für die Pride aus, meine ich«, unterbricht Ethan. »Wie lautet die Gay-Agenda?«

»Öööhm, danke, ich passe.« Ich verziehe das Gesicht.

»Was? Warum nicht?«

»Ich bin gerade nicht in Feierlaune«, antworte ich.

»Nope. Nichts da. Die Pride hat nichts mit Mikey zu tun!«

»Du weißt schon, dass Mikey schwul ist?«

»Sie hat nichts mit *dir und* Mikey zu tun. Dabei geht es um dich *selbst*, um deine Identität, deine Community. Ich meine, sieh dich um! Das ist unglaublich!« Ethan zeigt auf die Flaggen und Wimpel an den Ladenfronten, zu den Großbildwerbetafeln in Regenbogenfarben.

»Okay. Ich bin natürlich froh, dass es das gibt. Nur bin ich eine Woche nach meiner großen schwulen Trennung einfach nicht in der Stimmung für eine große schwule Party.«

»Aber das ist eine große schwule Gelegenheit, um darüber hinwegzukommen! Was, wenn du dem Typen über den Weg läufst, der wirklich für dich bestimmt ist?«

»Dann wird er warten müssen«, sage ich. »Hör zu, ich schätze deinen Einsatz, aber – «

»Oder halt dem, der für ein paar Nächte in deinem Bett bestimmt ist? Ich kann dein Wingman sein!«

»Ziemlich sicher schert sich das Universum nicht um meine Bettgeschichten.«

»Ach ja? Dann erklär mir *das*!« Ethan bleibt abrupt vor einem Broadway-Andenkenladen stehen. Die Schaufensterpuppe trägt ein T-Shirt mit einer Aufschrift, die ich auswendig kenne. Drum herum steht das Wort »love« in allen Farben des Regenbogens.

»Das ist ein Lin-Manuel-Miranda-Zitat«, erkläre ich.

»Alter, das ist mir doch klar. Komm, ich kauf es dir.« Spricht's und zieht mich in den Laden.

»Nicht nötig«, winke ich ab.

»Oh, ich *bestehe* darauf.«

»Ich meine, so ein T-Shirt habe ich schon«, murmele ich.

Ben hat es mir im Highschool-Abschlussjahr zu Chanukka geschenkt. Ich weiß noch, wie es sich anfühlte, seine Handschrift auf dem Adressaufkleber zu erkennen.

»Egal! Das Teil ist perfekt!«

»Ethan. Lass das«, fahre ich ihn an. »Wie oft denn noch? Ich will nicht.«

»Ich weiß. Ich verstehe dich ja, aber – «

»Warum bist du so besessen davon?«

»Ich bin nicht besessen! Himmel noch eins.« Er starrt etwas zu konzentriert auf eine Schneekugel.

Erst da fällt mir wieder ein, dass Ethan den ganzen weiten Weg aus Virginia auf sich genommen hat, um mich aufzuheitern. Und hier stehe ich und schimpfe ihn in einem Souvenirladen aus.

»Ethan, oh Gott. Es tut mir leid.«

»Schon gut. Ich versteh's ja.«

»Ich bin einfach durcheinander wegen Mikey und allem«, sage ich. »Aber es ist unglaublich cool von dir, dass du hergekommen bist. Ehrlich, es ist auch supercool, dass du zur Pride willst! Ich meine, nicht jeder Hetero-Typ würde lautstark verlangen, für seinen schwulen besten Freund zur Pride den Wingman spielen zu dürfen.«

»Mh-hmm ...«, macht Ethan. »Ganz so stimmt das vielleicht gar nicht.«

»Doch, allerdings. Und ich weiß das zu schätzen. Nicht jeder hat einen Ethan. Nicht jeder hat einen besten Freund, der keine Kosten und Mühen scheut. Der mit der Exfreundin einen Plan ausheckt, mich in New York zu überraschen!«

»Ja, nein, ich meine.« Ethan nimmt die Schneekugel in die Hand. »Okay, ich glaube, ich muss dir etwas mitteilen.«

»Etwas ...«

»Eine Aktualisierung meines Lebens, quasi.«

»Okay ...« Mein Hirn spielt wie in einer Diashow die Möglichkeiten durch. *Eine Aktualisierung seines Lebens. Etwas, das er mir mitteilen muss.* Schon witzig, das erinnert mich stark an ...

Vorletzten Sommer. Als Ethan und Jessie mir verkündet haben, dass sie sich daten.

Mir fällt der Kiefer runter. »Du und Jessie seid wieder zusammen!«

Ethan guckt verdattert. »Sind wir?«

»Okay, diesmal werde ich kein Arsch sein. Wow! Ich wusste ja, dass ihr wieder telefoniert, aber – «

»Wir sind nicht wieder zusammen«, sagt Ethan.

»Aber ihr datet wieder.«

»Du weißt, dass ich in Virginia wohne?«

»Deswegen bist du jetzt hier! Du willst sie zurückgewinnen!«

Ethan prustet los. »Arthur, stopp. Nein.«

»Aber was – «

»Wenn du mal eine Minute den Mund hältst, sag ich es dir.« Er schüttelt die Schneekugel und lächelt flüchtig. »Also ... Mir ist kürzlich etwas klar geworden.«

Ich schlage die Hand vor den Mund.

»Und ich bin irgendwie immer noch dabei, das alles zu ordnen. Aber vielleicht kannst du mir ja helfen.« Er stößt ein kurzes nervöses Lachen aus. »Okay, du wirkst echt aufgeregt.«

Ich nicke wortlos und grinse in meine Hand.

»Also.« Er zögert. »Ähm. Ich glaube, ich bin bi.«

»ICH WUSSTE ES!«

Ethan guckt erschrocken. »Ach ja?«

»Nicht so, sorry. Ich meine nicht, dass ich es schon die ganze Zeit wusste. Erst seit gerade. Du hast eben sehr starke Coming-out-Vibes ausgestrahlt. Ethan!« Bis über beide Ohren grinsend schüttle ich den Kopf. »Was brauchst du? Wie kann ich dir helfen? Darf ich dein queerer Mentor sein? Oh mein Gott. Okay, ich halte die Klappe. Erzähl mir alles!«

Ethan stellt mit rosa Wangen und breitem Lächeln die Schneekugel ab. »Ähm. Also ...«

»Warte!« Ich stürze mich auf ihn und umarme ihn mit vollem Körpereinsatz ohne Rücksicht auf Verluste. »Ich liebe dich, das weißt du. Okay. Jetzt halte ich wirklich die Klappe.«

»Ich liebe dich auch. Und, ähm, ja. Es ist seltsam. Ich meine, ich denke immer wieder an den einen Abschlussball und dass du es schon so lange wusstest, nur nicht, wann oder wie du es sagen sollst. Aber bei mir ist es ... ganz plötzlich ausgebrochen. Wie eine Allergie vielleicht.«

»Du bist allergisch gegen Monosexualität!«

Ethan lacht. »Mag sein. Aber ich meine: Du weißt doch, dass man eine latente Allergie haben kann, die undiagnostiziert im Organismus nur auf diesen einen Auslöser lauert, um dann – BÄM!« Er schlägt sich gegen die Brust. »Drücke ich mich verständlich aus?«

»Definitiv. Jap. Ich verstehe jedes Wort. Wissenschaftszeug und dann noch mehr Wissenschaftszeug und dann wurdest du ausgelöst.«

»So in etwa.« Ethan grinst. »Ich will wohl sagen, dass diese Sache, diese Erleuchtung oder was auch immer sich zwar sehr neu *anfühlt*, aber auch wie etwas, das die ganze Zeit da war. Als wäre es die ganze Zeit sozusagen deutlich sichtbar versteckt gewesen, und vor zwei Wochen war ich dann so: *Oh Scheiße!*«

»Das, mein werter Herr, nennen wir«, ich drücke ihm eins der T-Shirts aus der Pride-Auswahl in die Arme, »ein bisexuelles Erwachen.«

Und genau das steht auf dem Shirt, im Stil dieser Wedekind-Musicaladaption *Spring Awakening*. In Weiß auf Rot: *Bi Awakening*.

Ethan lacht. »Oh mein Gott, das ist perfekt.«

»Was also hat dich erweckt? Hau raus!«

Ethans Wangen werden röter. »Tja. Witzig, dass du fragst. Denn, na ja, du hattest großen Anteil daran.«

»Ach?« Ich stelle mich aufrechter hin. »Erzähl mir mehr!«

»Soll ich wirklich?«

»Ethan! Ja!«

Er nickt und drückt sein *Bi-Awakening*-Shirt an die Brust. »Also. Erinnerst du dich, wie du mich aus dem Dave & Buster's angerufen und die Nerven verloren hast, weil Bens neuer Freund so heiß war, worauf ich von dir den Link zu seinem Insta-Profil geschickt bekam und sagen sollte, dass du heißer bist als er?«

»So ist das absolut nicht – «

»Jedenfalls. Dieser Mario. Ich sah mir seine Fotos an und dachte: Jap, das ist ein gut aussehender Typ. Und dann dachte ich: Warte, das ist ein *wirklich* gut aussehender Typ.«

Ich starre ihn an. »Du meinst ...«

»Keine Ahnung«, sagt Ethan schnell. »Es war, als ... würde irgendetwas an diesem Mario einen Schalter umlegen. Das war irre. Plötzlich habe ich mich wieder an all das andere erinnert, das ich irgendwie immer beiseitegewischt habe.

Das reicht, na ja, bis in die Grundschule zurück. Erinnerst du dich an Axel aus Florida?«

Ich nicke mechanisch, aber in Wahrheit ist mein Hirn aus der Kurve geflogen, seit Ethan Marios Namen gesagt hat. Ethan rattert sämtliche Details der wiederentdeckten Schwärmereien durch, und ich kann nur ... Ich kann es verdammt noch mal nicht glauben!

Mario?! Ethan hatte sein bisexuelles Erwachen durch *Mario*?! Das muss ein Witz sein. Denn das hebt die gequirlte Scheiße des Universums in völlig neue Sphären.

»Bis dahin ...« Ich blinzle. »Bis dahin hast du also nichts geahnt.«

»Ich meine, ich hatte tonnenweise Hinweise, die mich was hätten ahnen lassen können. Rückblickend ist es, na, so was von offensichtlich, aber, genau. Es war mir null bewusst, weil ... Ich weiß nicht? Ich mag Mädchen. Ich war lächerlich verliebt in Jessie. Aber ich schätze, auch während ich mit ihr zusammen war, hätten mir einige Zeichen auffallen müssen, denn, Arthur, das waren quasi *Zaunpfähle*. Aber Jessie sind sie wohl auch entgangen? Ich weiß es nicht. Jedenfalls hatte sie in letzter Zeit ein offenes Ohr für mich.«

»Oh.« Ich nicke schwach.

»Deswegen, ja. Ich fühle mich ... Es ist einfach ... Ich danke dir.« Er sieht mich mit glänzenden Augen an.

»Himmel. Aber klar doch! Ich freue mich so für dich! Und ich kaufe dir das hier.« Ich schnappe ihm das T-Shirt aus den Händen.

»Du meinst, es ... *bi*-tet sich als Geschenk an, ja?«

»Wow, du bist wirklich bi, hm?« Ich umarme ihn noch einmal. »Fuck, ich bin *so* stolz auf dich!«

»Danke.« Ethan lächelt. »Und tut mir leid, dass ich derart penetrant war wegen der Pride. Ich bin eigentlich gar nicht mit, du weißt schon, einer Bi-Agenda hergefahren. Es ist ... Das ist immer noch ein sehr neuer Ansatz für mich. Er wurde bisher noch nicht peer-reviewt.«

»Okay!« Ich klatsche in die Hände. »Wie wär's mit weniger ungereimten Wissenschaftsmetaphern und mehr letzten Handgriffen am Outfit für deine allererste Pride?«

»Nein, ernsthaft, ich – «

»Nichts da. Es ist entschieden. Ich bin jetzt *dein* Wingman. Und weißt du was? Du brauchst eine Mütze.« Ich nehme zwei Beanies vom Pride-Regal und halte die eine in der linken, die andere in der rechten Hand hoch. »Die Qual der Wahl: *Les Biséxuables* oder *Queer Evan Hansen*?«

»Sind wir wirklich gerade in knapp zehn Minuten von Frischgetrennter-Griesgram-Arthur zu Queere-Wortspiele-Arthur gelangt?«

»Ich kann eben beides«, verkünde ich selbstgefällig und drücke ihm die Evan-Hansen-Mütze in die Hand.

29. KAPITEL – BEN
SAMSTAG, 27. JUNI

Es ist amtlich – Arthur hat sich seit über einer Woche nicht gemeldet. Schätze, das sollte mich nicht überraschen. Ist die alte Leier: Je besser die Dinge mit Mikey laufen, desto weiter zieht er sich von mir zurück. Aber heute will ich mir darüber nicht das Hirn zermartern. Arthur verhagelt mir nicht meine Regenbogenparade. Das ist meine letzte Pride in New York, und schon jetzt fühle ich mich wie in einem Traum. Hand in Hand spazieren Mario und ich durch die Straßen. Unsere Wangen zieren Regenbogenflaggen, mit denen wir uns gegenseitig bemalt haben, und wir tragen von Mario bedruckte *Er-gehört-zu-mir*-T-Shirts mit bunten Pfeilen, die auf den jeweils anderen zeigen. Eine ziemlich gute Idee, denn er wird ständig abgecheckt.

»Du hast 'ne Menge Fans hier draußen«, sage ich zu ihm, während wir uns über den überfüllten Union Square schieben.

»Genau wie du, Alejo«, gibt er zurück.

Dafür habe ich selbst noch keine Beweise gesehen, aber das ist mir auch so was von egal. Ich will hier ja niemanden beeindrucken.

Ich versuche einfach, die Parade auf mich wirken zu lassen: Schulter an Schulter mit Menschen, deren Coming-out oft so viel schwerer war als meins, höre ich Mario dabei zu, wie er die Songs mitgrölt, die aus der Box einer Dragqueen schallen – Robyns *Dancing On My Own* oder Carly Rae Jepsens *Cut to the Feeling* –; jubele, als es Konfetti von einem Dach regnet; kaufe Pronomen-Buttons von einer*m Verkäufer*in mit blauem Lippenstift; fotografiere zwei Latinas mit ihren Schildern – *Yay, ich bin gay!* und *Jippiii, ich bin bi!* – und stimme in den tosenden Applaus ein, nachdem ein Teenager sich ein Megafon geschnappt und sich als trans geoutet hat.

Warum kann nicht jeder Tag so schön sein wie heute? Mein Handy steckt tief in meiner Tasche. Interessiert mich nicht, ob Arthur mir schreibt. Ich will keinen einzigen Augenblick verpassen. Die Sonne scheint mir ins Gesicht, und ich heiße die neuen Sommersprossen willkommen, die mein Gesicht überziehen, als würden sie sich zu ihrem eigenen kleinen Pride-Sternbild zusammenfügen.

So viel Spaß ich auch beim Anblick der Community habe, am meisten muss ich lachen, wenn ich meinen Lieblingsverbündeten anschaue.

Zu einem T-Shirt mit der Aufschrift *ALLY AS FUCK* trägt Dylan ein Regenbogenstirnband, Regenbogenschweißbänder und eine Regenbogenkette mit Peace-Zeichen. Im Grunde sagt sein Outfit heute: *GAY AS FUCK*.

Und weil er die ganze Aufmerksamkeit liebt, lässt er Leute auf seinem Shirt unterschreiben, als Erinnerung an diesen Tag. Keiner von uns hat ihm gesteckt, dass inzwischen schon drei Leute Penisse auf seinen Rücken gemalt haben.

»Alle hier sehen aus, als wären sie beim Casting für ein Lady-Gaga-Video«, bemerkt er gerade.

Samantha wirbelt in ihrem Regenbogentüllkleid herum. »Dylan!«

»Das war keine Beleidigung! Krass homophob von dir, wenn du das denkst.«

Die Sonne gibt heute wirklich alles, aber ich habe so das

Gefühl, einige der Leute würden auch dann in kaum mehr als Unterwäsche herumspringen, wenn die Temperaturen unter null lägen. Ihnen gilt mein ganzer Respekt, weil sie sich so vollkommen ausleben. Selbst wenn es das einzige Wochenende im Jahr ist, an dem sie sich trauen, sich so an- oder vielmehr *aus*zuziehen.

»Das werde ich vermissen«, sagt Mario. »Die Pride in L. A. haben wir gerade verpasst.«

»Dann genieß es heute umso mehr.« Ich lächle ihn an. »Das tue ich, Alejo.«

Samantha küsst Dylan auf die Wange, und er verkündet plötzlich: »Mich verlangt es nach einer Pisspause.«

»Geht mir auch so«, antwortet Samantha. »Aber ich hätte es weniger vulgär ausgedrückt.«

»Bildet *Die Schlange*«, ruft Dylan.

Wir nehmen uns alle an den Händen. *Die Schlange* war Dylans Idee, »damit weder Mann noch Samantha zurückgelassen werden«. Wir schlängeln uns also durch die Massen, bis wir ein Café in der Nähe von Pas Duane-Reade-Filiale finden. In die ich an meinem freien Tag nicht mal für Geld einen Fuß setzen würde.

Natürlich sind Dylan und Samantha nicht die Einzigen, die aufs Klo müssen. Sie stellen sich an und treten so verzweifelt von einem Fuß auf den anderen, dass sie beide aussehen, als würden sie tanzen.

»Wie viel Bargeld habt ihr?«, fragt Dylan. »Wir werden uns einen Platz weiter vorne erkaufen müssen.«

Samantha kramt in ihrem Portemonnaie. »Ich habe einen Zwanziger.«

»Ich bin fast pleite nach den Buttons«, sage ich.

Mario betrachtet die Schlange. »Neun Leute vor euch. Ich mache den Schein klein und wir kriegen das hin.«

Er nimmt Samantha den Zwanziger aus der Hand und sprintet auf einen Hotdog-Wagen zu.

»Können wir Mario vertrauen?«, fragt Dylan.

»Nope, er ist ein totaler mentiroso«, antworte ich.

»Totaler was?«

Doch ich lächle bloß und stelle mich an den Rand.

Ich lasse meinen Blick über die vorüberziehenden Menschen schweifen und frage mich, wie ihre Geschichten lauten. Was sie alle durchmachen mussten, um heute hier zu sein. Wer nächstes Jahr noch hier sein wird. Und im Jahr darauf. Werde ich zurückkommen? Zusammen mit Mario?

Da ich kein bisschen hellseherisch veranlagt bin, konzentriere ich mich wieder auf die Gegenwart.

Die Stadt platzt fast vor lauter Leben. Und vor so kreativen Outfits wie an keinem anderen Tag. Jemand hat sich zum Beispiel die Mühe gemacht, ein Captain-America-Kostüm zu nähen, nur sind die Streifen nicht rot, weiß und blau, sondern regenbogenfarben. Die meisten Leute tragen allerdings schlicht unglaublich tolle T-Shirts, von denen ich mir wünschte, sie würden sie jeden Tag anziehen:

Klingt voll schwul – bin dabei!

Die Welt braucht mehr Queerdenker*innen.

Trans & stolz drauf

Asexy and I know it

Setz einfach nichts voraus.

Und dann kommt ein recht kleiner, aber hübscher Typ um die Ecke, in einem Lin-Manuel-Miranda-*love-is-love-is-love*-T-Shirt.

Erst eine halbe Sekunde später wird mir klar: Das ist Arthur! Und plötzlich ist mir egal, dass er nicht geschrieben hat. Mein Herz rast. Hier ist doch das Universum am Werk.

In den Straßen sind wer weiß wie viele Menschen unterwegs, und natürlich finde ich Arthur Seuss. Ich bin so froh, ihn zu sehen, dass ich auf und ab hüpfe und seinen Namen brülle. Aber bei der lauten Musik und dem ganzen Gejubel hört er mich nicht.

Als ich mir gerade einen Weg durch die Menge auf ihn zubahnen will, entdecke ich jemanden mit einer blauen Mütze, der sich bei ihm unterhakt. Das muss Mikey sein.

Schlagartig scheine ich sowohl meine Stimme als auch alle Energie verloren zu haben. Ich möchte auf den Bordstein sinken und mich hinter der Parade verstecken.

Wie kann Mikey immer noch in New York sein? Hat er seinen Job aufgegeben und ist einfach hergezogen? Können sie echt nicht mal einen Sommer getrennt voneinander verbringen? Ich denke an den komischen Open-Mic-Abend in Tribeca zurück und versuche, mir vorzustellen, was danach passiert ist. Vielleicht hat Mikey es einfach nicht über sich gebracht, wieder in den Zug zu steigen. Vielleicht hatten sie die ganze Woche über grandiosen Sex. Vielleicht hatte Mikey für jeden weiteren Abend eine neue Gesangsdarbietung parat. Das würde definitiv erklären, warum Arthur mir nicht geschrieben hat. Was beschissen ist, weil ich echt dachte, dass unsere Freundschaft wieder enger werden würde. Aber gerade fühlt er sich weiter weg an als je zuvor, selbst als wir über tausend Kilometer voneinander entfernt waren.

Er hätte mir wenigstens Bescheid sagen können, dass er zur Pride-Parade kommt.

Andererseits hätte ich das genauso tun können.

Keine Ahnung, warum mich das überhaupt so trifft. Aber wenigstens weiß ich jetzt wieder ganz genau, warum ich so verdammt bereit bin, in L. A. neu anzufangen. Keine Erinnerungen mehr, die mich alle paar Blocks überfallen. Nie mehr um eine Ecke gehen und auf Exfreunde und ihre Neuen treffen, mit ihrem ultimativen Neustart, den ich nie bekommen habe.

30. KAPITEL – ARTHUR
DIENSTAG, 30. JUNI

Schon doof, ich dachte echt, ich wäre wiederhergestellt – oder zumindest auf dem Weg der Besserung. Ja, es tat weh, als ich Mikey nichts über die *Animal-Crossing*-Cosplayer auf der Pride schreiben konnte, und ich verfolge immer noch Marios Instagram, als wäre es mein Vollzeitjob, aber immerhin hatte mein Mund sich langsam wieder an die Technik des Lächelns erinnert. Es gab sogar Phasen, in denen ich überhaupt nicht an Ben oder Mikey gedacht habe. Ich war einfach ein Typ im *Hamilton*-Pride-Shirt und lief mit meinem besten Freund durch die regenbogengeschmückten Straßen Manhattans.

Und dann reiste Ethan wieder ab.

Ich muss wirklich den Unterschied lernen zwischen *wiederhergestellt* und *abgelenkt*.

Tja, aber nur wegen eines gebrochenen Herzens bleibt die Welt nicht stehen. Obwohl ich wie ein Ghul mit Schlafmangel aussehe und mich schlecht fühle wegen Mikey und weil Ben mich nicht liebt, muss ich zur Arbeit gehen. Neun Tage vor unserer ersten Endprobe darf ich mir keinen Zusammenbruch leisten.

Neun Tage – und danach nur noch acht weitere, und dann ist Premierenabend. Sollte ich mich darüber nicht zumindest ein bisschen freuen? Hier stehe ich auf einer echten New Yorker Bühne unter Beleuchtungsbrücken und Profistandard-Scheinwerfern. Nein, es ist nicht die Radio City Music Hall, sondern ein Blackboxtheater und damit selbst an einer so hochrangigen Adresse wie dem Shumaker im Grunde nichts anderes als ein schwarz gestrichener Würfel. Doch der ist nicht das Problem. Ich bin das Problem. Weil mein Hirn mich nicht mit dem Jungen in Ruhe lässt, den ich nicht liebe.

Außer dann, wenn es mich an den erinnert, der mich nicht liebt.

»Das funktioniert nicht«, sagt Jacob. »Arthur, sorry, würdest du bitte das Bettchen ein paar Meter nach hinten rollen? Ich sehe hier irgendwie nichts als dieses gruselige Fakebaby.«

Ich tue wie geheißen, bis das Bettchen fast direkt vor der Hintergrundkulisse steht. »Hier?«

Jacob betrachtet die neue Anordnung eine Weile, dann wendet er sich seufzend an Taj. »Sollen wir uns ein echtes Baby auf die Bühne holen? Wir werden ein echtes nehmen müssen, oder?«

»Du meinst eins von der schreienden Sorte?«, fragt Taj.

Jacob kneift sich in den Nasenrücken. »Vielleicht machen wir das Kind einfach drei, vier Jahre älter. Ich werde mal ein bisschen am Text rumfeilen.«

»Absolut. Ich verstehe dich absolut. Aber.« Tajs Stimme bleibt geradezu nervtötend ruhig. »Aber ich frage mich, ob wir es nicht doch vermeiden könnten, den ganzen Text zu ändern. Da uns ja schließlich, na ja, weniger als drei Wochen bis zur Premiere bleiben.«

Ich verlagere mein Gewicht vom einen auf den anderen Fuß und lasse den Blick über die leeren Stuhlreihen wandern – von rechts nach links, als läse ich Hebräisch. Fünfzig Plätze in absteigenden Reihen. Die vorderste ist auf einer Ebene mit dem Fußboden und der Bühne, und da sitzen Jacob und Taj.

»Mh-hm ...« Jacob seufzt. »Okay, warum drücken wir nicht für einen Moment auf Pause? In fünfzehn Minuten machen wir weiter.« Er steht auf, streckt sich und tippt auf sein Handydisplay. Als ich die vorderste Stuhlreihe erreiche, ist er schon auf halbem Weg ins Foyer.

»Eieiei. Ein harter Tag für das GVB«, sagt Taj und pult den Deckel von einem Sojajoghurtbecher.

Ich hole eine Packung Käsecracker aus meiner Umhängetasche und lasse mich neben ihn fallen. »Er wird das Kind nicht ernsthaft älter machen, oder? Ich meine, man müsste die ganze Zu-Bett-Bring-Szene umschreiben, plus alles im Park, und überhaupt wäre es doch eigentlich echt ...«

»Ballaballa wäre es«, sagt Taj. »Bällebad-mäßig ballaballa. Aber er hasst diese Puppen nun mal.«

Ich betrachte die Bühne, die momentan die Innenansicht eines Apartments zeigt: Wohnzimmer, Kinderzimmer und Küche. Eher angedeutet als ausbuchstabiert – bloß ein paar jeweils zimmertypische Möbelstücke vor jeweils passenden Hintergründen aus Leinwand. Wenn allerdings die Beleuchtung dazukommt und sich die Schauspieler von Zimmer zu Zimmer bewegen, wirkt es wie ein echtes Zuhause.

Aber selbst ich muss zugeben: Jacob hat recht mit dem gottverdammten Baby. Für eine Requisite ist es schon ziemlich realistisch, trotzdem lässt sich nicht leugnen, dass es unangenehm starke Leichen-Vibes transportiert. Beziehungsweise eben unangenehm wenig Vibes.

»Es muss eine einfachere Lösung geben«, sage ich.

Ich springe auf und durchschreite die kurze Distanz zwischen erster Reihe und Bühne. Von dort starre ich die drei Hintergründe an. Einschüchternd groß, aber immerhin auf Rädern stehen sie vor mir. Ich gebe dem in der Mitte einen versuchsweisen Schubs.

»Dekorierst du um?«, fragt Taj.
»Ich will nur was ausprobieren.«
Taj stellt seinen Joghurt ab und kommt zu mir.

Fünf Minuten später haben wir den Hintergrund aus der Mitte ein Stück nach hinten gestellt und die seitlichen näher zusammengeschoben, sodass nicht länger drei Zimmer nebeneinander zu sehen sind, sondern bloß noch ein Wohnzimmer, eine Küche und die Andeutung eines Kinderzimmers dahinter. Ein halber Meter zahnpastablaue Leinwandwand und die Ecke eines Bettchens. »Das Baby ist also immer *da*«, erkläre ich. »Bloß etwas abseits vom zentralen Geschehen auf der Bühne.«

Ich sehe zu, wie Taj das Ganze in sich aufnimmt, wie sein Blick von Zimmer zu Zimmer wandert. Schon abgefahren, wie der kleinste Kniff eine gesamte Raumwirkung verändern kann. Das Hauptaugenmerk ist auf einmal viel definierter, und durch die hinzugefügte Tiefe kommt einem das Apartment gleich noch echter vor. Sie impliziert irgendwie all das, was jenseits der Bühnengrenzen existiert. Keine Ahnung, was Jacob davon halten wird, aber mir, da bin ich ziemlich sicher, gefällt es extrem gut.

»Okay«, sagt Taj. »Sagen wir, wir sind Addie und Beckett in Szene acht, wo sie streiten und Lily aufwacht.«

»Klar! Also, was wäre, wenn Beckett in dieser Szene gar nicht zu sehen ist? Ich meine, indem wir Lily vom Kinderzimmer aus schreien lassen, weiß das Publikum, was los ist, und dann geht Beckett eben zu ihr ...«

»Hm!« Taj schürzt die Lippen. »Dann ... bleibt Addie also im Wohnzimmer und ... die beiden unterhalten sich von Zimmer zu Zimmer. Vielleicht lassen wir Beckett ab und an den Kopf ins Wohnzimmer strecken, damit er trotzdem noch präsent ist.«

»Ganz genau!« Ich nicke eifrig, und zum ersten Mal, seit Ethan aufgebrochen ist, flackert wieder Licht in meinen Gedanken auf. Normalerweise komme ich mir hier immer noch wie der totale Versager vor. Selbst wenn ich mal keinen Mist baue, fühlt es sich so an, als stünde ich kurz davor. Aber heute macht etwas klick auf eine Art, die ich nicht ganz erklären kann. Taj nickt immer wieder, während ich weiterspreche, und macht sich Notizen auf seinem Handy – weil meine Ideen es offenbar wert sind, festgehalten zu werden. Weil ich offenbar nicht bloß ein strohdummer Praktikant bin. Oder wenn doch, dann immerhin einer *mit Potenzial*.

»Oh, wow!«

Als Jacobs Stimme ertönt, rutscht mir das Herz in die Hose.

»Sehr interessant«, sagt er und stellt sich neben Taj. »Erklär es mir.«

Taj zeigt auf mich. »Ist komplett Arthurs Idee.«

Jacob klatscht in die Hände. »Kreatives Risiko! Das liebe ich!«

»Wahrscheinlich geht's so gar nicht«, sage ich schnell. »Ich kam nur irgendwie drauf. Und hatte noch gar keine Zeit, es richtig zu durchdenken. Hauptsächlich war ich neugierig. Im Ernst, ich kann alles wieder so hinstellen, wie es vorher – «

»Oder«, sagt Jacob lächelnd, »du kannst es mir erklären.«

Zehn Minuten später sind Jacob und Taj nicht mehr zu bremsen: Sie fotografieren die neue Anordnung aus allen Blickwinkeln, geben dem Inspizienten Bescheid und reden wieder diese komplette Fremdsprache aus Abkürzungen und Theaterjargon, durch die ich mich sonst wie ein blutiger Laie fühle, doch heute ist das anders. Heute ist sie ein weiterer Teil der Magie, an der ich mitgewirkt habe.

Von der ersten Reihe aus sehe ich ihnen zu, vor Ungläubigkeit ganz benommen.

Jacob liebt meine Idee. Er hat allen Ernstes nach Luft geschnappt, als ich sie ihm erläutert habe. Er nannte mich *ein Genie*!

Ja, ich bin eine Katastrophe. Ja, Ben zieht nach Kalifornien. Ja, ich war Mikey gegenüber ein Arsch. Nein, ich werde niemals eine geblümte Krawatte so rocken können wie Taj.

Aber.

Jacob Demsky. Hat mich. Ein Genie genannt.

Als die beiden wieder zur Stuhlreihe kommen, hält Jacob das GVB in den Armen wie sein eigenes Kind. »Waffenruhe«, erklärt Taj.

Es fühlt sich so gut an, zu lachen.

»Arthur, du hast das Ruder herumgerissen.« Jacob lehnt sich über Taj, um mit mir einen Faustcheck auszutauschen. »Ich treffe mich heute Abend mit Miles, um die Änderungen für die Bühnentechnik zu besprechen, aber ich glaube, das ist gut zu schaffen. Ich habe keine Ahnung, wie ich dir danken soll.«

»Freut mich, dass ich helfen konnte.« Ich werde bestimmt ganz rot vor Stolz.

»Ernsthaft. Geh, nimm dir den Rest des Tages frei. Oder Freitag! Nimm dir Freitag frei, spring in den nächsten Greyhound und statte deinem Freund einen Überraschungs–«

Taj stößt Jacob den Ellbogen in die Rippen, worauf der mitten im Satz verstummt.

Kurz spricht niemand ein Wort.

»Ähm.« Meine Stimmte gerät eine Oktave zu hoch. »Ich habe ... keinen mehr.«

»Keinen ...«

»Freund. Nicht mehr.«

»Oh.« Jacob sieht von mir zu Taj und wieder zu mir. »Oh, Arthur, das tut mir so leid.«

»Nein, schon gut!«, füge ich ein bisschen zu schnell hinzu. »Ich war derjenige, der Schluss gemacht hat. Er ist mir wichtig, aber. Ich schätze, mir ist klar geworden, dass ich ... Ich habe ihn nicht *geliebt*. Obwohl ich es so sehr wollte.«

»Dann hast du die richtige Entscheidung getroffen«, sagt Jacob so schlicht, dass mich seine Worte quasi von oben bis unten aufschneiden.

Denn auf einmal quillt die ganze Geschichte aus mir heraus. »Es ist nur so scheiße, weil wir echt toll zusammen waren, und jetzt vermisse ich ihn. So sehr. Aber *irgendwas* hat gefehlt. Und wo hätte ich das hernehmen sollen? Keine Ahnung, vielleicht hätten wir es irgendwann doch noch gefunden?« Ich kriege einen Kloß im Hals. »Ich schätze, mir ist halt auch klar geworden, dass mein Herz immer noch sehr an jemand anderem hängt, was Mikey gegenüber natürlich nicht fair ist. Er sollte nicht warten müssen, bis ich über Ben hinweg bin. Ben ist mein anderer Ex. Mein erster Ex. Aber daraus wird auch nichts. Denn er folgt seinem jetzigen Freund nach L.A.«

»Er folgt ihm im Sinne von: Er zieht mit ihm da hin?«, fragt Taj.

Ich nicke auf meine Umhängetasche hinunter, und ihre braune Oberfläche verschwimmt mir vor den Augen. »Aber ist schon gut. So etwas bleibt nun mal nicht aus, stimmt's? Das Universum hat eben nicht vorgesehen, dass Arthur weiter mitspielt. Passiert.«

»Du bist also nicht über ihn hinweg«, sagt Jacob.

»Tja, nein. Ich liebe ihn immer noch.« Mir bricht die Stimme und ich ziehe die Schultern hoch. Warum dachte ich auch, ich könnte lässig klingen, während ich diese Bombe platzen lasse? Ich verzerre meinen Mund zu etwas wie einem Lächeln. »Ziemlich erbärmlich, hm?«
»Überhaupt nicht«, sagt Taj.
»Ich bin neugierig. Was lässt dich glauben, dass du aus dem Spiel bist?«, fragt Jacob.
»Du meinst, bei Ben?« Er nickt. »Na, ... der Teil der Geschichte, in dem er mit seinem neuen Freund nach Kalifornien zieht. Der lässt mich das glauben.«
»Okay, also: Freund, nicht Ehemann«, sagt Jacob. »Ist dieser Umzug denn für immer, oder nur für die Ferien, oder wie sieht das aus?«
»Na ja, er *sagt* zwar, dass er es erst mal nur ausprobieren will, aber es wird ihm wohl kaum missfallen, bei seinem heißen Drehbuchautorfreund kostenlos in Kalifornien zu wohnen. Besser könnte es für ihn doch gar nicht laufen.«
»Schon klar, aber: Sieh mal. Ich schreibe ja Geschichten. Und wenn ich mir diese Geschichte ansehe, dann lautet der Plot: Deine große Liebe zieht mit einem anderen nach Kalifornien. Richtig?«
»Im Großen und Ganzen, ja.«
Jacob nickt. »Also lautet die offensichtliche Frage: Was ist unsere Perspektive? Wessen Geschichte erzählen wir hier? Welche Rolle spielst du darin?«
»Ich bin der Typ, der es zu spät kapiert hat.«
»Okay. Bist du das Hindernis? Ist Kalifornien das Happy End? Oder ...« Jacob macht eine dramatische Pause. »Oder bist du der Typ, der zum Flughafen hetzt, um ihn aufzuhalten? Bist vielleicht du der Protagonist?«
»Ich ...« Ich blinzle. »Woher soll ich das wissen?«

»Hier ein Hinweis.« Jacob lächelt. »Es ist dein Leben. Du bist immer der Protagonist.«

Mein Herz macht einen Hüpfer, doch ich stopfe es zurück an Ort und Stelle. »Okay, aber. Mein Ex ist der Protagonist in *seinem* Leben. Und für seinen Freund gilt das Gleiche.«

»Absolut richtig.«

»Also ist es nicht so leicht. Ich kann mich nicht einfach zum Protagonisten der Geschichte erklären, nur weil ich weiter mitspielen will.«

»Stimmt. Du kannst den Verlauf natürlich nicht kontrollieren. Wenn Ben Nein sagt, ist das so. Aber wenn du mitspielen willst, dann tu das! Hetz zum Flughafen!«

»Ich glaube, sie nehmen das Auto.«

Taj lehnt sich zu mir herüber. »Es ist eine Metapher, Arthur. Du sollst Ben sagen, was du fühlst.«

»Oh! Himmel! Nein! Das ... ja, nein. Haha. Ganz sicher nicht.«

»Warum nicht?«, will Taj wissen.

»Weil ich ihm nicht sein Glück versauen will!« Ich ziehe wieder die Schultern hoch. »Er ist in einer Beziehung. Da will ich nicht dazwischenfunken.«

»Das wäre ja auch nur möglich, wenn Ben auch noch Gefühle für dich hat«, wendet Taj ein.

»Ich habe ihm bisher nicht mal erzählt, dass Mikey und ich uns getrennt haben. Das ist einfach keine – « Mit klopfendem Herzen unterbreche ich mich selbst. »Ich habe einfach Angst, dass ich ihm alles nur schwerer machen würde.«

Jacob sieht mir in die Augen. »Oder hast du Angst, dass er dich abweisen wird?«

»Todesangst«, antworte ich ohne Zögern.

Und bin ziemlich sicher, dass er mich bereits abgewiesen hat.

Jacob versichert mir immer wieder, ich dürfe heute früher Feierabend machen, doch ich stürze mich lieber in die Arbeit. Ich verlasse kaum die Bühne, bis Jacob uns um fünf schließlich hinausscheucht. Seit Stunden habe ich nicht auf mein Handy gesehen, und noch bevor ich aus der Tür bin, spüre ich es in meiner Umhängetasche vibrieren.

Jessie ruft an, obwohl sie normalerweise nur schreibt, deswegen hebe ich eilig ab. »Hi! Ist alles in Ordnung?«, frage ich sie.

»Und bei *dir*? Du hast meine Nachrichten doch gekriegt, oder?« Ihre Stimme klingt gleichzeitig leicht entnervt und sehr besorgt, und schlagartig wird mir klar, dass ich diese Kombi schon einmal gehört habe. Im Highschool-Abschlussjahr. In den ersten Wochen, nachdem Ben und ich uns getrennt haben.

»Bei mir ist alles top.« Ich wühle in meiner Tasche nach den Kopfhörern. »Tut mir leid, ich war den ganzen Tag in der Probe. Es geht gerade um Licht und Ton und so.«

»Oh, okay. Sorry. Ich wollte nur wegen Sonntag nachhaken, steht aber alles in meinen Nachrichten. Statt das jetzt zu wiederholen, hier meine Frage: Können wir das Essen mit Grayson von Freitag- auf Sonntagabend verschieben?«

»Geht von mir aus klar. Ich kann gar nicht abwarten, ihn kennenzulernen!« Ich stecke die Kopfhörer ein, damit ich meine Nachrichten lesen kann, während wir weiterreden.

»Ich freu mich auch schon! Ich glaube, ihr zwei werdet euch gut verstehen«, sagt Jessie, und dann listet sie wohl verschiedene mögliche Restaurants auf, doch ich verliere komplett den Faden, als ich Dylans Nachricht lese: Okay, Seussical, Freitag: Escape-Room. Männerabend. Sei pünktlich 😉

»Also dann vielleicht so gegen sieben?«, fragt Jessie.

»Klar.« Ich starre auf mein Display. »Hey, also, Dylan hat mich gerade für Freitag in einen Escape-Room eingeladen.«

»Oh, cool. Die machen echt Spaß. Ich war mal in einem in Providence.«

»Ja, aber«, ich trete zur Seite, damit eine Familie auf dem Bürgersteig an mir vorbeikommt, »findest du es nicht schräg, dass Dylan mich zu einem Männerabend einlädt? Und ausgerechnet in einen Escape-Room? Inwiefern soll es mir Spaß machen, mit Ben und Mario eingesperrt zu sein? Solange Dylan nicht versucht, die Kaliforniensache zu sabotieren, indem – «

Abrupt halte ich inne und versuche, dieses winzige Hoffnungskörnchen zu vertreiben, das in meinem Hirn Wurzeln zu schlagen droht. Denn selbst falls Dylan irgendetwas vorhat, muss Ben ja noch lange nicht darauf anspringen. Nicht einmal Dylan hat schließlich bei Bens Liebesleben mitzureden.

Und ich erst recht nicht.

»Ach ja. Auweia«, sagt Jessie. »Keine Ahnung.«

»Ich sollte Nein sagen, richtig?«

»Sicher, es sei denn, du willst – «

»Ich will nicht!«, rufe ich so unvermittelt laut, dass ein Hund vor Schreck sein Stöckchen fallen lässt. »Mir reicht's. Ich lasse mich nicht länger in diese Gruppe und ihre seltsam verstrickten Freundschaften hineinziehen. Ich will einfach mit *meinen* Leuten abhängen. Mit dir, mit Ethan. Und ich will endlich Grayson kennenlernen, und, oh, hier geht's gleich in die U-Bahn, aber hör zu: Grayson kann also nicht

am Freitag, aber falls du trotzdem was starten willst, sag Bescheid. Ich habe Zeit. Offensichtlich.«
»Also, ähm. Es ist so ...« Jessie zögert. »Hoffentlich ist das nicht seltsam, ich ... Ich bin Freitagabend bei Samantha.«
»Oh!« Ich nicke wortlos – immer ein genialer Schachzug beim Telefonieren ohne Video. »Ja, nein. Okay, cool. Das ist. Toll.«
Nachdem wir aufgelegt haben, starre ich volle dreißig Sekunden das Display an.
Auf der Heimfahrt kann ich an nichts anderes denken als an meinen letzten Abend in New York. An meinen *ersten* letzten Abend, an dem Ben und ich stundenlang Chemie gelernt haben. Ich erinnere mich, wie seine Mundwinkel verstohlen nach oben wanderten, wenn er eine Antwort richtig hatte. Gab es jemals etwas so Schönes wie Ben Alejos Gesicht, wenn er stolz auf etwas ist?

Er nannte mir – ohne ein einziges Mal auf die Karteikarte schielen zu müssen – den Unterschied zwischen physikalischen und chemischen Veränderungen. Physikalische Vorgänge sind oft nur oberflächlich und können leicht rückgängig gemacht werden. Aber chemische Reaktionen trennen Verbindungen und bilden neue, bis die Zusammensetzung der Substanz unumkehrbar verändert ist. »Wenn man zum Beispiel einen Kuchen backt«, sagte Ben, »kann man zwar mittendrin aufhören, kriegt aber die ursprünglichen Zutaten nicht mehr zurück. Chemische Veränderung.«

Siehe ebenso: Jessies Freundschaft mit Samantha. Dylans Nachrichten an mich. Und der Umstand, dass ich nicht mehr U-Bahn fahren kann, ohne an Ben zu denken. Weil er sich mit jeder Zelle meines Hirns verbunden und auch mein Herz, so glaube ich langsam, von Grund auf neu gebildet hat.

31. KAPITEL – BEN
FREITAG, 3. JULI

Lasset die Spiele beginnen.

Ist 'ne Weile her, dass ich in einem Escape-Room war. Ich finde es supercool, aber manchmal ist mir der Druck zu groß, die Rätsel lösen zu müssen. Ich habe Angst, als nicht schlau genug rüberzukommen. Das ist auch der Grund für meine Abneigung gegen Scrabble. Alle schwören, das müsste ja genau mein Spiel sein, weil ich Schriftsteller bin. Als würde ich jedes Wort in der Geschichte der Menschheit kennen. Durch diese Erwartungshaltung verklemmt sich irgendwas in mir, und ich lege nur Wörter wie »EIS« oder »TAU«. Die einzige Partie Scrabble, bei der ich nicht vor lauter Wut irgendwas gegen die Wand pfeffern wollte, war die digitale gegen Arthur im letzten Schuljahr. Wir haben beide schnell das Interesse verloren und lieber mit Paint schmutzige Wörter in Screenshots vom Spielfeld geschrieben.

Aber wetten, mit Mario wäre Scrabble auch cool? Wahrscheinlich würde es total entspannt ablaufen, weil es ihm egal wäre, ob mein bester Beitrag ein Wort mit drei Buchstaben ist. Genau wie er sich nicht darum scheren wird, ob ich in diesem Escape-Room etwas Sinnvolles beisteuere.

Wir sind im Eingangsbereich und warten auf den berüchtigten Patrick. Mario sitzt auf der orangefarbenen Couch und tippt auf dem Handy. Dylan starrt die Bestenliste an und murmelt, dass wir mit Patrick im Team auf keinen Fall gewinnen werden. Ich krame in einer Kiste mit Sieg- und Niederlage-Schildern und bin gespannt, wie das Spiel gleich wird.

»Unglaublich.« Dylan schnaubt. »Der Typ ist einfach krass zu spät.«

Mario blickt von seinem Handy auf. »Warum hast du ihn überhaupt eingeladen? Du scheinst ihn nicht besonders zu mögen.«

»Aber meine Freundin. Und –«, ironisch malt er Anführungszeichen in die Luft, »ich muss nett zu ihrem besten Freund sein, weil sie nett zu meinem ist.« Er verdreht die Augen und deutet auf mich. »Wie könnte man diesen sommersprossigen Engel nicht lieben?«

»Recht hast du«, stimmt Mario ihm zu.

Und das berührt mich irgendwie. Versucht er damit auszudrücken, dass er mich liebt? Ich meine, ziehen Leute zusammen, wenn sie sich nicht lieben? Oder gehen gemeinsam bis ans andere Ende des Landes? Ich muss mir selbst dieselbe Frage stellen: Liebe ich ihn?

Ich liebe es, Zeit mit ihm zu verbringen, liebe es, wie gut wir zusammenpassen – aber liebe ich *ihn*?

Das sollte ich doch wissen.

Der Mitarbeiter des Escape-Rooms, Liam, kommt hinter dem Empfangstresen hervor und putzt seine Brille. »Euer Slot beginnt in drei Minuten. Ist euer vierter Mann denn gleich da?«, fragt er mit britischem Akzent.

»Fantastische Frage, Liam. Lass mich diesen Bastard anrufen«, sagt Dylan.

Gerade als er sein Handy zückt, betritt ein Typ den Raum. Mit seinen schwarzen Locken, den markanten Gesichtszügen und den entschuldigend dreinblickenden braunen Augen sieht er aus wie ein Model. Er ist superblass und ich

glaube, ich entdecke noch Sonnencremereste auf seinem Gesicht. Irgendwie wirkt er dadurch wie ein melancholischer Vampir. »Dylan, Alter, es tut mir so leid. Ich würde es ja auf die U-Bahn schieben, aber ich hätte einfach 'ne halbe Stunde eher aus dem Haus gehen sollen.«
Das ist also Patrick.
»Schon gut«, murmelt Dylan.
»Und ihr müsst Ben und Mario sein.« Irgendwie schafft er es, uns beiden gleichzeitig die Hände zu schütteln. »Dylan redet ständig von euch.«
»Von dir hat er auch ein paar Mal erzählt«, sage ich.
Patrick legt die Hand aufs Herz. »Aw, wie süß.«
Marios Handy klingelt laut. »Das Umzugsunternehmen«, verkündet er. »Un momento.«
»Aber ...«
Ich weiß, dass die Kommunikation mit den Umzugsleuten superwichtig ist, vor allem, weil Mario den Termin mit ihnen auf Montag vorverlegt hat. Trotzdem würde ich das hier wirklich gern mit ihm zusammen erleben.

Wir anderen verstauen unsere Sachen in Schließfächern und Liam erklärt die Regeln, während wir auf Mario warten – der weiß zum Glück schon, wie es läuft. Im Grunde ist es einfach: Wir haben eine Stunde, um auszubrechen, und können jederzeit nach Hinweisen fragen.

»Euer Thema ist das Z-Virus«, sagt Liam und fährt sich mit der Hand durchs blonde Haar. »Eine globale Pandemie verwandelt Menschen in Zombies. Total Furcht einflößend, okay? Eure Mission ist es, ein verlassenes Labor zu durchkämmen, das Gegenmittel zu finden und damit zu entkommen. Sonst geht die Welt unter.«

Patrick tut so, als würde er vor Angst zittern. »Oookay, klare Arbeitsanweisung.«

Dylan wiederum tut so, als würde er Patrick hinterrücks abmurksen.

»Seid ihr bereit?« Liam öffnet die Tür zum Escape-Room.

»Oh, äh, Mario sollte jeden Moment zurück sein«, sage ich.

Liam wirft einen Blick auf die Uhr. »Nach euch kommt direkt die nächste Gruppe. Wir müssen echt anfangen.«

Dylan reißt die Augen auf. »Ähm, was passiert, wenn wir es nicht schaffen?«

»Wie meinst du das?«, fragt Liam trocken.

»Ich denke, ich habe mich klar ausgedrückt.«

»In der Geschichte oder der Realität?«

»Beides?«

»In der Geschichte: Ihr werdet sterben. In der Realität ... holen wir euch raus.«

Dylan nickt langsam, als müsste er das verdauen. »Was ...« Er schielt zur Tür, vor der Mario immer noch telefoniert. »Was, wenn wir den Raum nicht verlassen *wollen*?«

»Versuchst du hier gerade, Zeit zu schinden?«, fragt Liam.

»Ich muss doch sehr bitten.«

»Tja, es ist euer Spiel. Wenn ihr jetzt nicht da reingeht, müssen wir es euch trotzdem berechnen. Ihr habt dreißig Sekunden, dann schließe ich die Tür.«

Dylan brummelt. Er dreht sich zu mir und Patrick um.

»Also nur wir drei ...«

Patrick reibt sich die Hände. »Ich bin total aufgeregt! Das ist mein erstes Mal!« Er tritt ein.

»Erschieß mich bitte«, sagt Dylan zu mir.

»Zehn Sekunden«, vermeldet Liam.

»Ich hole Mario«, beschließe ich.

Da packt Dylan mich am Handgelenk und zieht mich in den Raum. Hinter uns schließt Liam die Tür.

»Dee!«

»Auf gar keinen Fall lasse ich mich eine ganze Stunde allein mit Patrick in einem Raum einschließen«, zischt er mir zu.

»Toll, und ich habe jetzt keinen Mario.«

»Du wirst es überleben.« Dylan zeigt auf Patrick. »Das Gleiche hätte ich für ihn nicht garantieren können.«

Was für ein Scheiß. Und früher raus können wir auch nicht ohne Geldverlust. Vielleicht hat Liam ja Mitleid und lässt Mario noch rein, obwohl's gegen die Regeln wäre.

Hier im »Labor« blinkt rotes Licht und man hört einen schwachen Alarm. Es riecht nach Styropor und Farbe. Neben ein paar mit Kunstblut bespritzten Unterlagen liegt eine schmutzige Lupe. Patrick zieht sich einen Kittel mit einem abgerissenen Ärmel über.

»Voll cool!«, sagt er.

Dylan äfft ihn lautlos nach.

Ich ignoriere ihn. »Wo fangen wir an?«

Patrick hebt einen Erste-Hilfe-Kasten hoch. »Vielleicht ist der hier interessant?«

»Bezweifle ich«, brummt Dylan.

Ich sehe mir den Kasten genauer an. Er hat ein Zahlenschloss. Das ist auf jeden Fall interessant. Wir suchen nach Ziffern, die wir eingeben können, und Patrick entdeckt sie ziemlich schnell in den blutbefleckten Dokumenten. Ich überlasse ihm die Ehre, den Kasten zu öffnen. Darin sind Handschuhe, ein Stethoskop, eine kleine Glasampulle und ein Schlüssel.

»Ha, sie haben einen Schlüssel eingeschlossen. Clever.« Patrick geht damit durchs Zimmer. »Jetzt brauchen wir das passende Schloss.«

»Was du nicht sagst, Sherlock«, murmelt Dylan.

»Dee, sei nett, er ist in Ordnung.«

Auf der anderen Seite des Raums versucht Patrick, die Schubladen eines Schreibtischs aufzuschließen. Dylan und ich durchsuchen derweil ein paar Schränke.

»Tut mir leid wegen Mario. Der Umzug stresst ihn voll.«

»Und deshalb müssen wir jetzt ohne ihn die Zombieapokalypse überleben. Und Patrick.«

Oh nein! Fiktive Zombies und einer der höflichsten Typen aller Zeiten. Wie sollen wir da bloß entkommen?

Manche von uns haben echte Sorgen und wollen nicht nur aus einem Escape-Room ausbrechen.

Zum Beispiel hat es mich echt runtergezogen, Arthur mit Mikey auf der Pride-Parade zu sehen. Schätze, ich habe mir irgendwie immer vorgestellt, dass *ich* Arthur auf seine erste Pride mitnehmen würde. Es ist, als hätte ich irgendwo in meinem Kopf eine Schachtel mit lauter hypothetischen Arthur-Momenten verstaut. Größtenteils banaler Kram: Kürbisse aushöhlen, Geschirr abwaschen ... Oder einfach Händchen halten. Oder dass ich mich bei ihm unterhake, so wie Mikey.

Manchmal kommt es mir vor, als würde Arthur das Leben leben, von dem ich eigentlich dachte, dass wir es gemeinsam leben würden.

Aber mir ist klar, dass all dieses Was-wäre-wenn mit uns nicht echt ist. Echt ist das, was ich in Kalifornien erleben werde. Mit Mario.

»Dee, ich muss dir was sagen.«

»Ich weiß, dass du schwul bist.«

»Ich möchte, dass du es diesmal zuerst von mir hörst. Könnte sein, dass ich am Montag schon mit Mario die Stadt verlasse.« Dylan hört abrupt mit der Herumwühlerei auf.

»Was?!«

341

»Wenn ich Mario auf seinem Roadtrip nach L. A. begleite, kann ich eine Menge Geld sparen.«
»Du hast nie auch nur das geringste Interesse an Roadtrips gezeigt.«
»Ich versuche, mein Leben zu ändern.«
Dylan schüttelt den Kopf. »Das geht nicht. Nächstes Wochenende veranstalten wir eine Grillparty bei Samanthas Eltern. Und du musst dabei sein.«
»Wegen ...?« Ich deute auf Patrick, der gerade an den Zeigern einer Uhr herumdreht. »Das kriegst du schon hin.«
»Nein, scheiß auf ihn. Du musst einfach dabei sein. Meinetwegen kannst du wegziehen, wenn ich auch wieder weg bin. Aber noch bin ich hier.«
Ich klappe die Schranktür zu. »Dylan, wünschst du dir für mich nicht auch das, was du hast?«
»Doch! Aber ich will auch, dass ...« Dylan atmet tief durch. Und noch einmal. Dann zählt er rückwärts. »Acht Cappuccino, sieben Cappuccino ... Du darfst nicht gehen, vertrau mir. Benjamin Hugo Alejo, ich brauche dich hier. Nach dem Wochenende bezahle ich dir den Flug nach Los Angeles. Aber du darfst mich jetzt nicht verlassen.«
Mir wird mulmig zumute. Er benutzt meinen richtigen vollen Namen. Und er reißt keine Witze darüber, dass er schließlich mit jemandem Liebe machen muss. Sein Atem beschleunigt sich ... »Dee, was ist los?«
»Geh einfach nicht.«
»Sag mir, warum ich in dieser Scheißstadt bleiben soll, die mich kreuzunglücklich macht.«
»Weil Samantha und ich nächstes Wochenende eine Überraschungshochzeit geplant haben! Weil wir schwanger sind – tadaa, doppelte Überraschung! Also, natürlich ist *sie* schwanger, nicht ich. Aber du weißt, was ich meine. Und sie

hat mich gebeten, mit niemandem darüber zu reden, nicht mal mit dir. Wir mussten erst mal rausfinden, wie wir damit umgehen. Ihre Familie hat total den Aufstand gemacht. So, jetzt weißt du es. Ich brauche meinen Trauzeugen an meinem Hochzeitstag! Und es wäre wirklich toll, wenn der Trauzeuge nicht nach L. A. abhauen würde, denn wir ziehen zurück nach New York, damit unsere Familien uns unterstützen können – inklusive dir, du wirst nämlich Patenonkel!«

Es folgt Stille, nur unterbrochen von Dylans heftigem Schnaufen und dem Geräusch gegen die Tür hämmernder Zombies.

»Braucht ihr einen Hinweis?«, dröhnt Liams Stimme aus dem Lautsprecher.

Schüchtern hebt Patrick die Hand. »Ja, bitte.«

Dylan wirbelt herum und übertönt Liam. »Warum bist du eigentlich völlig unbeeindruckt von diesen Wahnsinnsnews?«

Patrick windet sich. »Samantha hat es mir schon erzählt ...«

»WAAAAS?!« Dylan sieht aus, als würde sein Kopf gleich explodieren. »Und ich durfte nicht ... Ben, wehe, du kommst nicht zu meiner Hochzeit und legst ein Veto ein!«

»Das werde ich nicht tun.«

»Schön. Dann werde ich sie eben selbst am Altar stehen lassen.«

»Sie hatte Panik«, meint Patrick. »Ich kenne sie schon ewig, und – «

»Ich kenne Ben schon länger als ewig«, empört sich Dylan.

»Geht es Samantha denn gut?«, frage ich.

»Ihr geht's gut, dem Baby geht's gut, alles supergut.«

»Warte mal.« Ich packe ihn an der Schulter. »Du wirst Papa!«

Dann brechen wir beide in Tränen aus.

Mein bester Freund wird Papa – und heiratet!

Patrick löst ein weiteres Rätsel und aus der Wand schießt ein Dampfstrahl. »Ich habe einen Lüftungsschacht geöffnet«, erklärt er, klettert hinein und verschwindet.

»Und du bist nicht dabei. Ich habe immer gedacht, du würdest das alles miterleben.« Dylan schnieft.

»Hör zu, ich reise nicht mit Mario ab, mach dir keine Sorgen. Ich bleibe noch hier. Ich wünschte nur, ich hätte schon die ganze Zeit für dich da sein können.«

»Ben Alejo, ich liebe dich. Ohne dich hätte ich das nicht durchziehen können. Ich meine, ich musste, aber ich *konnte* nicht.« Dylan nimmt meine Hand. »Du warst bei allen entscheidenden Schritten anwesend. Du solltest diesen Anzug anprobieren, damit ich ihn für dich ändern lassen kann. Das Nachtisch-Tasting war für den Empfang nach der Trauung. Beim Open-Mic-Abend wollten wir uns unsere Band im Vorfeld live anschauen. Die Blumen, die wir zusammen ausgesucht haben, werden die Deko für die Hochzeit. Und das hier ...«, er breitet die Arme aus, »... ist mein Junggesellenabschied.«

Niemand, wirklich niemand ist wie Dylan. Wobei ...

»Oh Gott, bald gibt es zwei von deiner Sorte!«

Dylan grinst so diabolisch wie der Teufel-Smiley.

»Tut mir leid, dass ich so oft abgesagt habe. Samantha und ich hatten lauter Termine bei der Frauenärztin, und wir waren so fertig von den ganzen Diskussionen mit ihrer Familie und den Umzugsplänen. Es war echt 'ne Menge los. Mom und Pops waren auch nicht gerade entspannt. Und es war beschissen, nicht mit dir darüber reden zu können, aber ich dachte, wir würden es keinem erzählen, bis ...« Dylan sieht sich um. »Wo ist Patrick? Haben ihn die Zombies erwischt?«

Wie aufs Stichwort kommt Patrick mit einem Reagenzglas in der Hand aus dem Lüftungsschacht gekrochen. »Ich habe das Rätsel geknackt.«

»Ganz allein?«, frage ich.

»Jap.«

»Herzlichen Glückwunsch.«

»Liam hat ihm geholfen«, wirft Dylan ein.

»Nein, habe ich nicht. Du hast mich unterbrochen«, schallt es aus dem Lautsprecher. »Oh, und herzlichen Glückwunsch zur Verlobung und zum Baby.«

Dylan starrt die Kamera an und brummelt: »Selber herzlichen Glückwunsch.«

»Nicht gerade der Höhepunkt deiner Schlagfertigkeit«, bemerke ich.

»Schwangerschaftsdemenz.«

Patrick steckt das Reagenzglas in einen dafür vorgesehenen Ständer und das Türschloss klickt. »Wir haben es geschafft!«

Tja, war jetzt nicht gerade Teamwork, aber es ist nett von ihm, dass er es so ausdrückt.

Mario ist noch in der Lobby und springt vom Sofa auf, als er uns sieht. »Alejo!«

»Hey. Alles okay mit der Umzugsfirma?«

»Ja, alles geregelt. Tut mir so leid, dass ich das Spiel verpasst habe.«

Ich lege Dylan einen Arm um die Schulter. »Das ist nicht alles, was du verpasst hast.«

345

32. KAPITEL – ARTHUR
SONNTAG, 5. JULI

»Schwanger im Sinne von: *schwanger*?« Entgeistert starre ich Jessie an. »Mit einem *Baby*?!«
»Wenn sie mit etwas anderem schwanger wäre, würde ich mir Sorgen machen.«
»Und sie *heiraten*?!« Ich schlüpfe neben Jessie auf die Chaiselongue und ziehe die zottelige braune Decke über unseren Beinen zurecht. Mein neues Lieblingswochenendritual: der zweiköpfige Grizzly.
Jessie hat beide Hände um ihren Kaffeebecher gelegt. »Jupp. In weniger als einer Woche.«
»Aber sie sind in unserem Alter! Wie ist das möglich?«
»Nun, Arthur, wenn zwei Menschen sich ganz, ganz lieb haben – «
Ich verpasse ihr einen Tritt unter der Decke. »Ich meine: Wie ist es möglich, dass wir erst jetzt davon erfahren?«
»Eigentlich wollten sie es sogar noch später verkünden. Es war abgefahren, hör zu: Wir sitzen nichts ahnend im Haus von Samanthas Eltern.« Jessie hält inne, um an ihrem Kaffee zu nippen. »Samantha, ihre Schwester, noch ein paar Leute und ich. Und Samantha hat dieses Videospielturnier gestartet, womit wir schon drei Stunden lang beschäftigt sind. Dann klingelt Samanthas Handy, was sie zuerst ignoriert, weil sie ja gerade ihre Cousine Alyssa pulverisiert, aber dann klingelt es direkt wieder. Es ist Dylan, wie sich herausstellt, und Samantha sitzt also da auf dem Futon und redet erst ganz verstohlen mit ihm, aber dann macht sie *so ein Ge-*

sicht.« Jessie klappt den Mund auf und verdreht die Augen zur Decke. »Dann legt sie auf und starrt eine Minute oder so wortlos vor sich hin, sodass wir uns schon Sorgen machen. Aber schließlich lacht sie und sagt: ›Ich schätze, ich habe euch was zu erzählen.‹«

Ich schlage die Hand vor den Mund. »Dylan hat ihr am Telefon einen Antrag gemacht?«

Jessie sieht mich an. »Arthur.«

»Ihr gesagt, dass sie schwanger ist? Wie hätte er das vor ihr wissen sollen?«

»Fragst du das im Ernst?« Als ich nicke, schließt sie die Augen. »Deine Ahnungslosigkeit ist bahnbrechend, weißt du das?«

»Klingt wie ein Kompliment, aber ich bin mir nicht sicher, ob es eins *ist*.«

»Es ist keins.« Jessie lacht. »Heilige Scheiße, man muss dich einfach lieben. Also, Samantha, *diejenige, die das Kind in sich trägt*, wusste dass sie schwanger – «

»Manche wissen es nicht! Es gibt eine ganze Show über – «

»Willst du die Geschichte nun hören, oder was?«

Ich nicke eilig und tue so, als würde ich meine Lippen mit einem Reißverschluss zumachen.

»Okay, also, wie sich herausstellt, ist Samantha schon im vierten Monat schwanger, aber sie hatten es bis dato nur im engen Familienkreis erzählt, weil ... lange Geschichte. Der Plan war jedenfalls, die Schwangerschaft bei der Hochzeit zu verkünden, die *ebenso* eine Überraschung sein sollte. Die Gäste sollten denken, sie wären zu einem harmlosen Grillfest eingeladen.«

Ich blinzle und denke an Dylans recht unvermittelt gestiegenes Interesse für noble Bloomingdale-Anzüge. »Lass mich raten: Samanthas Cousin heiratet gar nicht.«

»Der ist zwölf«, sagt Jessie.

Ich presse meine Hände ans Gesicht. »Warum haben sie sich denn jetzt umentschieden und doch alles schon dieses Wochenende verkündet?«

»Ich glaube nicht, dass das Absicht war. Offenbar ist es Dylan in einem Anfall von Panik irgendwie rausgerutscht. Er hat es nicht etwa getweetet oder so, aber er hat es Ben erzählt, und Patrick, und ...«

Mario, denke ich, verscheuche den Gedanken aber. »Geht es Dylan gut?«

»Ja, total, er hatte nur ein schlechtes Gewissen. Aber ich denke, er und Samantha freuen sich auch, dass sie endlich darüber reden dürfen.«

»Wow.« Ich krieche noch tiefer unter die Decke.

»Ja, oder?«

»Wie machen sie das mit der Uni?«

»Weiß nicht genau«, antwortet Jessie. »Ich glaube, sie haben es selbst noch nicht hundertprozentig entschieden. Geburtstermin ist erst im Dezember, von daher planen sie das kommende Semester vielleicht noch ganz normal, könnte ich mir vorstellen. Aber danach, keine Ahnung.«

»Ich sollte Samantha wohl was schreiben, hm? Und Dylan auch.«

Doch als ich zum Handy greife, schreibe ich stattdessen als Erstes an Ben.

Habe gerade die Neuigkeiten gehört!! OMFG, tippe ich. Du hattest SO WAS VON RECHT, dass irgendwas mit Dylan los ist!!!!!!

Ben schreibt augenblicklich zurück. ICH WEISS! Es ist alles noch so unwirklich. Bin ich jetzt Onkel Ben? Wie der Reis???

Kurz danach fügt er hinzu: Ich habe so was von keine

Ahnung von dem ganzen Zeug. Stehe hier gerade mitten in einem Babyladen, und alles ist schon fast aggressiv niedlich und echt überfordernd. Ich meine, woher soll ich überhaupt wissen, was dem Baby gefällt? Es ist ja noch nicht mal geboren!
Ich grinse auf mein Handy hinunter. Haha, keine Ahnung. Hm, ich sollte ihnen wohl früher oder später auch was schenken, oder?
Warte, schreibt Ben. Bist du zu Hause? Ich bin auf der Upper West Side, Ecke Columbus und 80th, das ist fast genau gegenüber vom Naturkundemuseum. Wollen wir uns treffen?
Babysachen shoppen mit Ben.
An einem Sonntagnachmittag.
Wie zwei frisch vermählte Dads. Was wäre, wenn –
Nope. Auf keinen Fall. Schmetterlinge, verpisst euch aus meinem Bauch. Denn wisst ihr, was ich diesmal bleiben lassen werde? Auf einen MOMENT hoffen, während ich ganz genau weiß, dass Ben just in dieser Sekunde wahrscheinlich direkt neben einem MARIO steht.

Zwanzig Minuten später gehe ich auf Ben zu, der vor einer Reihe teuer aussehender Geschäfte irgendwas auf seinem Handy liest. Doch sobald er mich bemerkt, steckt er es in die Hosentasche und umarmt mich.
»Gerade rechtzeitig«, sagt er. »So langsam haben die da drin mich schon argwöhnisch beäugt. Halten mich wohl für einen Babyladendieb.«
Ich muss lachen und bin jetzt schon leicht benommen.
»Wie ich hörte, sind die ein echtes Problem.«
»Babyladendiebe?«
»Die Gemeinschaft der Babyladeneigentümer wähnte

sich schon in Sicherheit, nachdem der Stramplerganove hinter Gittern gelandet war, aber –«

»Niedlich.« Ben pikt mir in den Arm. »Gehen wir rein?«

»Klar! Ich meine, falls du nicht noch auf Mario warten willst.«

»Ach, nein. Mario ist mit Packen beschäftigt.« Ben wirkt plötzlich nervös. Er kratzt sich im Nacken. »Vielleicht helfe ich ihm nachher noch.« Er zögert. »Oder auch nicht. Ich vermute, er ist im Grunde fast fertig. Wir ..., ähm, er wollte ja eigentlich schon morgen fahren, hat jetzt aber den Umzugstermin doch wieder eine Woche nach hinten verschoben. Er will Dylans Hochzeit nicht verpassen.«

»Klar.« Ich folge Ben in den Laden und versuche, das Stechen in meiner Brust zu ignorieren. *Wir* wollte Ben sagen und meint Mario und sich damit. *Wir wollten ja eigentlich schon morgen fahren.*

»Wow, du hast recht«, sage ich drinnen und schaue mich um. »Diese Bude *ist* aggressiv niedlich.« Ich lasse den Blick über die kugeligen Lampen und schneeweißen Ausstellungstische voll kunstfertig arrangierter Stramplerchen, Deckchen und Kuscheltierchen wandern.

Ben zeigt auf eine Auswahl Bio-Wolldeckchen mit verschiedenen Mustern. »Siehst du? Das meinte ich mit überfordernd.« Er hält eine hoch und betrachtet das Muster genauer. »Mag das Baby ... Macarons? Hat es überhaupt schon ein Verdauungssystem? Wer zur Hölle weiß das schon?!«

Ich lächle. »Okay, aber es gibt auch Einhörner-Muster. Und Narwale!«

»Auf keinen Fall Narwale. Dylan würde mich nur wieder monatelang aufziehen, weil ich nicht glauben wollte, dass sie existieren.«

»Wie jetzt? Dylan denkt, Narwale gibt es wirklich?«

Ben legt den Kopf schief. »Ja. Und er hat recht.«
»Ääähm ... nein?«
Ben prustet los. »Tja, genau so habe ich auch reagiert! Ich ... Alter, das war übel! Ich hatte diese Wasserwelt für eine *Der-Zorn-der-Zauberer*-Fortsetzung entworfen und ... Na ja. In den Weihnachtsferien habe ich Dylan davon erzählt, und er so: ›Bentchen, ich liebe dich, aber ich kann dich einfach keine Narwal-Szene in der Karibik spielen lassen.‹ Und was mache ich? Kehre voll den ätzenden Klugscheißer raus von wegen, das sei nun mal *meine Interpretation* dieses Fabelwesens, blablabla. Und Dylan? – Stirbt fast vor Lachen. Ganz ehrlich, ich hatte Angst, er erstickt gleich. Denn wie sich herausstellt ...« Ben zückt sein Handy, tippt etwas in die Suchleiste und hält mir dann das Display hin.

Ein Foto von einem Wal mit einem langen spitzen Horn.
»NEIN ...!«
»Absolut einhundert Prozent real.«
»Ich ... hatte keine Ahnung.«
Bens Miene ist teils Belustigung, teils Verlegenheit. »Du und ich sind womöglich die einzigen beiden Menschen, die das nicht wussten.«
»Verrückte Welt – überrumpelt einen jeden Tag aufs Neue.«
»Apropos überrumpelt.« Ben lacht auf. »Ist doch nicht zu fassen: Dylan und Samantha haben echt direkt vor unserer Nase eine ganze Hochzeit geplant, ohne dass wir irgendwas checken. Verrückt, was?«
»Total. Die beiden sind legendär.«
»Du gehst doch auch hin, oder? Bringst du Mikey mit?«, fragt Ben. »Ich weiß nicht, ob Dylan schon mit dir darüber gesprochen hat, aber ihr zwei seid definitiv eingeladen.«
Ich erstarre.

»Ähm. Ich, ähm, bringe Mikey nicht mit. Denn ...« Ich beiße mir auf die Lippe. »Wir haben uns ... Quasi. Getrennt.«

Ben hatte die Hand nach einem geblümten Strampler ausgestreckt. Jetzt hält er inne. »Ach echt?«

»Ja. So ... vor zwei Wochen. Als er ... hier war.« Cool. Eine echt schmissige Rede, König Selbstbewusstsein.

Ben macht den Mund auf, schließt ihn und macht ihn wieder auf. »Geht es dir gut?«

»Oh, ja. Definitiv. Nach der Open-Mic-Sache, da ... Da ist mir einfach klar geworden, ... Ich will nicht in die Tiefe gehen, aber mir ist klar geworden, dass es schlichtweg nicht funktioniert. Und das habe ich ihm gesagt, und ...« Ich zucke die Schultern. »Das war's dann so ziemlich.«

»Ich hatte ja keine Ahnung.«

»Tut mir leid. Ich, äh, wollte das nicht bei dir abladen. Du hast schon so viel um die Ohren.«

»Aber das ...« Ben schüttelt den Kopf. »Mach das nicht. Du musst so was vor mir nicht zurückhalten. Ich möchte für dich da sein.«

»Weiß ich ja. Es ist einfach alles kompliziert. Aber ehrlich: Es geht mir gut.«

Ben schweigt eine Weile und runzelt die Stirn. »Tut mir leid, ich bin einfach ...« Er betrachtet mich einen Moment lang. Fast, als würde er entscheiden, ob er etwas sagen soll oder nicht. »Ich hätte schwören können, dass ich euch auf der Pride gesehen habe.«

»Hä?«

»Vielleicht habe ich's mir nur eingebildet. So auf Höhe vom Strand Bookstore? Da haben wir gewartet, als Dylan und Samantha sich zum Pinkeln angestellt haben. Mal wieder.«

»Ich war da! Aber nicht mit Mikey. Das war Ethan. Er war an dem Wochenende in der Stadt.«

Ben kneift die Augen zusammen. »Hatte er eine Mütze auf? Ich habe ihn nur von Weitem –«

»Ja! Eine *Queer-Evan-Hansen*-Mütze!«

»Oh!« Ben reißt die Augen auf. »Ist Ethan ...«

»Sagen wir einfach, er hatte ein Erwachen.« Ich lächle.

»Wow, das freut mich für ihn«, sagt Ben und blickt dann erschrocken auf. »Moment, seid ihr zwei ...?«

»Gott, nein!« Ich pruste los. »Das wäre, als wenn du und Dylan ... Okay, schlechtes Beispiel, denn ich könnte mir *total* vorstellen, dass du und Dylan –«

»Darf ich dich daran erinnern, dass wir buchstäblich in diesem Augenblick Geschenke für das Kind aussuchen, das er mit seiner *Verlobten* gezeugt hat?«

»Okay, gutes Argument, aber jedenfalls bin ich nicht mit Ethan zusammen. Ich bin jetzt ein glücklicher Single-Praktikant.«

Ben lächelt. »Praktikanten sind cool. Und überhaupt: Wow! Keine zwei Wochen mehr bis zur großen Show, hm?«

»Jupp. Am Siebzehnten! Und die erste Endprobe in vier Tagen.«

»Fuck. Drehst du schon durch?«

Ich lache. »Schon seltsam, ich glaube tatsächlich, dass es echt gut wird. Kürzlich gingen die Ankündigungen raus, und ich kann gar nicht aufhören, sie mir anzugucken. Willst du sie auch sehen?« Ich suche das Bild auf meinem Handy und halte es Ben hin.

Seine Augen werden groß wie Untertassen. »Warte, sind das ...?«

»Amelia Zhu und Em–«

»Du willst mir erzählen, dass ...! Okay, also jedes Mal,

wenn du von Emmett und Amelia geredet hast ...!« Ben schüttelt entgeistert den Kopf. »Emmett Kester spielt in deinem Stück mit?!«

»Aber hallo! Er ist der Hammer und immer voll nett zu mir, und – «

»Du hast mit ihm *gesprochen*?!!« Bens Stimme springt eine Oktave nach oben, genau wie letztens gegenüber unserer singenden Kellnerin im Diner. Ben, der Theaterfanboy. Ich weiß nicht, ob ich lachen oder ihn küssen will oder beides.

Definitiv beides.

»Wenn du zu unserer Aufführung kommst, kann ich dich ihm vorstellen«, sage ich und hoffe, dass meine Wangen nicht so rot sind, wie sie sich anfühlen.

In Bens Blick flackert etwas auf, erlischt aber sofort wieder. »Also. Ähm. Da bin ich wohl schon in Kalifornien.«

»Oh.« Ich versuche zu lächeln, doch das funktioniert nur für einen Sekundenbruchteil.

»Ja. Tut mir leid. Den meisten habe ich es noch gar nicht gesagt, aber ich denke, ich werde gemeinsam mit Mario aufbrechen. Direkt nach der Hochzeit.«

Einen Moment spricht keiner von uns ein Wort.

»Du gehst wirklich weg, hm?«, sage ich schließlich.

»Ich hab's selbst noch gar nicht ganz realisiert.«

Ich umklammere die nächstbeste Tischkante. »Dann sollten wir hier mal vorwärtskommen, schätze ich. Du musst ja noch packen.«

»Na ja ...« Bens Wangen werden rosa. »Ach, ich – «

»Ich nehme die Narwal-Decke«, sage ich schnell und grinse gezwungen. »Die überreiche ich dann Dylan mit vielen Grüßen von dir.«

»Arsch.« Ben grinst ebenfalls.

Wir suchen beide etwas aus und gehen an die Kasse. Ich bezahle mit Karte, Ben mit einer gummibandumwickelten Rolle Bargeld. Auf dem Rückweg lässt Ben die U-Bahn-Station an der Seventy-Ninth Street links liegen und begleitet mich noch bis zu meiner Haustür.

Ich bleibe zögernd stehen. »Dann sehen wir uns wohl auf der Hochzeit.«

»Definitiv! Oder vorher schon. Sag mal Bescheid, was du nächste Woche so vorhast.«

Ich sehe zu, wie Ben die Seventy-Fifth Street hinuntergeht, auf Höhe Broadway rechts abbiegt und aus meinem Blickfeld verschwindet. Verschwindet, um für Kalifornien zu packen. Das Zum-Flughafen-Hetzen hat sich wohl erledigt.

Ich fühle mich vollkommen hohl, selbst meine Lunge scheint luftleer zu sein.

Er geht fort.

Ich habe ihm von Mikey erzählt, und es hat nichts geändert. Mir war gar nicht bewusst, was für Hoffnungen ich darauf gesetzt hatte. Als würde Ben alle L. A.-Pläne sausen lassen. Als wäre Mario nur eine Art Back-up.

Ben geht wirklich fort.

New York wird bloß noch eine weitere Stadt sein, in der es keinen Ben gibt. New York ohne jegliche Was-wärewenns. Warum bin ich überhaupt hergekommen? Warum tue ich überhaupt so, als würde ich hierhingehören? Ich bin kein verdammter New Yorker.

Ich will einfach nur nach Hause.

TEIL 3
DANN SIND WIR ZWEI

33. KAPITEL – BEN
SONNTAG, 5. JULI

Ich starre die Kartons in Marios Kellerzimmer an. Er hat schon fast seinen ganzen Kram verpackt. Das meiste nimmt er mit nach Los Angeles. An Wintersachen wird er da kaum etwas brauchen, deshalb spendet er die, die seine Brüder nicht haben wollen, an eine Obdachloseneinrichtung. Ich muss irgendwie an meine Trennungskiste für Hudson denken. Sie hat mich mit Arthur zusammengebracht, den ich dann wiederum mit einer Freundschaftskiste nach Georgia zurückgeschickt habe. Manchmal enthalten Kisten Abschiede. Und manchmal Neuanfänge.

»Alejo!« Mario spielt Shirt-Kanone.

Ich fange das T-Shirt auf und rolle es auseinander. *Zauberhaft in L.A.* steht darauf, und ein Zauberstab unterstreicht die Worte. »Das ist ja der Wahnsinn. Gracias.«

Ich kann noch nicht fassen, dass das wirklich passiert. Dass ich in Los Angeles wohnen werde. Das hier könnte das Oberteil sein, das ich am Tag meiner Ankunft trage. Wie wird mein Leben dann aussehen? Ich stelle mir vor, wie Mario und ich am Strand liegen und uns gegenseitig aus unseren Manuskripten vorlesen. Das wäre doch mega! Wir könnten in neuen Restaurants essen gehen, wo ich probiere, auf Spanisch zu bestellen, und Mario könnte einhaken, wenn es nötig wird.

So cool das Ganze klingt, irgendwie habe ich Angst davor, mich von allen zu verabschieden, die ich kenne. Ma, Pa,

Dylan, Samantha. Vor allem, weil ich gerade jetzt meinen besten Freund zurückbekomme.

Und dann ist da noch Arthur. Ich weiß nicht, ob ich diesen Abschied heil überstehe.

Es hilft nicht gerade, dass Arthur mich dazu bringt, all meine Entscheidungen zu überdenken. In meinem Kopf wirbeln die Gedanken wie verrückt umher, seit ich erfahren habe, dass er und Mikey Schluss gemacht haben. Natürlich ist das total sinnlos, es ist viel zu spät für die Frage: Was ist mit uns?

Aber sie lässt mir trotzdem keine Ruhe.

Ich klebe gerade einen weiteren Karton zu, da fällt mein Blick auf den Plüschbären, den Arthur aus dem Automaten bei Dave & Buster's gezogen und Mario geschenkt hat. An dem Abend, als ich dachte, ich würde Mikey kennenlernen.

Schwer zu glauben, dass ihre Trennung diesmal endgültig ist. Ich darf mir gar nicht erst ausmalen, was das für Arthur und mich bedeuten könnte. Ich kann mein nächstes Kapitel ja nicht völlig umschreiben, nur weil er wieder Single ist. Wo stehe ich denn dann, wenn Arthur und Mikey unweigerlich die dritte Runde einläuten?

Ich lege das Klebeband aus der Hand und starre vor mich hin.

»¿Estás bien?«, fragt Mario.

»Ja, es geht mir gut. Ich meine, estoy bien. Mir ist nur eingefallen, dass du die einzige Person bist, die ich in Los Angeles kenne.«

Mario lächelt. »Könnte schlimmer sein.«

»Die schlimmeren Menschen sollten wir lieber nicht treffen.«

»Alles klar! Aber generell ist neue Leute kennenzulernen ja Teil des Abenteuers. Genau die Erfahrung, die du verpasst hast, weil du fürs College nicht aus New York weggegangen bist. Und alle deine Lieben warten hier auf dich, wenn du zurückkommst. Wovor hast du Angst?«

Recht hat er. Um wieder die Kistenmetapher zu bemühen: Manche Kisten stellt man eine Zeit lang irgendwo unter. Man nimmt sie nicht mit, wirft sie aber auch nicht weg. Sie warten auf dich, wenn du nach Hause kommst. So wird es mit meiner Familie, Dylan und Samantha laufen.

Nur werden nicht *alle* meine Lieben hier sein, wenn ich zurückkomme.

»Was, wenn es nicht funktioniert?«, frage ich.

»Wenn was nicht funktioniert?«

»Wir beide.«

Ich bin so daran gewöhnt, derjenige von uns zu sein, dem die Worte fehlen, weil ich ständig versuche, mich an einen spanischen Ausdruck zu erinnern, dass ich Mario gerade zum ersten Mal sprachlos erlebe.

»Es ist nur so«, fahre ich fort, »wir haben nicht mal darüber geredet, ob wir fest zusammen sind. Und gleich gehe ich nach Hause und packe meine Sachen, um dir quer durchs Land zu folgen.«

»Ich würde das nicht so sehen, dass du mir folgst. Du entfliehst der Stadt, von der du so oft meintest, sie würde dir die Luft zum Atmen nehmen.«

»Schätze, ich habe Schiss, dass mich ein Umzug auch nicht freier atmen lässt.«

Mario setzt mehrfach zum Sprechen an, bringt aber keinen Ton raus. Offensichtlich ist er nicht auf dieses Gespräch vorbereitet. Ich selbst habe es ja auch nicht geplant. Die ganze Zeit über habe ich mich zurückgehalten, weil er mich mögen sollte, weil ich nicht wollte, dass er mich für anstrengend hält. Typen wie ihn trifft man so selten. Wir passen so gut zusammen, wir wirken wie geschaffen füreinander. Warum fällt mir dieser Schritt dann so schwer?

»Du kannst dich immer noch umentscheiden«, sagt er schließlich. »Nur ... falls du hierbleiben willst, weiß ich nicht genau, ob eine Fernbeziehung was für mich ist.«

Werde ich es bei Mario am Ende genauso bereuen wie bei Arthur, wenn ich nicht mit ihm gehe? Will ich das überhaupt herausfinden? Ich habe so lang gebraucht, um mich von der letzten Trennung zu erholen, dass ich so schnell keine mehr durchleben will. Egal ob offiziell oder nicht.

»Verstehe.«

Dann herrscht Stille. Wahrscheinlich nur kurz, trotzdem kommt sie mir endlos vor. Ich habe das Gefühl, es verkackt zu haben. Als hätte ich lieber nichts sagen, sondern mich einfach freuen und den Dingen ihren Lauf lassen sollen.

»Wir können gern noch weiter darüber reden«, bietet Mario an.

»Nein, alles gut. Ist nur eine krasse Woche, auch wegen Dylans Hochzeit.«

»Und dann kriegt er noch ein Kind. Das ist 'ne Menge, Alejo.«

»Auch davor habe ich Angst. Das alles zu verpassen.«

»Sie wären nur etwa fünf, sechs Stunden Flug entfernt. Es ist Los Angeles, nicht der Mars.« Zum ersten Mal, seit unser Gespräch so ernst geworden ist, lächelt er.

Aber das Ding ist, L. A. könnte fast der Mars *sein*. Ohne das Geld, mal eben spontan in einen Flieger zu springen, könnte mein bester Freund genauso gut in einer anderen Galaxie leben.

»Stimmt«, sage ich bloß, um nicht noch mehr Wellen zu schlagen.

Ich werde das alles hinkriegen. Ich such mir in L. A. einen Job und lege ein Extrakonto an, nur für Trips nach New York. Ich schreibe das Buch fertig und verkaufe es hoffentlich für einen Riesenbetrag, und dann kann ich das Beste aus beiden Welten haben.

»Es ist dein Leben, Alejo.« Mario legt mir die Hände auf die Schultern. »Du musst es für dich leben, und für niemanden sonst.«

34. KAPITEL – ARTHUR
DIENSTAG, 7. JULI

Kaum setze ich den ersten Schritt in den Tompkins Square Park, verwandelt sich das stetige Nieseln in einen gewaltigen Platzregen. Ich hätte wissen müssen, dass das Universum es sich nicht nehmen lässt, diesem Scheißhaufen von einem Abend noch die Krone aufzusetzen. Zum womöglich letzten Mal in meinem Leben werde ich mit Ben Alejo allein sein – und statt dabei immerhin einigermaßen herzeigbar auszusehen, werde ich triefnass und schnaufend bei ihm aufschlagen wie ein trauriger schwuler Mr. Darcy.

Ich renne auf den erstbesten Unterstand zu: halb Pavillon, halb Statue, mit einem kleinen Springbrunnen in der Mitte und dem Schriftzug »CHARITY« auf einem von Säulen gehaltenen Dächlein. Der Regen weht fast ungehindert von der Seite herein, doch immerhin schaffe ich es, mich so hinzustellen, dass mein Handy und Bens Geschenk trocken bleiben, von daher reicht es fürs Erste.

Meine Hände zittern, deswegen rufe ich an, statt zu schreiben. »Hi! Tut mir leid, okay, wow, der Regen ist echt laut. Kannst du mich hören?«

»Alles in Ordnung?«, fragt Ben. »Wo bist du?«

»Im Tompkins Square Park, und es schüttet aus Eimern. Aber ich habe einen Pavillon gefunden, von daher werde ich einfach abwarten, bis – «

»Ein Pavillon ...« Eine Pause. »Steht eine Bronzelady auf dem Dach?«

»Ja! Sie und so hochtrabende Wörter.«

Ben lacht. »Okay, beweg dich nicht vom Fleck. Ich schnapp mir einen Regenschirm und komme dich abholen.«
»Was? Ben, nein, das ist doch –«
»Schon auf dem Weg. Bis gleich!«

Klang und Anblick des Regens lullen mich derart ein, dass ich bald nur noch glasig vor mich hin starre und Ben erst bemerke, als er schon direkt vor mir steht. In der Hand hält er einen Regenschirm mit Pfauenmuster. Als er meinen Blick sieht, muss er lachen. »Der gehört meiner Mum. Ziemlich extravagant, ich weiß, aber der größte, den ich finden konnte.«

»Nicht doch, ich liebe ihn«, sage ich. »Danke, dass du mir zur Rettung eilst.«

»Logo«, sagt Ben und hebt den Schirm hoch, damit ich darunterschlüpfen kann. Dann senkt er ihn auf knapp zwei Finger breit über seinem Kopf, gut zwei Hand breit über meinem, und es ist, als steckten wir in einem Kokon aus Metall und Nylon. Ich bin mir überdeutlich bewusst, wie nah wir nebeneinanderstehen – zwischen uns nichts als meine Umhängetasche.

Das Hier und Jetzt hat kaum begonnen und ich vermisse es schon.

»Dieses Scheißwetter«, sagt Ben.

Ich bin unfähig, etwas zu erwidern. Wir haben den Park praktisch schon hinter uns gelassen, bevor ich auch nur die blödeste aller Fragen hervorwürgen kann. »Wie läuft's mit dem Packen?«

»Ganz gut, würde ich sagen. Könnte schlimmer sein.« Ben nimmt den Schirm kurz in die andere Hand, um sich zu kratzen. »Ich packe ja nicht etwa mein ganzes Zimmer ein. Das Gästehaus von Marios Onkel ist möbliert, von daher brauch ich nur Klamotten und so.«

»Denk an ein Outfit für den roten Teppich.«

Ben lacht. »Das wäre vielleicht etwas verfrüht.«

»Nichts weniger verdienst du nun mal.«

»Danke, Arthur.«

Wir treten uns auf der Matte vor Bens Wohnung die Füße ab, und Ben steckt den Schirm in den Ständer neben der Tür. »Meine Eltern sind arbeiten«, sagt er. In einem anderen Universum hätte das wohl als Einladung gelten können.

Ben tippt aufs Handy, und Musik dringt aus seinem Zimmer. Doch erst als wir hineingehen, erkenne ich sie. Lächelnd gucke ich zu ihm hoch. »Ist das meine Broadway-Playlist?«

»Muss schließlich alles New-York-Mäßige aufsaugen, solange ich noch kann.«

Bens Schlafzimmer ist ein Schlachtfeld aus verstreuten Kleidungsstücken und Büchern und halb vollen Paketen.

Paketjunge, erinnere ich mich und ein scharfes Ziehen durchfährt mein Herz.

Ben betrachtet das Chaos. »Sorry dafür.« Er durchquert das Zimmer, nimmt eine schwarze Kleiderhülle vom Bett und hängt sie kurzerhand an die Jalousie. Dann setzt er sich auf den frei gewordenen Platz und rutscht für mich beiseite.

Ich zögere. »Kann ich dir bei irgendwas helfen? Ich will dich nicht vom Packen abhalten.«

»Ach, alles gut. Ich kann eine Pause gebrauchen.«

Ich setze mich neben ihn und schiele zur Kleiderhülle am Fenster. »Ist da der Bloomingdale's-Anzug drin?«

»Dylans und Samanthas Geschenk an den Trauzeugen. Keine Ahnung, wie ich das nicht merken konnte. Ich meine, rückblickend gesehen: Warum in aller Welt sollte Dylan mich zu Bloomingdale's schleifen, mich einen sauteuren Anzug anprobieren lassen und *einen Einkaufsassistenten hinzuziehen*, damit der vermerkt, was noch umgenäht werden muss?«

Ich lache. »Weil Dylan Dylan ist und so was auch absolut zum Spaß tun könnte?«

»Stimmt auch wieder.« Bens Miene verdunkelt sich. »Ich komme immer noch nicht auf dieses beschissene Timing klar. Ausgerechnet dann, wenn ich ans andere Ende des Landes ziehe, wird Dylan Papa?«

»Aber der Geburtstermin ist doch erst im Dezember. Vielleicht kannst du dann für ein paar Wochen herkommen?«

»Solange ich ein günstiges Ticket erwische.« Ben lächelt etwas nervös. »Ich bin noch nie geflogen.«

»Stimmt, das hatte ich ganz vergessen.«

»Irgendwie, na ja, habe ich jetzt schon Angst davor.«

»Ach Quatsch! Musst du nicht. Es ist seltsam, die meiste Zeit ... merkt man gar nicht, dass man sich überhaupt bewegt. Du wirst dich in Nullkommanix dran gewöhnen.« Ich zögere. »Und Mario wird ja bei dir sein, oder?«

»Schätze ja. Wahrscheinlich wird er nach Möglichkeit hier Weihnachten feiern wollen, von daher ...«

»Auch das wird helfen.«

»Mh-hm.« Ben rutscht an die Wand, zieht die Beine an und seufzt. »Okay, ehrliche Frage: Bin ich der letzte Arsch, weil ich wegziehe?«

»Was? Wie kommst du darauf?«

»Na, wie oft wird der beste Freund denn schon zum ersten Mal Vater?«

»Ein ... Mal. Es sei denn, all seine anderen Kinder werden Neustart-erste-Kinder?«

Ben zieht übertrieben die Brauen hoch.

»Okay, so habe ich es nicht gemeint. Das erste erste Kind ist am Leben und wohlauf. Und du«, ich pikse ihn in den Arm, »musst aufhören, immer wieder dieses Jugendbuch zu lesen, in dem am Ende sowieso alle sterben.«

Ben hebt die Hände. »Es ist ein gutes Buch.«

»Und, nein, du bist kein Arsch«, füge ich hinzu. »Du musst dein Leben nicht für Dylans anhalten.«

»Nein, ja, du hast recht. Ich benehme mich seltsam.« Ben starrt ohne zu blinzeln auf seine Knie.

»Ich habe ein Geschenk für dich«, sage ich, als das Schweigen etwas zu unerträglich wird, und greife nach meiner Umhängetasche.

»Du hättest mir wirklich nichts mitbringen müssen.«

»Nur was Kleines, du wirst sehen.« Blind wühle ich in der Tasche herum und ziehe den Umschlag aus meinem Arbeitsordner, ohne überhaupt den Verschluss öffnen zu müssen. Ein ganz normaler Standard-Briefumschlag, zugeklebt und, glücklicherweise, trocken.

»Soll ich jetzt schon aufmachen?«

Ich nicke, er reißt den Umschlag auf und zieht ein fotogroß zugeschnittenes Stück Karton heraus, auf dem ein Farbausdruck klebt. Am Rand steht: *Spiel's noch einmal: Endprobe. Eintritt für eine Person.* »Hey, super!«, sagt Ben.

»Dreh sie mal um.«

Er gehorcht und seine Augen werden immer größer, während er die handgeschriebenen Worte vorliest. »Hi, Ben, ich hoffe, wir sehen uns am Donnerstag! Dein Em Kester.« Ben starrt mich mit offenem Mund an. »WAAAS?!«

»Überraschung!«

»Arthur! Fuck! Das ist *unglaublich*!« Ben dreht den Karton wieder um und betrachtet die Eintrittskarte. »Ich ...

wow. Ich wusste nicht mal, dass es Eintrittskarten für Proben gibt.«

»Gibt es nicht. Ich meine, gibt es *schon*, aber nur für die letzte, die Generalprobe, und da wirst du schon weg sein. Jacob meinte, du darfst zu der Probe diesen Donnerstag kommen. Und die Eintrittskarte habe ich gebastelt, damit Emmett drauf unterschreiben kann.« Mit klopfendem Herzen halte ich inne. »*Falls* du kommen willst, kann ich ihn dir ziemlich sicher anschließend vorstellen.«

»Oh.« Ben blinzelt ein paarmal schnell. »Wow.«

»Aber fühl dich nicht unter Druck gesetzt«, füge ich eilig hinzu. »Ich weiß, dass du tonnenweise zu tun hast mit dem Packen und der Hochzeit und ... Außerdem musst du dich auch noch nicht jetzt entscheiden. Oder überhaupt. Nur, falls du möchtest.«

»Ich meine, das hört sich super an. Ich muss nur gucken, was diese Woche noch so ansteht ...«

Mir steigt die Hitze in die Wangen. »Ernsthaft, mach dir keine Gedanken.«

»Das ist ein Wahnsinnsgeschenk. Also. Vielen Dank.«

»No problemo!«, sage ich und winde mich keine Sekunde später unangenehm berührt. »Wow, das habe ich gerade *nicht* gesagt. Was immer du glaubst, gehört zu haben –«

Ben muss lachen. »Du wirst mir fehlen.«

»Du mir auch.« Ich atme aus. »Was voll lächerlich ist, weil ich ja gar nicht hier wohne. Echt mal: Wo ist der Unterschied, stimmt's?«

»Doch, ich verstehe schon«, sagt Ben und meine Augen fangen an zu kribbeln.

Abrupt stehe ich auf. »Wie auch immer. Ich lasse dich mal zu Ende packen.«

»Ach was! Du kannst gern bleiben, wenn du möchtest.«

Eindringlich betrachte ich sein Gesicht und versuche, es mir in allen Details einzuprägen. Ich weiß, dass ich ihn bei der Hochzeit und vielleicht der Probe übermorgen wiedersehe, doch Ben sieht schon immer ein bisschen anders aus, wenn wir nur zu zweit sind. »Ich sollte ... Bis bald.«
Er springt auf und umarmt mich. »Okay, na gut. Vielen Dank noch mal. Einfach für ... ja.«
Ich nicke gegen Bens Schulter und bringe kaum ein Wort heraus.

Nachdem sich die Tür hinter mir geschlossen hat, komme ich erst einmal kaum zu Atem. Keine Ahnung, was ich eigentlich erwartet hatte. Einen innigen Schlussaktkuss? Eine gnadenlose Zurückweisung? In Filmen ergibt so etwas Sinn, aber es hält nicht stand, wenn es real, wenn es Ben ist. Wenn sein Zimmer voller Umzugskartons steht. Wenn er mir anbietet, zu bleiben, wenn ich möchte, mich aber nicht zu bleiben anfleht.

Ich frage mich, wie viele Liebesgeschichten auf diese Art enden – mit einer uneindeutig langen Umarmung und Millionen von Worten, die ungesagt bleiben.

Ich erreiche den Treppenabsatz und starre mit verschwommenem Blick nach unten, als stünde ich am Rand einer Klippe. Mein Handy vibriert ein paarmal hintereinander in meiner Tasche, ich ziehe es hervor: gleich mehrere Nachrichten von Ben. Die erste beinhaltet nur zwei Worte.
Ich bin –
Die nächsten sind Fotos von Emmetts handgeschriebenem Gruß, die immer näher an das eine Wort heranzoomen: *Dein.*

Dein. Mir stockt der Atem.
Ben schreibt erneut. EM IST MEIN??? 😩😩😩😩😩

Sein. Emmetts. Nicht mein. Nie mehr. Es sei denn –
Ich spüre kaum meine Füße, die mich in den Flur zurücktragen, kaum meine Knöchel an Bens Wohnungstür. Lächelnd macht er mir auf. »Na, was hast du vergessen?« Ich trete an ihm vorbei in die Wohnung und spreche Richtung Wand. »Okay, hör zu«, sage ich. »Ich will nicht, dass es seltsam wird, und ich will dir auch nichts versauen. Ich weiß nicht einmal, wie das hier geht, weil ich ... Ich kann mir nicht einmal vorstellen, dir das zu sagen, aber ich kann mir auch nicht vorstellen, jetzt wegzugehen, ohne es gesagt zu haben.« Endlich drehe ich mich mit zitternden Lippen zu ihm um. »Ben, es tut mir so verdammt leid.«
Ben lacht völlig verdutzt. »Was denn genau?«
Ich will die Hände vors Gesicht schlagen, stattdessen verschränke ich sie unterm Kinn. »Ich ergebe keinen Sinn.«
»Nicht das kleinste bisschen.«
Ich lache, etwas atemlos. »Okay. Ich muss einfach – fuck. Die lassen es so einfach aussehen, und ich ...« Ich strecke hilflos die Hände aus. Sie zittern.
»Okay, langsam jagst du mir Angst ein.«
»Ich liebe dich immer noch«, platze ich heraus.
Bens Mund klappt auf. »Oh ...«
»Und das *sollte* ich nicht, und ich schwöre, dass ich nicht hier stehen bleibe und auf ein ›Ich dich auch‹ warte. Ich weiß, ... das wird nicht passieren, aber das ist okay.« Ich versuche zu lächeln. »Und du sollst wissen, dass ich mich für dich und Mario freue.« Ich halte inne. »Na ja, irgendwie halt.« Erneutes Innehalten. »Okay, weißt du was? Drauf geschissen. Ich freue mich nicht.«
Bens überraschtes Lachen.
»Hör zu, ich will ja, dass du glücklich bist. Aber nicht mit ihm, denn er ist ... Ich meine, er ist toll.« Eine Träne rollt

meine Wange hinunter.»Ich kann ihn echt gut leiden. Aber du sollst mit *mir* zusammen sein.« Ich presse beide Hände an meine Brust, an mein wummerndes Herz.»Und er ist nicht ich.«
»Arthur – «
»Warte, lass mich ganz schnell den Rest noch sagen, bevor ich ... Ich muss es einfach sagen, okay? Ich will nicht in zwei Jahren aufwachen und dem Nächsten sagen müssen, dass ich ...«, mir bricht die Stimme,»dass ich ihn nicht liebe. Weil er nicht *du* ist. Und ich weiß, jetzt kommt der Teil, wo ich all deine schrulligen Eigenheiten auflisten müsste, wie ... Oh! Ich liebe es, wie zutiefst verbissen du Videospiele spielst, weil – «
»Um die Spiele geht es eigentlich gar nicht«, sagt Ben.»Es ist nur, dass – «
»Du nicht gerne verlierst. Ich weiß.« Ich stoße ein tränenreiches ersticktes Lachen aus.»Ich ... Ich bin einfach so *schlecht* in dem hier. Wie kann ich so schlecht in dem hier sein? Weißt du, was ich gestern Abend gemacht habe? Ich habe mir jede Liebeserklärungsszene angesehen, die ich finden konnte, und jede einzelne ließ mich an dich denken. Jede einzelne. *Notting Hill. Crazy Rich. 10 Dinge, die ich an Dir hasse* ... Ben, ich habe bei *The Kissing Booth* geheult, weil es für mich immer um dich geht. In jeder Geschichte geht es um dich.«

Eine Träne rollt Bens Wange hinunter, und er wischt sie weg.

»Und du sollst wissen, dass es okay ist, wenn du gehst, und dass ich über dich hinwegkommen werde, ganz sicher, irgendwann. Aber jetzt gerade?« Ich schließe einen Moment lang die Augen.»Ich weiß nicht einmal, wie ein Überdich-Hinwegkommen aussehen soll. Ich kann es mir nicht

einmal vorstellen und ... Gott, ich sollte dir das nicht sagen. Es ist dir gegenüber nicht fair.« Ich wische mir über die Augen. »Ich weiß das. Ich weiß, dass es unfair ist.«
»Schon gut, Arthur. Schon gut.«
»Weißt du was, ich gehe jetzt.« Ich deute Richtung Wohnungstür. »Damit du nicht überlegen musst, was oder wie du etwas sagen sollst. Aber du kannst dir sicher sein: Ich verstehe es. Das tue ich wirklich, und ich werde einen Weg finden, nicht in dich verliebt zu sein. Irgendwann. Von daher.« Ich werfe ihm ein sterbendes Lächeln zu. »Wir sehen uns dann wohl bei der Hochzeit. Mach's gut, Ben.«

Ich hole bebend Luft, und dann gehe ich zur Tür hinaus.

35. KAPITEL – BEN
MITTWOCH, 8. JULI

Wie hätte ich reagieren sollen, als Arthur mir gestanden hat, dass er in mich verliebt ist? Dass er mich immer noch liebt? Seit gestern Abend hat es mir die Sprache verschlagen. Nachdem Arthur weg war, stand ich im Flur und habe minutenlang die Tür angestarrt. Ich konnte es einfach nicht fassen und kann es auch immer noch nicht. Kann nicht fassen, dass er diese Worte gesagt hat. Zu *mir*. Während ich so überzeugt war, dass er spätestens Ende der Woche nach Boston fahren und *Mikey* um einen Neustart anbetteln würde. Genau wie beim letzten Mal.

Stattdessen verkündet er, er sei nicht über *mich* hinweg. Dass er nicht einmal wisse, wie ein Über-mich-Hinwegkommen aussehen solle.

Und ich lasse ihn gehen.

Ich hätte ihm hinterherrennen sollen!

Nein, hätte ich nicht.

Es gibt die richtigen Augenblicke für Liebeserklärungen und es gibt die falschen. Und direkt bevor ich mit jemandem, den ich sehr, sehr gern mag, nach Los Angeles ziehe, ist definitiv Letzteres. Ich habe schließlich nicht darum gebeten, dass Arthur hier reinplatzt wie im letzten Akt eines Broadway-Musicals. Ich bin kein Schauspieler, ich bin ein echter Mensch. Dem es das Herz gebrochen hat, als er wieder mit Mikey zusammenkam.

Ich habe Arthur nie erzählt, dass ich eine Busverbindung

gefunden hatte, die mich für fünfzehn Dollar bis zu ihm gebracht hätte. Ich wollte ihn überraschen. Meine erste Reise raus aus New York! Ständig habe ich mir ausgemalt, wie er übers ganze Gesicht zu strahlen beginnt, wenn ich aussteige. Oder wie es wohl ist, ihn endlich wieder küssen zu können. Ich war mir so sicher, dass es diesmal zwischen uns funktionieren würde.

Und dann hat er mich an Silvester vom Flughafen aus angerufen. Es war, als hätte jemand an einem Regler gedreht und die Welt dunkler gedimmt. Als würde sich ein klaffender Riss mitten in meinem Herzen auftun. Noch nie hatte ich so starken Liebeskummer, nicht mal, als Arthur mich bei unserem Abschied vor zwei Jahren bis zum Schultor gebracht hat und ich dann zusehen musste, wie er sich von mir entfernt. Den ganzen Januar über war ich in einem tiefen, dunklen Loch und völlig neben der Spur. Ich glaube, davon hat Arthur keine Ahnung.

Mario ist seit Monaten der Einzige, der mir das Gefühl gegeben hat, fast wieder auf dem Damm zu sein.

Und jetzt bekomme ich das Bild von Arthur nicht aus dem Kopf, der sich die Hand aufs Herz presst. *Weil es für mich immer um dich geht. In jeder Geschichte geht es um dich.*

In Gedanken entwerfe ich ständig Nachrichten, aber bevor ich auch nur im Entferntesten so weit bin, sie abzutippen, stelle ich jedes Wort noch dreimal um. Wie ich Arthur kenne, wartet er sehnsüchtig auf eine Antwort. Aber wenn ich ihm kein »Ich liebe dich auch« zurückschicken kann, welchen Zweck hat es dann überhaupt?

Ich brauche Zeit, um mir über meine Gefühle klar zu werden.

Es klopft an meiner Zimmertür.

»Entra, por favor.«

Meine Eltern kommen rein. Ma trägt einen Teller Cracker, dick mit Erdnussbutter bestrichen. Pa betrachtet die ganzen Kisten, und ich könnte schwören, dass seine Augen feucht glänzen.

»Aquí estás.« Ma reicht mir den Teller.

»Gracias.«

Dabei habe ich kaum Appetit, auch wenn ich nicht mal gefrühstückt habe. Am liebsten würde ich mich selbst in eine Kiste verpacken und mich im Dunkeln verstecken.

»Du kannst deine Meinung immer noch ändern«, sagt Pa.

Ich schaue zu ihm hoch. »Worüber?«

»Den Umzug? Noch haben wir dein Zimmer nicht untervermietet.«

»Ah, okay.«

Ma setzt sich neben mich auf den Boden. »Ich frage gar nicht erst, ob alles in Ordnung ist, ich sehe dir an, dass irgendwas ist.« Sie streicht mir die Haare aus der Stirn. »Rede mit uns, mijo.«

Ich versuche nicht, so zu tun, als ginge es mir gut. Aber ich vermeide es, sie anzusehen, denn sonst breche ich vielleicht in Tränen aus. Dabei möchte ich gern stärker sein. Ich bin von Kartons umgeben, weil ich vorhabe, nach Los Angeles zu ziehen. Nein, weil ich es wirklich *tun werde*. Mario und ich sind endlich auf einer Wellenlänge, und jetzt funkt Arthur dazwischen? Das ist ungerecht. Wieso musste er denn erst *zwei Mal* mit wem anders zusammenkommen, bevor ihm klar geworden ist, dass er eigentlich mit *mir* zusammen sein möchte?

Pa gesellt sich zu Ma und mir auf den Boden. »Wir sind immer für dich da, Benito, auch wenn du weit weg bist. Nur dass du in Kalifornien drei Stunden hinterher sein wirst, also ruf uns nicht mehr nach einundzwanzig Uhr an, denn dann werden deine Mutter und ich definitiv schlafen.« Er klopft mir auf den Rücken. »Na los, rede mit uns, solange wir noch alle in der gleichen Zeitzone sind.«

In letzter Zeit habe ich mir so oft gewünscht, ich hätte mehr Abstand zu meinen Eltern. Aber es wird ganz schön komisch, wenn ich nicht mehr aus meinem Zimmer kommen und sie gleich nebenan auf der Couch sitzen sehen kann.

»Ähm, tja ...« Ich atme tief durch. »Gestern Abend hat Arthur mir gestanden, dass er mich immer noch liebt.«

Meine Eltern werfen sich einen Blick zu. Als würden sie stumm absprechen, wer zuerst antworten soll. Und vielleicht steckt noch mehr dahinter. Es erinnert mich an damals, vor zwei Jahren, als ich mit der Neuigkeit nach Hause kam, dass ich zur Sommerschule muss. Ihnen war klar, dass meine Noten sich verschlechtert hatten. Sie waren nicht überrascht. Und ich glaube, jetzt sind sie es ebenso wenig.

»Und was fühlst *du*?«, fragt Mum.

»Ich weiß nicht, was ich tun soll.«

»Ich habe gar nicht gefragt, was du tun willst – sondern was du fühlst.«

»Darauf gibt es keine falsche Antwort«, ermuntert mich Pa.

»Aber auch keine einfache«, gebe ich zurück. »Ich habe mir so lange gewünscht, dass Arthur mir genau das sagt, und ich habe mir in den Arsch getreten, weil ich es selbst nicht getan habe, als ich die Chance gehabt hätte. Aber es sah nie so aus, als wäre das mit uns eine gute Idee, und das ist es auch jetzt nicht. Oder? Allerdings bin ich ja inzwischen offenbar bereit, für jemanden aus New York wegzuziehen.

Aber wenn dieser Jemand plötzlich Arthur wäre, würde ich Mario verletzen, der nichts falsch gemacht hat. Das alles wäre leichter, wenn einer von ihnen den Hudson abgezogen und mich betrogen hätte, aber das haben sie nicht. Sie sind beide toll.«

»Und irgendjemand wird auf jeden Fall verletzt. »Du hast die Frage immer noch nicht beantwortet. Was *fühlst* du?«

»Keine Ahnung, warum Ma so besessen ist, diese Antwort aus mir rauszukitzeln.

»Ich habe Angst, dass ich es bereuen werde, wenn ich diese Chance mit Arthur nicht ergreife. Und genauso viel Angst, dass ich die einzige andere Person vergraule, die mit mir zusammen sein möchte, und allein dastehe, wenn es zwischen Arthur und mir nicht klappt.«

»Mach dir darüber keine Sorgen«, sagt Pa. »Da ist immer noch Dylan.«

»Wohl wahr«, sagt Ma. »Kein Ehegelübde der Welt ist stark genug, um ihn von dir fernzuhalten.«

Ich schenke meinen Eltern ein winziges Lächeln, weil sie sich so bemühen, mich aufzuheitern.

Ma nimmt meine Hand. »Diese zwei wunderbaren jungen Männer können beide sehr froh sein, dass du mit ihnen zusammen sein willst. Und es gibt auf dieser Erde sicher auch noch einige mehr, die sich dieses Privileg gern verdienen würden. Im Moment ist es an dir herauszufinden, welche Entscheidung dein Herz am glücklichsten macht. Und dabei solltest du dir Zeit lassen.«

»Allerdings vielleicht nicht zu lange«, fügt Pa hinzu. »Schließlich wartet ein Umzugswagen auf dich. Und sobald ich dir geholfen habe, ihn mit deinem Zeug zu beladen, ist mein Werk getan.«

»Kein Druck, was?«
»Leider doch.« Seine Antwort überrascht mich. Die meisten Eltern würden wahrscheinlich lügen. »Das gehört zum Erwachsenwerden dazu. Du wirst es nie allen recht machen können, und du kannst nicht alle beschützen, die du liebst. Wenn das Leben dir Steine in den Weg legt, kannst du einfach nur versuchen, dein Bestes zu geben.« Er gibt mir einen Kuss auf den Scheitel. »Du schaffst das. Ich glaube an dich.«

»Ich auch«, fügt Ma hinzu. Pa reicht ihr die Hand und zieht sie hoch.

»Wartet mal. Könnt ihr mir noch sagen, auf wessen Seite ihr seid? Arthurs oder Marios?«

»Wir sind natürlich auf *deiner* Seite«, antwortet Mum und schließt die Zimmertür hinter sich.

»Das hilft mir nicht«, rufe ich ihnen hinterher.

Sie sind ja wirklich süß, aber ich will, dass jemand mir die Entscheidung leichter macht.

Ich schnappe mir mein Handy und wähle Dylans Nummer. Mit ihm habe ich seit Arthurs Geständnis noch gar nicht geredet, weil ich meine Gedanken zuerst ein bisschen ordnen wollte. Schließlich wird er mir hundertpro eine Million Fragen stellen. Hoffentlich kann er mir auch helfen, sie zu beantworten.

Er drückt mich weg. Es folgt eine Nachricht: Auf dem Amt. Wichtige rechtliche Beratung.

Warum?

Will Samantha verklagen, weil sie Patrick die großen Neuigkeiten verraten hat, bevor ich sie dir erzählen durfte.

Und in echt?

Papierkram. Heiraten ist todlangweilig!

Haha! Okay, viel Spaß dabei! Ruf mich später mal zurück.

Darauf kannste deinen süßen Hintern verwetten.

Ich klopfe mir selbst auf die Schulter, weil ich so reif reagiere. Statt mich darüber zu ärgern, dass Dylan sich um sein eigenes Leben kümmert, nehme ich es gelassen hin. Weder ghostet er mich noch ist irgendwas im Busch. Seine Prioritäten haben sich verschoben, und auch das gehört zum Erwachsenwerden dazu. Mein bester Freund kann nicht mehr rund um die Uhr für mich da sein. Aber *wenn* wir uns unterhalten, kann ich mich darauf verlassen, dass er etwa eine Stunde lang flirty Kommentare und sinnlose Vorschläge von sich gibt, dann eine ultraweise Bemerkung macht und am Ende wieder auf meinen süßen Hintern anspielt.

Hm. Mario von Arthur zu erzählen wäre viel zu seltsam. Irgendwann werde ich das tun, aber nicht jetzt.

Ich scrolle durch meine Kontakte, auf der Suche nach einer Person, die mir dabei helfen könnte, das Chaos in meinem Kopf zu sortieren. Einfach alles ist gerade im Umbruch, und ich will später keine Entscheidung bereuen müssen.

Bei einem Namen halte ich inne.

Das ist zwar total verrückt, aber …

Ich werde meinen ersten Exfreund um Rat fragen.

36. KAPITEL – ARTHUR
DONNERSTAG, 9. JULI

Seit meiner komplett verkackten Liebeserklärung sind neununddreißig Stunden vergangen, und ich habe noch keinen Piep von Ben gehört. Was total okay ist und mich null in Panik versetzt, wenn man davon absieht, dass ich seitdem alle zehn Sekunden aufs Handy schaue, weil mein Hirn offenbar der Überzeugung ist, Ben könnte an einem Donnerstag um neun Uhr dreißig ganz beiläufig ein »Ich liebe dich auch« fallen lassen.

»Ich weiß nicht recht.« Nachdenklich, das Kinn auf die Faust gestützt, betrachtet Jacob die Bühne. »Können wir vielleicht Addie während ihres Monologs hier noch ein bisschen mehr hervorheben?«

Der auf Amelias Gesicht gerichtete Spot wird schrittweise heller.

»Okay, sehr gut«, sagt Jacob erst. Nur um dann aber stirnrunzelnd hinzuzufügen: »Hey, krieg ich ein paar schnelle Fotos aus den hinteren Reihen? Will nur eben gucken, wie das rüberkommt.«

»Schon dabei.« Taj tippt mir auf die Schulter, und wir stehen auf. Mal wieder. Sagen wir einfach, Jacob hat keine Skrupel, in letzter Sekunde noch massiv an der Beleuchtung herumzudoktern. Ich mache ein paar Fotos und vergesse dann aber fast, sie Jacob zu schicken, weil ich zu beschäftigt damit bin, zum x-ten Mal die Einstellungen meines Handys zu prüfen. Nur um sicherzugehen, dass es nicht versehentlich auf »Nicht stören« steht.

Ich würde nämlich sehr gern von Ben Alejo gestört werden. Tatsächlich ist das Schweigen das Unerträgliche daran. Selbst eine unverblümte Abfuhr wäre besser. Ich wünschte, er würde *irgendwas* sagen. Wobei das Schweigen vermutlich irgendwas *ist*, denn was soll es sonst bedeuten, als dass Ben mich nicht zurückliebt? Hier geht es ja nicht um eine Bewerbung oder so. Ben telefoniert nicht gerade meine Referenzen durch oder wägt meine Vorzüge und Schwächen ab. Ob man jemanden liebt, ist keine fundierte Entscheidung. Man beschließt es nicht. Es ist einfach so. Oder, in Bens Fall, eben nicht so.

Mir bleibt nichts übrig, als mich weiter durch den längsten Arbeitstag meines Lebens zu quälen. Selbst wenn alles nach Zeitplan läuft, wird die Probe nicht vor halb neun vorbei sein. Und dank der Doppelbelegung dürfen wir danach alles wieder abbauen und für eine Woche in die Probebühne zurückbringen. Ich frage mich sogar, warum Jacob sich für die Probe überhaupt die Mühe mit der komplett aufgebauten Bühne macht. Warum so viel Arbeit und Sorgfalt in etwas investieren, das schon wieder endet, kaum dass es begonnen hat?

Ich prüfe erneut meine Nachrichten. Nichts.

Ziemlich sicher ist's höchste Zeit, dass mir jemand dieses Handy wegnimmt und es irgendwo vergräbt. Oder vielleicht ist's auch zu spät. Ziemlich sicher war es dafür schon höchste Zeit, als Mum mir heute Morgen ein Foto vom neuen Welpen meiner Tante geschickt hat und ich heulen musste, weil ich offenbar das Scheiß-auf-dich-Welpe-du-bist-nicht-Ben-Stadium von Liebeskummer erreicht habe.

Inzwischen sind es schon vierzig Stunden, Tendenz steigend. Ich glaube, ich verliere den Verstand. Hat meine dicke fette Liebeskomödienliebeserklärung überhaupt stattgefunden? Habe ich sie geträumt? Will Ben mich *glauben* lassen, ich hätte sie geträumt? Er wird sie einfach nie mehr erwähnen, oder? Ist das überhaupt erlaubt? Wer *tut* so etwas?

Mein Hirn muss stutzen.

Ich. Ich tue so etwas. Ich habe verdammt noch mal genau das getan.

Drei Wochen. Drei Wochen habe ich Mikey keine Antwort gegeben, und als ich mich dann endlich aufgerafft hatte, war es eine Wischiwaschi-Arschloch-Antwort. Und dann stieg er in einen Zug nach New York, schnappte sich ein Mikro und begab sich und sein Herz vor einem Raum voller Fremder in die Schusslinie. Woraufhin ich schön mit Karacho über ebenjenes Herz hinweggetrampelt bin, ohne ein einziges Mal zurückzusehen.

»Und, was nimmst du?«, fragt Taj fröhlich.

Ich sehe auf. »Sorry, was?«

»Von Starbucks. Achtung, ich bin jetzt mal brutal ehrlich, sorry, aber du siehst echt aus, als könntest du's gebrauchen. Mokka frappé mit extra Sahne, oder? Welche Größe?«

»Groß?«

»Sagen wir extra-groß«, beschließt Taj. »Nur für den Fall, dass Jacob auch noch ewig am Ton herumschrauben will.«

»Oh Gott, warum sollte er das tun?«

»Weil er Jacob ist?« Taj zuckt die Schultern. »Aber man gewöhnt sich dran. Vertrau mir. Schon nächsten Sommer wirst du solche Aktionen vorhersehen können.«

»Nächsten Sommer?«

»Er hat schon einen Förderantrag gestellt, damit wir dich dann auch vernünftig bezahlen können«, sagt Taj. »Falls du willst, natürlich.«

Mir klappt der Mund auf. »Quasi ein Neustart?«

»Eher eine wohlverdiente Zugabe!«, sagt Taj und wuschelt mir durch die Haare.

Einundvierzig Stunden. Ich starre meine Nachrichten-App an, aber diesmal ist es der Chat mit Mikey, der mich nicht loslässt. Die letzten zehn Nachrichten sind alle von mir.

Ich kann ihm keinen Vorwurf machen.

Mein Bauchgefühl hat mir eigentlich immer gesagt, dass Mikey von uns beiden der Verliebtere war, aber irgendwie wollte mein Verstand nicht ganz dran glauben. Es kam mir einfach so absurd vor, dass jemand mich *dermaßen* mögen könnte. Einen so tiefen Eindruck hinterlasse ich nicht. Habe ich zumindest gedacht.

Ich sollte ihn anrufen.

Oder doch nicht. Definitiv nicht. Ich will Mikey nicht unter Zugzwang setzen. Eine Nachricht ist besser. So kann er in Ruhe zurückschreiben oder mit Emojis antworten, oder so. Vielleicht reagiert er auch gar nicht.

Eine volle verdammte Minute lang starre ich auf das leere Textfeld.

Hi, schreibe ich schließlich.

Keine prompte Antwort, aber das ist okay.

Ich schreibe weiter. Ich weiß ja, dass du wegen Robbies Hochzeit wahrscheinlich sehr beschäftigt bist, von daher schreib einfach zurück, wenn es passt.

Oder schreib gar nicht zurück.

Ganz im Ernst, mach einfach, wie du denkst.

Ich wollte nur noch einmal sagen, wie verdammt leid es mir tut. Je mehr ich darüber nachdenke, wie ich dich behandelt habe, desto entsetzter bin ich über mich selbst.

Und, na ja.
Du warst SO ehrlich zu mir, und ich kann mir nicht mal vorstellen, wie es sich angefühlt haben muss, als ich dich zappeln ließ. Ich wünschte, ich wäre mutiger gewesen.
Und mir meiner Gefühle besser bewusst.
Ich wünschte, ich hätte dein gutes schönes Herz besser behandelt.
Es tut mir so leid, Mikey-Maus.

Ich drücke auf Senden, und gleich nachdem ich die Nachrichten-App geschlossen habe, ploppt eine Benachrichtigung der Foto-App auf.

9. Juli. Heute vor zwei Jahren.

Hochhäuser, aus einem so steilen Winkel fotografiert, dass sie dem Betrachter entgegenzukippen scheinen. Und hinter ihnen gleißende Helligkeit. Ich erinnere mich so genau an diesen Moment, dass ich praktisch die Sonne auf meinen Wangen spüre.

Der Arthur, der dieses Foto geschossen hat, wusste nicht, dass er auf dem Weg zum Postamt war. Er wusste nicht, dass er in wenigen Minuten diesen Jungen mit einem Paket in den Händen treffen würde.

37. KAPITEL – BEN
DONNERSTAG, 9. JULI

Seit fast anderthalb Jahren war ich nicht bei Hudson zu Hause. Ich klingele und bin irgendwie überrascht, dass er mich überhaupt reinlässt.

Unten im Haus hat sich nichts groß verändert: Eine Reihe Briefkästen, davor das eine oder andere Päckchen, ein fleckiger Spiegel. Im Fahrstuhl riecht es immer noch nach Zitrusreiniger. Und in dem düsteren Flur vor Hudsons Wohnung wabert ein Essensdunst, der auch früher dauernd in der Luft lag, egal zu welcher Tageszeit. Aber jetzt, am frühen Abend, passt er ausnahmsweise. Die Klingel hier oben ist noch genauso laut wie damals.

Als das Schloss klickt und die Tür sich öffnet, klopft mein Herz schneller. Hudson trägt eine Brille. Die ist neu. Aber sie steht ihm wirklich gut.

»Hey, Ben.«

»Hey.«

Er bittet mich rein, macht aber keine Anstalten, mich zu umarmen. Obwohl der Ort hier einmal beinahe wie ein zweites Zuhause für mich war, fühle ich mich jetzt völlig fehl am Platz. Aber natürlich ist Hudson mir keinen megaherzlichen Empfang schuldig, immerhin weiß er ja, weshalb ich hier bin. Ich bin echt dankbar, dass er nicht komplett abgelehnt hat, mit mir über mein Liebesleben zu sprechen, vor allem, weil wir uns schon so lange nicht gesehen haben. Im Frühjahr wollten wir zu Harrietts Geburtstag bowlen gehen, aber ich hab in letzter Minute abgesagt.

Hudson schlurft auf sein Zimmer zu. Erst bin ich nicht mal sicher, ob es ihm überhaupt recht ist, wenn ich ihm folge, aber er schiebt mir seinen Schreibtischstuhl hin und setzt sich selbst aufs Bett. Das muss als Einladung wohl reichen.

»Wie läuft's bei dir?«, frage ich.

»Ganz okay.«

Fühlt sich langsam wirklich so an, als wäre ich umsonst hergekommen.

»Soll ich wieder gehen?«

»Mach, was du willst. Oder auch nicht willst.«

»Du bist also immer noch sauer wegen Harrietts Geburtstag.«

»Du meinst, als du uns hast sitzen lassen, während wir versucht haben, das mit dir zu kitten?«

»Ist nicht so, als hättet ihr euch superviel Mühe gegeben.«

Hudson verschränkt die Arme und ist klar in Abwehrhaltung. Wir hätten das gar nicht ansprechen sollen. Ich bin wegen einer ganz anderen Sache hier, und jetzt zerrt er unsere Vergangenheit hervor. Als hätte ich mehr Fehler begangen als er. Dabei ist er derjenige, der fremdgeküsst hat. Und er ist auch derjenige, der eine glückliche neue Beziehung führt, während mein Liebesleben ein völliges Desaster ist.

»Okay. Arthur liebt dich also noch?«

»Scheint so.«

»Und du hast nichts geahnt?«

»Nein. Er und Mikey wirkten wie füreinander geschaffen.«

»Inwiefern?«

»Sie sind beide so verrückt nach Musicals ...«

»Die gleichen Sachen zu mögen heißt ja nicht automatisch, dass man wie geschaffen füreinander ist. Sondern schlicht und ergreifend, dass man die gleichen Sachen mag. Und das bedeutet, man kann gut Zeit miteinander verbringen. Mehr nicht.« Er erklärt das, als wäre ich völlig unterbelichtet. »Du meintest, du überlegst, mit deinem Freund nach Los Angeles zu ziehen?«

»Mario und ich sind nicht zusammen.«

»Ihr seid nicht zusammen.« Das ist keine Frage. Hudson stellt es einfach nur fest, und das tut fast noch mehr weh.

»Du merkst selbst, was daran falsch ist, oder?« Auch das ist eigentlich keine Frage.

Ich hole tief Luft. »Wir wollen es versuchen.«

»Hört sich für mich an, als hätte Dylan dir in den Kopf gesetzt, dass alle in unserem Alter unglaublich romantische Liebesgeschichten erleben müssten.«

»Tja, Dylan und Samantha heiraten und kriegen ein Kind.«

Hudson lacht.

»Kein Scherz.«

»Glaube ich sofort. Mann, ist das absurd. Jetzt muss das arme Mädel sich mit Dylans Wahnsinn rumschlagen.«

»Hey, sie sind richtig glücklich. Das mit ihnen ist echt. Genau wie damals bei seinen Eltern.«

»Aber das ist doch keine Garantie dafür, dass sie so werden wie seine Eltern.«

»Er will ja auch gar nicht wie seine Eltern werden. Er will mit Samantha eine Familie gründen.«

»Ben, du klingst, als hättest du längst alle Antworten. Wenn du ein Risiko eingehen willst, zieh mit deiner *locke-*

ren *Affäre* nach Kalifornien und beweis mir, dass ich mich irre. Wenn du mit Arthur zusammen sein willst, sei mit Arthur zusammen.«

Das ist nicht ganz das, was ich mir hiervon erhofft habe. Ich wollte einen reifen, erwachsenen Austausch. Hudson hat sich vielleicht zu einem Gespräch bereit erklärt, aber es könnte ihm anscheinend nicht egaler sein, ob ich New York verlasse oder bleibe.

»Hudson, du bist die einzige andere Person, mit der ich je eine feste Beziehung hatte. Meine erste große Liebe. Keine Ahnung, wie es für dich war, aber für mich war das echt. Und mir hat das alles wirklich wehgetan. Aber ich bin darüber hinweggekommen, und du auch, und das ist doch super. Ich meine, ich will zwar nicht unbedingt mit dir und Rafael zusammen rumhängen, aber die Vorstellung von euch beiden macht mir nichts aus.«

»Weil du jetzt andere Optionen hast?«

»Weil das zwischen uns für mich zwar echt war, aber vorbei ist.«

Ich stehe auf. Das hier hilft mir nicht weiter.

»Ben, für mich war das auch echt. Es hält mich nicht davon ab, andere Leute toll zu finden oder mich in wen anders zu verlieben, aber es war echt. Und ich fühle mich immer noch schlecht, weil unser Ende so beschissen war. Dir fremdzugehen war das Dümmste, was ich je getan habe. Ich habe eine falsche Entscheidung getroffen und bereue sie seitdem. Aber damit muss ich leben.«

»Genau davor habe ich Schiss. Was, wenn ich *auch* eine falsche Entscheidung treffe? Ich will sie nicht mein Leben lang bereuen müssen.«

»Allerdings ist es nicht ganz das Gleiche«, meint Hudson. »Hier geht's ja nicht ums Fremdgehen. Es gibt keine objektiv *schlechte* Wahl. Du musst dir nur darüber klar werden, was du wirklich willst.«

»Ich will niemanden verletzen.«

Hudson lacht trocken und schüttelt den Kopf. »Du wirst so oder so jemanden verletzen. So ist das manchmal. Und das ist scheiße, aber was ist die Alternative? Sich nie für irgendwas zu entscheiden? Dich völlig abzuschotten? Du musst ehrlich sein, zumindest zu dir selbst. Das habe ich von dir gelernt. Bleib dir treu. Entweder du sagst Arthur, dass du etwas Neues willst, oder Mario, dass er etwas Neues ohne dich anfangen soll.« Hudson steht jetzt auch auf und kommt auf mich zu. Zuerst denke ich, er möchte mich umarmen, stattdessen nimmt er meine Hand und schaut mir ernst in die Augen. »Du bist der Schriftsteller, Ben. Wenn du dein perfektes Ende schreiben könntest – wie sähe das aus?«

Jemand wird so oder so verletzt werden.

Musste ich das wirklich erst von meinem Exfreund hören, damit ich es begreife?

Egal, was ich Ben-Jamin und seine Crew bisher habe durchleiden lassen, der Schmerz, den ich heute Abend überbringe, wird viel schlimmer als siebenköpfige Monster oder magisches Feuer. Er ist echt.

Ich war nie ein Fan von diesem Dreiecksmotiv in Liebesgeschichten. Wahrscheinlich, weil ich mich immer am ehesten mit der Person identifizieren konnte, die am Ende nicht auserwählt wird. Aber jetzt bin ich derjenige, der die Wahl hat. Und was für eine! Ich bin fast versucht, beide abzuschießen, damit es gerecht zugeht und wir uns alle miserabel fühlen. Aber dann gehen gleich drei gebrochene Herzen auf mein Konto, statt nur eins. Die Zahlen sprechen für sich.

Ich bin in der Bahn, nur eine Haltestelle von Marios

Wohnung entfernt. Die ganze Fahrt lang habe ich abwechselnd das *Zauberhaft-in-L. A.*-Shirt und das Ticket von Arthur zur Probe von *Spiel's noch einmal* heute Abend angestarrt. Diese kleinen Geschenke zeigen mir, wie sehr mich diese beiden Jungs in ihrem Leben haben möchten. Was ich irgendwie immer noch kaum glauben kann. Aber es ist an der Zeit, ein bisschen Reife zu zeigen. Und genau das habe ich vor, als ich aussteige.

Auf dem Weg zu Marios Wohnung trödele ich nicht. Ich schreibe ihm, ob er rauskommen kann. Das hier kann ich nicht vor seiner Familie durchziehen.

Mein Herz hämmert wie wild, als käme jetzt der große Showdown.

Die Haustür öffnet sich. Mario kommt raus, nur in seiner Latzhose. Kein Unterhemd, nicht mal Socken. Ein Träger baumelt wie fast immer achtlos an der Seite und entblößt seinen Oberkörper. Mario scheint es nichts auszumachen, dass es für einen Sommertag ziemlich kühl ist. Er schaut mich bloß aus seinen grünbraunen Augen an und zieht mich für einen nach Minze schmeckenden Kuss an sich. Ich lasse meine Lippen auf seinen liegen und streiche ihm über die Arme.

Dann löse ich mich von ihm und hole tief Luft. »Hi.«

»Hast du die Entfernung nicht ausgehalten, Alejo?«, fragt er.

»Könnte sein ...«

Er nimmt meine Hand. »Und? Warum stehen wir hier draußen? Vamos.«

»Ehrlich gesagt kann ich nicht lang bleiben. Ich muss zu Arthur.«

»Klar, stimmt, das Stück. Voll aufregend! Bist du nicht schon spät dran?«

»Story of my life.« Ich drücke seine Hand, fürchte mich davor, sie loszulassen. »Ich muss dir was sagen.« Ich hole noch einmal tief Luft. »Arthur ist in mich verliebt. War es anscheinend die ganze Zeit über.«

Stille. Als würde er dieses Gespräch jetzt schon hassen. »Also hat er deshalb mit Mikey Schluss gemacht?« Mario reibt sich die Stirn. »Wann hat er es dir erzählt?«

»Vorgestern.«

Wieder Stille. Nur das Geräusch vorbeifahrender Autos und Gelächter aus einem der Nachbarhäuser.

Mario lässt sich auf eine Treppenstufe sinken. »Lass mich raten, er möchte nicht, dass du nach L. A. ziehst?«

»Er versteht schon, warum ich wegwill. Aber klar, wenn ich zwischen den Zeilen lese, hast du recht. Nur würde es ja gar keinen Sinn ergeben, seinetwegen hierzubleiben, er wohnt ja nicht mal hier.«

Mario schaut mich an. »Vielleicht gibt es noch einen anderen Grund, aus dem es keinen Sinn ergibt, seinetwegen hierzubleiben. Einen ... der aussieht wie ich?«

Ich setze mich neben ihn. »Klar. Natürlich bist du der Hauptgrund. Der einzig wichtige. Aber ... Auch wenn du und ich so viel gemeinsam haben, zwischen uns gibt es eine Sache, die es in meiner Beziehung mit Arthur nicht gab.«

»Spanisch?«

»Okay, zwei Sachen. Ich meinte Zweifel, Mario. Ich weiß nicht, was die Zukunft für Arthur und mich bereithält. Aber als ich mit ihm zusammen war, wusste ich ganz genau, dass er auch fest mit mir zusammen sein will. Und das kann ich bei dir nicht mit Sicherheit sagen.«

Mario nickt. Ein Windstoß fegt vorüber und er reibt sich die Arme. Ich würde ihn gern an mich ziehen, aber das ist nicht der richtige Zeitpunkt. Womöglich gibt es den nie wieder.

»Du verdienst es zu wissen, wie jemand zu dir steht.« Marios Blick ist so durchdringend, dass ich es fast nicht aushalte. Ich spüre, dass ich ihm am Herzen liege. »Aber ihr beide habt es doch schon mal miteinander versucht. Weshalb glaubst du, dass es diesmal besser klappt?«

»Vielleicht tut es das gar nicht. Aber du bist mir so wichtig, dass ich dir nicht noch mehr wehtun möchte als sowieso schon. Und ich will ganz ehrlich sein: Ich habe wahnsinnig viel Zeit mit dem Versuch verbracht, über Arthur hinwegzukommen. Und ich habe mir praktisch jeden Tag vorgelogen, wie egal es mir ist, mit wem er zusammen ist, während es mich in Wahrheit fix und fertig gemacht hat. Es wäre dir gegenüber einfach nicht fair, mit dir da rüber zu ziehen und ein neues Leben zu beginnen, wenn ich noch so viele Gefühle für ihn habe.«

»Liebst du ihn? No importa. Sag's mir nicht. Das brauche ich nicht zu wissen.« Mario sieht in den Abendhimmel. »Ich glaube wirklich, aus uns hätte was Großartiges werden können, Alejo. Und ich hoffe, ich kann mich eines Tages für dich und Arthur freuen. Aber heute kann ich das definitiv noch nicht.«

»Das musst du auch überhaupt nicht, Mario.«

»Ich weiß. Aber ich möchte es trotzdem.«

Schweigend sitzen wir beieinander. Als Mario zu zittern beginnt, reiche ich ihm das *Zauberhaft-in-L. A.*-T-Shirt.

»Hier. Du brauchst es jetzt mehr als ich. Vor allem, weil du da drüben in L. A. Zauberhaftes vollbringen wirst.«

Das glaube ich wirklich. Eines Tages werde ich an einem Riesenplakat am Times Square vorbeikommen, auf dem Mario als Drehbuchautor steht. Und ich werde es ultrastolz abfotografieren, selbst wenn wir uns bis dahin aus den Augen verloren haben sollten.

Mario zieht das T-Shirt nicht über, sondern starrt es an. »Ich werde mal reingehen, Ben.«

Dass er mich nicht länger bei meinem Nachnamen nennt, fühlt sich nach einem sofortigen romantischen Downgrade an. Es ist seltsam, aber richtig. Wir rappeln uns auf.

»Darf ich dich umarmen?«, frage ich.

»Wehe, wenn nicht.«

Er schlingt zuerst die Arme um mich und ich lege ihm das Kinn auf die Schulter. »Gracias für all das Gute und lo siento für alles Schlechte.«

»De nada. Para lo bueno y lo malo.«

Er unterdrückt ein Schluchzen und lässt mich los, dreht sich so hastig um, dass ich nicht mal die Chance habe, ein letztes Mal sein Gesicht zu betrachten. Und dann ist er auch schon im Haus verschwunden, blitzschnell, wie durch Zauberei.

Ich bleibe noch einen Moment stehen. Meine Beine sind zu schwer, um sie zu bewegen.

Egal was mit Arthur und mir passiert, ich weiß, dass es die richtige Entscheidung war, mit Mario Schluss zu machen. Hudson hat mich nach meinem perfekten Ende gefragt. Aber ich werde mich stattdessen auf den Anfang konzentrieren.

Den Neustart, um genau zu sein.

38. KAPITEL – ARTHUR
DONNERSTAG, 9. JULI

Ziemlich sicher macht sich mein Handy mittlerweile nur noch über mich lustig. Als ob der gähnend leere Ben-Chat nicht genug wäre, ist da auch noch die große Portion Funkstille mit Mikey. Ich frage mich, wie oft hintereinander man sein Handy entsperren muss, um Blasen an den Fingern zu kriegen.

Ich sollte der Zivilisation einfach Adieu sagen. Ich sollte auf einen Bauernhof in einer postapokalyptischen Version von New Hampshire ziehen, wo fast niemand mehr lebt und wo es weder Elektrizität noch Handynetz gibt, denn was die Abwesenheit von Textnachrichten angeht, bin ich ja offenbar ein verfluchter Experte.

Aber was soll's? Ich werde einfach hier sitzen und mir jede Zeile des Programmhefts zwanzigmal durchlesen wie Bubbe, wenn sie und ihre Synagogen-Freundinnen unnötig früh von New Haven zu einer Sonntagsmatinee gefahren sind. Denn heute Abend geht es weder um mein Handy noch um Jungs oder ihre Abwesenheit. Heute Abend geht es darum, dass ich hier im Shumaker Blackbox Theater sitze, eine Reihe hinter meinem Lieblingsregisseur. Es geht darum, mein neues Lieblingsstück in seiner fast-finalen Form zu sehen und zu wissen, dass ich ihm dorthin geholfen habe.

Jacob murmelt etwas in sein Headset, worauf das Licht im Zuschauerraum allmählich erlischt.

Dann: eine schnelle Bewegung, das leise Scharren eines Stuhls. Keine Sekunde bevor das Stück losgeht schlüpft mit einer unbegreiflichen Selbstverständlichkeit Ben auf den Platz neben mir.

Ziemlich sicher ist mein Herzschlag gerade eine Oktave nach oben gerutscht.

Mein Magen verknotet sich, und mit zusammengekniffenen Augen starre ich in die Dunkelheit. Bin ich überhaupt wach? Passiert das überhaupt wirklich? Ben wirft mir lächelnd einen Seitenblick zu, aber was soll's, denn wer braucht schon eine Lunge? Atmen wird sowieso komplett überbewertet.

Total surreal. Dass er hier ist. Ist ihm klar, dass er mich mit nur einer Textnachricht Dajenu hätte singen lassen? Ein einziges GIF hätte mir genügt.

Wie soll ich mich normal verhalten, solange mein Herz Achtelnoten spielt?

Die Zeit überschlägt sich – jedes Mal, wenn ich blinzle, ist eine weitere Szene vorbei. Der erste Akt dauert offenbar zehn Sekunden. Entweder pfuscht jemand am Geschwindigkeitsregler des Universums herum, oder mein Hirn hat einen Kurzschluss.

Als das Stück vorbei ist, lassen Emmett und Amelia sich, als ob sie in der Highschool wären, auf den Bühnenboden plumpsen, auf dem sie eben noch geschauspielert haben. Benommen wende ich mich Ben zu. »Hat es dir gefallen?«

»Na klar. War super.« Er nickt eifrig.

Ich gucke wieder auf die Bühne, wo Jacob und der Inspizient Miles sich zu Amelia und Emmett gesellt haben. »Jetzt gibt's für die Schauspieler*innen nur noch kurz Kritik«, erkläre ich. »Das sollte nicht lange dauern, und dann kann ich dir Emmett vorstellen.«

»Ich bin nicht wegen Emmett hier.« Bens Stimme klingt

ungewohnt angespannt. »Gibt es hier ... Können wir hier irgendwo kurz für uns sein? Nur ganz kurz?«
»Ja. Klar. Definitiv. Lass mich nur ... Hier lang, komm mit.«
Ich führe ihn hinter die Bühne und durch eine Seitentür nach draußen. *Bleib cool, okay, bleib cool bleib cool bleib cool bleib cool.* Doch Pustekuchen. Coolbleiben gibt's nicht. Nicht für mich.
Ich glaube, mein Hirn kippt um. Ich fühle mich wie der Himmel kurz vor Sonnenaufgang, wie die Pause zwischen *zwei, eins* und *Zündung.*
Ich gucke zu Ben hoch. »Ist das okay? Bist du okay?«
»Ja. Ich weiß nicht.« Er stößt ein nervöses Lachen aus.
»Ben, es tut mir leid. Ich hätte nichts sagen sollen. Ich mache dir überhaupt keinen Vorwurf. Das weißt du, oder? Nicht im Geringsten. Du bist ... oh Gott, nicht zu fassen, dass du hergekommen bist. Ich bin so froh, dass wir noch Freunde sein können. Ich – «
»Du hörst wirklich nie auf zu reden, oder?«, fragt Ben und sieht mich so zärtlich an, dass mein Atem aussetzt.
»Niemals.«
Er lacht leise. »Okay, tja, jetzt bin aber ich dran. Ich ... Ich konnte einfach nicht aufhören, über Dienstag nachzudenken. Über das, was du gesagt hast. Arthur, ich hatte keine Ahnung. Keinen blassen Schimmer.«
»Ich weiß, ich hätte nicht – «
»Nichts da.« Ben schüttelt heftig den Kopf. »Zuhören jetzt. Nachdem du gegangen bist, bin ich in mein Zimmer zurück, habe mich hingesetzt, diese Scheißkartons angestarrt und gedacht: *Oh mein Gott, Kalifornien.* Ich meine, das wäre mein großer Reset-Knopf, stimmt's? Ich würde ein ganz neues Leben anfangen – viertausend Kilometer

entfernt von allem, was mir vertraut ist, und jedem, den ich kenne. Aber du, Arthur, bist ein blinder Passagier in meinem Kopf. Ich kann dich gar nicht *nicht* mit mir tragen. Immer, wenn mir ein schräger Einfall kommt, denke ich: *Arthur würde das sofort verstehen.* Ist dir eigentlich klar, dass ich jedes Mal, jedes einzelne Mal, wenn mir jemand während der letzten zwei Jahre zugelächelt hat, dieses Lächeln mit deinem verglichen habe? *Zwei Jahre lang.* Als ob irgendwer diesen Wettbewerb gewinnen könnte.« Er reibt sich die Stirn. »Und es ist doch so: Indem ich schreibe, erzähle ich nicht nur Geschichten für andere, hab ich recht? Ich erzähle sie auch mir selbst. Ich erzähle mir alles nur Erdenkliche, um mich glauben zu lassen, ich wäre glücklich. Aber ich habe es satt, meine Gefühle umzuschreiben, nur weil ich Angst habe, wieder verletzt zu werden. Denn damit würde ja trotzdem alles unweigerlich auf ein gebrochenes Herz hinauslaufen, weil ich so nämlich nie mein perfektes Ende bekomme. Und das perfekte Ende für meine Geschichte bist du.«

»Du ...« Ich presse die Faust auf den Mund. »Ich glaube, ich fange an zu weinen.«

»Du weinst doch längst.« Ben stößt ein ersticktes Lachen aus und ergreift meine Hände. Dann berühren seine Lippen meine Stirn, und ich schmelze dahin. »Ich liebe dich«, sagt er. »Te amo. Ich ziehe nicht weg. Ich habe mit Mario Schluss gemacht. Darf ich dich küssen?« Er hat Tränen in den Augen. »Bitte? Ich würde – «

Ich umfasse sein Gesicht mit beiden Händen, noch bevor er ausgeredet hat.

Dieses Gefühl. Ich dachte, mich erinnern zu können, doch ich muss mich durch Glas erinnert haben, denn sonst hätte es mir so sehr gefehlt, dass ich gestorben wäre. Ben zieht mich an sich, und ich denke nichts anderes mehr als: *Oh. Ah. Das.*

Genau das. Wie er sich herunterbeugen muss, um mich zu küssen, und ich den Kopf zurücklehne, als blickte ich in die Sterne. Ich fahre ihm mit beiden Händen durch die Haare. Haare, die ich noch nie erfühlt habe – zwei Jahre voller neuer Frisuren, neuer Sommersprossen, neuer Zellen. So viele Ben-Updates, die ich noch nicht runtergeladen habe.

Er küsst meine Schläfe. »Warum noch mal haben wir so lange damit gewartet?«

»Weil wir Idioten sind, die nicht sehen, was direkt vor ihrer Nase liegt.«

Wir sind uns so nah, dass ich die Wärme seines Atems spüre, als er lacht.

»Es fühlt sich fast nicht real an«, sagt er. »Es ist, als würde ich mir selbst dabei zusehen, wie ich in einem Film mitspiele.«

»Du meinst *Ben und Arthur Reloaded*?«, frage ich. »*Arthur und Ben schlagen zurück*? *Ben und Arthur* – «

»Den letzten gibt's tatsächlich«, sagt Ben.

»Schon klar, aber wie wär's mit *Ben und Arthur: Jetzt noch länger*?«

»Klingt wie der Ableger eines Amateurpornos, aber – «

Ich küsse ihn noch einmal, und er küsst mich zurück, und ich kann nicht mehr auseinanderhalten, welche Zunge wo und welcher Mund meiner ist. Ich packe Ben am Kragen und ziehe ihn mit mir an die Hauswand. Schon sind seine Lippen wieder auf meinen, und ich denke: *Jap. Genau das.*

»Ich liebe dich«, sage ich. »Habe ich das schon gesagt? Ich liebe dich auch. Te amo very much.«

»Te amo mucho.« Ben sieht so aufrichtig ergriffen aus, dass ich ganz kurzatmig werde.

»Te amo mucho«, sage ich und wünschte, ich hätte mein Hebräisch noch drauf. Wünschte, ich könnte es in allen Sprachen der Welt sagen. Denn zu ihm kann ich es sagen. Geht ganz automatisch. Als wäre Ben zu lieben eine meiner Werkseinstellungen.

»Verrückt, dass du es *gewusst* hast«, sagt er plötzlich. »Vom ersten Tag an.«

»Dass wir an meinem Arbeitsplatz rummachen würden?«

»Dass das Universum kein Arsch ist.«

»Ha! Übrigens: Weißt du, welcher Tag heute ist?«

»Wieso? Donnerstag. Der neunte –« Er hält abrupt inne. »Heilige *Scheiße*!«

»Haargenau. Du kannst mir nicht erzählen, dass das nicht das Universum war.«

»Das Universum. Fuck. Wow.« Er stößt ein atemloses Lachen aus.

Ich lächle verschmitzt zu ihm hoch. »Jetzt wissen wir dann wohl, wie sich die beiden am Schluss kriegen.«

»Wir waren die ganze Zeit lang eine Nullachtfuffzehn-romantische-Komödie.« Er strubbelt mir durch die Haare, und ich lache gelöst, stehe aber auch irgendwie unter Strom.

Und dann reden wir beide gleichzeitig.

»Okay, weißt du was, ich – ?«

»Möchtest du vielleicht – ?« Er unterbricht sich, nimmt meine Hände und verschränkt seine Finger mit meinen. »Du zuerst.«

»Nein, sorry, schon gut. Ich habe mich nur gefragt, ob du irgendwo hingehen möchtest. Irgendwohin, wo ... Wo wir nicht hinter einem Theater stehen.« Ich sehe zu ihm auf. »Und was wolltest du sagen?«

»Exakt das Gleiche.« Er lacht. »Gehen wir zu mir? Meine Eltern sind nicht zu Hause. Oder, na ja, es wäre zumindest besser für sie. Wenn ich ihnen sage, dass du und ich allein sein wollen, würden sie bestimmt eh das Feld räumen für uns.«

Uns. Ich werde nie im Leben genug davon kriegen, dieses Wort aus Bens Mund zu hören.

39. KAPITEL – BEN
DONNERSTAG, 9. JULI

Das Universum hat mich endlich mal gewinnen lassen. Und zwar direkt den Hauptgewinn.

Arthur und ich verlieren keine Zeit, machen uns sofort auf zum Hause Alejo. Den ganzen Weg über halten wir uns an den Händen, lösen den Griff auch nicht in der U-Bahn, trotz dieses Vorfalls vor zwei Jahren. Sollte uns irgendwer schief angucken, bemerken wir es gar nicht, weil wir uns so intensiv in die Augen schauen, als hätten wir uns seit unserer Trennung nicht richtig gesehen. Und vielleicht steckt da auch was Wahres drin – zum ersten Mal, seit wir uns damals verabschiedet haben, wissen wir wieder, was das mit uns ist.

Unsere Geschichte war nicht immer einfach.

Unser Meet-Cute auf dem Postamt, diese mehr als besondere Zufallsbegegnung, hat uns dazu gebracht, nacheinander zu suchen.

Dann wollten wir unbedingt das perfekte erste Date, obwohl Perfektion ein Mythos ist.

Zuletzt hätte die Trennung uns voneinander fernhalten müssen, aber wir waren so gut wie unzertrennlich.

Als wir bei mir ankommen, sind meine Eltern zum Glück noch nicht da. Ich schiebe Arthur so schnell in mein Zimmer, als wären wir auf der Flucht vor ein paar zornigen Zauberern. Ich stoße gegen Kisten, werfe sie um. Egal, es sind sowieso nur Klamotten drin. Aber ganz ehrlich, selbst meinen Laptop würde ich gerade quer durch den Raum fegen, wenn er uns im Weg wäre. Ich falle zuerst aufs Bett, schleudere mir die Sneaker von den Füßen und knöpfe Arthurs Hemd auf, während er mich küsst. Mit jeder Berührung werden wir wieder vertrauter miteinander. Beide sind wir erfahrener als beim letzten Mal, und ohne es bewusst zu wollen, bringen wir unsere Erfahrungen mit zwischen diese Laken. Obwohl ich es kaum abwarten kann, ihn nackt neben mir zu haben, lasse ich mir Zeit dabei, ihn auszuziehen.

»Ich habe dich so vermisst«, flüstere ich.

Und er antwortet mir mit einem Kuss.

Ihn in den Armen zu haben fühlt sich an, als würde ich träumen. Aber das hier ist echt. Das ist seine glatte Haut, ist sein Atem auf meinem Gesicht. Seine blauen Augen sehen mich an. Seine Lippen suchen immer wieder meine, und ich will, dass das so bleibt.

Ich zögere es so lange raus, wie es geht, bevor ich das Kondom aus meinem Nachttisch hole. Je tiefer ich eindringe, desto näher sind wir uns.

Und während wir diesen Neustart zelebrieren, freue ich mich schon auf den nächsten. Und den übernächsten.

Denn mit jedem Kuss und jedem Atemzug wächst in mir die Überzeugung, dass Arthur und ich nichts mehr zwischen uns kommen lassen. Man könnte uns an die entgegengesetzten Enden des Sonnensystems katapultieren, und wir würden doch wieder zueinanderfinden. Das Universum hat immer gewollt, dass wir zusammen sind.

Hinterher würde ich am liebsten direkt von vorne anfangen. Aber ich bin völlig erledigt und der arme Arthur versucht ziemlich schlecht, ein Gähnen zu unterdrücken.

»Schlaf ruhig, Arthur.«

»Du bist aber nicht in L. A., wenn ich aufwache, oder?«

»Ohne dich gehe ich nirgendwohin.«

»Das ist richtig ...« Er kämpft wieder gegen das Gähnen an und verliert.»... süß.«

»Egal, wo du diesen Sommer hingehst, ich folge dir. Und ich hoffe, das gilt umgekehrt genauso. Vielleicht sogar zu Dylans Hochzeit. Als mein Plus-Eins?«

Arthurs Kopf zuckt in die Höhe, als hätte jemand einen Eimer Eiswasser über ihm ausgeschüttet. »Ja, ich will – ich meine, gern!«

SAMSTAG, 11. JULI

Mein bester Freund heiratet. Und er braucht Deo.
»Sir Bentley, du hättest Deo mitbringen sollen.«
»Das hat mir keiner gesagt.«
»Als Trauzeuge musst du all meine Bedürfnisse vorausahnen.«

»Dee, wenn du erwachsen genug bist, um zu heiraten, bist du auch erwachsen genug, um Deo einzupacken.«

Wir sind im Gästebad der O'Malleys, in deren wunderschönem Haus in Sunnyside in Queens. Während ich auf dem Boden hocke und jeden Schrank nach Deo durchsuche, habe ich Angst, dass meine Hose hinten aufreißt. Keine Spur von einer rettenden Sprühflasche. Einen Deoroller finde ich zum Glück auch nicht, ich fänd's irgendwie ekliger, wenn er einen fremden benutzen würde, als gar kein Deo.

»Sollte ich stattdessen Zahnpasta verwenden?«, fragt Dylan. Noch trägt er nur Boxershorts.

»Dee, genau die Art Fragen sind ein Grund, warum ich wirklich erleichtert bin, dass du zurückkommst und Hilfe bei der Kindererziehung haben wirst.« Ich greife in die Dusche und hole Dylans Duschgel raus. »Hier. Und bitte mich jetzt nicht, dir dabei zu assistieren.«

Brummelnd verteilt Dylan das Zeug unter den Armen. »Schlechtester Trauzeuge aller Zeiten.« Zwar hat er schon geduscht, aber der Angstschweiß schert sich nicht darum. Er hebt einen Arm. »Besser?«

»Du kommst doch selbst mit der Nase dran.«

»Fehler Nummer zwei, Mr. Trauzeuge. Noch son Klopper und du wirst von der Hochzeit ausgeschlossen.«

»Werde ich dann vom Grundstück geworfen? Oder kann ich mich zu Arthur setzen und mir die Trauung ansehen?«

»Du bist ja geradezu besessen von deinem Zukünftigen.«

»Fang jetzt nicht so an«, warne ich ihn und binde meine Krawatte, so wie Arthur es mir beigebracht hat.

»Die Ehe ist etwas Wunderbares, Ben. Du wirst es lieben.«

»Du bist doch selbst noch gar nicht verheiratet.«

»Deine Chance, mich jetzt noch schnell wegzuschnappen.«

»Aus Respekt vor dem Baby werde ich eure Familie nicht zerstören.«

»Uäh, das Kleine verhindert schon jetzt jegliche Leidenschaft.«

Wir ziehen uns weiter an und ich helfe Dylan mit der Krawatte.

»Benni-Hase?«

»Dylli-Maus?«

»Ich freu mich richtig für dich.«

»Klappe. Heute ist deine Hochzeit. *Ich* freu mich für *dich.*«

»Ich weiß. Aber ich liebe dich, und ich bin Team Arthur. Mach das dingfest.«

Ich schüttle den Kopf. Ans Heiraten denke ich gerade noch nicht. Aber wenn es eines Tages so weit ist, weiß ich, in welchem Team ich bin. »Fürs Erste bin ich froh, dass du und Samantha es dingfest macht, Dee. Ich glaube an euch und ich bin schon ganz gespannt drauf, mit eurem Kind abzuhängen.«

»Du schreibst besser bald eine jugendfreie Version von *DZDZ* für das Kleine.«

Dylan ist fertig angezogen. Er sieht so gut aus, man könnte ihn glatt auf den Laufsteg schicken. Sein Männerdutt wird von einem goldgelben Band zusammengehalten, passend zu seinem Einstecktuch. Der schwarze Anzug sitzt perfekt.

»Diese Hose tut rein gar nichts für meinen Arsch«, murrt Dylan.

Okay, *fast* perfekt.

»Bist du bereit für den großen Augenblick, Dee?«

»Worauf du wetten kannst, Ben.«

Hand in Hand verlassen wir das Badezimmer. Dylan wartet höchstens eine Sekunde, bevor er eindeutig-zweideutige Hüftbewegungen macht und vielsagend mit den Brauen wackelt. Direkt vor seinen Eltern, Mr. und Mrs. Boggs, auch bekannt als Dale und Evelyn, die ungelogen zwei der normalsten Menschen auf dieser Erde sind. Man kann in Evelyns Gegenwart nicht mal fluchen, ohne dass sie verlegen wird. Und jetzt tut Dylan so, als hätten wir gerade Sex in diesem Bad gehabt. Ich schwöre, er muss bei der Geburt vertauscht worden sein. Was bedeutet, irgendwo auf der Welt gibt es einen sehr zurückhaltenden Dylan, der nicht ansatzweise mit dem abgedrehten Humor seiner schamlosen Eltern klarkommt.

Trotzdem würde ich unseren Dylan um nichts in der Welt hergeben.

Zumindest meistens.

»Dyl, du siehst so gut aus.« Evelyn kämpft mit den Tränen. »Du aber auch, Ben.«

»Diese Hose zensiert meinen Arsch«, beschwert sich Dylan, als erwarte er, seine Mutter könnte etwas dagegen unternehmen.

»Wir sind sehr stolz auf dich, mein Junge«, fügt Dale hinzu und ignoriert Dylans Einwand. Darin hat er ja auch schon jahrelange Übung. Er rückt die Krawatte seines Sohnes zurecht.

Dylan umarmt seine Eltern. »Danke, dass ihr mir mit gutem Beispiel vorangegangen seid.«

Jetzt kann seine Mutter die Tränen nicht mehr zurückhalten. Ihre Wimperntusche verläuft, und sie huscht ins Bad, um das in Ordnung zu bringen. Dale drückt Dylan die Schulter und folgt seiner Highschool-Liebe.

»Das war echt sehr rührend, Dee.«

»Tja, spezieller Anlass. Aber damit ist dann auch gut für heute.«

»Ich hoffe doch, du hast dir noch ein bisschen was Nettes für dein Gelübde aufgehoben.«

»Ach wo, ich geh da einfach raus und sag so was in die Richtung wie: Ich habe dich geschwängert, also muss ich dich jetzt wohl heiraten.«

Dylan wirft einen Blick über die Schulter auf die Tür zum Garten. Gleich gehen wir da durch, zu den wartenden Gästen. Er fängt wieder an zu schwitzen und ich tupfe ihm die Stirn mit meinem Einstecktuch ab. Er rekelt sich wie ein Hund, den man hinter den Ohren krault.

»Danke, Trauzeuge.«

Er umarmt mich.

»Ich liebe dich, mein Bester.«

»*Mein* Bester liebt dich auch.« Er zwinkert mir zu. »Und ich ebenso.«

Die Badezimmertür öffnet sich, und als Evelyn sieht, wie Dylan und ich uns umarmen, kommen ihr direkt wieder die Tränen. Aber statt sie wegzutupfen, zieht sie diesmal ihr Handy aus der Tasche und macht ein Foto von uns. Das muss sie mir später unbedingt schicken.

»Ihr seid ja süß.« Gerade biegt Samanthas Mutter Donna um die Ecke. »Aber draußen warten Familie und Freunde und eine wunderschöne Braut, die dich heiraten möchte.«

Donna hat sich selbst zur Hochzeitsplanerin ernannt, und sie muss einen Klon haben, so reibungsfrei, wie alles läuft. Sie ist schon seit Stunden komplett fertig angezogen, trägt ein cremefarbenes Kleid und einen hellrosa Blazer darüber. Ich will gar nicht wissen, wann sie aufgestanden sein muss, um ihre rötlich-braunen Haare in so elegante Locken zu legen. »Wie fühlst du dich, Dylan?«

»Bereit, diese wunderschöne Braut zu treffen.«

»Na, dann: Worauf wartest du?«, fragt Donna.

Ein letztes Mal umarmt Dylan seine Eltern, dann führt Donna sie in den Garten zu ihren Plätzen.

Das hier passiert gerade wirklich.

Mein bester Freund heiratet gleich.

Aus den Boxen ertönt die Einzugsmusik, eine Instrumentalversion von *Into the Wild* von Lewis Watson, ein Song, den Dylan früher mit seinen Eltern gesungen hat. Dylan tritt nach draußen, badet im Sonnenschein und im Applaus, den er noch anstachelt, bis die Gäste johlen und pfeifen.

Ich folge direkt hinter ihm und stelle fest, dass ich gerade zum Riesenfan des Universums werde. Ein Grund dafür ist sicher, dass es Dylan nicht genug Zeit eingeräumt hat, eine von diesen Choreos einzustudieren, um damit den Mittelgang entlangzutanzen. Aber mein Hauptgrund sitzt inmitten der Gäste. Ich sehe ihn gleich zum ersten Mal heute, und er hat eine Überraschung angekündigt. Er ... trägt die Hotdogkrawatte von dem Tag, an dem wir uns kennengelernt haben!

Fast vergesse ich, dass das nicht unsere Hochzeit ist. Ich möchte auf ihn zurennen und ihn küssen, aber gerade rechtzeitig fällt mir ein, dass ich heute als Trauzeuge hier bin.

Alles zu seiner Zeit.

Für den Moment strahle ich ihn einfach nur an. Erst ein paar Sekunden später registriere ich, dass er zwischen Jessie und meinen Eltern sitzt.

Vorne unter dem Baldachin steht Samanthas Trauzeuge Patrick schon bereit. Er trägt einen tannengrünen Anzug und schlichte schwarze Schuhe. Er lächelt und winkt.

»Ist das zu fassen«, flüstert Dylan mir zu. »Er versucht doch tatsächlich, mich mit seinem Outfit auszustechen. Der hat Nerven, dieser Mother–«

»Dylan. Alter. Er ist keine Konkurrenz. Und selbst wenn er es wäre: Du bist gerade *so* kurz davor, Samantha zu heiraten. Damit hast du ja wohl eindeutig gewonnen.«

Dylan nickt. »Verdammt richtig. Ich hab gewonnen.« Er schenkt Patrick ein süffisantes Lächeln, als wir uns zu ihm gesellen.

Aus einem weißen Partyzelt hinter den Stuhlreihen treten alle fünf Mitglieder der Pac-People. Sie tragen schwarze Hemden, Instrumente und Krawatten haben aber die Farben ihrer jeweiligen Charaktere. Als sie beginnen, Israel Kamakawiwo'oles Version von *Somewhere over the Rainbow zu* spielen, verstummen alle Gäste, erheben sich und warten gespannt.

Der Zelteingang bewegt sich erneut, und diesmal kommen Samantha und ihr Vater zum Vorschein.

Sie schreiten auf uns zu. Samantha trägt ein fließendes weißes Kleid mit kurzen Ärmeln aus Spitze und dazu ihre silberne Kette mit dem Schlüssel als Anhänger. Ich muss ihr Outfit unbedingt in einem meiner Bücher verewigen, in einer königlichen Ballszene oder so. Aber keines meiner Worte könnte ihr Lächeln beschreiben, als ihr Blick auf Dylan fällt.

»Ich werde heulen«, meint Dylan. Er bebt. »Lass mich nicht heulen, Ben.«

Ich lege ihm eine Hand auf die Schulter. »Bleib tapfer, Dee«, ermutige ich ihn, während ich meine eigenen Tränen zurückhalten muss.

Samantha umarmt ihren Vater, bevor sie zu uns vor den Altar tritt.

Dylan geht sofort vor ihr auf die Knie. »Hi. Du bist wunderschön. Heirate mich.«

Sie lacht. »Das versuche ich ja, du selber wunderschöner Mann.«

Sobald das Gelächter des Publikums verstummt ist, beginnt der Trauredner die Zeremonie.

Ich kann's nicht glauben, hier stehe ich also neben meinem besten Freund bei dessen Hochzeit. Dabei hätte ich bis vor Kurzem erwartet, dass es bis zu diesem Tag noch Jahre hin sind. Aber Dylan tritt wahrhaftig in die Fußstapfen seiner Eltern und heiratet jung. Und bei ihm und Samantha habe ich da auch gar keine Bedenken. Nur um das Baby mache ich mir ein bisschen Sorgen. Ob Samantha wirklich bodenständig genug ist, um Dylans Dylanhaftigkeit auszugleichen? Zum Glück werde ich in der Nähe sein, um ein Auge auf das Kleine zu haben.

Samantha bekommt das Mikro überreicht und beginnt ihr Gelübde. »Dylan, als du mir am ersten April einen Antrag gemacht hast, habe ich nicht einen Augenblick lang gedacht, dass das ein Aprilscherz ist ...«

Ich bin unendlich froh, dass ich mit Dylan hier stehe, aber ich freue mich auch darauf, mich bald mal mit ihm und Samantha hinzusetzen und mir die ganzen Hintergrundinfos zu ihrer supergeheimen Mission liefern zu lassen. Ich habe so viel verpasst. Zum Beispiel spricht Samantha in ihrem Gelübde davon, wie viel Angst sie hatte, ihrer Familie alles zu erzählen. Doch als Dylan ihr versicherte, dass alles gut werden würde, glaubte sie ihm. Denn niemandem vertraut sie mehr.

»Dylan, ich verspreche, dich zu lieben und zu ehren, selbst an den Tagen, an denen ich dir den Stecker ziehen möchte«, beendet sie ihre Ansprache.

»Darf ich sie schon küssen?«, fragt Dylan.

»Gleich.« Der Trauredner lächelt und reicht Dylan das Mikro. »Möchten Sie nicht auch noch Ihr Ehegelübde ablegen?«

Dylan lässt das Mikro durch die Luft wirbeln, fängt es lässig wieder auf und beginnt: »Samantha, um dem Umstand Rechnung zu tragen, dass wir uns in einem Coffeeshop kennengelernt haben, dachte ich zuerst, ich würde diese Rede mit lauter Wortwitzen spicken, à la: ›Du bist lattenscharf‹ und ›meine Schaumfrau‹ oder ›Ich Macchiato dich wirklich sehr‹ ... Aber das ist unter meiner Würde. Stattdessen möchte auch ich gern an besagten ersten April erinnern, als ich zwar keinen Ring für dich hatte, dafür aber einen Schlüssel ...« Er dreht sich zum Publikum wie ein Comedian bei einer Show. »Warum einen Schlüssel, fragt ihr euch jetzt. Tja ...« Er schließt die Hände um das Mikro und ruft: »Weil ich die gewiefte Herzdiebin endlich DINGFEST gemacht habe!«

Alle lachen, auch Samantha. Sie schnappt sich das Mikro: »Erzähl den wahren Grund, oder ich überleg's mir anders.«

»Du hast schon gelobt, mich zu lieben und zu ehren.«

»Dylan ...«

»Ooookay.« Sanft umfasst er den Schlüssel an ihrem Hals. »Das ist der Schlüssel zu unserem gemeinsamen Wohnheimzimmer, aka: unserem ersten gemeinsamen Heim. Und ich habe dir gesagt, ich möchte noch mehr Heime mit dir teilen.«

Meine Hand wandert wie von selbst an meine Lippen, so süß ist das.

»Super, jetzt wissen alle, was ich für ein Riesen-Softie bin«, grummelt Dylan.

»Das macht dich nur menschlich.« Samantha streicht ihm über die Wange.

Dylan wendet sich an den Trauredner. »Um Himmels willen, dürfen wir uns jetzt endlich küssen?«

Der lacht bloß und fährt mit der Zeremonie fort. Patrick gibt seiner besten Freundin den Ring, ich meinem besten Freund. Dylans ist ganz schlicht, Samantha bekommt den Goldring ihrer Großmutter.

»Jetzt?« Dylan kann es nicht abwarten.

»Hiermit erkläre ich Sie zu Mann und Frau«, sagt der Redner. »Sie dürfen die Braut jetzt ...«

Dylan verschwendet keine Zeit und küsst die Frau, die er schon seine Zukünftige genannt hat, noch bevor er sie richtig kannte.

Mein bester Freund ist verheiratet.

In meinem ganzen Leben habe ich noch nicht so stürmisch applaudiert. Mit tränenverschleiertem Blick sehe ich zu, wie Dylan Samanthas Hand nimmt und sich verbeugt. Zusammen schreiten sie den Mittelgang hinunter, während sie von all ihren Freund*innen und Verwandten bejubelt werden.

Mit den Augen suche ich Arthur, der mich anschaut, als hätte er das viel zu lange nicht getan. Ich bin überglücklich, dass er zurück in meinem Leben ist, und bereit für Neustart über Neustart, damit unsere gemeinsame Zukunft so grandios wird, wie wir es immer geahnt haben.

Einst habe ich mich gefragt, ob das mit uns eine Liebesgeschichte oder eine Geschichte über die Liebe ist.

Jetzt kenne ich die Antwort.

40. KAPITEL – ARTHUR
SAMSTAG, 11. JULI

Besser als Ben unter einem Baldachin ist nur noch Ben, der direkt nach der Zeremonie zu mir kommt. Und mich mit solch souveräner Selbstverständlichkeit küsst, dass ich fast in den ordentlich gemähten Rasen zerfließe.

Immer noch so aufregend, so seltsam – dieses lässige Geküsse vor Großeltern und Caterern und Dylans heißem Onkel Julian. Ich bin inzwischen schon so lange offen schwul, dass ich gar nicht mehr darüber nachdenke, wie sehr ich mich an bestimmten Orten zurückhalte. Jedenfalls hat mein fünfzehnjähriges Ich nicht zu träumen gewagt, seinen Freund eines Tages in der Öffentlichkeit zu küssen. Und mein dreizehnjähriges Ich hat ziemlich sicher sogar gedacht, dass zwei sich küssende Typen auf einer Hochzeitsfeier nur etwas sind, das man auf fremder Leute Fotos sehen kann.

Ben ergreift meine Hände und verschränkt seine Finger mit meinen. »Und? Wie war der Trauzeuge so?«

»Traumhaft. Ein traumhafter Trauzeuge. Konnte die Augen nicht von ihm losreißen. Gab es überhaupt einen Bräutigam?«

»Woher soll ich das wissen?«, fragt Ben. »Ich war viel zu beschäftigt damit, diesen süßen Typen mit der Hotdogkrawatte auszuchecken.«

Ich lächle zu ihm hoch. »Aus besonderem Anlass.«

Ungelogen: Meine Moleküle ordnen sich neu, wenn Ben in meiner Nähe ist. Und selbst die Luft zwischen uns ist so aufgeladen und dicht, dass ich mit dem Finger ein Loch hineinstechen könnte. Er lehnt sich vor, küsst mich erneut, und keine Ahnung, wie ich überhaupt noch aufrecht stehen kann.

»Eieieiiiii!«, johlt Dylan in vor den Mund gehaltene Megafonhände.

Eilig lösen Ben und ich uns voneinander und lächeln verlegen.

»Ich wollte ja nicht stören, aber – «

»Dylan!« Ich schnappe ihn mir und drücke ihn, so fest ich kann. »Masel tov! Wie fühlst du dich?«

»Ich fühle mich zu unanständigen Fotos inspiriert«, antwortet Dylan.

Ben formt ein lautloses »Wow« und sagt: »Das klingt eher nach einer Aktivität für später am Abend.«

»*Trau* dich, mein *Zeuge*. Ohne dich geht gar nichts.« Dylan rückt Bens Krawatte zurecht und klopft ihm energisch auf die Schulter. »Ist ein Befehl der Fotografin. Und ...« Er guckt zu mir und wackelt lasziv mit den Augenbrauen. »Der Freund soll mitkommen.«

Freund. Mein Herz schlägt ein Rad nach dem anderen. So hat Dylan mich heute Morgen auch schon seinen Eltern vorgestellt. *Bens Freund.* Ich musste mir große Mühe geben, dabei cool zu bleiben, denn Ben und ich haben das streng genommen noch gar nicht beredet. Was ich bei aller Coolness jedoch nicht *nicht* bemerken konnte: Er hat nicht widersprochen. Ebenso wenig, wie er jetzt widerspricht.

Er nimmt meine Hand. »Kommst du mit?«

Was für eine Frage. Wir folgen Dylan, vorbei an den drei blumengeschmückten Tischen und der improvisierten Tanzfläche unter den Lichterketten. In einer baumgesäumten Nische am Rand des O'Malley-Grundstücks knipst eine Frau in Schwarz Fotos von Samantha mit diversen Verwandtenkombis. Als Samantha uns sieht, verwandelt sich ihr Fotolächeln in ein echtes, strahlendes Grinsen.

Samantha als Braut ist mir immer noch ein befremdliches Konzept, doch es lässt sich nicht leugnen, dass sie dabei eine wirklich gute Figur macht. Sie sieht so wunderschön aus, dass sie selbst mich ein bisschen verzaubert. Ihr fließendes Kleid könnte einer Jane-Austen-Verfilmung entsprungen sein – im Empire-Stil, mit elfenbeinfarbener Spitze und Flügelärmeln. *Schwangerschafts-Chic* hat sie es vorhin genannt und den Stoff über ihrem Bauch strammgezogen, damit wir sehen, wie verdammt blind wir wochenlang waren.

Dylan wird zwischen Samantha und ihre Großmutter bugsiert. Ich lehne mich an Ben und sehe zu, wie die Fotografin herumwuselt, eine Million Fotos aus jedem erdenklichen Winkel schießt und zwischendurch Angehörige der O'Malley-Familie wegbeordert oder herbeizitiert.

»Ich muss irgendwie erst mal begreifen«, sagt Ben und lächelt benommen, »dass das hier Dylans und Samanthas *Hochzeitsfotos* sind. Wir, na, erleben hier gerade die Erschaffung eines Bildes, das bis zu ihren Enkelkindern weitergereicht werden wird.«

Dylan streckt sich beiläufig und hält dann verstohlen inne, um an seiner Achselhöhle zu riechen.

»Tu's für die Enkelkinder«, sage ich zu Ben.

Er küsst mich auf die Wange und stellt sich neben Dylan, weil jetzt Hochzeitspaar mit Trauzeugen dran sind. Anschließend schiebt die Fotografin – auf expliziten Wunsch des Bräutigams – ein ausgiebiges Beste-Freunde-für-immer-und-ewig-Shooting ein.

Samantha kommt quer über den Rasen auf mich zu und breitet die Arme aus. »Arthur!« Sie drückt mich. »Es ist so schön, dass du hier bist. Vielen, vielen Dank. Einfach. Für alles.«

»Machst du Witze? Ich danke *dir* für die Einladung! Mega Hochzeit! Und, wow, sieh dich an!« Ich drücke beide Hände ans Herz. »Du hast mich für alle anderen Bräute verdorben.«

»Tja, blöd. Dann solltest du wohl keine heiraten.« Ich lache. »Wohl nicht.«

»Ich freu mich für euch zwei.« Sie guckt zu Ben und Dylan hinunter, die gerade auf dem Rasen eine Szene aus *Twilight* nachahmen. »Ich habe Ben noch nie so strahlen sehen.«

Mein Herz macht einen von diesen kleinen Hüpfern. »Ach, echt?«

»Arthur, ja! Bis über beide Ohren! Siehst du das nicht?«

»Hey, zurück auf Position!«, ruft Dylan und steht auf. »Derzeitige Gattin, du bist gemeint, hopphopp!«

»Wow. Den Tonfall kannst du dir – «

»Tut mir leid.« Dylan räuspert sich so nachdrücklich, dass es auch über Bens Lachen hinweg noch zu hören ist. »Ich meinte natürlich: Du bist gemeint, meine herzallerliebste Für-immer-Ehefrau.«

Samantha grinst über das ganze Gesicht.

»Du auch, MacArthur Seuss Award. Aufs Bild mit dir.«

Samantha nimmt mich an der Hand. »Die Paparazzi erwarten uns.«

Es ist die Art von Freude, die fast zu hell ist, um direkt hineinzusehen. Was könnte ich mir mehr wünschen als Bens Hand an meiner Hüfte und das Klicken dieses Fotoapparats? Der dokumentierte Beweis, dass dieser Augenblick existiert hat. Dass Ben und ich zusammengehört haben.

Aus Abend wird Nacht – ein einziges, glücklich-verschwommen geballtes Stück Glück aus Blumen und Essen und Tanzen. Ich verbringe es komplett in Bens Armen und vermisse jetzt schon jeden Augenblick, der vergeht.

»Gehen wir ein Stück?«, fragt Ben, nachdem der Kuchen angeschnitten wurde, und wir landen wieder in der baumgesäumten Foto-Nische. Die Musik klingt hier fast wie aus einer anderen Welt. Ben und ich sind ganz allein, stehen uns im Schatten von Angesicht zu Angesicht gegenüber und halten uns an den Händen.

Ich wünschte, ich könnte hierbleiben. In diesen Moment möchte ich mich einschließen und den Schlüssel wegwerfen. Ich habe den ganzen Abend schon immer wieder mein künftiges Ich vor Augen, wie es einsam in seinem Wohnheimzimmer hockt und sich in dieses Hier und Jetzt zurückzuträumen versucht. Ob auch Ben mich im Herbst vermissen wird? Werden wir noch zusammen sein? Diesmal könnten wir es hinkriegen, oder? Eine Fernbeziehung ist schließlich kein Weltuntergang, und Connecticut liegt ja auch viel näher als Georgia. Wir fahren eben einfach viel Zug während ... der nächsten drei Jahre.

»Hey.« Ben zieht mich an sich. »Worüber grübelst du?«

»Oh, es ist nur ... Ich weiß nicht. Ich bin froh, hier zu sein.« Ich lächle zu ihm hoch. »Ich kann es immer noch nicht fassen.«

»Dass Dylan und Samantha verheiratet sind?«

»Das auch.« Mein Herz kommt ins Schlittern. »Aber, was anderes. Ich meine *uns*. Dass du und ich, du weißt schon, wieder zusammen sind, ... schätze ich?«

»Schätzt du?« Ben legt den Kopf schief, und ich muss lachen.

»Keine Ahnung! Sind wir? Wie läuft das ab?«

Auf der Tanzfläche geht ein Lied zu Ende, und selbst vom anderen Ende des Gartens aus erkenne ich das nächste am allerersten Takt. Ziemlich sicher würde ich es sogar im Schlaf erkennen.

Es ist *Marry You*. Von Bruno Mars.

Ben prustet los. »Wow, muss ich mich jetzt auf einen Flashmob gefasst machen?«

Ich verstecke mein Gesicht hinter den Händen. »Ich habe nichts damit zu tun. Oh mein Gott. Liebes Universum, was zur Hölle?! Nimm dir doch wenigstens jeden zweiten Tag mal –«

Ben küsst mich.

Überrascht sehe ich zu ihm auf. »Na gut.«

Er küsst mich noch einmal, streicht über meine Schultern zu meinen Ellbogen und hinterlässt dabei eine Gänsehaut, trotz der Ärmel von Hemd und Jackett. Ich ziehe ihn an mich, bringe seine Lippen nah an meine, denn Luft ist schön und gut, aber Bens Atem ist besser. Seine Hände streichen wieder zurück zu meinen Schultern, von da zu meinem Nacken, und ich muss daran denken, wie viele Geschichten diese Hände schon auf kleinen Plastiktasten erzählt haben.

Seine Fingerspitzen finden ihren Weg zu der Stelle über meinem Kragen, dann zu der darunter, spielen mit dem Kleiderschildchen – und ich hätte nicht gewusst, dass das ein Move ist, ist es aber definitiv.

Wie ich unter seiner Berührung aufleuchte, mich vorlehne. Ich glaube, er kursiviert mich.

»Hör zu«, sagt er schließlich, atemlos vom Küssen. »Mit Neustarts ist das so eine Sache. Man muss schon etwas anders machen, weißt du? Sonst, na ja, bringt es nichts.«

Ein Schatten fällt auf mein Herz. »Dann bringt es deiner Meinung nach also nichts, wenn –«

»Nein! Gott, tut mir leid. Was ich sagen will, ist: Arthur, fuck.« Er holt tief Luft. »Ich will sagen: Ja, verdammt, ich will, dass wir wieder zusammen sind. Wir hätten niemals Schluss machen dürfen. Wir haben uns beim letzten Mal falsch entschieden. Lass es uns noch einmal versuchen. Scheiß auf die Entfernung. Wir kriegen das hin, okay?«

»Ja, lass uns ... Ja.« Plötzlich weine ich und lache und alles auf einmal. »Auf das mit dem Neustart, hm?«

»Auf das mit uns«, fügt Ben hinzu und umarmt mich. Ich vergrabe das Gesicht an seinem Revers.

»Ich bin so glücklich.« Meine vom Jackettstoff gedämpfte Stimme ist ein wüster Mix aus Tränen und ersticktem Lachen. »Heute ist mein Lieblingstag.«

»Warte erst morgen ab«, sagt Ben.

Ich wische ihm mit dem Handrücken eine Träne von der Wange. »Bitte sag mir, dass du heute bei mir schlafen kannst«, sage ich. »Oder braucht Dylan dich noch bei ...«

»Seiner Hochzeitsnacht?«

»Na ja, es ist Dylan.«

Ben lacht. »Ich werde ihm sagen, dass ich anderswo gebraucht werde.«

»Gut, denn Onkel Miltons Pferdebilder fragen schon nach dir.«

»Gefällt mir irgendwie«, sagt Ben. »Und weißt du, was mir noch gefällt? Nicht vom Inhalt meines kompletten Kleiderschranks umzingelt zu sein.«

Mein Herz pumpt vor Glück einmal besonders feste, wie jedes Mal, wenn mir wieder einfällt, dass er bleibt. Er bleibt er bleibt er bleibt. »Ich helf dir gleich morgen früh beim Auspacken.«

»Das ist wirklich nicht –«

»Hey, du hast Kalifornien für mich aufgegeben«, erinnere ich ihn. »Du bleibst mir an meinem Ende des Landes erhalten. Dafür würde ich jeden Tag bis Ferienende von oben bis unten dein Zimmer putzen. Würde mir überhaupt nichts ausmachen.«

Er lacht. »Du, wie lang braucht man noch mal bis zur Wesleyan?«

»Mit dem Zug grob zwei Stunden. Kostet so fünfundzwanzig Dollar, aber es gibt auch ein Zehnerticket, dann ist's günstiger. Falls, na ja, du weißt schon, du mich oft besuchst.« Ich lächle. »Wir *sollten* uns oft besuchen.«

»Okay, aber ...« Ben sieht mich mit einer Miene an, die ich erst nicht recht zu deuten weiß. Doch dann sprühen seine Augen geradezu Funken. »Was ist, wenn nicht?«

EPILOG
UNSERE EIGENE WELT

BEN
VIER JAHRE SPÄTER
Brooklyn, NY

Nicht jede Geschichte hat ein gutes Ende. Manchmal legt man sich für etwas richtig ins Zeug, und es wird und wird einfach nichts. Und statt sich dem nächsten Abschnitt im Leben zuzuwenden, verschwendet man sehr viel Zeit bei dem Versuch, etwas unbedingt ans Laufen zu bringen, das niemals funktionieren wird. Das ist eine bittere Lektion, besonders, wenn daran Jahre voll glücklicher Erinnerungen hängen. Noch schlimmer, wenn es dabei um große Träume und Lebensentwürfe geht. Aber sich von etwas zu verabschieden kann auch befreiend sein und neue Türen aufstoßen.

Genau so ging es mir mit *Der Zorn der Zauberer*. Ich wollte so unbedingt, dass es veröffentlicht wird. Das Buch, das ich in der Highschool angefangen und für das ich das College abgebrochen habe, um es fertig zu schreiben, weil ich so sehr daran geglaubt habe. Auch wenn meine zornigen Zauberer auf magische Weise meinen Agenten davon überzeugt haben, mich unter Vertrag zu nehmen, waren ihre Zaubersprüche doch nicht ganz so wirksam bei Verlagen. Mein Agent, Percy, hat mich ermutigt, ein neues Projekt anzufangen. Ein gängiger Ratschlag, aber ich konnte mich nicht dazu aufraffen. Ich hatte fest damit gerechnet, ich wäre die Ausnahme, die die Regel bestätigt, und war völlig am Boden, sobald abzusehen war, dass ich meinen allergrößten Traum nicht verwirklichen würde.

Doch mein größter Fan hat mir geholfen, wieder auf die Füße zu kommen.

Mein unglaublicher Freund, Arthur Seuss.

Als ich Arthur zu Beginn seines zweiten Unijahrs nach Connecticut gefolgt bin, habe ich mir ein Zimmer in der Nähe der Wesleyan gemietet, nicht weit von dem Buchladen RJ Julia, wo ich anfing, als Verkäufer zu arbeiten. Arthur hat hautnah mitbekommen, wie wertlos ich mich gefühlt habe, als kein Verlag *Der Zorn der Zauberer* haben wollte. Aber er ließ mich das Schreiben nicht aufgeben.

Die Idee für meinen realistischen Roman entstand quasi aus dem Nichts. Ich erinnere mich daran, dass Arthurs Kopf auf meiner Schulter lag, als ich ein neues Dokument öffnete und zu tippen begann. Zehn Monate später, sobald ich den furchtbar rohen ersten Entwurf fertig hatte, bettelte er mich an, ihn lesen zu dürfen. Und als mein Agent mich vor ein paar Wochen anrief und mitteilte, ein Verlag habe *Die beste Version von uns* eingekauft, nachdem er sich in einer heißen Auktion gegen drei weitere Verlagshäuser durchgesetzt hatte, köpfte Arthur eine Flasche Prosecco und wir tanzten durch unser winziges Apartment hier in Brooklyn.

Am nächsten Morgen war ich drauf und dran, meine Eltern und die Boggs-Brigade anzurufen, um ihnen die große Neuigkeit mitzuteilen, aber Arthur hatte die ziemlich coole Idee, meinen Buchdeal etwas extravaganter zu verkünden. Noch habe ich nicht mal richtig damit angefangen, das Manuskript zu überarbeiten, aber Arthur meinte, es wäre trotzdem toll, eine Vorab-Lesung zu organisieren. Er hat es eine »Kostümprobe« genannt, weil er in Gedanken natürlich ständig am Broadway ist – noch viel mehr, seit Jacob ihn nach seinem Uniabschluss fest angestellt hat.

Also haben wir für heute Abend unsere Wohnung in einen kleinen Coffeeshop verwandelt: das Café BArt.

Schon für uns beide ist das Apartment eigentlich zu klein, erst recht mit Beauregard, unserem Border Collie, der immer superaufgeregt ist, wenn wir von irgendwoher zurückkommen, selbst wenn es nur vom Müllwegbringen ist. Mit Hund plus all den Leuten hier ist das Café BArt eine mittlere brandschutzrechtliche Katastrophe.

Ich bin ein bisschen überfordert und definitiv überwältigt, aber alle scheinen sich wohlzufühlen.

Arthur steht bei unseren Eltern, die immer noch von der Aufführung gestern Abend schwärmen. Arthur und das ganze Team von *Demsky macht Theater* haben echt alles für *Queer durch die Stadt* gegeben, und das zahlt sich aus. Die allermeisten Kritiken haben das Stück in den höchsten Tönen gelobt – und die eine, in der es eher so lala wegkommt, habe ich bisher erfolgreich vor Arthur versteckt.

Ethan und sein Freund Jeremy, den er im A-cappella-Chor kennengelernt hat, singen gerade *Here's To Us* von Halestorm auf unserer improvisierten Bühne, und immer wieder schiele ich währenddessen zu Arthur und proste ihm in Gedanken zu: *Auf das mit uns*. Abuelita, Bubbe, Yael – meine Mitbewohnerin aus Connecticut –, Jessie und Grayson und meine Kolleg*innen aus der Buchhandlung lauschen fasziniert. Taj ist so lieb und filmt Ethan und Jeremy für ihren gemeinsamen TikTok-Account.

Die Schlafzimmertür öffnet sich und mein vierjähriges Patenkind Sammy stürmt herein, in der Hand die gläserne Uhr vom Filmset der Serie, deren Dreh Mario und sein Onkel letzten Monat abgeschlossen haben. Ich drücke die Daumen, dass sie ein Erfolg wird, denn sie klingt fantastisch. Mario hat mir diese Uhr geschickt, und da es nur insgesamt fünfzig davon gibt, wäre ich wirklich dankbar, wenn Sammy sie nicht genauso zerstören würde wie meinen Nintendo-Controller.

»Sammy, hey, Kumpel«, sage ich. »Kann ich mir die Uhr mal ansehen?«

Mit den blauen Augen seiner Mutter, aus denen der Schalk seines Vaters nur so blitzt, schaut er zu mir hoch. »Du kannst sie kaufen.«

»Kaufen? Sie gehört doch mir!«

»Aber ich habe sie jetzt.«

»So funktioniert das eigentlich nicht. Egal. Was möchtest du denn dafür haben? Einen Dollar?«

»Elf Dollar und siebzehn Cent.«

»Elf Dollar und ... warum ausgerechnet den Betrag? Wie bist du darauf gekommen?«

»Weiß nich.«

Ich schon. Es sind die Gene.

Dylan und Samantha kommen aus dem Schlafzimmer und schleichen sich von hinten an Sammy an. Ich hebe einen Finger und signalisiere ihnen, dass ich zurechtkomme.

»Ich mache dir folgendes Angebot: Du gibst mir die Uhr, und ich gehe morgen mit dir in den Buchladen.«

Sammy zieht eine Schnute, während er überlegt. »In den Zoo. Und ich will Zuckerwatte.«

»Deal.«

Wir schütteln uns die Hand und er überlässt mir die Uhr. Dann rennt der Kleine davon, um meinem Vater auf die Pelle zu rücken.

»Bring ihn morgen bloß nicht heim, bevor das Zuckerhoch wieder abgeflaut ist«, warnt mich Samantha.

»Oder lass ihn gleich im Zoo bei den anderen Schlangen«, fügt Dylan hinzu. Sein Handy vibriert und ein Lächeln breitet sich auf seinem Gesicht aus. »Einen Moment, das ist Patrick ... Jo, Patty, du sexy Motherfucker, wie ist es auf Kuba?«

Samantha schüttelt den Kopf, als Dylan sich wieder ins Schlafzimmer verzieht, um mit seinem »dritten besten Freund« zu telefonieren. »Ben, die machen mich fertig. Bitte lass mich hier einziehen. Ich weiß genau, dass Beauregard sein Körbchen nicht benutzt.«

Ich lache und umarme sie.

Lange hat Dylan das ungeborene Kind Chai genannt, und kein Scherz, ich hatte mich echt schon dran gewöhnt. Samantha hatte keinen Wunschnamen, aber als Dylan mitangesehen hat, was sie alles durchmachen musste, um ihren Sohn zur Welt zu bringen, hat er vorgeschlagen, ihn nach ihr zu benennen. Spannend, denn sie lässt nie zu, dass irgendwer außer ihrer Mutter sie selbst Sammy nennt, und jetzt hat sie ihrem Kind genau diesen Namen gegeben. Vielleicht wird das so eine Art Familientradition.

Etwa eine Stunde später sind alle Gäste eingetrudelt.

Ich schlängele mich durch die Menge und ergreife Arthurs Hand.

»So, ihr Lieben«, sage ich laut, während ich Arthur ins Schlafzimmer führe, »wir sollten wahrscheinlich anfangen, bevor die Nachbarn sich beschweren.«

»Ich weiß nicht, warum die nicht auch einfach die Show genießen können«, wendet Arthur ein. »Ich bringe ihnen quasi den Broadway direkt vor die Haustür.«

»Manchmal sollte sich selbst der Broadway mal freinehmen.« Ich gebe ihm einen Kuss auf die Wange.

»Blasphemie! Außerdem hat er schon montags frei.«

Im Schlafzimmer schnappe ich mir den kleinen Karton mit dem Manuskript, das Arthur bei Staples hat ausdrucken und binden lassen. Als er es nach Hause gebracht hat, konnte ich es kaum fassen, ein physisches Exemplar davon in der Hand zu halten. Wir gehen zurück ins Wohnzimmer, wo Arthur um Aufmerksamkeit bittet. Er steigt auf unseren Sofahocker und spricht in ein Requisiten-Mikro.

»Herzlich willkommen zum zweiten Akt unseres Ben-und-Arthur-Specials. Vielen Dank an alle, die heute zu unserer Aufführung kommen konnten und sich anhören möchten, welche großen Neuigkeiten Ben zu verkünden hat.«

»Kriegt ihr noch einen Hund?«, fragt Sammy und tätschelt Beauregard.

»Nope, fürs Erste bleibt es bei Beau.«

»Holt euch noch einen!«

Dylan zeigt auf Sammy und wendet sich an Samantha: »Bring deinen Namensvetter unter Kontrolle.«

»Bring deine DNA unter Kontrolle«, kontert sie.

Mir werden die Knie weich beim Gedanken daran, was gleich passieren wird, und ich frage mich, ob all meine Lieben mich danach wohl mit anderen Augen sehen werden. Endlich ist dieser Tag gekommen! Und was musste ich nicht alles durchmachen, um heute hier stehen zu können.

»Also, ich habe ein Projekt vor euch geheim gehalten. Ich habe etwas so Persönliches geschrieben, dass es mir Angst gemacht hat. Ich wollte nicht darüber reden, weil ich mich so geschämt habe, nachdem niemand meinen Fantasyroman veröffentlichen wollte. Aber ...« Ich greife in den Karton und hole das Manuskript raus.

»Du bist fertig!«, entfährt es Ma.

Alle klatschen. Und ich drehe mich zu Arthur, der vor Aufregung kaum stillhalten kann.

»Ich habe nicht nur einen neuen Roman beendet«, fahre ich fort. »Ich habe einen Buchdeal bekommen. Ich werde veröffentlicht und damit ganz offiziell ein Schriftsteller.«

Meine Eltern kennen kein Halten mehr. Dylan und Samanthas Jubel übertönt alles, und Sammy stimmt mit ein, einfach, um Lärm zu machen. Alle freuen sich so sehr für mich, aber ich bin nach wie vor total aufgeregt. Denn ich bin noch nicht fertig.

»Arthur dachte, es wäre cool, wenn ich euch den Anfang vorlese. Bis zur endgültigen Fassung wird sich wahrscheinlich eine ganze Menge ändern, aber das hier ist die Version, die die Verlage überzeugt hat ...« Ich schlage die erste Seite auf. Und halte inne. »Okay, Leute, ich kann das nicht.«

»Buh«, ruft Dylan. Und natürlich stimmt Sammy mit ein.

»Arthur, würdest du für mich lesen?«, frage ich ihn. »Ich bin zu nervös.«

Arthur reißt die Augen auf. »Aber ich habe nicht geübt. Kann ich einen Moment haben, um mich auf die Rolle vorzubereiten?«

»Ich liebe dich, aber auf gar keinen Fall.«

Wir tauschen die Plätze.

Arthur schlägt das Manuskript auf und ich warte gespannt. Er beginnt: »Erstes Kapitel ...«

»Halt, Arthur, ich glaube, du hast eine Seite übersprungen.«

Er sieht mich an. »Hast du heimlich doch einen Prolog eingebaut? Ich dachte, wir wären gegen einen Prolog ...«

Ich hebe nur auffordernd die Brauen.

Er blättert zurück zur Widmung, die ich nachträglich hineingeschmuggelt habe.

»Für Arthur«, liest er vor. »Meinen Für-immer-Ehemann.«

Kollektives Nach-Luft-Schnappen all unserer Gäste. Arthurs blaue Augen füllen sich mit Tränen.
Ich knie mich vor ihn hin und ziehe einen Ring aus der Tasche.
»Irgendwelche Änderungswünsche? Oder würdest du das so stehen lassen?«

ARTHUR
ZWEI JAHRE SPÄTER
Middletown, Connecticut

Wie nennt man einen Augenblick, der so perfekt ist, dass man sich kneifen muss? Um sicherzugehen, dass man nicht träumt?

Ich stehe nah genug an den Gästen, dass ich in der Menge, dieser abgedrehten Zusammenstellung von Leuten, ein paar Gesichter ausmachen kann. Musa und seine Frau Rahmi sitzen bei Bens Schriftstellerfreund*innen. Mrs. Ortiz von nebenan macht Kussmundgesichter für eins von Jacobs Kindern. Da sind Juliet und Emerald. Vor ihr Namrata und David. Und so viele Verwandte. Onkel Milton und seine *besondere* Freundin aus Upstate New York. Und natürlich: das ultimative Golden-Girls-Power-Duo: Bubbe und Abuelita. So viele Menschen aus jeder Ära unserer Leben.

Aber: keine Exfreunde. Dass Hudson und sein Partner Rafael die Einladung ausgeschlagen haben, hat Ben und mich nicht überrascht, und noch weniger die Absage von Mikey und Zach. Nur Mario war traurig, dass er es nicht herschafft. Er konnte sein Autorenteam nicht allein lassen, hat uns aber eine Videobotschaft mit haufenweise Glückwunschküsschen seines Du-hast-mein-Herz-Erobärchens geschickt.

Eine Instrumentalversion von *Marry You* beginnt zu spielen, und Ben betritt den Mittelgang. Ich bin nicht nah genug, um seinen Gesichtsausdruck zu sehen, kann ihn mir aber vorstellen: dieses verlegene halbe Lächeln, das er macht, wenn er im Mittelpunkt der Aufmerksamkeit steht. Ich nenne es sein Buchsignierlächeln. Seine Eltern flankieren ihn, und die drei kommen sehr langsam voran, weil Isabel unterwegs immer wieder Hände schüttelt.

»Atmest du noch?«, fragt meine Mom. Gleich ist es an mir, nach vorne zu gehen. Zu Ben.

Ich schüttle den Kopf. »Ich *heirate*.«

Ich heirate den Menschen, in den ich seit meinem siebzehnten Lebensjahr verliebt bin.

Ben und ich haben uns seit Stunden nicht gesehen, sind aber heute Morgen früh aufgestanden, um zusammen über die Main Street zu spazieren. Nur wir zwei. Ben hat bei RJ Julia ein paar neu eingetroffene Bücher signiert, und wir haben im Ford News Diner gebruncht. Natürlich waren wir auch für eine Handvoll frisch gebackener Hundekuchen in der »Bark-ery«, der besten Hunditorei Connecticuts, denn zum ersten Mal haben wir Beauregard bei jemand anderem als Bens Eltern gelassen, und das setzt Ben ganz schön zu. Nur mit Mühe konnte ich ihn davon abhalten, vom Laden aus mit dem Hundesitter zu facetimen, damit sich Beau die Auswahl hätte angucken können. Ich habe inzwischen eine ziemlich genaue Vorstellung davon, wie Ben als Dad sein wird.

Ist es seltsam, dass ich es kaum abwarten kann?

Jetzt spielt *Only Us* aus *Dear Evan Hansen*, was Sammy offenbar als Einsatzsignal betrachtet, sich einen wilden Purzelbaum nach dem anderen schlagend durch den Mittelgang zu befördern. Keinen blassen Schimmer, wo das Ringkissen abgeblieben ist, das er haben sollte, aber das macht nichts, denn die Ringe selbst haben Ben und ich sowieso in der Hosentasche. Heute-morgen-Arthur und Heute-morgen-Ben wussten es besser, als dass sie jemanden mit so viel

Dylan-DNA auch nur in die Nähe der Schmuckstücke gelassen hätten. Als Sammy die Chuppa erreicht, reckt er die Fäuste in die Höhe wie ein Boxer vor dem großen Kampf.

Mein Dad klopft mir auf den Rücken. »Jetzt sind wir wohl dran. Bereit?«

Das Geräusch, das aus meinem Mund kommt, ist definitiv kein Wort, aber Dad lacht nur und streicht meine Krawatte glatt.

Dann haken er und Mom sich bei mir unter, und vage bekomme ich mit, dass sich einhundert Augenpaare auf mich richten.

Doch ich sehe nichts außer Ben. Wie kerzengerade er in seinem dunkelgrauen Anzug dasteht. Aus Nervosität, würde ich sagen. Unsere Blicke treffen sich und er presst sich eine Faust an den Mund – um einen Schluchzer zurückzuhalten?

Ich kann es beim besten Willen nicht fassen, dass ich diesen Menschen wirklich heiraten darf.

Als ich unter die Chuppa trete, will Ben mir einen Kuss geben, aber Dylan haut ihm mit einem zusammengerollten Zettel auf den Kopf. »Nicht spoilern!«

»Das ist eine Hochzeit«, sagt Ben.

»Noch habe ich euch nicht vermählt!« Dylan wendet sich an die Gäste. »Freunde! Feinde!« Er hält inne und deutet eine Verbeugung an. »Geliebte.«

In der ersten Reihe schüttelt Samantha schicksalsergeben den Kopf.

»Zuallererst«, fährt Dylan fort, »möchte ich mich auf die gebenedeite Schrift meiner Kirche berufen, jener Kirche, ... deren Odem in allem fließt, was war, ist und sein wird. Liebe Leidensgenossen und Leidensgenossinnen, die ihr mit mir dies irdische Dasein fristet, ich wurde geprüft!

Mein Weg zur göttlichen Erfüllung war lang und war steinig! Doch seit jenem Tag, da ich meine Kontaktdaten in jenes heiligste aller heiligen Online-Formulare eintrug, bin ich ...« Er schließt kurz die Augen, »ein Mann unerschütterlichen Glaubens.«

Ben sieht mich an, und ich muss ein Lachen zurückhalten.

»So ist es mir eine göttlich gesalbte Freude, Sie und euch bei dieser heiligen schwulen Eheschließung von Benjamin Hugo Alejo und Arthur James Seuss willkommen zu heißen. Dies ist – ohne jeglichen Hauch Übertreibung – der homoromantischste Augenblick in der Geschichte der Menschheit.« Dramatische Pause. »Ohne weitere Umschweife gebe ich nun das Wort an unsere Bräutigame, die gelobt haben, ihre Treuegelöbnisse selbst zu schreiben. Na los, Ben. Versüß mir meinen Tag! Wobei, nein.« Dylan lächelt und zeigt großzügig auf mich. »Versüß *ihm seinen*.«

Und kaum habe ich mich's versehen, zieht Ben einen leicht zerknitterten Zettel aus seiner Jacketttasche und macht ein Geräusch, das irgendwo zwischen Lachen und Ausatmen liegt.

»Wie wir alle wissen, bin ich kein –«, fängt er an, da gerät seine Stimme ins Zittern. »Tut mir leid, darf ... Darf ich noch mal anfangen?« Ich drücke seine Hand, lächle ihn an, und er lächelt nervös zurück. »Okay, Neustart. Wie wir alle wissen, bin ich nicht der Fantasyautor geworden, der ich immer sein wollte. Und ich hatte deswegen eine harte Zeit. Aber ich habe sie durchgestanden, dank dir, Arthur. Du bist mein größter Fan und ich deiner. Und du beweist mir immer wieder aufs Neue, dass die echte Welt magischer ist als alles, was ich je schreiben könnte. Weil du in ihr lebst.«

Mir stockt der Atem. Kann man so viel Glück auf einmal überhaupt überleben?

»Oft kann ich es immer noch nicht fassen, dich in meinem Leben zu haben. Was, wenn ich an jenem Tag nicht zum Postamt gegangen wäre? Was, wenn du nicht nach New York zurückgekommen wärst? Was, wenn ich weggezogen wäre? Und wenn ich darüber nachdenke, wie leer mein Leben ohne dich wäre, rufe ich mir Dinge in Erinnerung, die ich weiterhin tun werde, damit du bei mir bleibst. Dass ich dich zum Beispiel trotz der Beschwerden aus der Nachbarschaft nicht davon abhalte, vorm Schlafengehen Musicallieder zu singen. Oder dass ich niemals die Höfliche-Fünf-Minuten-Verspätung überziehe, die du mir so großzügig eingeräumt hast.«

Ich lache und wische mir über die Augen.

»Arthur, ich liebe dich, und ich freue mich unendlich darauf, das nächste Kapitel mit dir zu schreiben«, sagt Ben. »Das nächste und alle weiteren.« Er lässt den Zettel sinken.

»*Heilige Makrele*, Seussical«, sagt Dylan, schüttelt den Kopf und sieht mich an »Was wirst du *darauf* erwidern?«

»Mh-hm ... Sag mir noch mal, warum der publizierte Schriftsteller anfangen durfte.«

Ben grinst mich an, und ich grinse zurück.

»Du kannst von Glück reden, dass ich nicht so schnell eingeschüchtert bin«, sage ich und zögere dann aber. »Oder vielmehr: Dass ich *so* schnell eingeschüchtert bin, dass ich mich längst daran gewöhnt habe, was ja quasi das Gleiche ist, oder?«

Während ein paar der Gäste kichern müssen, entfalte ich meinen Spickzettel und drohe meinem Körper zu entschweben.

Tief durchatmen.

»Lieber Junge vom Postamt.«

Ich schiele zu Ben hoch, der sich eine Träne abwischt.

»Vor acht Jahren haben wir uns im Postamt auf der Lexington unterhalten. Ich war der Typ mit der Hotdogkrawatte. Du der Typ mit dem Paket an den Ex. Und jetzt heirate ich dich.«

Ein kollektives ergriffenes Raunen durchläuft die Reihen, doch es dringt von gefühlt meilenweit weg an mein Ohr, weil es gerade nur uns gibt. Ben und mich.

»Dieser Moment erscheint mir«, sage ich und linse wieder auf meinen Spickzettel, »so surreal wie ein Narwal.«

Bens überraschtes Lachen. Ein Kloß im Hals vor lauter Glück.

»Ich liebe dich. Schon immer. Das weißt du. Und dass ich jetzt was geloben sollte, weiß *ich*, aber ich hab beim besten Willen keinen Schimmer, wo ich anfangen soll.« Ich hole Luft. »Ich will schlicht und einfach, dass du glücklich bist«, sage ich. »Aber ich werde auch da sein, wenn nicht. Wenn du traurig bist. Dann werde ich mit dir traurig sein. Ich weiß, ich werde oft Mist bauen, aber ich verspreche, ebenso oft um Entschuldigung zu bitten, denn das machen Menschen so, wenn ihnen etwas wichtig ist.«

Ben nickt und muss heftig blinzeln.

»Ben, ich möchte abends neben dir einschlafen und jeden neuen Tag mit dir beginnen. Möchte unendlich viele Neustarts. Ich will dich zum Lachen bringen und einfach alles über dich erfahren. Ich will erfahren, wie du als alter Mann aussiehst, und ich rede hier nicht von, na, Dad-alt. Ich rede von *alt*-alt.« Ben lacht erneut und wischt sich noch eine Träne ab. »Ich will deine ganze Geschichte. Und das Bonusmaterial. Und die Outtakes. Ich ... Ich liebe dich mehr, als ich überhaupt für möglich gehalten hätte. Es ist ... ehrlich gesagt fast schon lächerlich, *wie* sehr ich dich liebe. Und ich muss immer wieder an diesen ersten Sommer in New York denken, als ich so Heimweh hatte.« Mir bricht die Stimme. »Mittlerweile weiß ich, dass du mein Zuhause bist.«

Ich falte den Zettel zusammen. Atme aus. Ben und ich sehen uns an.

Dylan tupft sich mit dem Ärmel die Augen ab. »Leute, mir fehlen die Worte. Die beiden hier haben uns alle zu Tränen gay-rührt.« Er greift sich an die Brust. »So. Bevor hier doch noch irgendwer den Schwanz einzieht: Holt sie raus, Jungs!«

»Die Ringe!«, ruft Samantha aus der ersten Reihe. »Er meint die Ringe!«

Bens Hände zittern, merke ich. Und dann merke ich: meine auch.

Das Folgende verschwimmt im Nebel. *Mit diesem Ring als Symbol. Von diesem Tag an. Von ganzem Herzen.*

Ich will.

Ich will.

»Hiermit erkläre ich euch kraft meines vom Staate Connecticut, von Gott und vom World Wide Web verliehenen Amtes zu Mann und Mann!«, verkündet Dylan und wirft Ben und mir eine Kusshand zu. »Jetzt dürft ihr.«

Und ich kann keinen klaren Gedanken mehr fassen, außer: Manchmal gehen Was-wäre-wenns in Erfüllung.

DANKSAGUNG

Wie Ben Alejo es mal ausgedrückt hat: Unsere Geschichte war nicht immer einfach. Deadlines, digitaler Grundschulunterricht, schlecht abgestimmte Zeitpläne und unsere eigenen chaotischen Hirne haben dazu geführt, dass unser Schreibprozess ein ganz anderer war als bei *Was ist mit uns*. Aber inmitten all des Durcheinanders war trotz vernebelter Sicht eine Sache immer kristallklar: Wir haben die weltbesten Menschen als Unterstützer*innen an unserer Seite, und es gibt kein Universum, in dem wir es ohne sie geschafft hätten.

Und zwar sind das:
- Donna Bray, die uns mit ihren brillanten Lektoratsqualitäten durch viele Neustart-Runden begleitet hat. Danke, dass du es mit all unseren Höhen und Tiefen aufgenommen hast (und der einen oder anderen Hochzeits-PowerPoint). Deine Geduld und dein Humor suchen ihresgleichen – was vermutlich sehr nützlich ist, nun, da du Dylans Schwiegermutter bist. (Lo siento für das ganze Gespucke, Donna!)
- Andrew Eliopulos, für immer einer der hellsten Sterne in Bens und Arthurs Universum.
- Unsere Agentinnen Jodi Reamer und Holly Root, die – wie Dylan es ausdrücken würde – dieses Buch DINGFEST gemacht haben! Wir können euch nicht genug für eure endlose Unterstützung und euren Einsatz danken. Ewige Dankbarkeit gilt ebenso unseren Teams bei Writers

House und Root Literary (ganz besonders Alyssa Moore, Heather Baror-Shapiro, Cecilia de la Campa und Rey Lalaoui).
- Alexandra Cooper, Alessandra Balzer und der Rest unseres unglaublichen Teams bei HarperCollins, unter anderem: Shona McCarthy, Mark Rifkin, Erin Fitzsimmons, Alison Donalty, Allison Brown, Sabrina Abballe, Michael D'Angelo, Audrey Diestelkamp, Patty Rosati, Mimi Rankin, Katie Dutton, Jackie Burke, Mitch Thorpe, Tiara Kittrell, und Allison Weintraub.
- Kaitlin López und Matthew Eppard, die den ganzen Laden schmeißen (und es auch mit dem Universum aufnehmen könnten).
- Unser Team bei UTA, das Was-wäre-wenns in Erfüllung gehen lässt: Jason Richman, Mary Pender-Coplan, Daniela Jaimes, Orly Greenberg und Nia Nation.
- Dana Goldberg, Bill Bost, Blair Bigelow, Stacy Traub, und Ryan Litman: Danke für den Neustart unserer Träume.
- Unsere wundervollen internationalen Verbündeten, die diesem Universum so viele Leser*innen beschert haben (mit besonderem Dank an S&S UK, Leonel Teti, Christian Bach und Kaya Hoff).
- Jeff Östberg: Das Cover war Liebe auf den ersten Blick.
- Froy Gutierrez und Noah Galvin – danke, dass ihr euer unglaubliches Talent noch einmal mit unseren Jungs teilt.
- Jacob Demlow, noch größere Ikone als sien fiktionaler Counterpart. Siene Weisheit, sien Weitblick und schier unerschöpflicher Fundus an Theaterwissen haben dieses Buch unheimlich bereichert.

- Mark Oshiro, der den ultimativen Mario-Move abgezogen, uns Spanisch-Nachhilfe gegeben und dieses Buch deshalb hundertmal superer gemacht hat.
- Frantz Baron, für die legendärste virtuelle Tour bei Bloomingdale's.
- David & The Arnolds und Jasmine & The Wargas. Wir wünschten, diese Bands gäbe es wirklich. Aber vor allem sind wir froh, dass es diese beiden Menschen gibt.
- Die Buch-Community. Ohne die sagenhafte Unterstützung, die *Was ist mit uns* von Leser*innen, Blogger*innen, Booktokker*innen, Bookstagrammer*innen, Buchhändler*innen, Bibliothekar*innen und Künstler*innen erfahren hat, würde dieses Buch hier nicht existieren. Wir sind euch unglaublich dankbar.
- SO viele, viele Freund*innen. Als es unmöglich schien, dass wir dieses Buch jemals beenden, habt ihr uns durchhalten lassen. Obwohl diese kurze Liste kaum an der Oberfläche kratzt: Dahlia Adler, Amy Austin, Patrice Caldwell, Dhonielle Clayton, Zoraida Cordova, Jenn Dugan, Sophie Gonzales, Elliot Knight, Marie Lu, Kat Ramsburg, Aisha Saeed, Jaime Semensohn, Nic Stone, Sabaa Tahir, Angie Thomas, Julian Winters und die Yoonicorns.
- Unsere Familien, die wir in jedem Universum lieben. Wir sind so dankbar für jede*n einzelne*n von euch Puerto Ricaner*innen und Jüd*innen (und für euch alle anderen natürlich auch.) Ganz besonders liebe Grüße an Brian, Owen, Henry, Persi, die Riveras und Baby Max.
- Und zu guter Letzt Willow und Tazz, die auf so einige Kopfkraulenheiten verzichtet haben, damit dieses Buch geschrieben werden konnte. Wahre Helden.

Becky Albertalli, geboren 1982, hat als Psychologin viele Jahre mit Kindern und Jugendlichen gearbeitet, bevor sie das Schreiben zu ihrem Beruf machte. Ihr Debütroman NUR DREI WORTE wurde 2017 mit dem »Deutschen Jugendliteraturpreis« ausgezeichnet und unter dem Titel LOVE, SIMON verfilmt. AUF DAS MIT UNS ist die Fortsetzung ihres ersten gemeinsamen Projekts mit Adam Silvera. Albertalli lebt mit ihrem Mann und zwei Söhnen in der Nähe von Atlanta.

Adam Silvera wurde 1990 in der Bronx, New York, geboren. Bevor er mit dem Schreiben begann, arbeitete er als Buchhändler und Rezensent für Kinderbücher. All seine Romane wurden in den USA zu Bestsellern. In Deutschland sind AM ENDE STERBEN WIR SOWIESO (2018), WAS MIR VON DIR BLEIBT (2019) und MORE HAPPY THAN NOT (2022) im Arctis Verlag erschienen, ebenso wie sein Vorgängerprojekt mit Becky Albertalli: WAS IST MIT UNS (2019). Silvera lebt in Los Angeles und hat eine große internationale Fangemeinde, die er auf den sozialen Kanälen an seinem Leben teilhaben lässt.

Christel Kröning studierte in Düsseldorf Literaturübersetzen. Neben Unterhaltungs- und Jugendliteratur (z. B. Juno Dawson) übersetzt sie Sachbücher, Lyrik, Essays und Erzählungen (u. a. von Virginia Woolf) aus dem Englischen ins Deutsche.

Hanna Christine Fliedner überträgt Literatur aus dem Englischen und Spanischen ins Deutsche (u. a. von Sara Barnard und B. B. Alston). Außerdem unterrichtet sie Deutsch als Fremdsprache und gibt Seminare rund ums Übersetzen.

Adam Silveras herzzerreißendes Debüt!
»More Happy Than Not hat mich verändert.«
Angie Thomas

Adam Silvera
More Happy Than Not
Gebunden, 416 Seiten
€ 18,00 [D] | € 18,50 [A]
ISBN 978-3-03880-058-3

Es gibt so vieles in Aarons Leben, das er lieber für immer vergessen würde. Den Suizid seines Vaters, seinen eigenen Selbstmordversuch kurz darauf, die Tatsache, dass er in einem hoffnungslosen Viertel in der Bronx aufwächst. Als er eines Tages auf Thomas trifft, der so ganz anders ist als seine bisherigen Freunde, spürt er eine besondere Art von Glück. Eine, die sein Herz höherschlagen lässt. Doch als Thomas ihm sagt, dass er seine Gefühle nicht erwidert, beschließt Aaron, es endlich zu tun: zu vergessen. Mithilfe einer neuartigen Gehirnmanipulation will er seine Erinnerungen an alles, was war, und alles, was er ist, auslöschen lassen. Auf schmerzlichste Weise muss er lernen, dass das Herz sich erinnert, auch wenn der Verstand längst vergessen hat...

»**Leidenschaftlich, ehrlich und menschlich: Nur Adam Silvera konnte diese Geschichte schreiben.**«
Becky Albertalli, Autorin von *Love, Simon*

Adam Silvera
Was mir von dir bleibt
Taschenbuch, 384 Seiten
€ 10,00 [D] | € 10,30 [A]
ISBN 978-3-03880-211-2

Als Griffins erste Liebe und Exfreund Theo bei einem Unfall stirbt, bricht für ihn eine Welt zusammen. Denn obwohl Theo aufs College nach Kalifornien gezogen war und anfing, Jackson zu daten, hatte Griffin nie daran gezweifelt, dass Theo eines Tages zu ihm zurückkehren würde. Für Griffin beginnt eine Abwärtsspirale. Er verliert sich in seinen Zwängen und selbstzerstörerischen Handlungen, und seine Geheimnisse zerreißen ihn innerlich. Sollte eine Zukunft ohne Theo für ihn überhaupt denkbar sein, muss Griffin sich zuerst seiner eigenen Geschichte stellen – jedem einzelnen Puzzlestück seines noch jungen Lebens.